外国文学名著导读丛书

丛书主编 刘洪涛

XIFANG DANGDAI

西方当代戏剧导读

XIJU DAODU

谢江南 / 主编

北京师范大学出版集团
BEIJING NORMAL UNIVERSITY PUBLISHING GROUP
北京师范大学出版社

图书在版编目（CIP）数据

西方当代戏剧导读 / 谢江南主编．—北京：北京师范大学出版社，2023.5

（外国文学名著导读丛书）

ISBN 978-7-303-25641-9

Ⅰ.①西…　Ⅱ.①谢…　Ⅲ.①戏剧文学评论—西方国家—现代—高等学校—教材　Ⅳ.①I106.3

中国版本图书馆 CIP 数据核字（2020）第 000849 号

图书意见反馈　gaozhifk@bnupg.com　010-58805079
营销中心电话　010-58807651
北师大出版社高等教育分社微信公众号　新外大街拾玖号

XIFANG DANGDAI XIJU DAODU

出版发行：北京师范大学出版社　www.bnup.com
北京市西城区新街口外大街 12-3 号
邮政编码：100088

印　　刷：天津旭非印刷有限公司
经　　销：全国新华书店
开　　本：710 mm×1000 mm　1/16
印　　张：26
字　　数：420 千字
版　　次：2023 年 5 月第 1 版
印　　次：2023 年 5 月第 1 次印刷
定　　价：58.00 元

策划编辑：周劲含　　责任编辑：杨磊磊
美术编辑：李向昕　　装帧设计：李向昕
责任校对：陈　芸　　责任印制：马　洁

编委会

主编： 谢江南

参编人员：（按姓名首字母顺序排列）

方　蕾　何星莹　马邹容　莫詹坤

邱郁珏　宋玖青　王锦方　谢江南

张　哲

丛书前言

在大学中文专业的外国文学课程安排中，“文学史＋作品导读”是最常见的模式；而在外国文学名著导读类的通识课程中，作品选读也是重要的参考教材。这是因为无论什么课程，哪种模式，都不可能让学生直接面对总量如浩瀚星河的外国文学作品，而必然要依托经过筛选和组织的经典作品。大家所熟悉的各种体量、各种类型的外国文学作品选本，就是这种筛选和组织工作的成果。

教材范围内的外国文学名著导读，就内容而言，大致可以分为两大类。一类是按照文学史的线索，从古到今，选入各个时期、各种流派、各种文类的代表作品；这类选本占多大数，往往与“外国文学史”课程配套使用。另一类是供选修课使用的专题类选本，如“现代主义文学作品导读”“后现代主义文学作品导读”“女性主义文学作品导读”等。这类选本总量也不少，但都是各自为政，没有统一规划，形不成气候。

21世纪以来，随着我国的外国文学教学研究的深度和广度不断拓展，以及广大学生阅读外国文学名著的范围不断扩大，审美品味日益提高和多元，只依靠传统架构的外国文学选本，已经难以满足新时代的需求。有鉴于此，我们策划了这套“外国文学名著导读丛书”，以把外国文学名著选读类教材的建设，向更专业、更细分、更有针对性的方向推进，让外国文学类课程教材有更多选择。

“外国文学名著导读丛书”，以外国文学史发展为线索，涵盖东、西方各个时期、各个区域、各种类型文学中成就最为突出、最有特色的部分；同时回应国家文化导向，兼顾当下热点话题。第一批拟推出的有《古希腊文学名著导读》《欧洲中世纪文学名著导读》《莎士比亚戏剧导读》《西方近代小说名著导读》《乌托邦文学名著导读》《欧美近现代戏剧名著导读》《欧美浪漫主义诗歌名著导读》《欧美象征主义诗歌名著导读》《现代主义文学名著导读》《后现代主义文学名著导读》《欧美当代戏剧名著导读》《魔幻现实主义小说名著导读》《流散、族裔、后殖民小说名著导读》《欧美女性文学名著导读》《东方古典文学名著导读》《“一带一路”国家文学名著导读》《东方现当代文学导读》等。

丛书各册的主编，以北京师范大学文学院比较文学与世界文学研究所的教师为主，同时约请了部分其他高校的比较文学与世界文学专业教师，他们对自己负责的领域都有深入的研究，并积累了丰富的教学经验，保证了本书的质量。在各册书中，我们对每位作家的生平创作和入选作品都有一个简要介绍，给学生的阅读和领会提供指导。本丛书选入的文本，在有多个译本可以比对时，我们会选择权威出版社出版、出自名家之手、有良好口碑的权威译本。若是作品节选，则力求选出作品中精彩、重要又相对完整的章节。选文后附有思考练习题和参考书目，便于学生巩固所学作品，并可为进一步阅读提供参考。教材适用于汉言文学专业本科生外国文学类专业课、选修课，各专业进行外国文学通识课学习的学生、广大外国文学爱好者也可拿它作学习、欣赏之用。

北京师范大学出版社的编辑周劲含女士为丛书策划和编辑付出了辛勤劳动；各册书的主编和编者在百忙的教学科研工作中，拨冗完成了选文和撰稿任务，在此一并向他们表示衷心的感谢！

刘洪涛

前　言

当代西方戏剧通常指20世纪后期的西方戏剧，也有人将第二次世界大战后的西方戏剧统称为当代西方戏剧。戏剧评论家们通常用荒诞派戏剧、后现代戏剧和新现实主义戏剧等概念概括这一时期戏剧的特点。尽管很难细分出更多的流派，但不难发现这一时期的剧作家们共同关心的是性别、种族、生态、科技、伦理等议题。《西方当代戏剧导读》也是基于此选出了西方当代有代表性的戏剧作品。

研究这一时期戏剧作品的成果不少，散见于各种期刊、教材和学术专著中。这些研究无疑加深了我们对当代西方戏剧的理解，但多数研究是在国别戏剧的研究范围内进行的，少有研究者将这一阶段的西方戏剧作为一个整体来研究，系统梳理第二次世界大战后西方戏剧互动互构的模式。本书打破国别的界限，以作家作品为研究对象，选择了极具影响力的十二位当代西方戏剧家的重要作品，以期较为准确地解读这一时期的戏剧特点，较为全面地概括第二次世界大战后西方戏剧发展的面貌，为西方戏剧学习者、爱好者提供了解当代西方戏剧的窗口。

20世纪五六十年代各种实验戏剧风靡世界各地，但在美国，现实主义戏剧仍然是美国剧坛最强劲的声音。只不过，第二次世界大战后美国的现实主义戏剧同时也交叉和叠加了弗洛伊德心理学的影响和布莱希特叙事体戏剧的特点。这些在田纳西·威廉斯（Tennessee Willtams）和阿瑟·米勒（Arthur Miller）的剧作中都不难被发现。

田纳西·威廉斯是20世纪美国剧坛上描绘孤寂与恐惧的诗人。他敏锐地观察到野蛮无情、追名逐利的现代工业社会的种种弊病，同时，在自己的作品中他揭示和探讨了当时在美国鲜有剧作涉及的暴力、虚伪等话题。这些引发了当时社会的广泛关注。

本书所选的《欲望号街车》是一部充满狂暴和激情的剧作。全剧淋漓尽致地呈现了在南方种植园经济与北方工业经济冲突的背景下，家道中落的南方淑女布兰琪来新奥尔良投靠妹妹的故事。相对于男性和北方工业文明而言，布兰琪所代表的女性和南方种植业文明都是弱者。经过战栗、恐惧和挣扎，温柔、敏感而优雅的布兰琪无法逃脱陨灭的命运，最后遭妹夫强奸，被送往疯人院。剧作家田纳西·威廉斯给予了布兰琪深切的同情，形象而深刻地揭示了各种野蛮残忍的势力战胜了那些温柔、敏感而优雅的人的社会现实。

阿瑟·米勒擅长根据丰富的个人经历，塑造各种各样的小人物，表现他们在社会和家庭中寻找自我的过程。米勒通常将这些人物置身于他所关注的社会问题的考察之中，书写个体与时代、人性与道德之间的矛盾，被誉为战后美国最伟大的剧作家、美国戏剧的良心。《推销员之死》是米勒的代表作之一。全剧的现实时间只有两天多，绝大多数内容是主人公威利的回忆与幻想、现实和超现实的场景交汇。威利是无数怀揣美国梦的普通美国人中的一员，他想承担家庭的责任，却被生活无情地击倒。威利的悲剧警醒人们，单纯的物质追求并不能带来精神的自由和满足，金钱美梦终成虚妄。

第二次世界大战后的西方戏剧受电影和电视剧的冲击，单是以再现和模仿现实生活为标准，戏剧很难跟电影、电视剧一争高低。很多剧作家都在戏剧的“实验性”上下功夫，探索新的戏剧表达、新的舞台形式和新的观演关系。在众多的实验戏剧和反幻觉戏剧中影响深远的有安托南·阿尔托（Antonin Artaud）的残酷戏剧，塞缪尔·贝克特（Samuel Beckett）的荒诞派戏剧，贝尔托·布莱希特（Bertolt Brecht）的叙述体戏剧。它们对戏剧观念、戏剧创作、表演体系、剧场整体艺术的影响是革命性的和深远的，同时也是交叉的和互动的。它们启发了众多的戏剧家，产生了很多有影响的有力量的戏剧作品，其中对剧本创作影响最大的是荒诞派戏剧和叙事体戏剧。

荒诞派戏剧是 20 世纪 50 年代初产生于法国，其后流行于欧美，鼎盛于 50 年代末 60 年代初的一个戏剧流派。“荒诞派戏剧”这一术语最早由法国存在主义作家加缪使用。英国戏剧理论家马丁·埃斯林（Martin Esslin）在其 1961 年出版的著作《荒诞派戏剧》中，首次用这一术语描述 20 世纪 50 年代出现的包括塞缪尔·贝克特、尤奈斯库（Eugène lonesco）、阿达莫夫（Arthur Adamov）、让·热内（Jean Genet）等一批剧作家及他们的作品。通常被划入荒诞派戏剧流派的作家还有英国的哈罗德·品特（Harold Pinter）和美国的爱德华·阿尔比（Edward Ablee）等。

“荒诞”是荒诞派戏剧的核心概念，也是理解荒诞派戏剧的关键所在。人努力在世界上寻找目的、意义和秩序，然而这个世界却拒绝提供这样的证明；这就使人类的一切行动、愿望和激情都具有了讽刺意味。人类的优秀品质，诸如坚毅、勇敢等，除了对人类无能为力具有嘲笑作用外，已经变得毫无意义。作为个人驱动力的本能和反应反而成了人类苦难的根源。荒诞派剧作家对人类持彻底悲观的态度，认为人类生活在一个颠倒混乱的世界上，处在无望和迷惑的状态之中，彼此间的思想感情无法沟通，缺乏真正行动的自由和能力，而欲寻求其生存目的并掌握自己命运的努力也都是徒劳的。这种荒诞意识形成了荒诞派戏剧表现的思想核心。

荒诞派戏剧因艺术上的激进试验而著称。本书选录了五位荒诞派剧作家的作品，从他们的作品中不难看出荒诞派戏剧家笔下的世界是无理性的。他们认为人的存在也毫无意义可言，而要表现人类这样的生存状态，就要用非理性的、非逻辑的极端夸张的形式来体现人在社会生活中的荒诞感。由此看来，荒诞派戏剧事实上是一种反戏剧，即反人物、反情节、反语言。

1950 年上演的《秃头歌女》是荒诞派戏剧首部有影响的作品，是荒诞派剧作家反传统戏剧的开端，也是法国荒诞派戏剧作家尤奈斯库的处女作。

《秃头歌女》的情节离奇而荒诞、结构支离破碎。感情淡如陌生人的夫妇的对话以及生活中的各种琐碎荒诞堆砌在整部作品之中，理不出头绪。剧作一开始就是让人难以理解的对话，但大多还符合人物所处的环境。可是，随着剧情的发展，人物的对话就变得越发没有逻辑、前后不连贯；对话不仅不符合语境和人物的身份，往往还脱离正常的思想和情感，形成了“驴唇不对马嘴”的狂人呓语。这些不合逻辑的、支离破碎的台词形成了一种新的功能，在混乱矛盾的无意义中揭示人物的孤独、异化、荒诞意识和人类处境的荒诞状态。

塞缪尔·贝克特是荒诞派戏剧的代表人物。《等待戈多》是塞缪尔·贝克特最重要的作品之一，也是荒诞派戏剧的经典之作。《等待戈多》颠覆了以往人们对戏剧的认知，没有完整的情节，没有清晰的人物形象，没有传情达意的语言；但剧作呈现了一个孤独而希望渺茫的世界，以及人们碎片化的生存状态和困顿的精神状态。

2005 年获诺贝尔文学奖的哈罗德·品特是继萧伯纳之后英国最重要的剧作家，是英国荒诞派戏剧的代表，与贝克特、尤奈斯库齐名。《看门人》是品特早期最优秀的剧作，该剧向读者揭示了一个阴郁、单调的世界。人物的动机不明、身份不清导致戴维斯与米克、阿斯顿的交流失败。三人都没有实现自己的愿望，最后各自重新回到戏剧的起点，回到孤独的状态。品特不断在自己的作品中探索生活的真相，展示扭曲的荒诞感后面顽强的生命力，展现生活中知其不能而为之的苦涩和坚韧。

跟荒诞派戏剧一样，布莱希特叙事体戏剧也抵挡现实主义戏剧的再现，也不断揭示生活复杂的面向，呈现被遮蔽的复杂性。但是布莱希特戏剧与荒诞派戏剧不一样。荒诞派戏剧在舞台上呈现肆意的、反复无常的、非现实的荒诞世界，而布莱希特的叙事体戏剧审视、检讨现实主义戏剧中的“代表性”形象，对这些所谓的“代表性”的形象提出质疑。例如，是谁制造的这些形象？哪些人从这些形象中收到了好处？哪些人被这些形象控制、伤害、压迫？这些形象是怎样帮助维护社会现状的？

因此，许多直接受布莱希特戏剧启发的政治戏剧将舞台上的再现与现实社会中的再现联系起来，展示包括女性的、种族的等各种各样的社会团体，在舞台上、在社会上是怎样被上演、被操控的。政治戏剧通过剧场再现来详细地分析社会结构，提出关于性别、种族等的刻板印象是社会歧视系统的一部分，承载了那些拥有权力就能统治、控制和影响社会的势力的意志和利益。

20 世纪 60 年代以后，在欧美各地出现了用布莱希特的戏剧形式导演、表演的演出，剧作家们也纷纷效法布莱希特的戏剧创作方法，将他们关注的性别、种族、生态、科技和伦理等议题写进了剧本，搬上了舞台。

洛林·汉斯伯里（Lorraine Hansberry）是第一位在百老汇上演剧作的非裔美国女性剧作家。她的代表作《阳光下的葡萄干》出版于 1959 年，在舞台上真实地展现了非裔美国人的生活，让所有人重新审视他们的生存状态，审视他们未完成的梦想。在作品中，汉斯伯里深情寄语非裔同胞：无论是努力融入主流美国社会、争取平等权利，还是追根溯源、回归故里，都应根植非裔文化传统寻求自我身份认同。

自 20 世纪以来，亚裔美国剧作家和他们的作品就如雨后春笋一般涌现出来，推动着亚裔美国文学的蓬勃发展。这些作品，同时也成为亚裔美国人寻求关注的平台和展示亚洲文化的窗口。在众多声名卓著的亚裔美国作家之中，黄哲伦无疑是才华横溢的一位。他的作品在美国各类戏剧节乃至文学界都产生了巨大的影响。1957 年，黄哲伦出生于洛杉矶。首演于 1988 年的《蝴蝶君》获奖无数，其中包括 1988 年托尼奖最佳戏剧奖，1989 年普利策戏剧奖的提名，等等。而该剧最为精彩又耐人寻味的就是故事的结尾，西方男性变装成了女性，而东方男性却远远地注视着这一切。黄哲伦以这样的方式，颠覆了东西方文化中对于性别的刻板印象，引人深思。作者希望通过阅读这部经典的作品，读者能够对西方/东方、男性/女性的二元对立关系有更加深刻的认识，敢于打破传统二元对立的观念，思考在这个多元文化融合冲突的世界中，我们的身份到底是什么。

温迪·华森斯坦（Wendy Wasserstein）是美国当代著名女性剧作家，是继丽莲·海尔曼之后近30年里唯一一位闯入百老汇的知名女性戏剧家。华森斯坦的代表作《海蒂编年史》，1989年在百老汇上演，被看作女性戏剧进入主流剧场的标志。该剧为华森斯坦带来了托尼奖、普利策奖和纽约戏剧评论奖，取得了巨大的商业成功，至今已经演出了700多场，还被改编成电视剧，深受观众喜爱。

华森斯坦曾表示她的写作目的并不是要专注弘扬妇女运动的理想，她要表现女性复杂的人性，要揭示以女性个体经验为基础的社会现实，表现生活在男人世界中的女性的困境。因而，她的戏剧不仅再现了知识女性生活的状态，揭示女主人公们在性别身份和社会身份认同中的迷茫、困惑；另一方面也解构了主流文化，把女性从历史叙述的边缘推向中心，展示身处社会变革中的女性试图建构女性自我主体地位的努力。

汤姆·斯托帕（Tom Stoppard）1937年生于捷克，第二次世界大战结束后，随继父定居英国，主要从事戏剧、电影评论和新闻报道工作。创作于1966年的《罗森克兰茨和吉尔德斯特恩已死》取材于莎士比亚的《哈姆莱特》，但关注点不再是哈姆莱特及其性格悲剧，而是以剧中两配角——罗森克兰茨和吉尔德斯特恩为主角，探讨了存在的意义，以及对机遇、抉择、自由、记忆、个性、死亡等一系列人生境遇的哲学思考。

迈克·弗雷恩（Michael Frayn），英国当代著名剧作家、小说家，1933年出生于伦敦郊区的一个推销员家庭，童年在战乱中度过。弗雷恩公认的代表作是出版于1998年的《哥本哈根》。该剧获得了托尼奖、普利策奖等重要戏剧奖项，是美国大学生必读剧目。《哥本哈根》取材于真实的历史事件和人物，重现了近代科学史上一件“悬案”，即“哥本哈根会见之谜”。该剧从上演至今，好评如潮，被视为艺术和科学的完美结合。《哥本哈根》深入探讨了科学家的社会责任，启发人们再次思考科学研究的道德底线、知识分子的良知等问题。

卡莉尔·丘琪尔（Caryl Churchill）于1938年出生于伦敦，1960年毕业于牛津大学，是英国当代最伟大的剧作家之一。《远方》是其创作于2000年的作品，剧中所揭示的暴力主题、生态主题表达了作者对于人类与自然关系的再思考。通过“展望”远方，丘琪尔所要表达的既是对于未来可以预见的生态灾难的痛苦素描，也是对于伦理复兴的温情期待。

鲁兹·胡伯纳（Lutz Hübner，1964—　），德国当代剧作家，演员。胡伯纳是位高产的剧作家，是德国当代剧作中上演频率最高的剧作家之一。《公司感谢你》（*Die*

Firma Dankt）是胡伯纳的一部现实主义的力作，2011 年首演于德国德雷斯登国家剧院。

《公司感谢你》以黑色幽默的方式对当代资本主义发展、现代公司制度进行了批判。在资本运作过程中，生产环节、人的因素都让位于纯粹的资本运作。资本的疯狂组合使人的道德、品质、技能变得不再重要。在资本主义社会，资本是自由的，人不是。

单一视角的现实主义戏剧很难表现风起云涌、变化莫测的世界，很难回应现实社会中各种不断被碎片化的人生经验。实验戏剧的理论和实践给当代戏剧创作赋予了生机。从此，各种揭示、检讨、审视或戏仿传统现实主义的戏剧作品不断问世，过去那些系统性地在舞台上被遮蔽、被扭曲和被压制的各种现实以不同的方式再次或者多次被呈现，并以此考察和揭示社会生活中隐藏的偏见和特权。

西方当代戏剧是一个很有意思的话题，也是一个内容丰富的话题，按理说应该包括剧场演出，西方当代戏剧也该包罗更多的剧作家，但是鉴于影像资料和一些剧作家作品的版权问题，本书仅节选了一些在中国出版了的剧本。在写作和编撰的过程中难免有一些疏漏，敬请读者不吝赐教。

谢江南于中关村大街 59 号

目　录

第一章　田纳西·威廉斯《欲望号街车》导读

作家作品简介

田纳西·威廉斯(1911—1983)，原名托马斯·拉尼尔·威廉斯三世，是20世纪美国剧坛一颗闪亮的明星。1911年，田纳西出生于美国密西西比州的哥伦布市。其母亲是圣公会牧师之女，父亲是一名推销员。田纳西从小与外祖父母、母亲和姐姐一起生活，8岁时才搬往圣路易斯与父亲一起生活。他与姐姐感情深厚，但与父亲的关系并不融洽，还曾坦言自己“一生都很惧怕父亲”[①]。田纳西的家庭经历使他变得敏感脆弱，甚至曾出现过精神问题，这一直影响着他的生活。在经历了人生的起起伏伏后，这位剧作家于1983年服药时窒息身亡，终年72岁。

田纳西自小就开始写作，并把写作看作“逃避现实的避难所”[②]。后来在读书和工作的过程中，他也一直坚持写作。第一次出现精神问题后，田纳西回到密西西比州与外祖父母生活了一年。这一年的经历让他对戏剧产生了兴趣。之后，他在华盛顿大学和艾奥瓦大学系统地学习了戏剧，其间创作了《与夜莺无关》等剧本。但田纳西早期的作品并不出名，真正让他名声大噪的是于1944年上演的《玻璃动物园》。该剧在纽约百老汇的舞台上演出，并获得戏剧评论界年度最佳戏剧奖。在此之后，他又创作出了许多优秀的剧本，其中最成功的要数两部同时获普利策奖和戏剧评论界奖的剧作：《欲望号街车》(1947)与《热铁皮屋顶上的猫》(1955)。

田纳西的生活经历对他的戏剧创作产生了很大的影响，不论是他幼年生活的南方小镇、独断的父亲、柔弱的母亲、患有精神疾病的姐姐，还是他自己，都出现在他不同的作品中。虽然田纳西从生活中汲取创作素材，但他并不是一个简单的现实主义戏

---

① Margaret Laing, *The Sunday Times*, 1965-03-28.

② *New York Times*, 1959-03-08.

剧家。他曾在一次访谈中提到，希望自己写出的故事都能带有一些“社会意义”[①]。作为一名伟大的剧作家，田纳西有着敏锐的嗅觉，善于观察当时社会生活的各个方面。而与其他剧作家的不同之处在于，田纳西敢于在自己的作品中呈现他所观察到的社会，敢于触碰暴力、虚伪等不为人们所认可的话题。他抨击野蛮无情、追名逐利的现代工业社会，创造出了《欲望号街车》中粗鲁暴力的斯坦利，以及《热铁皮屋顶上的猫》中为了争夺继承权罔顾手足之情的古柏一家；他也在剧中表现为时人不齿的同性恋者，如《欲望号街车》中布兰琪的丈夫艾伦与《热铁皮屋顶上的猫》中布鲁克的朋友斯开普等。

《欲望号街车》讲述了来自南方密西西比州劳雷尔镇的淑女布兰琪的故事。家道中落后，布兰琪来到新奥尔良投靠妹妹斯黛拉，与妹妹、妹夫一起生活。但日子却过得并不顺利，她不仅没有如愿开始新的美好生活，还被妹夫送往了疯人院。全剧共十一场。布兰琪初到新奥尔良，发现妹妹的生活环境与她们曾经生活的“美梦庄园”天差地别，妹夫的粗鲁无礼也令她十分不满。布兰琪向妹妹吐露了自己的悲惨经历：亲人相继去世，她失去了“美梦庄园”，也丢了工作，被孤独笼罩，只能来投靠妹妹这个唯一的亲人以寻求慰藉。但是妹夫看不惯她的虚荣，也不相信她的说辞，认为她只想独占属于妻子和自己的家产。一天，斯坦利和朋友在家打牌，醉酒后与妻子斯黛拉发生了口角，还殴打了她。在布兰琪看来，这是不可原谅的，但妹妹却在事发当晚就回到了丈夫身边。在斯坦利的朋友中，有一个叫米奇的年轻人。在他眼里，布兰琪是一个单纯的淑女，于是对她心生爱慕，并表示想与她结婚。布兰琪也希望能找个人结婚，重新开始自己的生活。对她而言，米奇是个不错的选择。斯坦利一直对布兰琪不满，并暗中调查她的过去。起初，他暗示布兰琪他听到了一些她在劳雷尔不好的传言，但是布兰琪否认了。之后，他确定了这些传言的真实性，发现她曾经因引诱学生被学校开除，又因私生活混乱被逐出镇子。斯坦利在布兰琪生日那天将这些告诉了米奇和斯黛拉。米奇因此没有来为布兰琪庆祝生日，又在斯坦利送斯黛拉去医院待产时来斥责布兰琪对他撒谎，还直言自己不会娶她。布兰琪受到了打击，精神开始错乱，她认为自己的老情人谢普会来接自己离开，还以为米奇曾带着玫瑰来求她宽恕。从医院回来的斯坦利奚落她说的都是谎言，还在她试图

---

① C. W. E. Bigsby, *Modern American Drama* 1945—2000, Beijing, Foreign Language Teaching and Research Press, 2006, p. 33.

离开的时候强奸了她。剧末，斯黛拉的孩子出生了。为了继续维持与丈夫的生活，斯黛拉和丈夫打算将精神错乱的姐姐送往疯人院。布兰琪等待谢普来接她去开始新的生活，却等来了疯人院的医生、护士，并最终被他们带走。

作品节选

欲望号街车(第七至第十一场)

第七场

九月中旬的傍晚时分。

分隔房间的布帘拉开了，桌上准备了生日晚餐，有蛋糕和鲜花。

斯黛拉在忙着最后的布置，斯坦利进来。

斯坦利　这些东西都是干吗的？

斯黛拉　亲爱的，今天是布兰琪的生日。

斯坦利　她在吗？

斯黛拉　在浴室呢。

斯坦利　(嘲弄地模仿)"把某些东西洗掉"？

斯黛拉　我想是吧。

斯坦利　她在里面待了多久了？

斯黛拉　整个下午。

斯坦利　(嘲弄地模仿)"泡在热水浴缸里？"

斯黛拉　是的。

斯坦利　气温不多不少都一百度了，她还把自己泡在热水浴缸里。

斯黛拉　她说这能让她在晚上凉快下来。

斯坦利　我猜你又该跑出去给她买可乐了吧？还要伺候浴缸里的女王陛下享用？(斯黛拉耸耸肩)过来坐下听我说。

斯黛拉　斯坦利，我还有事要做呢。

斯坦利　坐下！我已经把你这位显赫大姐的底细都摸清楚了，斯黛拉。

斯黛拉　斯坦利，别再总是跟布兰琪过不去了。

斯坦利 这女人还说我粗俗！

斯黛拉 最近你总是想方设法找她的碴儿，跟她过不去，斯坦利，而布兰琪又很敏感，你得明白，布兰琪和我生长的环境跟你是很不一样的。

斯坦利 这个你早就说过了。而且反反复复说了不知有多少遍了！你知道她跑到这儿来一直都跟我们谎话连篇吗？

斯黛拉 不，我不知道，而且我也——

斯坦利 嚯，可她确实是谎话连篇。不过事到如今已经是纸里包不住火了！我发现了一些情况！

斯黛拉 什么——情况？

斯坦利 我早就起了疑的情况。不过我现在已经从最可靠的来源得到了证据——我也已经都核查过了！

（布兰琪在浴室里唱起一首甜腻的流行歌，正好跟斯坦利的话两两对应。）

斯黛拉 （对斯坦利）小声点！

斯坦利 真是只金丝雀，哈！

斯黛拉 现在请你安安静静地告诉我，你认为你已经发现了我姐姐的什么情况。

斯坦利 第一号弥天大谎：她装出来的这套洁癖！你真该听听她喂给米奇的那套说辞。他还以为她迄今为止最多也不过被某个男人吻过而已！可是布兰琪修女可绝非什么纯洁无瑕的百合花！哈—哈！她倒是另一种百合花！

斯黛拉 你都听到了些什么？又是听谁说的？

斯坦利 我们厂里的供销员多年来一直都在劳雷尔转悠，他对你这位姐姐的底细了如指掌，而且劳雷尔全镇上下的居民也都对她了如指掌。她在劳雷尔可是个大名人，名气不下于合众国总统，只不过谁都不会尊重她罢了！这个供销员就宿在一家叫作火烈鸟的旅馆里。

布兰琪 （愉快地唱道）“嘿，这不过是个纸月亮，掠过一个硬纸板的海洋——可你只要肯相信我，它就不再是个幻景！”

斯黛拉 这个——火烈鸟旅馆怎么了？

斯坦利 她也住那儿。

斯黛拉 我姐姐住在贝拉里夫。

斯坦利 这是在你们家祖宅从她那百合一般洁白的手指缝里溜走以后的事儿！她就搬进了“火烈鸟”！一家二流宾馆，唯一的好处就是不干涉住客的私人社交生活！

这家“火烈鸟”对一切行径早都见怪不怪了。可是就连“火烈鸟”的管理层都对布兰琪夫人印象深刻！事实上，他们对布兰琪夫人的印象太过深刻了，他们只能要求她交出房间的钥匙——永远不得入住！这事儿就发生在她出现在这儿的一两个礼拜前。

布兰琪　(唱)“这是个巴纳姆和贝利[①]的世界，要多假就有多假——可你只要肯相信我，它就不再是个幻景!”

斯黛拉　多么——卑鄙的——谎言!

斯坦利　当然，我就知道你会气不忿的。她就这么把你当猴儿耍，也耍弄了米奇!

斯黛拉　纯属信口雌黄！这里面没有一个字是真的，我要是个男人，而这家伙如果胆敢当着我的面信口雌黄——

布兰琪　(唱)“没有了你的爱，就只能在下等酒吧里胡混！没有了你的爱，就只能在廉价游乐场里解闷……”

斯坦利　亲爱的，我告诉过你这些故事都经过了我的彻底核查！你先听我把话说完。布兰琪夫人的麻烦就在于她再也没办法在劳雷尔故伎重演了！人家跟她约会上个两三次以后也就学聪明了，不再陪她玩儿了，然后她又再去勾搭下一位，还是老一套说辞，老一套伎俩，老一套花言巧语！可是那个镇实在是太小了，她这一套迟早要穿帮！日子一长，她就成了镇子上的名人。人家就不光当她是特立独行，而是把她认作了彻头彻尾的神经病——失心疯!

(斯黛拉退缩了一下。)

最近这一两年来，大家更是当她毒药一般避之唯恐不及。正因为这个她今年夏天才来到咱们这儿，堂而皇之、装模作样地来走亲戚——真正的原因是镇长通知她滚蛋！没错，你知道劳雷尔附近有个兵营吗？你姐姐的住处就成了另一处“严禁入内”的禁地!

布兰琪　(唱)“这不过是个纸月亮，要多假就有多假——可你只要肯相信我，它就不再是个幻景!”

斯坦利　好了，关于她假扮成这么个高雅特别的女人，就说这些。下面咱们再说说她的第二号弥天大谎。

斯黛拉　我不想再听了!

---

① 著名的“巴纳姆和贝利马戏团”的创办者。

斯坦利 她不会再回去教书啦！事实上我敢打赌，她都再也不会有重返劳雷尔的念头了！她根本就不是因为神经衰弱暂时从中学辞职的！不，先生，才怪呢！她可不是什么辞职。她是在春季学期还没结束的时候被踢出那所高中的——我真不想告诉你人家把她扫地出门的真正原因！一个十七岁大的男孩子——她就跟这么个孩子鬼混！

布兰琪 “这是个巴纳姆和贝利的世界，要多假就有多假——”

（浴室里水流声很响；上气不接下气的小声喊叫和咯咯的欢笑，像是个孩子在浴缸里嬉闹。）

斯黛拉 这真叫人——恶心！

斯坦利 男孩的老爸知道以后就跟学校的校长进行了交涉。嚯，好家伙，布兰琪夫人给叫到校长办公室的时候，我真希望自己也能在场！我真想亲眼看看她是如何局促不安，怎么开脱狡辩的！不过他们已经把她抓了个正着，她也知道大势已去，无可挽回了！他们告诉她最好还是迁往某个谁都不认识她的地方。没错，实际上也就等于全镇都通过了针对她的驱逐令！

（浴室的门开了，布兰琪把头探出来，头发用毛巾裹着。）

布兰琪 斯黛拉！

斯黛拉 （有气无力地）什么，布兰琪？

布兰琪 再给我拿条浴巾来擦头发。我洗了头。

斯黛拉 好的，布兰琪。（她拿了条毛巾从厨房恍恍惚惚地走向浴室。）

布兰琪 出什么事了，亲爱的？

斯黛拉 事？什么事？

布兰琪 你脸上的表情可真够怪的！

斯黛拉 哦——（她努力想笑笑）我想我是有点累了！

布兰琪 你干吗不也洗个澡？我马上就出来了。

斯坦利 （从厨房里喊道）这个马上到底有多久？

布兰琪 不会太久了！耐心地控制一下你的精神！

斯坦利 我担心的不是我的精神，是我的肾！

（布兰琪砰地把门关上。斯坦利粗声大笑。斯黛拉慢吞吞地回到厨房。）

斯坦利 嘿，你觉得怎么样？

斯黛拉 所有的这些故事我一概不信，我觉得你的那位供销员传播这些故事非常卑鄙、恶毒。他讲的这些事情可能有些部分是事实。我姐姐的行事做派有些我也并不赞同——她也给家里带来过痛苦。她总是那么——反复无常！

斯坦利　反复无常！

斯黛拉　可她年轻，非常年轻的时候，她嫁给了一个写诗的男孩……他长得真是绝世无双。我想布兰琪不单单是爱他，她简直连他踩过的地面都膜拜不已！她那么崇拜他，觉得他实在是完美得不像是个凡人！可是后来她发现——

斯坦利　发现什么？

斯黛拉　这个美丽超群又天姿卓绝的年轻人竟是个变态。难道你的供销员没有给你提供这个信息？

斯坦利　我们讨论的都是近些年的历史。那肯定是很长时间以前的事儿了。

斯黛拉　是的，那是——很长时间以前了……

（斯坦利走上前来，相当温柔地搂住她的肩膀。她轻轻地脱开。她开始相当机械地往生日蛋糕上插粉红的小蜡烛。）

斯坦利　蛋糕上要插几根蜡烛？

斯黛拉　插到二十五根就算数。

斯坦利　有客人要来吗？

斯黛拉　我们请了米奇过来吃蛋糕和冰激凌。

（斯坦利的表情略有些不自在。他用刚抽完的烟头又点了根烟。）

斯坦利　我觉得米奇今晚上不会过来了。

（斯黛拉停下手里插蜡烛的活儿，慢慢地转过身看着斯坦利。）

斯黛拉　为什么？

斯坦利　米奇是我的铁哥们儿。我们是同一个部队的战友——二四一工程兵部队。我们又在同一个工厂里做工，现在还在同一个保龄球队打球。你以为我还会有脸见他吗，要是我眼看着他——

斯黛拉　斯坦利·科瓦尔斯基，你——你把这些话都——？

斯坦利　你他妈算是说对了，我全都告诉了他！我要是在一切都心知肚明的情况下还让我最好的朋友去受骗上当，那我下半辈子良心都甭想踏实！

斯黛拉　米奇是不是跟她吹了？

斯坦利　换了你，你难道不会——？

斯黛拉　我说，米奇是不是跟她吹了？

（布兰琪的歌声再度高扬，如银铃般安详。她唱道："可你只要肯相信我，它就不再是个幻景。”)

斯坦利 我觉得他没必要跟她吹——只要放聪明点就行!

斯黛拉 斯坦利，她以为米奇已经——打算——打算娶她了，我也希望能这样。

斯坦利 噢，他可不打算再娶她了。也许有过这种打算，可他现在可不打算往游着一大群鲨鱼的水池里跳了!(起身)布兰琪!哦，布兰琪!请问我能否用一下我的浴室?(片刻的停顿。)

布兰琪 当然，没问题，先生!你能不能再等上个一秒钟让我把身体擦干?

斯坦利 已经等了一个钟头了，一秒钟应该还熬得住。

斯黛拉 她把工作也给丢了?唉哟，她可怎么办呀!

斯坦利 过了星期二她就不会待在这儿了。这一点你也清楚的吧?为了以防万一，我亲自给她买了票。长途汽车票。

斯黛拉 首先，布兰琪根本就不会坐公共汽车。

斯坦利 她会坐，而且会喜欢上公共汽车的。

斯黛拉 不，她不会，不，她不会的，斯坦利!

斯坦利 她一定会走!句号。又及:她星期二就走。

斯黛拉 (缓慢地)她——该——怎么办?她到底该——怎么办!

斯坦利 她的未来已经都为她规划好了。

斯黛拉 你这话什么意思?

(布兰琪唱。)

斯坦利 嘿，金丝雀!宝贝儿!给我从浴室里滚出来!

(浴室的门猛地打开，布兰琪开心地大笑着走出来，可是当斯坦利从她身边走过时，她脸上重又现出害怕甚至恐慌的神色。他正眼都没看她，走进浴室后砰地把门摔上。)

布兰琪 (抓起一把梳子)哦，洗了这么个长长的热水浴可真叫舒服，我觉得真舒服，真爽快——真惬意!

斯黛拉 (又难过又怀疑地从厨房里)是吗，布兰琪?

布兰琪 (起劲地梳着头发)是呀，一点没错，感觉真是焕然一新!(把装高杯酒①的玻璃杯碰得叮当响。)洗个热水澡，再畅饮一大杯清凉饮料能让你的人生观都焕然一新!(她站

---

① 高杯酒(highball)是美国一种特有的说法，用威士忌或白兰地等高度酒掺水或汽水后再加冰块调配而成。

在两块布帘之间，打量着斯黛拉，手里的梳子慢慢停了下来)肯定出了什么事儿！——到底怎么了？

斯黛拉　(迅速背过身去)咳，哪有什么事儿，布兰琪。

布兰琪　你撒谎！肯定有事儿！

(她恐惧地紧盯着假装在忙着布置饭桌的斯黛拉。远处的钢琴声骤然止歇。)

第八场

三刻钟以后。

大窗外面的景色渐渐沉入寂静、金色的黄昏。一束阳光照耀着朝向商业区的空地上摆放的一个巨大水箱或是油桶的一侧，商业区的昏暗被点点亮灯或是反射了西斜暮光的窗户刺破。

三个人即将吃完那顿乏味之极的生日晚餐。斯坦利面色阴沉。斯黛拉既局促不安又黯然神伤。

布兰琪憔悴的脸上挂着一抹紧张而又不自然的微笑。桌边第四个人的座位一直空在那里。

布兰琪　(突然道)斯坦利，给我们讲个笑话，给我们讲个滑稽故事逗大家都笑笑。我也不知道这是怎么了，咱们都这么阴沉着脸。是因为我被情郎放了鸽子？

(斯黛拉无力地笑笑。)

我这辈子跟男人的交往当中，这还是头一次被人放鸽子！我交往过的男人可不算少了。哈—哈！我真不知道该怎么接受……给我们讲个滑稽的小故事，斯坦利！帮我们度过这一关。

斯坦利　我还以为你不喜欢我的小故事呢，布兰琪。

布兰琪　只要故事有趣又不失体面，我就喜欢。

斯坦利　高雅得能配上你的趣味的故事我可讲不来。

布兰琪　那我来讲一个吧。

斯黛拉　就是呀，你来讲一个，布兰琪。你向来都有很多好故事讲的。

(乐声渐歇。)

布兰琪　让我想想看，嗯……我得先过一遍我的保留节目单！哦，对了——我特别喜欢那些讲鹦鹉的故事！你们都喜欢鹦鹉故事吗？好嘞，这一个讲的是老处女跟鹦鹉的故事。有这么个老处女，她养了只鹦鹉，满口脏话，滔滔不绝，知道的村野粗话比科瓦尔斯基先生还多！

斯坦利　哈。

布兰琪　而唯一能让这只鹦鹉闭嘴的办法就是把鸟笼的罩布盖上，这么一来它就以为到了晚上，该睡觉了。且说，有天早上，老处女刚刚把鸟笼的罩布揭开迎接新一天的到来——她往外一看，但见教区牧师出现在门前的走道上！她于是赶紧跑回去先把鸟笼罩上，然后才请牧师进门。那只鹦鹉纹丝不动，一声儿不出，就像只耗子一样安静，可就在老处女询问牧师要在咖啡里搁多少糖时——那鹦鹉突然大声打破了沉默——（她吹了个口哨）——它说——“他娘的，这一天也忒短了！”

（她仰面大笑。斯黛拉也勉强装出觉得好笑的样子。斯坦利根本就没费心去听，伸手越过桌面用叉子去叉剩下的排骨，然后直接用手拿着大嚼起来。）

布兰琪　科瓦尔斯基先生显然不觉得好笑。

斯黛拉　科瓦尔斯基先生正忙着像头猪猡一样贪吃呢，哪里还有时间操心别的事儿！

斯坦利　这话说得没错，宝贝儿。

斯黛拉　瞧瞧你那张脸，你那双手，油渍麻花得真叫人恶心。快去洗洗，然后帮我收拾桌子。

（他把一个盘子扔到了地上。）

斯坦利　这就是我收拾桌子的办法！（他抓住她的胳膊）再也不许这么跟我讲话！什么“猪猡——波兰佬——恶心——粗野——油渍麻花”！——这类屁话你跟你姐姐说得未免太多了些！你们以为自己是谁？一对王后？记得休伊·朗[①]是怎么说的——“每个男人都是一个国王！”而我就是这里的国王，可别忘了这一点！（他又把一个茶杯和茶托儿摔到了地上）我的位子收拾好了！要我也把你们的位子收拾一下吗？

（斯黛拉开始无力地哭泣。斯坦利大踏步走到门廊，点了根烟。）

（从街角传来黑人乐队的乐声。）

布兰琪　我在洗澡的时候出了什么事？他跟你说了什么，斯黛拉？

斯黛拉　没事，没事，什么事都没有！

布兰琪　我看他肯定说过什么米奇和我的事儿！你知道米奇为什么会爽约可你不肯告诉我！（斯黛拉无力地摇摇头）我这就打电话给他！

斯黛拉　换了我就不给他打电话，布兰琪。

布兰琪　我给他打，我这就给他打电话。

---

① 休伊·朗（1893—1935），美国政治家，曾任参议员和路易斯安那州州长，提出公共工程计划和福利法案，反对富人拥有过分特权。参议员任内提出分享财富计划，被暗杀。——译注

斯黛拉　(痛苦地)我希望你还是不要给他打。

布兰琪　我需要有人给我做出解释!

(她冲向卧室的电话。斯黛拉走到门廊里，责怪地瞪着她丈夫。他哼了一声，扭头不理她。)

斯黛拉　希望你为自己的所作所为感到高兴。我这辈子都从没像今天晚上这顿饭这么难以下咽，眼睁睁地看着那位姑娘的脸和那把空椅子!(悄声哭泣。)

布兰琪　(打电话)喂。米切尔先生，请你……哦……如果可以的话我想留个号码。木兰局 9047。告诉他有要紧的事找他……是的，非常要紧……谢谢。(她仍旧留在电话机旁，一脸茫然若失又被吓坏了的表情。)

(斯坦利慢慢转身面向妻子，笨手笨脚地把她拥入怀中。)

斯坦利　斯黛拉，等她走了，等你把宝宝生下来以后，一切就会好起来的。咱们之间也会跟从前一样要好。你记得咱们原来的情形吗？咱们一起度过的那些夜晚？上帝啊，宝贝儿，咱们又能像从前那样在夜里想怎么闹腾就怎么闹腾，还要把那些彩灯都点起来，再没有什么人的姐姐躲在帘子后头偷听了，那该有多好!

(他们楼上的邻居发出一阵大笑，也不知是在笑什么。斯坦利也扑哧一笑。)

斯坦利　斯蒂夫跟尤妮斯在……

斯黛拉　进屋吧。(她回到厨房，开始在雪白的蛋糕上点燃彩烛。)布兰琪?

布兰琪　哎。(她从卧室回到厨房的桌子旁。)哦，多么，多么漂亮的小蜡烛！哦，别点了，斯黛拉。

斯黛拉　当然要点。

(斯坦利也回来了。)

布兰琪　你们该留着蜡烛给宝宝过生日的时候点。哦，我希望他的一生都有生日蜡烛闪耀，我希望他的眼睛就像是蜡烛，像是两支蓝色的蜡烛点亮在雪白的蛋糕上!

斯坦利　(坐下)多有诗意!

布兰琪　(她沉思默想了片刻)我不该给他打电话。

斯黛拉　什么事儿都有可能发生呀。

布兰琪　这种事是不能原谅的，斯黛拉。我不能忍受侮辱。我不能让人家拿我不当一回事。

斯坦利　他妈的，浴室里的蒸汽熏得这里热死了。

布兰琪　我已经说过三遍对不起了。(钢琴声淡出。)我洗热水澡是为了安抚我的神经。

他们管这个叫水疗法。你这种身体健康的波兰佬，体内连一根神经都没长，你当然不会知道神经焦虑是怎么回事！

斯坦利 我不是什么波兰佬。从波兰来的人叫波兰人，不是什么波兰佬。我可是百分百的美国人，出生、成长在这个地球上最伟大的国家，而且他妈的引以为傲，所以别再叫我波兰佬。

（电话铃响起。布兰琪满怀期待地站起来。）

布兰琪 哦，这是找我的，我敢肯定。

斯坦利 我可不敢肯定。乖乖坐着。（他不慌不忙地前去接电话。）喂。啊，是我，你好，麦克。

（他靠在墙上，侮蔑地盯着布兰琪。她满怀恐惧地坐回到椅子上。斯黛拉伏下身来，抚摸着她的肩膀。）

布兰琪 哦，把手拿开吧，斯黛拉。你怎么了？干吗用那么怜悯的眼光看我？

斯坦利 （咆哮）给我闭嘴！我这儿有个喜欢吵吵的老娘们。——继续说，麦克。在瑞利球场？不，我不想在瑞利打球。上礼拜我跟瑞利有些小过节。我是球队的队长，是不是？那好，我们就不去瑞利打球，我们去西区或者节庆球场！好吧，麦克。回见！

（他挂上电话，回到餐桌旁。布兰琪竭力控制住自己，大口喝着杯子里的水。他并没有看她，把手伸进口袋里往外掏一样东西。然后他假作亲切地放慢语速。）

布兰琪修女，我有样小小的生日礼物要送给你。

布兰琪 哦，是吗，斯坦利？真没想到，我——我不知道斯黛拉干吗要给我庆什么生日！我倒宁肯把它给忘了——当你——已经二十七岁的时候！咳——年龄就成了个你宁可——扭头回避的话题！

斯坦利 二十七？

布兰琪 （飞快地）这是什么？是给我的？

（他把一个小信封递给她。）

斯坦利 是的，希望你能喜欢！

布兰琪 哎，哎——啊？这是——

斯坦利 一张车票！回劳雷尔的车票！“灰狗”长途汽车票！星期二！

（瓦瑟维扬纳舞曲音乐轻柔地摸进，继续演奏下去。斯黛拉猛地起身，背过脸去。布兰琪努力想微笑，进而又想大笑，可终究放弃了伪装，从桌旁一跃而起，跑进了里间。她紧紧捏住咽喉又跑进了浴室。传来咳嗽和呕吐的声音。）

哎哟！

斯黛拉　你没必要干得这么绝。

斯坦利　别忘了我把她赶走都是为了什么。

斯黛拉　你也没必要对她这么个孤苦伶仃的人这么残忍吧。

斯坦利　她太娇弱了。

斯黛拉　她现在、过去都很娇弱。你不知道布兰琪小姑娘时候的样子。天底下没有任何人，没有任何人比她更加温柔，更加轻信人的了。可是就是你这样的人伤害了她、侮辱了她，逼得她不得不变了。

（他走进卧室，脱下衬衣，换上颜色鲜艳的丝质保龄球衫。她跟在他后头。）

你现在就要去打保龄球？

斯坦利　当然了。

斯黛拉　你不能去打保龄球。（她拽住他的球衫）你为什么要这么对待她？

斯坦利　我没对任何人做任何事。放开我的球衫。你都把它给扯破了。

斯黛拉　我想知道为什么。告诉我到底为什么。

斯坦利　咱俩刚认识的时候，你就觉得我粗俗。你的看法一点儿都没错，宝贝儿。我就像泥土一样粗俗。你给我看那张到处都是廊柱的庄园的照片。我把你从那些柱子上拽了下来，你当时是多么欢喜，咱们还点上了彩灯！咱们原来在一起不是很快活吗，在她出现在这儿之前，咱们不是一直都很要好吗？

（斯黛拉微微动了一下。她的注意力突然一下子转向内心，就仿佛体内有个声音在喊她的名字。她开始慢吞吞地拖拉着脚步从卧室向厨房挪动，先是半扶半靠着椅子背，然后是桌子边，目光茫然，一副小心倾听的神情。斯坦利把球衣穿好，并没有意识到她的反应。）

咱们在一起不是很快活吗？不是很要好吗？一直到她出现在这里。傲慢无礼、装腔作势，把我说成是个类人猿。（突然注意到斯黛拉的变化）嘿，怎么啦，斯黛拉？（他朝她走去。）

斯黛拉　（平静地）送我去医院。

（他来到了她身旁，用一只胳膊扶着她，一起走出门去，一面喃喃地说着些不知所云的话。）

第九场

当晚略晚些时候。布兰琪坐在卧室的一把椅子上，紧紧地缩成一团。她已经在椅子上罩上了绿白条子的斜纹布椅套。她身上换上了那件猩红的缎子睡袍。椅子旁边的桌子上摆着酒瓶和酒杯。传来迅急、狂热的波尔卡舞曲，正是“瓦瑟维扬纳”。舞曲是在她头脑中奏响；她喝酒正是为了逃避这首舞曲，摆脱紧紧包围住她的大难临头的预感，而她同时又像是在哼唱着歌词。电风扇摆着头来回吹动着她。

米奇转过街角，身上仍穿着工作服：蓝色工装衣裤。他胡子都没刮。他爬上台阶按响了门铃。布兰琪吓了一跳。

布兰琪 请问是哪位？

米奇 （粗声道）我，米奇。

（波尔卡舞曲消歇。）

布兰琪 米奇！——等一小会儿。

（她发疯似的乱转，把酒瓶藏在壁橱里，对镜蹲下，往脸上擦了点古龙水和香粉。她兴奋不已，来回跑动时喘气声都清晰可闻。最后她冲进厨房去开门，让他进来。）

米奇！——你知道，今晚你竟然这么对待我，我真不该放你进来！竟然完全不顾骑士风度！不过你好，美男子！

（她主动把嘴唇凑上去。他却置之不理，推开她走进房间。他大踏步朝卧室走去，她则满面惊恐地在后面望着他。）

哎呀，哎呀，多么冷冰冰的肩膀！多么笨拙的衣着！咳，你连脸都没刮！这对一位淑女简直是不可原谅的无礼！不过我宽恕你。我宽恕你，因为我只要一见到你就会无比安慰。你把我头脑当中挥之不去的那波尔卡舞曲给叫停了。你头脑中可曾有过什么东西纠缠过你？没有，你当然不会有这种烦恼，你这个迟钝的天使小猫咪，你脑袋里从来就没有过什么可怕的东西缠住你不放！

（她跟着他、跟他说话的整个过程中，他都紧盯着她。显然他在过来的路上已经喝了好几杯了。）

米奇 咱们一定得开着风扇吗？

布兰琪 当然不必！

米奇 我不喜欢风扇。

布兰琪 那咱们就把它给关了。亲爱的。我对风扇可没什么偏袒！

（她按了下开关，电扇点着头慢慢不转了。米奇扑通一声倒在卧室的床上，还点了根烟，她不自在地清了清嗓子。）

不知道家里有什么喝的。我——还没好好调查调查呢。

米奇 我不要喝斯坦的酒。

布兰琪　这不是斯坦的。这里的一切都不是斯坦的。家里的有些东西实际上是我的！你母亲怎么样了？你母亲好了吗？

米奇　干吗？

布兰琪　今晚上出了什么事吧？不过没什么，我可不想盘问当事人。我只不过——（她茫茫然抚摸着额头。波尔卡的曲调再度响起。）——假装我没注意到你有任何的不同！那——音乐又……

米奇　什么音乐？

布兰琪　那“瓦瑟维扬纳”！就是在他们演奏这首波尔卡曲子时，艾伦——等一下！

（远处传来一声左轮枪的枪响。布兰琪像是松了口气。）

你听，那声枪响！枪响以后它也就停了。

（波尔卡舞曲再度消歇。）

没错，现在它停了。

米奇　你是不是给人家一拳打懵了？

布兰琪　我去看看能不能找到点——（她走进壁橱，假装四处找那瓶酒。）哦，说起来了，你得原谅我这么衣衫不整的。可我事实上已经对你绝了望！你忘了过来吃晚饭的邀请吗？

米奇　我再也不想见到你了。

布兰琪　等一下。我听不见你在说什么，你轻易都不开金口，等你终于开了金口，我真是连一个音节都不舍得错过……我到这儿来找什么来着？哦，对了——酒！今晚上这里实在是太热闹了，我确实是被打懵了！（她假装突然找到了那瓶酒。他把脚抬起来搁到床上，侮蔑地紧盯着她。）这儿还有些“南方解忧”①！这到底是什么呢？真奇怪。

米奇　你如果不知道，那一定是斯坦利的东西。

布兰琪　把脚从床上放下来。床单的颜色不耐脏。当然你们这些小伙子是不会注意这些事儿的。自打我来了以后，我已经为这里做了很多改变了。

米奇　这个我敢打包票。

布兰琪　我来之前你都见到过的。喏，看看现在的样子！这个房间差不多算是——有

---

① “南方解忧”(Southern Comfort)是美国生产的一种用波本威士忌配制而成的利口酒，其中加有桃子等水果成分。——译注

品味了！我要让它保持下去。我不知道这酒是不是该掺点什么喝？呣——是甜的，真甜！实在是甜得，发了腻！咳，这是种利口酒呢，我相信！没错，确实是一种利口酒！(米奇哼了一声。)我恐怕你不会喜欢，不过还是尝尝吧，没准儿你会喜欢呢。

米奇 我已经告诉过你我不想再喝他一滴酒，我说到做到。你也不该去碰他的酒。他说你这整个夏天都像只野猫似的舔他的酒！

布兰琪 这可真是天方夜谭！他说来是天方夜谭，你竟然还重复他的天方夜谭！我都懒得自降身份去回应这么低级的凭空诬蔑！

米奇 哈。

布兰琪 你心里在想什么？我从你眼睛里看出了点苗头。

米奇 (起身)这里太黑了。

布兰琪 我喜欢这里的黑。黑暗对我是一种抚慰。

米奇 我觉得我都从没在亮光底下看到过你。(布兰琪笑得上气不接下气)这是事实！

布兰琪 是吗？

米奇 我从没在下午看到过你。

布兰琪 这是谁的错？

米奇 你从来都不愿意在下午外出见人。

布兰琪 咳，米奇，你下午可是在厂里干活呢！

米奇 星期天下午可不用干活儿。我星期天也请你出去来着，可你总是找借口回绝。你六点以前从来都不想出去，天黑了以后你也总是待在灯光昏暗的地方。

布兰琪 你像是话里有话，可我又不明白其中的隐情。

米奇 我的意思是说，我从来都没真正好好地看过你，布兰琪。咱们把屋里的灯打开吧。

布兰琪 (惊恐万分)灯？什么灯？干吗要开灯？

米奇 这盏罩着纸罩子的灯。(他把灯泡上的纸灯笼扯下来。她吓得大声喘息。)

布兰琪 你干吗要开灯？

米奇 我好把你看个明白清楚！

布兰琪 你当然不是真想侮辱我吧！

米奇 不，我只想脚踏实地。

布兰琪 我可不想脚踏实地。我要魔法巫术！(米奇嘿嘿一笑)对，对，就是魔法巫术！我一心想给人的就是这个。我误导他们。我说的不是事实，我说的是应该的事实。如果这就是罪过，那就让我为此而永世不得超生吧！——别把灯打开！

（米奇过去开灯。他把灯打开，然后不错眼地盯着她看。她大叫一声把脸遮住。他又把灯给关了。）

米奇　（缓慢而又悲苦地）我并不嫌你比我想象得要老。可是还有所有那一切——耶稣啊！你假装旧式淑女的那些拿姿作态，还有这整个夏天你炮制出来的那些胡言乱语。哦，我知道你已经不是年方二八了。可我真是个傻瓜，竟然就信了你是个规矩女人。

布兰琪　谁告诉你我不——“规矩”了？我那可爱的妹夫。你也就信了他。

米奇　我一开始骂他是血口喷人。后来我核对过了事实。我先是问了经常前往劳雷尔出差的我们的供销员。然后我打长途电话直接跟那个商人通了话。

布兰琪　这位商人又是谁？

米奇　基费伯。

布兰琪　劳雷尔的商人基费伯！我知道这个人。他对我吹过口哨。我断了他的非分之想。所以现在他就编造了故事来报复我。

米奇　有三个人，基费伯、斯坦利还有肖，你敢对着他们赌咒发誓！

布兰琪　咚咚呛，咚咚呛，三个大男人挤一缸！又脏又臭的一大缸！

米奇　你不是住在一家叫火烈鸟的旅馆？

布兰琪　火烈鸟？不！旅馆的名字叫大狼蛛！我住的旅馆叫大狼蛛纹章！

米奇　（傻乎乎地）大狼蛛？

布兰琪　没错，一种大蜘蛛！我就是把我的牺牲品往那儿带的。（她又给自己倒了杯酒）没错，我是跟陌生人有过很多次亲密关系。那是在艾伦——死后，跟陌生人缠绵悱恻对我而言是唯一能将我空洞的心填满的途径……我想我是出于恐慌，只是因为恐慌，我才像是被驱赶着，从一个人转向另一个，竭力寻求一点保护——从东到西，从南到北，在那些最——不靠谱的地方——最后甚至，找上了个十七岁的男生！可是有人给校长写信告发了这件事——“这个女人毫无道德，根本不配担当教职！”

（她仰头一阵痉挛的、哽咽的大笑。然后又气喘吁吁地重复一遍上面的话，接着又喝酒。）

此话不假吧？是的，我想我大概——是不称职——管它呢……所以我才来到了这里。我已经没有别的地方可去了。我已经精疲力竭了。你知道什么叫精疲力竭吗？可是我的青春又突然涌动起来——我遇到了你。你说你需要个人。是呀，我也需要个人。我为了你感谢上帝，因为你好像很温柔——好像是这个乱石丛生的世界上我可以借以藏身的一道缝隙！可是我大概是要求得，希望得——太多了！基费伯、斯坦利和肖已经在我这只风筝的尾巴上拴上了个旧铁皮罐。

（沉默片刻。米奇木呆呆地盯着她看。）

米奇 你对我撒了谎，布兰琪。

布兰琪 别说我对你撒过谎。

米奇 撒谎，撒谎，里里外外，全是一派谎言。

布兰琪 从没有在里面，我从没有存心要撒谎……

（一个小贩绕过街角。是个瞎眼的墨西哥女人，围着深色围巾，拿着几把俗气的锡纸花，那是下层墨西哥人在葬礼和其他节庆场合才用的。她的叫卖声几不可闻。她的身影隐在楼房的阴影里几不可见。）

墨西哥女人 Flores. Flores. Flores para los muertos. Flores. Flores.①

布兰琪 什么？哦！有人在外头……（她走到门前，开门望着那个墨西哥女人。）

墨西哥女人 （她就站在门口，把花儿递给布兰琪）Flores? Flores para los muertos?

布兰琪 （吓坏了） 不，不！现在还不要！现在还不要！

（她冲进屋内，把门摔上。）

墨西哥女人 （她转过身，又开始沿街叫卖）Flores para los muertos.

（波尔卡舞曲渐歇。）

布兰琪 （仿若自言自语）揉碎了，衰败了，——悔不当初——反咬一口……“你要是能如此这般，我也就不会沦落至此！”

墨西哥女人 Corones para los muertos. Corones…②

布兰琪 遗产！哈……还有诸如血迹斑斑的枕套之类的玩意儿——“她的床单该换了”——“是的母亲。可是我们就不能找个黑人姑娘来干这种事吗？”不，我们当然不能。咱们什么都没了，只剩下——

墨西哥女人 Flores.

布兰琪 死——我一般就坐在这儿，她常常坐在那儿，死靠得就跟你一样近……我

---

① 西班牙语：花儿。花儿。吊丧的花儿。花儿。花儿。——译注

② 西班牙语：吊丧的花圈。——译注

们甚至都不敢承认听说过死这件事！

墨西哥女人 Flores para los muertos，flores—flores…

布兰琪 死的反面是欲望。你觉得奇怪？你怎么会觉得奇怪呢！离贝拉里夫不远，在我们失去贝拉里夫以前，有座训练新兵的兵营。星期六的晚上，小伙子们就会进城去买醉——

墨西哥女人 （轻柔地）Corones…

布兰琪 ——回营的路上他们会摇摇晃晃地闯到我们家草坪上喊——“布兰琪！布兰琪！”——耳聋的老太太竟然一点都没起疑。不过有时候我就会溜出去，答应他们的召唤……事后警车就会开过来把他们都收罗了去，就跟收雏菊赛的……漫长的回家路……

（墨西哥女人慢慢转过身来，一边轻柔哀伤地叫卖，渐渐离场。布兰琪走到梳妆台前，俯身趴在台上。过了一会儿，米奇起身，有所企图地跟了过来。波尔卡音乐消歇。他伸出双手搂住她的腰，想把她转过来。）

布兰琪 你想干吗？

米奇 （笨手笨脚地拥抱她）干我整个夏天都日思夜想的事。

布兰琪 那就娶我吧，米奇！

米奇 我不想娶你了。

布兰琪 不想了？

米奇 （双手从她腰间垂下来）你不够干净，我不能把你领回家跟我母亲住在一起。

布兰琪 那就走开。（他盯着她）马上从这儿滚出去，要不然我就要大喊失火了！（她因为歇斯底里，嗓子都发紧了）马上从这儿滚出去，要不然我就要大喊失火了。

（他仍旧盯着她看。她突然冲到大窗子前，窗上还留有一圈淡蓝色的夏日余晖，她疯狂地大喊。）

失火了！失火了！失火了！

（米奇惊得喘了口粗气，转身跑了出去，跌跌撞撞地冲下台阶转过街角的楼房。布兰琪摇摇晃晃地离开窗前，跪倒在地。远处传来缓慢而又忧伤的钢琴曲。）

第十场

当晚几小时以后。

米奇走后布兰琪一直不停地喝酒。她已经把她的衣箱拖到了卧室中央。箱盖敞着，花花绿绿的衣裙就搭在箱盖上。她一边喝酒一边收拾的过程中，突然一阵歇斯底里的亢奋，她于是特意穿上一件皱巴巴、脏兮兮的白缎子晚礼服，蹬上一双已经磨损的银色拖鞋，鞋跟上缀有闪亮的宝石装饰。

眼下她正对着梳妆台的镜子把那顶莱茵石的冠冕戴到头上，兴奋地喃喃说个不停，仿佛正对着一群幽灵仰慕者说话。

布兰琪 去游一次泳怎么样，去旧采石场那儿来一次月光下的畅游？只要有谁还能开得了车就行！哈—哈！这可是世上能治好你脑袋嗡嗡叫的最好的法子了！只是往池塘里跳的时候一定得小心——要是撞到了石头上，就得等到明天才能浮上来了……

（她哆哆嗦嗦地举起一面手镜仔细照了照。她屏住气把手镜面朝下一摔，结果用力过猛，镜面都给摔碎了。她略微呻吟了一声，想站起来。

（斯坦利绕过街角上场。他仍穿着那件鲜艳的绿色丝绸保龄球衫。他转过街角的时候传来低级酒馆的音乐声。轻柔的音乐声贯穿整场。

（他走进厨房，把门摔上。他打量了一下布兰琪，低低吹了声口哨。他回来的路上已经喝了几杯，还买了几瓶一夸脱装的啤酒带回家。）

布兰琪 我妹妹怎么样了？

斯坦利 她挺好。

布兰琪 小宝宝呢？

斯坦利 （笑容可掬）小宝宝要到天亮才出来，所以他们叫我先回家眯一会儿。

布兰琪 也就是说我们要单独待在一起喽？

斯坦利 对。就我跟你。布兰琪。除非你还藏了个人在床底下。你披上这些漂亮的羽毛是所为何来呀？

布兰琪 哦，对了。你一走我的电报就来了。

斯坦利 你收到一封电报？

布兰琪 我收到一封原来的仰慕者发来的电报。

斯坦利 有好消息？

布兰琪 我想是吧。是正式的邀请。

斯坦利 去干吗？消防队的舞会？

布兰琪 （头仰得老高）坐游艇漫游加勒比海！

斯坦利 嚯，嚯。真的假的？

布兰琪 我这辈子还没这么意外过呢。

斯坦利 我想也是。

布兰琪 简直像是晴空一个霹雳!

斯坦利 你刚才说是谁打来的?

布兰琪 我的一个老情郎。

斯坦利 就是送你白狐狸皮的那个?

布兰琪 是谢普·亨特利。我在大学的最后一年就戴过他的 ATO 兄弟会[①]徽章。我直到去年圣诞节才又见到他。我是在比斯坎湾大道上跟他意外撞上的。后来——刚才——就来了这份电报——邀我去漫游加勒比海!麻烦的是穿什么衣服。我刚才就在翻箱倒柜,看看我有没有适合热带穿的衣服!

斯坦利 然后就找出了这顶——华丽的——钻石——头饰?

布兰琪 这个老古董?哈—哈!这不过是莱茵石充的。

斯坦利 他妈的。我还以为是蒂凡尼的金刚钻呢。(他解开衣扣。)

布兰琪 管他呢,不管怎么说,我就要享受点时髦的款待了。

斯坦利 啊—哈。走着瞧吧,你永远都不知道前面等着你的是福是祸。

布兰琪 正当我还以为我运交华盖的倒霉时候……

斯坦利 天上掉下来个迈阿密的百万富翁。

布兰琪 这人不是迈阿密的。是达拉斯的。

斯坦利 这人是达拉斯的?

布兰琪 没错,这人住在遍地涌金的达拉斯!

斯坦利 咳,管他是从哪里冒出来的!(他开始脱球衫。)

布兰琪 再往下脱的话,请你把帘子拉上。

斯坦利 (和颜悦色地)眼下我就先脱到这里了。(扯掉一夸脱装啤酒瓶外头的包装袋)看见哪儿有酒起子吗?

(她慢慢朝梳妆台走去,来到梳妆台前绞着双手站在那儿。)

我本来有个表亲,能用牙齿把瓶盖撬下来。(把瓶盖靠在桌角上砰砰地敲)这是他唯一的能耐,他就会这一招——他只不过就是个人形酒起子。后来有一次,是在一次婚宴上,他把门牙给硌飞了!打那以后他就一直惭愧得不得了,一见到有人来就偷偷往外溜……

---

① ATO(Alpha Tau Omega)是美国一顶级兄弟会组织,部分成员名额向大学的本科男生开放,能加入该协会的大学男生自然是品学兼优,尤其还要有较高的社会出身。——译注

（酒瓶盖砰地飞起来，气泡噗噗地往外喷。斯坦利开心地哈哈大笑，把酒瓶举过头顶。）

哈—哈！天降甘霖啊！（他把酒瓶伸向她）咱们化干戈为玉帛，喝个交杯酒如何？哈？

布兰琪 不，谢谢。

斯坦利 好吧，今天都是咱们大喜的日子。你就要钓上个石油大亨，而我就要有个小宝宝了。

（他走到卧室的衣柜前，蹲下来从底下的抽屉里取出一样东西。）

布兰琪 你进来干吗？

斯坦利 这里有样东西，是我为这样特殊的场合特别预备的。我新婚之夜穿的丝绸睡衣！

布兰琪 哦。

斯坦利 等电话铃一响，他们告诉我："你得了个儿子！"我就把它给扯掉，当旗子挥！（他抖开一件鲜艳的睡衣）我看咱俩都有理由摆摆排场了。（他胳膊上搭着睡衣回到厨房。）

布兰琪 我一想到能再度拥有神圣不可侵犯的隐私——我真是要喜极而泣了！

斯坦利 这位从达拉斯来的百万富翁丝毫不会侵犯你神圣的隐私吗？

布兰琪 事情可不像你脑子里琢磨的那样。人家可是个君子，他尊敬我。（即兴狂热地说下去）他只是要我跟他做伴。巨大的财富有时也会让人倍感孤独！一位文雅的女性，一位聪明而有教养的女性，能够丰富一个男人的生活——无限地丰富！我就有这样的品质可以奉献，而这些品质又不会因之而减少分毫。肉体之美无法持久。只能昙花一现。而心灵之美、精神的丰富和内心的温柔——这些品质我全都具备——非但不会因岁月的流逝而消减，反而会日益滋长！与日俱增！居然把我叫作一贫如洗的女人！殊不知我内心中还蕴藏着这样的珍宝。（哽咽欲泣）我觉得自己是个非常、非常富有的女人！可我竟然这么傻——竟然把珍珠抛掷到猪猡面前！

斯坦利 猪猡，哈？

布兰琪 没错，就是猪猡！猪猡！我指的不但是你，还有你的那位朋友米切尔先生。今晚上他看我来了。他竟敢一身工作服就跑了来！而且还一再诽谤于我，把从你那儿贩了来的恶毒谣言强栽到我头上！我就给他下了逐客令……

斯坦利 你把他赶出去了，哈？

布兰琪 可他后来又回来了。他带了盒玫瑰回来求我宽恕！他恳求我的宽恕。可有些事情是不能宽恕的。蓄意的残酷是不能宽恕的。依我看，这就是不能宽恕的恶行，而且我从来，从来都不会为此而感到内疚。于是我就告诉他，我跟他说，“谢谢啦”，可如果我还以为我们相互之间可以迁就的话，那我就太傻了。我们的生活方式是如此不同。我们的态度，我们的门第又相差云泥。对此我们一定得面对现实。所以永别了，我的朋友！但愿我们之间不要心怀怨恨……

斯坦利 这事儿是发生在那位得克萨斯石油大亨的电报到来之前还是之后？

布兰琪 什么电报？不！不，是在那之后！事实上，他刚走那份电报就——

斯坦利 事实上，根本就没有什么电报！

布兰琪 哦，哦！

斯坦利 根本就没有什么百万富翁！米奇也没带着玫瑰花回来，因为我知道他现在在哪儿——

布兰琪 哦！

斯坦利 全他妈无中生有，没有一件真事！

布兰琪 哦！

斯坦利 全他妈撒谎骗人要花招！

布兰琪 哦！

斯坦利 瞧瞧你自己！瞧瞧你披挂着那身狂欢节[①]行头的那副尊容！是从哪个旧货店里花五毛钱租来的吧！还戴着那个疯疯癫癫的王冠！你以为你是哪门子的女王？

布兰琪 哦——上帝……

斯坦利 我一开始就把你看得透透的！你一次也甭想迷了这小子的法眼！你跑到这里面来，又是撒香粉又是喷香水的，还给那个电灯泡罩上个纸灯笼罩儿，嘿，你瞧！这么一来你就把这地方变成埃及了，你就成了尼罗河女王了！坐在你的宝座上大口偷我的酒喝！让我说——哈！——哈！你听清楚了吗？哈——哈——哈！（他走进卧室。）

布兰琪 别进来！

（布兰琪身后的墙上现出可怕的投影。影子离奇怪异、险恶非常。她吓得屏住呼吸，跑到电话机旁哆嗦着往下摘听筒。斯坦利走进浴室，把门关上。）

---

① 原文用的是 Mardi Gras——忏罪星期二：圣灰星期三节的前一天，在很多地方人们通过狂欢节、化装舞会和化装游行的方式来庆祝这个节日。——译注

接线员，接线员！请给我接个长途……我想跟达拉斯的谢普·亨特利先生通话。他是个大名人，不需要报他的住址。就随便问个当地人——等一下！——没有，我现在找不到……请你理解，我——不！不，等一下！……就一会儿！有人正在——没事没事！求你别挂！

（她把电话放下，小心警惕地走进厨房。夜幕中充满各种非人的声音，就像丛林中野兽的嚎叫。

（憧憧黑影和可怕的投影，交错蜿蜒地在墙上游动，恍若火焰。

（房间的后墙变得透明，可以望见后面的人行道。一个妓女打劫了一个醉汉。他沿人行道追上她，接着就是一场厮打。警察的哨子响起，两人住手，消失不见。

（不多久，那个黑种女人绕过街角出现，捡着了妓女落在人行道上、缀满亮片的包。正兴奋不已地一一察看包里的东西。

（布兰琪的手指节紧紧压在嘴唇上，慢慢回到电话机旁。压低了嘶哑的嗓音讲话。）

布兰琪 接线员！接线员！别管长途不长途的。接西联电报公司。没时间再——西——西联电报公司！

（心焦地等待。）

西联电报公司吗？是的！我——想要——请记下这句电文！“身陷绝境，绝境！救我！落入陷阱。落入——”哦！

（浴室门砰地打开，斯坦利身穿鲜艳的丝绸睡衣出来。他一边系着腰间缀有流苏的腰带，一边咧开嘴冲着她笑。她深吸一口粗气，向电话后面躲去。他盯着她足足有十秒钟。然后电话听筒中传来咔嗒咔嗒的声音，声音持续不断地响下去，令人焦灼难耐。）

斯坦利 你没把听筒挂好。

（他别有用心地走到电话机前，把听筒挂好。挂好听筒后，他再度不错眼地盯着她看，他的嘴巴慢慢弯曲起来，露出牙齿来笑着，堵在布兰琪和大门之间。

（几不可闻的“布鲁斯钢琴曲”开始越来越响。钢琴声转化为正在驶近的机车的咆哮。布兰琪蹲下身去，攥紧拳头捂住耳朵，直到火车过去。）

布兰琪 （终于站起身来）让我——让我过去！

斯坦利 你要过去？当然可以。走吧。（他从门口的位置后退了一步。）

布兰琪 你——你站到那边去！（她指着更远的位置。）

斯坦利 （咧嘴笑道）这个空当够你走过去了。

布兰琪 你站在这儿可不成！可是我一定得出去！

斯坦利 你觉得我会拦住你不成？哈—哈！

（“布鲁斯钢琴曲”转为轻柔徐缓。她慌乱间转身，做了个含混的姿势。非人的丛林之声再度响起。他朝她逼近一步，咬着唇间探出来的舌头。）

斯坦利　（柔声道）不妨想想看——或许拦你一下也——不坏吧……

（布兰琪向后退去，穿过房门进了卧室。）

布兰琪　退后！你再敢向前靠近我一步，我就——

斯坦利　你待怎样？

布兰琪　就会出事！出大事！

斯坦利　我倒要看看事到如今你还装什么蒜。

（两人已经都进入卧室。）

布兰琪　我警告你，不许靠近，我什么都干得出来！

（他再进一步。她抓起一个酒瓶在桌子上摔碎，紧紧攥着摔破的上半截面对着他。）

斯坦利　你这是要干吗？

布兰琪　我要拿玻璃尖戳你的脸。

斯坦利　我打赌你干得出来！

布兰琪　我干得出来！要是你——

斯坦利　哦！这么说你要大打出手喽！好呀，那咱们就好好闹上一闹！

（他朝她扑上去，打翻了桌子。她大叫一声，拿上半截破酒瓶打他，可被他捏住了手腕。）

母老虎——母老虎！把瓶子头放下！放下！咱们这场约会可是打一起头就定好了的！

（她呻吟。瓶头掉在地上。她跪倒在地。他扶起她迟钝的身体，把她抱到床上。“四平局”酒吧里传来喧闹的小号和鼓的合奏声。）

第十一场

几周后。斯黛拉正在收拾布兰琪的东西。浴室里传来哗哗的水声。

布帘半开，可以看到斯坦利、斯蒂夫、米奇和巴勃罗正围坐在厨房的桌旁打牌。厨房里的氛围仍一如既往地粗野、可怕，就跟那个灾难性的扑克之夜一般无二。

楼房衬着绿松石般的天，蓝得透亮。斯黛拉一边在打开盖的衣箱里收拾那些印花的裙装，一边哭。

尤妮斯从楼上的单元里下来，走进厨房。牌桌上突然一阵哄闹。

斯坦利　上帝保佑让我摸到个中张顺子，真摸着了！

巴勃罗 Maldita sea tu suerto![1]

斯坦利 讲英语，外国佬。

巴勃罗 我是骂你的狗屎运。

斯坦利 (得意非凡地)你知道运气是什么吗？运气就是相信你会走运。就拿萨勒诺[2]来说吧，我相信我是幸运的。我估摸着五个人里面得搭进去四个，可我就能挺过去……我还真就挺过来了。从那以后我就把这一条当成金科玉律一样写了下来。要想在你死我活的竞争当中占据上风，你就得相信你是幸运的才行。

米奇 你……你……你……吹……吹……牛皮。

(斯黛拉走进卧室，开始叠一件裙装。)

斯坦利 他这是怎么了？

尤妮斯 (经过桌旁)我一直都说男人都是铁石心肠的东西，这还真是千真万确呢。骨子里都是一帮猪猡。(她穿过布帘走进卧室。)

斯坦利 她这是怎么了？

斯黛拉 我的宝宝怎么样了？

尤妮斯 睡得就像个小天使。给你们带了些葡萄过来。(把葡萄搁在一个凳子上，压低嗓音。)布兰琪呢？

斯黛拉 洗澡呢。

尤妮斯 她怎么样？

斯黛拉 她什么都不肯吃，只是要喝的。

尤妮斯 你跟她是怎么说的？

斯黛拉 我——只是告诉她——我们安排她去乡下休养。她脑子里把这事儿跟谢普·亨特利搅和到一起了。

(布兰琪把浴室的门开了道缝儿。)

布兰琪 斯黛拉。

斯黛拉 怎么，布兰琪？

布兰琪 我洗澡的时候要是有人打电话过来，就把号码记下来，跟他们说我过会儿就打回去。

---

① 西班牙语：去你娘的运气！——译注

② 萨勒诺是意大利西南部港市，1943年9月8—18日盟国登陆部队和德军曾在该市沿岸激战。——译注

斯黛拉　好的。

布兰琪　那件冷黄色的绸衣——那件 bouclé①。看看是不是压皱了。要是不太皱，我就穿它了，领子上我要别上那个绿松石镶银的海马形别针。就在我放零碎饰品的那个心形盒子里搁着。还有斯黛拉……再在那个盒子里找找看有没有一束紫罗兰的假花，把它跟那个海马别针一起别在衣领上。

（她把门关上。斯黛拉转向尤妮斯。）

斯黛拉　我不知道我做得对不对。

尤妮斯　要不然你还能怎么着？

斯黛拉　我不能听信她那套说辞，要不然就没办法跟斯坦利过下去了。

尤妮斯　千万别信。生活总得继续过下去。不管发生了什么事儿，你总得继续过下去。

（浴室的门又开了道缝儿。）

布兰琪　（往外观瞧）道路畅通无阻吧？

斯黛拉　是的，布兰琪。（跟尤妮斯说）跟她说她看起来甭提多漂亮了。

布兰琪　请先把帘子拉严了我再出来。

斯黛拉　拉严了。

斯坦利　——你要几张？

巴勃罗　——两张。

斯蒂夫　——三张。

（布兰琪出现在浴室门口琥珀色的光里。她大红缎子的浴袍勾勒出她身上雕塑般的线条，带有一种悲剧性的光辉。随着布兰琪走进卧室，“瓦瑟维扬纳”舞曲随之而起。）

布兰琪　（略带几分歇斯底里的活泼）我刚把头发给洗了。

斯黛拉　是吧？

布兰琪　不知道肥皂都冲干净了没有。

尤妮斯　多漂亮的头发！

布兰琪　（坦然接受恭维）可不好对付呢。有我的电话吗？

斯黛拉　谁会打来，布兰琪？

布兰琪　谢普·亨特利……

斯黛拉　啊，还没呢，亲爱的。

---

①　法语：绉纱衣服。——译注

布兰琪 多奇怪！我还——

（听到布兰琪的声音，米奇拿着牌的手垂了下来，目光茫然盯着前方。斯坦利拍了拍他的肩膀。）

斯坦利 嘿，米奇，别走神儿！

（这个新的声音吓了布兰琪一跳。她露出震惊的样子，嘴唇摆出他名字的口型。斯黛拉点了点头，迅速把目光掉开了。布兰琪一动不动地站了一段时间——她手里握着一面银质背面的手镜，一副悲戚困惑而又茫然的复杂表情，仿佛所有人类的情感经验都显现在她脸上。布兰琪终于开了口，但带上了一阵突发的歇斯底里。）

布兰琪 这是在干吗呢？

（她的目光从斯黛拉转向尤妮斯，又转回斯黛拉。她提高的嗓门干扰了牌局的进行。米奇头垂得更低了，可斯坦利把椅子往后一推，像是要站起来。斯蒂夫把手按在他胳膊上，意思是要他冷静。）

布兰琪 （继续追问）出了什么事！我需要个解释，这里到底出了什么事。

斯黛拉 （苦恼难耐）嘘！嘘！

尤妮斯 嘘！嘘！亲爱的。

斯黛拉 求你了，布兰琪。

布兰琪 你们干吗都这么看着我？我有什么不妥吗？

尤妮斯 你看起来棒极了，布兰琪。你说，她看起来是不是棒极了？

斯黛拉 是呀。

尤妮斯 我知道你就要去旅行了。

斯黛拉 是呀，的确是这么回事。她就要去度假了。

尤妮斯 我真羡慕死了。

布兰琪 帮帮我，帮我把衣服穿好！

斯黛拉 （把衣服递给她）你要的是这件——

布兰琪 是，这件就行！我真巴不得离了这里——这地方就是个陷阱！

尤妮斯 这件蓝褂子可真漂亮。

斯黛拉 这是丁香色。

布兰琪 你们都说错了。这叫德拉·罗比亚蓝①。就是古圣母像里圣母身上披的袍子

① 所谓的“德拉·罗比亚色”是指意大利佛罗伦萨文艺复兴风格的先驱者之一、雕塑与制陶大师卢卡·德拉·罗比亚(1400—1482)制作的加釉赤陶浮雕和器皿所特有的颜色。他的代表作有佛罗伦萨大教堂的《耶稣复活》弧面窗及《耶稣升天》浮雕等，以他为开创者的德拉·罗比亚家族出过众多浮雕与彩陶大师。

的颜色。这些葡萄洗过吗？

（她指着尤妮斯带来的那串葡萄。）

尤妮斯　啊？

布兰琪　洗过吗，我说。它们洗过了吗？

尤妮斯　这可是从法国市场买的。

布兰琪　那也不等于说就洗过了。（大教堂的钟声响起）这些大教堂的钟啊——算得这个地区唯一干净的东西了。好了，我这就走了。我准备好动身了。

尤妮斯　（悄声）她就要走了，可他们还没来呢。

斯黛拉　等等吧，布兰琪。

布兰琪　我不想从那帮男人面前经过。

尤妮斯　那就等他们把牌打完了再走。

斯黛拉　坐下再……

（布兰琪有气无力又犹豫不决地转过身。由着她们俩把她推到椅子上。）

布兰琪　我都能闻到大海的气息了。余生所有的时间我都要在海上度过。等我死的时候，我也要死在大海上。你们知道我应该是怎么死的？（她揪了颗葡萄）有朝一日我在茫茫海洋之上会因为吃了颗没洗的葡萄而死。我死的时候会有一个漂亮的船上医生握着我的手，一个非常年轻的小伙子，留着一撇金黄的小胡子，戴着块大银表。"可怜的女士，"他们会说，"奎宁对她一点都不管用。那颗没洗的葡萄将她的灵魂送入了天国。"（大教堂的钟声再度响起）而我将被安葬在海上，缝在一个干净的白布口袋里，从甲板上扔下去——在正午时分——在夏日炎炎的日光里——葬身碧蓝的大海，蓝得就像（钟声再度响起）我第一个情人的眼睛！

（一个医生和一个护士长绕过街角的大楼上场，爬上台阶来到门廊前。他们身上那种职业性的特质十分夸张——那种政府机构人员所特有的乖戾的冷漠神情一目了然。医生按响了门铃。牌局的嘟囔声戛然而止。）

尤妮斯　（悄声对斯黛拉道）准是他们来了。

（斯黛拉把两个拳头都压到嘴唇上。）

布兰琪　（慢慢起身）是谁？

尤妮斯　（假装不经意地）我去看看是谁来了。

斯黛拉　好的。

（尤妮斯走进厨房。）

布兰琪 （紧张地）不知道是不是找我的。

（门口传来轻声的谈话声。）

尤妮斯 （回来，高兴地）有人来见布兰琪。

布兰琪 这么说，确实是找我的！（她满怀恐惧地来回看着她们俩，然后望向布帘。“瓦瑟维扬纳”的曲子轻声响起）是我一直期待的那位从达拉斯来的先生吗？

尤妮斯 我想是他，布兰琪。

布兰琪 我还没完全准备好呢。

斯黛拉 请他先在外头等一下。

布兰琪 我……

（尤妮斯又回到门廊处。鼓声敲得非常轻柔。）

斯黛拉 都收拾好了吧？

布兰琪 我的那套银质梳洗用具还在外头。

斯黛拉 啊！

尤妮斯 （回来）他们在房子门前等着呢。

布兰琪 他们！“他们”是谁？

尤妮斯 还有位女士跟他在一起。

布兰琪 我想象不出这位“女士”到底是谁！她穿着打扮如何？

尤妮斯 就是——就是——那种剪裁很普通的衣服。

布兰琪 可能她是——（紧张得说不下去了。）

斯黛拉 咱们走吗，布兰琪？

布兰琪 我们一定要穿过那个房间吗？

斯黛拉 我陪你一起出去。

布兰琪 我看起来怎么样？

斯黛拉 可爱极了。

尤妮斯 （应声附和）可爱极了。

（布兰琪胆战心惊地朝帘子走去。尤妮斯为她把帘子拉开。布兰琪走进厨房。）

布兰琪 （对那几个男人）请不必站起来。我只是经过一下。

（她飞快地穿过厨房来到大门口。斯黛拉和尤妮斯跟着。打牌的几个人尴尬地在桌边站起来——只米奇除外，他仍旧坐着，朝下望着桌面。布兰琪走到门外的小门廊里。突然止住脚步屏住了呼吸。）

医生　你好?

布兰琪　你不是我等的那位先生。(她突然喘了口粗气，开始朝台阶上退去。她在站在门外的斯黛拉身边停住，惊恐地悄声道)那人不是谢普·亨特利。

(“瓦瑟维扬纳”的曲子远远传来。

(斯黛拉回头盯着布兰琪。尤妮斯扶着斯黛拉的胳膊。一阵沉默——只听见斯坦利从容不迫的洗牌声，此外鸦雀无声。

(布兰琪再次屏住呼吸，溜回房内。她进门的时候脸上挂着一种奇怪的微笑，眼睛瞪得又大又亮。姐姐刚从她身边走进去，斯黛拉就把眼睛一闭，双手紧紧绞在一起。尤妮斯伸开双臂抚慰地抱了抱她。然后朝楼上自己家走去。布兰琪一进门就停下脚步。米奇仍旧低头盯着自己放在桌上的双手，可其他几个男人都好奇地望着她。最后，她终于绕过桌子朝卧室走去。这时斯坦利突然把椅子往后一推，站起身来，像是要拦住她的去路。那位护士长跟在她身后也进了屋。)

斯坦利　你忘了什么东西?

布兰琪　(尖声道)是！是的，我忘了东西。

(她从他身边冲过，进入卧室。可怕的投影出现在墙上，形状古怪又错综蜿蜒。“瓦瑟维扬纳”舞曲也被扭曲成为怪异的变奏，还伴以丛林里的各种呼喊和噪声。布兰琪抓住一把椅子的椅背，像是想以此来保卫自己。)

斯坦利　(压低声音)医生，您最好进来。

医生　(低声，向护士长示意)护士，把她带出来。

(护士长从一边逼近，斯坦利从另一边。这位护士长身上没有丝毫女性的柔美特征，加上一身毫无装饰的制服，更是显得凶险至极。她的声音就像警铃般单调、刺耳。)

护士长　哈罗，布兰琪。

(这句问候引起四面墙后其他神秘的声音一遍又一遍的回响，就仿佛置身一个峡谷，一出声就会引起无数回声。)

斯坦利　她说她忘了带东西。

(引起一片恐吓的悄声回响。)

护士长　那没关系。

斯坦利　你忘了带什么，布兰琪?

布兰琪　我——我——

护士长　不要紧。我们过后再来拿。

斯坦利　就是啊。我们可以连衣箱一起给你捎过去。

布兰琪　(恐慌地退却)我不认识你——我不认识你。我想——一个人待着——求你了!

护士长 听话，布兰琪！

回声 (此起彼伏)听话，布兰琪——听话，布兰琪——听话，布兰琪！

斯坦利 你什么也没落下，就一点洒落的爽身粉和几个旧的空香水瓶——除非是你想把那个纸灯笼带走。你想要那个灯笼吗？

(他走到梳妆台前，抓住那个纸灯笼，一把把它从灯泡上扯下来，伸手递给她。她大叫一声，仿佛那个灯笼就是她自己。护士长朝她直冲过去。她尖叫一声，想从护士长面前逃脱。几个男人呼啦一下全都站了起来。斯黛拉跑到了外面的门廊里，尤妮斯跟上去安慰她，同时夹杂着厨房里几个男人的七嘴八舌。斯黛拉在门廊中一头扎进尤妮斯的怀抱。)

斯黛拉 哦，我的上帝，尤妮斯帮帮我！别让他们那样对她，别让他们伤害她！哦，上帝，哦，求求你上帝，别伤害她！他们要拿她怎么样？他们在干吗？(她想从尤妮斯的怀抱里挣脱出来。)

尤妮斯 不，亲爱的，不，不，亲爱的。待在这儿。别再进去了。跟我待在这儿，别看。

斯黛拉 我对我姐姐都干了些什么？哦，上帝，我对我姐姐都干了些什么啊！

尤妮斯 你做得对，你只能这么做。她不能留在这儿了；她又没有别的地方可以去。

(厨房里几个男人的声音盖过了门廊里斯黛拉和尤妮斯的谈话。米奇想冲进卧室，斯坦利拦住了他。斯坦利把他推到一边。米奇朝斯坦利冲过去、打他。斯坦利把米奇推回去。米奇跌坐在桌旁，呜咽起来。

(与此同时，护士长已经抓住了布兰琪的胳膊，不让她逃脱。布兰琪疯狂地转过身，对着护士长乱抓乱挠。那个大块头女人紧紧缚住了她的两条胳膊。布兰琪喊得嗓子都嘶哑了，滑倒在地，跪了下来。)

护士长 这些长指甲得好好修修了。(医生走进房间，她看着他。)用紧身衣吗，医生？

医生 不到万不得已先别用。

(他脱下帽子，一下子变得具有个体特征了。那种非人类的特质随之而去。他朝布兰琪走去时，说话声温和而又镇定，走到她面前，蹲了下来。他叫她名字的时候，她的恐惧略有减轻。可怕的投影从四面墙上褪去，非人的喊叫和噪声随之消歇，她自己嘶哑的哭喊也平静下来。)

医生 杜布瓦小姐。

(她朝他转过脸来，目光中满带着绝望的哀恳紧盯着他。他微微一笑，然后他对护士长道。)

没必要用了。

布兰琪 (虚弱无力地)请她放开我。

医生 (对护士长)放开吧。

(护士长把她给放了。布兰琪朝医生伸出双手。他温和地拉她起来，用胳膊扶着她，领她穿过布帘。)

布兰琪　(紧紧抓住他的胳膊)不管你是谁——我总是指望陌生人的慈悲。

(布兰琪和医生穿过厨房朝大门走去时，几个打牌的男人都朝后站，主动让出通道。她任由他领着她向前，仿佛她就是个瞎子。他们走到外面门廊上的时候，蹲在几级楼梯上面的斯黛拉大声呼喊着她姐姐的名字。)

斯黛拉　布兰琪！布兰琪，布兰琪！

(布兰琪头也不回地继续朝前走，后面跟着医生和护士长。三人转过街角的楼房下场。

(尤妮斯下楼来找斯黛拉，把孩子交到她怀里。孩子裹在一条淡蓝色的毯子里。斯黛拉接过孩子，呜咽不已。尤妮斯继续走下楼梯，进了厨房，几个男人除了斯坦利以外都默默坐回了原位。斯坦利来到门廊外的台阶底下，望着斯黛拉。)

斯坦利　(有些拿不准)斯黛拉？

(她不顾一切地呜咽不止。她姐姐已经走了，她索性哭个痛快。)

斯坦利　(纵情地、抚慰地)好了，小甜甜。好了，我的爱。好了，好了，我的爱。(他在她旁边跪下来，手指从她上衣的开口处抚摸进去)好了，好了，我的爱。好了，亲爱的……

(纵情的哭泣、肉感的呢喃渐渐隐去，“布鲁斯钢琴曲”和闷音小号的乐声渐响。)

斯蒂夫　这次玩七张牌的梭哈。

—幕落—

([美]田纳西·威廉斯著，冯涛译，上海，上海译文出版社，2010)

作品解析

《欲望号街车》是田纳西最著名的作品，也是他“最得意的作品”①。戏剧从布兰琪来到新奥尔良开始，其情节随着她与妹夫斯坦利之间矛盾的激化一步步发展，又以布兰琪被送往疯人院结束。布兰琪与斯坦利之间的矛盾是贯穿故事发展的主线，但是戏剧所展现的并不仅仅是他们二人之间的矛盾，也是二人所属的两种势力的对抗。首先，二者存在性别上的差异，布兰琪代表的女性未胜过斯坦利代表的男性，布兰琪被斯坦利强奸，陷入崩溃的境地。究其原因，一方面，布兰琪寄人篱下，而斯坦

---

① Felicia Hardison Londre, “A Streetcar Running Fifty Years,” in Mattew C. Roudane, *The Cambridge Companion to Tennessee Williams*, Shanghai, Shanghai Foreign Language Education Press, 2013, p. 45.

利则是家里的经济来源，布兰琪和妹妹斯黛拉都必须依靠他；另一方面，在实际身体力量上布兰琪也不及斯坦利。其次，除了性别上的对立之外，二人还代表着文明的差异：布兰琪来自南方的种植庄园，代表传统的农业文明，有着严格的道德观念，过着南方淑女的优雅生活；而斯坦利是新奥尔良的推销员，代表新兴的工业文明，强壮而又野蛮。随着社会经济的发展，农业文明逐渐被消解，而工业文明不可避免地成为主流。女性和南方农业文明相对于男性和北方工业文明而言，都是弱者。在强者面前，弱者永远"无法逃脱陨灭的命运，无法在社会立足"①。残酷的现实占据了上风，布兰琪被斯坦利强奸，这体现了田纳西所说的《欲望号街车》的意义，即"现代社会里的各种野蛮残忍的势力强奸了那些温柔、敏感而优雅的人"②。无论是剧中布兰琪对自己的辩护，还是之后她被送往疯人院的结局，都体现了剧作家对这位悲剧女主人公的同情。

精心创作、流畅自然的语言是这部剧的另一大特点。同时期的剧作家阿瑟·米勒曾如此评价《欲望号街车》的语言："你知道它的台词是精心创作出来的，绝对不是你在某人家的厨房里就能不经意间听到的；它的台词流畅自然，完全合乎语言习惯，可同时又充满节奏感。"③

本书节选部分为戏剧的第七到第十一场，是该剧的高潮。斯坦利在布兰琪生日时将她的过去告诉了斯黛拉和米奇，还送了布兰琪一张回劳雷尔的车票，想要赶走她。知道真相的米奇谴责布兰琪的欺骗，还残忍地告诉她自己不会娶她。在经受了多重打击之后，布兰琪精神错乱了。她幻想着老情人谢普会来接她去过幸福的生活，却被斯坦利强奸，最终被送往疯人院。在节选部分中，布兰琪渐渐地脱离现实，活在自己的想象中。在她的想象中，她在等待新的幸福生活的来临；而在现实中她却被驱赶，最终被送往疯人院。这二者之间的对比，让人不禁生出对布兰琪的同情，也不禁唏嘘现实的残酷。

参考书目

John S. Bak, *Tennessee Williams: A Literary Life*, New York, Palgrave Macmil-

---

① Foster Hirsch, *A Portrait of the Artist: the Plays of Tennessee Williams*, London, Kennikat Press, 1979, p. 4.

② Tennessee Williams, "Letter to Joseph I. Breen", Quoted by Gerald Weales, in Leonard Unger, *American Writers: A Collection of Literary Biographies*, New York, Charles Scribner's Sons, 1972, p. 390.

③ [美]田纳西·威廉斯：《欲望号街车》，冯涛译，2页，上海，上海译文出版社，2010。

lan，2013.

Harold Bloom，*Bloom's Modern Critical Interpretations*：*A Streetcar Named Desire—New Edition*，New York，Infobase Publishing，2009.

Harold Bloom，*Bloom's Modern Critical Views*：*Tennessee Williams—Updated Edition*，New York，Infobase Publishing，2007.

Greta Heintzelman，*Critical Companion to Tennessee Williams*，New York，Facts On File，Inc.，2005.

蒋贤萍：《重新想象过去——田纳西·威廉斯剧作中的南方淑女》，北京，光明日报出版社，2013。

（马邹容撰稿）

第二章　阿瑟·米勒《推销员之死》导读

作家作品简介

阿瑟·米勒(1915—2005)是美国最负盛名的现代戏剧作家之一。他关注社会问题，思考人生哲理，探究人的生命的价值和意义，被誉为“美国戏剧的良心”“20世纪美国最伟大的剧作家”“美国的脊梁”。在近70年的创作生涯中，米勒共创作了剧本35部，广播剧20部，长篇小说1部，小说集6部，电影剧本4部。

米勒生于纽约曼哈顿区一个富裕的犹太家庭。大萧条时期，父亲的服装厂破产，一家人生计陷入困境，于是遣散司机、用人，卖掉别墅，全家搬进了布鲁克林的一个小屋中。家道中落和社会磨炼使得米勒有了更多接触生活的机会。他曾先后做过服务员、卡车司机、技工、农场工人等。上班的途中，他阅读了《卡拉马佐夫兄弟》《战争与和平》以及莎士比亚、萧伯纳、易卜生等剧作家的作品，决心学习创作。打工积攒够学费后，米勒进入密歇根大学新闻系和英文系学习。

在大学期间，米勒开始创作剧本。其第一部剧作《荣誉的真谛》(1936)在密歇根大学公演，赢得霍普渥德奖(Avery Hopwood Award)。此后他陆续创作了《都是我的儿子》(1947)、《推销员之死》(1949)、《萨勒姆女巫》(1953)、《桥头眺望》(1955)等戏剧作品。1999年米勒获得托尼终身成就奖。

米勒擅长根据丰富的个人经历，塑造各种各样的小人物，表现他们“在社会上和家中为找到‘适当’位置而奋斗”的过程，并将这些人物置于社会问题的考察之中，书写个体、时代、人性、道德之间的矛盾。他的代表作《都是我的儿子》连演328场，获纽约剧评人奖，使他一举成名。而《推销员之死》在百老汇连续演出21个月共计742场。该剧使米勒获得了托尼奖、普利策奖和纽约剧评人奖，奠定了他美国最伟大的剧作家之一的地位。

米勒深受易卜生的影响，坚持现实主义创作方向，积极参与社会问题的反思和社会变革。他认为：“舞台正是进行思想探讨、哲学探讨和最热烈地讨论人类命运的场所。”20世纪50年代，美国的麦卡锡主义盛行，对无辜的人士进行大规模迫害。米勒根据1692年北美殖民地的“逐巫案”创作了《萨勒姆女巫》，批判了麦卡锡主义的社会影响。此后，他相继完成《桥头眺望》和《两个星期一的回忆》(1955)，对人人自危、信任缺失的麦卡锡时代进行影射和批判，因此深陷政治旋涡，1957年被判“蔑视国会”罪。然而，作为“美国戏剧的良心”，米勒坚持不懈，又陆续创作了《堕落之后》(1964)、《美国时钟》(1980)、《复活的蓝调》(2002)等戏剧作品。这些作品虽然未能与《推销员之死》比肩，却也构成了“万花筒般的美国社会史”，“表现了戏剧概括时代基调的力量”。

米勒曾于1978年和1983年两度来华，与戏剧界人士交流，并在回国后分别出版《访问中国》(1979)和《“推销员”在北京》(1984)两部纪念之作。他的两部经典戏剧作品《萨勒姆女巫》和《推销员之死》分别于1981年和1983年在中国上演，后者由他亲自执导，反响热烈。

《推销员之死》标志着米勒创作成就的高峰，该作仅用六周完成，却与尤金·奥尼尔的《长夜漫漫路迢迢》(1962)和田纳西·威廉斯的《欲望号街车》(1947)并称为20世纪美国戏剧史上的三部经典佳作，被誉为“战后美国最伟大的剧作”“一出创造了历史的戏剧”。

故事的主人公威利是一名年过六旬的推销员，常年驱车在新英格兰地区各州往来推销。年轻时，他在生意场上游刃有余，梦想开办自己的公司，也因此拒绝了哥哥本去阿拉斯加采矿的邀请。然而事与愿违，几十年过去了，威利一事无成、身心疲惫，为了养家糊口和支付房屋贷款，只能苦苦支撑，多次萌生自尽的念头。

威利的大儿子比夫曾经是一名前途无量的运动明星，有三所大学愿为他提供奖学金。他身材健美、英俊潇洒，是小伙伴伯纳德崇拜的对象，是父亲眼中的阿喀琉斯。然而在一个暑假，比夫发现父亲在波士顿的婚外情，心中的偶像轰然坍塌，于是愤然放弃补考，失去了上大学的机会，前程毁于一旦，成了一名居无定所的季节农场工人。小儿子哈皮则是一名夸夸其谈的小职员。

威利的妻子林达告诉儿子们威利打算自尽。为让威利振作起来，哈皮建议哥哥向朋友借款，兄弟合作干一番事业。威利则打算申请调换岗位，不再出差。全家人怀着希望进入了梦乡……为了庆祝计划的成功，父子约定第二天晚上在一家餐厅会面。

第二天，威利向年轻的老板提出申请，却被像“橘子皮”一样辞退了。而比夫不仅没有借到钱，还鬼使神差地偷了对方的钢笔。眼看曾经被寄予巨大希望的儿子成了彻头彻尾的失败者，威利大受打击，精神到了崩溃的边缘。

回到家中，比夫与父亲告别，他痛哭流涕地劝说父亲放弃幻想，走出谎言。威利再一次感受到儿子久违的爱，激动万分，更坚定了为他自我牺牲的打算。他兴奋地想象自己车祸去世后，两万美元的保险金能够给儿子带来的种种好处，并幻想他的葬礼如何盛况空前。然而，只有妻儿、老朋友查利和伯纳德参加了他冷冷清清的葬礼。一家人还清了最后一笔房屋贷款，虽然自由了，但他们却感到无尽的悲伤。

作品节选

推销员之死

第二幕(节选)

威利 (这时查利拿出钱夹子)最高法院！他连说都没说！

查利 (数出钱来放在桌上)他用不着说——干了是真格的。

威利 你从来也没告诉过他该怎么干，是不是？你对他从来没上过心。

查利 我这个人一向没倒大霉就因为我对什么都没上过心。这儿是钱——五十块。屋里头伙计等着我呢。

威利 查利，听我说——(难以出口)我得交保险费，你手里要是宽裕——我需要一百一十块。

(查利半晌没有回答，只是一动不动。)

威利 我本来可以从银行里提，可那样林达就知道了，可是我……

查利 坐下，威利。

威利 (走向椅子)别忘了，我这些都记在账上呢！我一定还清，分文不差。(他坐下)

查利 你好好听着，威利。

威利 你好好听着，我知情——

查利 (在桌上坐下)威利，你这是要干什么？你他妈的脑袋里是怎么想的？

威利 怎么了？我不过——

查利 我说过给你个差事，一个礼拜你能挣五十块，再说我也不让你去跑码头。

威利 我有差事。

查利 没有薪水的差事？那也叫差事？（他站起来）行了，你听着，什么事也不能过头，我这人不是天才，可我也明白了，你看不起我。

威利 看不起你？

查利 你为什么不肯在我手下干？

威利 你胡扯什么，我有差事。

查利 那你干吗每个礼拜到我这儿来？

威利 （站起来）好吧，要是你不愿意我来——

查利 我说了给你个差事。

威利 我不要你那个鬼差事！

查利 你他妈的哪年才长大呀？

威利 （大怒）你屁也不懂，你要再敢跟我说这种话我就揍你！我不怕你个儿大！（他摆好架势准备打架。停顿）

查利 （温和地，走到他身旁）你需要多少，威利？

威利 查利，我无路可走，无路可走了。我该怎么办？刚才人家把我开除了。

查利 霍华德把你开除了？

威利 就是那个小兔崽子。你想得到吗？我给他起的名字，霍华德这个名字是我起的。

查利 威利，到哪年哪月你才明白，这种事屁钱都不值！你给他起名字叫霍华德，可这件事你卖不出去。在这个世界上只有卖得出去的东西才是你的。奇怪的是，你是推销员，可是你不懂这个。

威利 我一向不愿意这么想，大概是。我一向觉得，一个人只要仪表堂堂，招人喜欢，那就什么也——

查利 人家凭什么喜欢你？谁又喜欢银行大王摩根来着？他难道仪表堂堂？在澡堂子里他的模样就像个宰猪的。可是穿上衣服，口袋里有钱，谁都喜欢他。你听我说，威利，我知道你不喜欢我，也没人会说我爱上了你，可我这儿说我愿意给你个差事，因为——鬼知道因为什么，就这么说吧。好了，你说怎么样吧？

威利 我——我就是不能在你手下干，查利。

查利 你怎么回事，妒忌我吗？

威利 我就是不能在你手下干，就这么回事，别问我为什么。

查利 （怒，拿出更多的钞票）你一辈子都妒忌我，你这个混蛋！拿去，交你的保险费吧。

（他把钱塞在威利手里。）

威利 我一笔一笔都记着账呢。

查利 我还有公事。好好照顾自己吧。把保险费都交了吧。

威利 （朝右边走）怪事，你知道吗？一辈子在公路上、火车上赴约会，这么多年，结果是死了比活着值钱。

查利 威利，谁死了也一文不值。（短暂的停顿）你听见我说什么了吗？

（威利静立不动，陷入幻想。）

查利 威利！

威利 你见到伯纳德的时候替我道个歉。我本来没想跟他拌嘴。他是个好孩子。都是好孩子，将来都了不起——他们每一个都一样，有朝一日他们会在一块儿打网球。祝我交点好运吧，查利。他今天去见了奥立弗。

查利 希望你交好运吧。

威利 （眼泪盈眶）查利，我就剩下你这么一个朋友了。你说这怪不怪？（下）

查利 老天爷！

（查利瞪眼看了一阵威利的背影，然后随下。舞台全暗。突然，刺耳的乐声起，右边纱幕后亮起红色的光。一个年轻的侍者斯坦利上，搬着一张桌子，他身后是哈皮，搬着两把椅子。）

斯坦利 （放下桌子）您用不着，洛曼先生，我一个人干得了。（他转身从哈皮手中接过椅子，放在一旁）

哈皮 （周围看着）唉，这儿好多了。

斯坦利 没错儿，前头那块儿吵得厉害。往后不管什么时候您要请客，洛曼先生，给我个话，咱们就在这儿办。您不知道，有好些个客人还不喜欢安静，人家来这儿就是图个热闹，因为在家里闷得慌。可我摸得着您的心思，您不是那号俗人。是不是这个意思？

哈皮 （坐下）混得怎么样啊，斯坦利？

斯坦利 别提了，还不如条狗呢。当年打仗的时候要是把我征兵征去就好了。那这会儿我早死了，省心了。

哈皮 我哥哥回来了，斯坦利。

斯坦利 嗬，他回来了，呃？从老远的西部回来了。

哈皮 对，畜牧业里的大人物，我哥哥，所以你好好伺候他。我父亲今儿也来。

斯坦利 哦，老爷子也来！

哈皮 今儿有大龙虾吗？

斯坦利 没错儿，保险个儿大。

哈皮 我要带钳子的。

斯坦利 放心，绝不能拿两只耗子糊弄您。（哈皮大笑）还得来点葡萄酒吧？助助兴。

哈皮 不要。你还记得我从国外给你带来的那个配酒的秘方吧？里头掺香槟酒的？

斯坦利 没错儿，记得。还在厨房墙上贴着呢。可那每一位至少一块钱。

哈皮 行，没事儿。

斯坦利 怎么，您中了彩票了？

哈皮 不是，小小地庆祝一下，我哥哥今天——我看他今天做成了一件大买卖。我们俩可能合伙做生意。

斯坦利 太棒了！这个办法最好。因为都是一家人，您明白我的意思？——好办法。

哈皮 我也这么想。

斯坦利 因为，有点什么也不怕。比如偷吧。反正是一家子。明白我的意思吧？（放低声音）就说我们这儿这位酒吧间的伙计吧，他那个现金柜是个无底洞，把老板都快气疯了。他那个柜子净吃不拉。

哈皮 （抬头）嘘——！

斯坦利 什么事？

哈皮 你看清楚了，我一直没往两边看，对吧？

斯坦利 对。

哈皮 而且我一直闭着眼睛。

斯坦利 那又怎么样呢——？

哈皮 来了个漂亮妞儿。

（斯坦利领会了他的意思，向四周张望。）

斯坦利 嗨，没有啊，没看见——

（这时一位穿着皮毛大衣，服饰华丽的少女走进来，打断了斯坦利的话，两个人都目不转睛地看着她。）

斯坦利 老天爷，您是怎么知道的？

哈皮 我身上有雷达，大概是。（直盯着她的侧影）嘿——！斯坦利。

斯坦利 看您的本事吧，洛曼先生。

哈皮 你看那嘴。老天爷。还有那对水灵灵的——

斯坦利 老天爷，您算赶上了，洛曼先生。

哈皮 去招待这位客人呐。

斯坦利 (走到少女桌旁)小姐，给您拿份菜单吧？

少女 我正在等人，不过我想先要——

哈皮 你何不给她来一杯——对不起，小姐，请您原谅。我是推销香槟酒的，我想请您品尝一下我们的牌号。斯坦利，给小姐端一杯香槟来。

少女 您太客气了。

哈皮 没事儿。反正都跟公司报销。(他大笑)

少女 推销这种货物倒挺高雅的，是不是？

哈皮 嗨，推销什么到头都差不多。都是货物呗，您明白。

少女 大概是这样。

哈皮 您不是干推销这行吧？

少女 不，我什么也不卖。

哈皮 虽说初次见面，我得夸赞您，希望您别反对，您应该上杂志封面。

少女 (带点高傲地看了他一眼)上过了。

(斯坦利端着一杯香槟酒上)

哈皮 我跟你怎么说的，斯坦利？你看出来了吗？人家是封面女郎。

斯坦利 哦，看得出来，看得出来。

哈皮 (对少女)哪家杂志？

少女 嗨，好几家呢(她拿起酒杯)谢谢。

哈皮 您知道他们在法国怎么说吗？香槟酒是美容酒——嗨，比夫！

(比夫上，与哈皮坐在一起。)

比夫 哈啰，老弟。对不起我来晚了。

哈皮 我也刚来。呃，这位小姐贵姓？

少女 佛赛特。

哈皮 佛赛特小姐，这是我哥哥。

比夫 爸来了吗？

哈皮 他名字叫比夫。您也许听说过他，有名的足球运动员。

少女 真的？哪个球队？

哈皮 您对足球熟悉吗？

少女 不，可惜我不熟悉。

哈皮 比夫是纽约巨人队的后卫。

少女 是嘛，那真不错，是不是？（她喝酒）

哈皮 祝你健康。

少女 很高兴认识你们。

哈皮 我名字叫哈皮。本来是哈罗德，可是在西点军校大伙都管我叫哈皮。

少女 （不禁肃然起敬）哦，是这么回事。你好！（她转过脸去以表现自己的侧影）

比夫 爸怎么不来？

哈皮 你要这个妞不要？

比夫 嗨，我高攀不上。

哈皮 我记得你过去从来没有这种思想。你原来那点自信心哪儿去了。比夫？

比夫 我刚见了奥立弗——

哈皮 等一会儿。我要先看见你恢复自信。你要她不要？这种妞招手就来。

比夫 不会的。（他转身端详少女）

哈皮 告诉你没错儿，不信你瞧着。（他转身向少女）亲爱的？（她转向他）有约会吗？

少女 嗯，有是有……不过我可以打个电话。

哈皮 那就打一个，好不好，亲爱的？还有，想法带个朋友来。我们在这儿还要待一会儿呢。比夫是全国少有的足球运动员。

少女 （站起来）好吧，我很高兴交个朋友。

哈皮 请吧。

少女 我试试吧。

哈皮 光试试不行，亲爱的，得卖点力气。

（少女下。斯坦利随她下，赞叹地摇着头。）

哈皮 你看这是不是不像话？这么个漂亮姑娘？所以我没法结婚，一千个少女里没有一个好的。纽约城里这号的到处都是，伙计！

比夫 哈皮，听我说——

哈皮 我说得怎么样，招手就来！

比夫 （不知何故，泄了气）少说这些，行不行？我要跟你谈正事。

哈皮 你见着奥立弗了吗？

比夫 见是见着了。听着，我要跟爸爸好好谈谈，你得帮我忙。

哈皮 谈什么？他决定掏钱支持你？

比夫 你疯了吧？你完全是说胡话，你知道吗？

哈皮 怎么？出了什么事？

比夫 (上气不接下气)我今天干了一件可怕的事，哈皮，我从来没过过这么奇怪的一天。我现在浑身麻木，真格的。

哈皮 是不是他不肯见你？

比夫 反正，我等了六个钟头，明白吗？一整天。不断往里头报我的名字。我甚至于跟他的女秘书拉交情，订约会，希望她能帮助我见着他，可全没用。

哈皮 就是因为你现在缺少你原先那股自信劲儿，比夫。他还记得你吗？

比夫 (一摆手打断他)最后，快五点了，他才出来。根本不记得我是谁，是干什么的。我真觉得无地自容，哈皮。

哈皮 你跟他谈我那个佛罗里达的想法了吗？

比夫 他转身就走了。我见了他一分钟。我气坏了，恨不得把那间屋子拆了！我怎么会昏了头，居然以为自己在那儿当过推销员？连我自己都信了，我当过他的推销员！他看了我一眼——我一下子就明白了，我是多么荒唐！这十五年了，我们说的都是梦话。我当初在他那儿不过是个登记货物的小职员！

哈皮 你后来怎么办呢？

比夫 (极其紧张，同时又不能想象自己怎么会干出那种事)他就走了呗，明白吗？后来那个女秘书也走了。接待室里就剩下我一个人了。我不知道是什么鬼缠住了我，不知道怎么一来，我进了他的办公室——墙上都有护墙板，讲究得很。我说不清楚。我——哈皮，我拿了他的自来水笔。

哈皮 天，他抓住你了吗？

比夫 我跑出来的。十一层楼我是跑下去的。我拼命地跑啊，跑。

哈皮 这可真够蠢的——你为什么要干这种事呢？

比夫 (痛苦地)我不知道，我就是——我要拿点什么，我不明白。你得帮助我，哈皮，我得跟爸说清楚。

哈皮 你疯了？干什么？

比夫 哈皮，他得明白，谁也不肯拿出大笔钱借给像我这样的人。他老以为我这些年就是对他有怨气，这成了他的一块心病。

哈皮 问题就在这儿。你得跟他说点好听的。

比夫　我说不出来。

哈皮　告诉他你跟奥立弗约好了明天一道吃中饭。

比夫　那到明天我怎么办？

哈皮　你明天白天出来，晚上再回家，就说奥立弗正在考虑这件事，让他考虑个十天半个月的，慢慢地这件事就过去了，谁也不吃亏。

比夫　可是这样一来永远也没个头！

哈皮　爸一向最高兴的就是事情有个盼头！

（威利上。）

哈皮　哈啰，老头儿。

威利　真格的，我多少年没到这儿来了！

（斯坦利随威利上，替他摆好一把椅子。当他要离开时，哈皮拉住了他。）

哈皮　斯坦利！

（斯坦利停住了，等候吩咐。）

比夫　（带着自责的心情走近威利，像对病人似的）坐下，爸。想喝点什么吗？

威利　行啊，我没意见。

比夫　咱们好好喝一通。

威利　你好像有心事？

比夫　没——没有。（对斯坦利）一人一杯威士忌。都要双料的。

斯坦利　双料的，行喽。（下）

威利　你们都喝过点了，是不是？

比夫　对，喝了点。

威利　好吧，说说经过吧，孩子。（他肯定地点着头，微笑着）一切顺利吧？

比夫　（深吸一口气，然后伸出手来抓住了威利的手）老伙计……（他鼓起勇气笑着，威利也对他笑着）我今天的经历可不寻常。

哈皮　太棒了，爸。

威利　真的？怎么回事？

比夫　（兴奋，略有酒意，有点不管不顾）我要从头到尾说给你听。这一天不比寻常。（沉默。他向周围看了看，竭力使自己平静下来，但是急促的呼吸常常打断他的话的节奏）我等了他好长时间，我——

威利　奥立弗？

比夫 对，奥立弗。等了整整一天，说实在的。等的时候我想起来我一生当中好多事——好多实际情况，爸。是谁说的，爸？是谁头一个说的我给奥立弗当过推销员？

威利 那，你本来就当过。

比夫 不对，爸，我当过登记货运的小职员。

威利 可是你已经差不多——

比夫 （下了决心）爸，我不记得是谁头一个这么说，可是我从来也没有给奥立弗当过推销员。

威利 你这是胡扯些什么？

比夫 咱们今天晚上就谈实际情况，爸。糊弄自己什么也解决不了。我当时就是登记货运的小职员。

威利 （怒）好吧，你好好听着——

比夫 你让我说完嘛。

威利 什么过去的情况，什么乱七八糟的，我不感兴趣！现在火烧眉毛了，孩子们，明白吗？我现在走投无路了。今天人家把我开除了。

比夫 （震惊）他们怎么可以呢？

威利 开除了。我现在要的是一点好消息，好告诉你母亲，因为老太太一直在等着，一直在受苦！说干脆的吧，我编不出故事来了，比夫。所以你不用给我上课，什么实际情况，什么事实，我不感兴趣，你到底要告诉我什么？

（斯坦利端着三杯酒上。他们一直等到他走开。）

威利 你到底见着奥立弗没有？

比夫 老天爷，爸！

威利 你是说你根本没去？

哈皮 他当然去了。

比夫 我去了。我——见着他了。他们怎么能开除你呢？

威利 （坐在椅子边上）他是怎么欢迎你的？

比夫 就连光拿佣金都不让你干了？

威利 我完蛋了！（逼迫）告诉我，他欢迎你的态度热情吗？

哈皮 当然了，爸，那还用说！

比夫 （被逼）反正，还可以——

威利　我还担心他不记得你了呢。(对哈皮)想想这个人十年、十二年没见面了，还这样欢迎他！

哈皮　没错儿！

比夫　(努力想采取主动)听我说，爸——

威利　你知道他为什么记得你吗？知道不？就因为当年你给他留了个好印象。

比夫　咱们心平气和地谈，谈实际情况，好不好？

威利　(好像是比夫打断了他的话头)说吧，经过怎样？这可是好消息，比夫。他是把你让到办公室还是在接待室谈的？

比夫　是这样，他进来了，然后——

威利　(笑容可掬)他怎么说？他准是伸开两手抱住了你。

比夫　呃，他好像是——

威利　那是个了不起的人。(对哈皮)平常人要想见他都难，你知道吗？

哈皮　(附和)那是，我知道。

威利　你是在他那儿先喝了两杯吧？

比夫　是啊，他请我喝了——不，不！

哈皮　(连忙插话)他跟他说了我那个佛罗里达的想法。

威利　别打岔。(对比夫)他对佛罗里达反应怎么样？

比夫　爸，你让我说清楚行不行？

威利　我从一坐下来就等着你说清楚！经过怎么样？他把你请进办公室，然后呢？

比夫　那——我就说了。他——他就听了，明白吧？

威利　这个人有名的就是他善于听取别人的话，你知道吗，他怎么回答的？

比夫　他回答说——(说不下去了。突然冒火)爸你根本不让我说我要说的话！

威利　(也火了，指责地)你根本没见他，是不是？

比夫　我见他了！

威利　你把他惹翻了还是怎么的？你把他惹翻了，是不是？

比夫　行了，饶了我吧，你就饶了我吧，行不行？

哈皮　他妈的全乱套了！

威利　告诉我出了什么事！

比夫　(对哈皮)我没办法跟他说话！

(一声刺耳的号声。屋子上出现了绿色的树叶，使它带上夜景和梦幻的色调。年轻时代的伯纳德上，敲门。）

年轻的伯纳德 （六神无主）洛曼太太！洛曼太太！

哈皮 告诉他是怎么回事嘛！

比夫 （对哈皮）别说了，别逼我了！

威利 不行，不行！你偏偏要数学不及格！

比夫 什么数学？你说的是什么？

年轻的伯纳德 洛曼太太！洛曼太太！

（林达在屋子中出现，像过去的样子。）

威利 （狂躁地）数学！数学！数学！

比夫 静一静，爸！

年轻的伯纳德 洛曼太太！

威利 （怒不可遏）你要不是不及格，早就成家立业了！

比夫 听着，我现在告诉你经过，你好好听我说。

年轻的伯纳德 洛曼太太！

比夫 我等了六小时——

哈皮 你他妈的胡说什么？

比夫 我不断往里报自己的名字，可是他不肯见我。一直到最后……（他接着说下去，但声音听不见了，同时照着餐厅的灯光暗下去了）

年轻的伯纳德 比夫数学不及格！

林达 不！

年轻的伯纳德 比恩包姆给了他不及格！人家不让他毕业！

林达 可是他们不能那么干，他还得上大学呢。他到哪儿去了？比夫！比夫！

年轻的伯纳德 不在，他走了。他到火车站去了。

林达 火车——那，他准是到波士顿去了！

年轻的伯纳德 威利大叔在波士顿吗？

林达 也许威利能跟老师谈谈。哎，这个可怜的孩子！

（照着房子的灯光骤灭。）

比夫 （依然在桌旁说着，声音听得见了。他手上拿着一支金笔）……所以我跟奥立弗那儿算是吹了，明白吧？你听见我说的话了吗？

威利 （茫然）听见了，当然，你要不是不及格——

比夫 什么不及格？你在说什么？

威利 不能什么事都怨我！我没有数学不及格——是你！什么钢笔？

哈皮 这事你太蠢了，比夫，这杆笔可值钱啦！

威利 （第一次看清了金笔）你拿了奥立弗的笔？

比夫 （气馁）爸，我刚才跟您解释了。

威利 你偷了奥立弗的自来水笔！

比夫 不能说我是偷的！我刚才解释半天了！

哈皮 他当时手里拿着那杆笔，正好奥立弗进来了，他一紧张，就把笔插在兜里了！

威利 老天爷，比夫！

比夫 我绝不是故意的，爸！

电话接线生的声音 斯坦迪什饭店，您好！

威利 （大喊）我不在房间里！

比夫 （害怕）爸，你这是怎么了？（他与哈皮站起身来）

接线生 马上接通，找洛曼先生的！

威利 我不在，别接！

比夫 （吓坏了，在威利面前单腿跪下）爸，我一定好好干，我一定好好干。（威利挣扎着要站起来，比夫按住他坐下）先坐下。

威利 不，你好不了，你干什么也好不了！

比夫 我能好好干，爸，我一定另找个事干，明白吗，以后什么也别担心了。（他捧起威利的脸）跟我说句话吧，爸。

接线生 洛曼先生的电话没人接，要不要我派人喊他？

威利 （挣扎着要站起，似乎是想冲过去使接线生静下来）不，不，不！（往前冲）

哈皮 他能谋上个好差事，爸。

威利 不，不……

比夫 （不顾一切地，站起身来，俯视着威利）爸，听着！听我说！我要告诉你点好事。奥立弗跟他的合伙人谈了我们的佛罗里达计划。听见了吗？他——他跟他的合伙人谈了，他又找了我……我要走运了，你听见了吗？爸，听我说，他说只需要考虑一下数目！

威利 这么说，你——弄到手了？到手了！

哈皮 他以后要成大事了，爸！

威利 (使劲站起来)这么说，你弄到手了，是不是？到手了！到手了！

比夫 (痛苦地按着威利坐下)没有，还没有，听着，爸，我本应该跟他明天一道吃中饭。我告诉您这个是让您知道我在市面上还吃得开，爸。我一定在别处干出个样儿来，可是明天我不能去，明白吗？

威利 为什么？你非去——

比夫 可是这杆笔，爸！

威利 你把笔还给他，说是一时疏忽！

哈皮 没错儿，跟他一道吃饭去！

比夫 我没法儿那么说——

威利 就说你正在填写字谜，顺手用了他的笔！

比夫 听着，伙计，当年我拿了那些球，现在又交出一杆钢笔，这不是不打自招吗？我不能这样见他的面！我一定到别处去试。

旅馆茶房的声音 洛曼先生有人找！

威利 你难道就不想干点事业？

比夫 爸，我怎么能回去见他？

威利 你什么也不愿意干，是不是这么回事？

比夫 (由于威利不相信他的真心诚意，也火了)别老这样对待我！我当年对不起他，现在又回去见他，你以为这样容易吗？八匹马拽着我也不愿意再去见奥立弗！

威利 那你为什么又去了？

比夫 为什么又去？为什么又去？看看你自己！看看你的下场！

(左边，某妇人的笑声。)

威利 比夫，你明天一定得去吃那顿午饭，不然——

比夫 我没法去。没人请我！

比夫 你何必……

威利 你是不是又把怨气撒在我身上？

比夫 别这样对待我！去他妈的！

威利 (打了比夫，然后摇摇摆摆地离开桌子)你这个没出息的下三烂！想拿我撒气？

某妇人 有人在门外头，威利！

比夫 我没出息，难道你还看不出来？

哈皮 (努力把他们分开)嘿，这是在饭馆里！别折腾了，你们俩！(两个少女上)哈啰，姑

娘们，请坐。(右边某妇人的笑声)

佛赛特　我看坐坐也好。这是莱塔。

某妇人　威利，你到底醒不醒啊？

比夫　(甩开威利)你好，小姐，请坐。你们想喝点什么？

佛赛特　莱塔待不了多久。

莱塔　我明天得早起。选中了我去当陪审员。紧张死了！你们俩家伙当过陪审员吗？

比夫　没有，可是我叫人家审过！(少女们大笑)这是我父亲。

莱塔　那样儿多逗啊，跟我们坐会儿吧，老头儿。

哈皮　让他坐下，比夫！

比夫　(走到威利身旁)来吧，老将出马，咱们好好喝一通，把我们都喝趴下！管它天塌地陷呢！来吧，坐下，老伙计。(在比夫最后坚持之下，威利走过来预备坐下)

某妇人　(声音变得急迫了)威利，你到底去不去开门！(某妇人的声音使得威利停住了脚步。他朝右边走去，昏头昏脑地)

比夫　嘿，你上哪儿去？

威利　开门。

比夫　门？

威利　厕所……门……门在哪儿？

比夫　(领威利到左边)顺这儿一直走。

(威利朝左走。)

某妇人　威利，威利，你到底起来不起来，起来不起来？

(威利自左方下。)

莱塔　你们肯带爸爸出来够意思。

佛赛特　嗨，我才不信他是你们爸爸呢！

比夫　(在左边，转过身来，对她的话愤然)佛赛特小姐，刚刚走开的是个了不起的人。品格高尚，受尽折磨的了不起的人，你明白吗，讲义气。一辈子都为孩子操劳。

莱塔　真够意思。

佛赛特　好吧，姑娘们，咱们今儿是什么节目？别浪费时间。来吧，比夫，打起精神来，你想上哪儿？

比夫　你为什么不替他出点儿力？

哈皮　我！

比夫 他是死是活你一点也不在乎？

哈皮 你胡说什么？在这儿守着他的是我——

比夫 我觉得出来，他是死是活你压根不在乎。（他从衣袋里拿出卷起来的橡皮管子，放在桌上，哈皮面前）看吧，这是我在地窖子里找着的，天知道。你怎么能眼看着不管呢？

哈皮 我？是谁拔腿就走了？是谁远走高飞——

比夫 不错，可是你根本不把他放在心上。你能帮他一把——我不能！你难道不明白我说的是什么？他要自杀，你不知道吗？

哈皮 我怎么不知道！我！

比夫 哈皮，帮他一把！天哪……帮帮他……帮帮我，帮帮我，看见他那样子我受不了！（忍不住要哭，他急步从右上方走下）

哈皮 （朝他追了两步）你上哪儿去？

佛赛特 他干吗那么大火儿啊？

哈皮 跟我来，姑娘们，咱们追他去。

佛赛特 （被哈皮推着往外走）我说，我可不喜欢他这号脾气！

哈皮 他就是爱激动，其实是大好人！

威利 （他的声音从左边传来，夹杂着某妇人的笑声）别开门！别开门！

莱塔 不跟你父亲说一声？

哈皮 嗨，那不是我父亲，一个过路的。来吧，咱们去追比夫。告诉你，亲爱的，今儿晚上咱们要大闹纽约城！斯坦利，拿账单啊！嘿，斯坦利！

（他们走了。斯坦利朝左边张望。）

斯坦利 （生气地朝着哈皮的背影）洛曼先生！洛曼先生！

（斯坦利抓起一把椅子，随他下。从左方传来敲门声。某妇人上，大声笑着。威利随她上。她穿着黑色的衬裙，威利正在系衬衫上的纽扣。他们的对话中伴似粗野的、色情的音乐。）

威利 别笑了行不行？别笑了！

某妇人 你倒是开不开门啊？他快把整个旅馆都吵起来了。

威利 我没约人在这儿见面。

某妇人 亲爱的，再喝一杯酒吧，别老觉得你天下第一重要，好不好？

威利 我真寂寞啊。

某妇人 你知道吗？你把我害苦了，威利！从今天起，你只要一露面，我马上把你送到买主那儿去。决不让你在我那儿等着，威利。你把我害苦了。

威利 谢谢你的好意。

某妇人 说真的，你这个人总觉得你天下第一重要。干吗愁眉不展的？我从没见过像你这样天下第一、愁眉不展的人。(他大笑。他吻她)到屋里去吧，跑买卖的小伙子，半夜三更的把衣服又都穿起来不成神经病了吗？(又听到敲门声)你到底去不去开门？

威利 他们敲错了门了。

某妇人 可是我明明听见那儿在敲，再说人家也听得见咱们在这儿说话。说不定旅馆着火了！

威利 (越来越恐惧)是敲错了。

某妇人 那你也得去把他打发走啊！

威利 外头没人。

某妇人 我的神经受不了，威利。外头站着个人，我神经受不了！

威利 (把她从身边推开)那好，你先到洗澡间，别出来。我记得马萨诸塞州有那么一条法律，所以别出来。说不定是那个新来的管登记房间的。他长那样就不像好东西。所以别出来。是弄错了，没着火。

(又听见敲门声。他从她身边走开，她在边幕中消失了。光追着威利走，照见他与年轻的比夫面对面站在那里，比夫手里提着个衣箱。比夫朝他走了两步。音乐声消逝了。)

比夫 怎么不开门呢？

威利 比夫！你到波士顿来干什么？

比夫 您怎么不开门？我敲了有五分钟，我还打电话——

威利 我刚听见。我在洗澡间，门关着。家里出事啦？

比夫 爸——我对不起您。

威利 你是什么意思？

比夫 爸……

威利 小比夫，这是怎么啦？(搂住比夫)走，咱们下楼去，请你喝一杯麦乳精。

比夫 爸，我数学不及格。

威利 不是大考吧？

比夫 是大考。我学分不够了，毕不了业。

威利 难道说伯纳德不肯给你答案？

比夫 他给了，他尽量给了，可我才得了五十六分。

威利 他们就硬不给你加四分？

比夫 比恩包姆说什么也不干。我求他了，爸，可他就是一分也不肯添。你得在学校关门以前跟他谈。因为他只要一看您是什么样的人，您再用您的办法跟他一谈，他准得对我高抬贵手。您知道吗，数学课总安排在练球时间前，我刷课刷多了。您跟他谈谈行不行？他准得喜欢您，爸。您知道您说起话来有那么股劲儿。

威利 行了，咱们马上就开车回去。

比夫 哦，爸，太棒了！您只要一去他准得把分数改了！

威利 下楼去告诉账房我马上结账。现在就去。

比夫 是喽，爸，您知道他为什么恨我，爸——有一天他迟到了，我就跑到黑板前头学他来着。我学他那个斗鸡眼，说话大舌头。

威利 （大笑）你学他？同学们高兴吗？

比夫 大伙儿都乐趴下了！

威利 是吗？你怎么学的？

比夫 山百山十山的平方根……（威利不禁放声大笑，比夫也跟着笑起来）可是正热闹呢，他进来了！

（威利大笑，某妇人在台后随着大笑。）

威利 （毫不犹豫地）快下楼去——

比夫 那里边有人吗？

威利 没有。那是隔壁的声音。

（某妇人的笑声传来。）

比夫 你的洗澡间里有人！

威利 没有，是隔壁，他们有个宴会——

某妇人 （走进来，笑着，也学着大舌头）我也"掺"加行吗？威利，"找"盆里有个东西，还"债"那儿活动呢！

（威利看着比夫。比夫震惊地瞪着某妇人。）

威利 啊——您现在可以回您自己的房间去了。油漆工大概也干完了。他们在她屋里油漆粉刷呢，所以我让她在这儿冲个澡。回去吧，回去吧……（他推她走）

某妇人 （抗拒）可我得穿上衣服呀，威利。我总不能——

威利 出去！回去，回去……（突然努力若无其事）这是弗兰西斯小姐，她是个买主。他们正在油漆她的房间。回去吧，弗兰西斯小姐，回去吧……

某妇人 可是我的衣裳呢？我不能光着到过道里去啊！

威利 (把她推进边幕)马上给我滚！回去吧，回去吧！在台后两个人继续争吵声中，比夫慢慢地在箱子上坐下。

某妇人 我的袜子呢？你答应了给我袜子，威利！

威利 我这儿没有袜子！

某妇人 你有两盒九号的纯丝袜子是给我的，你得给我！

威利 拿去，拿去，老天爷，你赶紧滚！

某妇人 (拿着一盒丝袜子上)过道里没人就好了。我就怕有人。(对比夫)你是打棒球的还是踢足球的？

比夫 足球。

某妇人 (又羞又恼)跟我一样，让人踢了。再见吧。(她从威利手中抢过衣服，昂首走出)

威利 (停顿以后)好吧，咱们上路吧。我想明天一早就到学校。你把我的衣服从柜子里拿出来，我去拿箱子。(比夫不动)怎么了，你？(比夫仍然不动，泪流满面)她是个买主，代表 J. H. 西蒙斯公司的采购。她就住在过道那头——他们正油漆那个房间呢。你别胡思乱想——(他说不下去了。停顿)听着，伙计，她就是个采购的。她在房间里看货，所以房间得像个样儿……(停顿。采取命令的口吻)行了，给我拿衣服去。(比夫不动)好了，别哭了，听话。我可给你下命令了。比夫，我下命令了！我下命令的时候这样带搭不理的吗？你怎么敢还哭！(搂住比夫)听着，比夫，等你长大了你就明白这路事了，千万——千万别把这路事看得太重。我明天一早就去见比恩包姆。

比夫 算了。

威利 (蹲下来，在比夫身旁)怎么能算了！他一定给你把分数加上，我保证。

比夫 他不会听你的。

威利 他就得听我的，你得有这几分才能上弗吉尼亚大学。

比夫 我不去了。

威利 什么？我要是没法让他改分数，你就参加暑期补习，把分数找补回来。你有一夏天的时间——

比夫 (忍不住哭出声来)爸……

威利 (被他感染)哦，孩子……

比夫 爸……

威利 我对她没感情，比夫。我就是寂寞，寂寞得要死。

比夫 你——你把妈妈的袜子送给她了！（眼泪涌出。站起来要走）

威利 （想抓住比夫）我给你下了命令！

比夫 别碰我，你这个——骗子！

威利 说这种话，你跟我道歉！

比夫 你两面派！你是虚伪、卑鄙的两面派！（控制不住自己，他放声痛哭，拿起手提箱，转身急下。剩下威利一人跪在地上）

威利 我给你下命令了！比夫，马上回来，要不我打你！马上回来！我要抽你！（斯坦利自右方匆匆上，站在威利面前）

威利 （对着斯坦利喊）我给你下命令……

斯坦利 嘿，得了，得了，洛曼先生。（他扶威利起来）您的两位少爷跟那两个婊子走了。他们说到家再见您。

（远远地出现了另一个侍者看着。）

威利 可是我们原来约好了一块吃晚饭的。（音乐声起，威利的主题）

斯坦利 您一个人行吗？

威利 我——没事儿，我行。（忽然担心自己的衣服）我这样子——这样子可以吧？

斯坦利 没事儿，您这样儿满可以。（从威利的衣领上拂掉一点灰尘）

威利 拿着——这是一块钱。

斯坦利 嗨，您别介——您少爷已经付过了。

威利 （把钱塞到斯坦利手中）不，你拿着。你这个小伙子不错。

斯坦利 别介，您用不着……

威利 拿着，这儿还有呢，我反正是用不着钱了。（暂停之后）告诉我——附近有卖种子的铺子吗？

斯坦利 种子？您是要种点什么？（在威利转身时，把钱又塞回他衣袋里）

威利 对，胡萝卜啊、豌豆啊……

斯坦利 那，第六大道上倒是有几家五金店，就怕现在太晚了。

威利 （着急了）那我快走吧，我得去买点种子。（他朝右方走）我得去买点种子，马上就要。什么也没种，我那儿地里什么也没有。

（威利快步走出，灯光暗下来。斯坦利搬起桌子，跟在他后面，到右边看着他的背影。另一侍者一直瞪眼看着威利。）

斯坦利　（对侍者）怎么了，有什么可瞧的？

（那个侍者搬起椅子，自右方下。斯坦利搬着桌子随他下。这个表演区的灯光暗下来了。长时间的停顿。长笛的音乐复起。厨房里的光渐明，但是里面空无一人。哈皮在房子门口出现，后面跟着比夫。哈皮手里拿着一大束长梗的玫瑰花，他进入厨房，四周找林达。由于没见到她，他转向房门外的比夫，做了一个手势，表示"看样子没在这儿"。他向起居室里一看，愣住了。林达在里面坐着，我们看不见她，威利的上衣放在她腿上。她一声不响地、阴森森地站起来，朝哈皮走过去。哈皮害怕地退步到厨房中。）

哈皮　哟，您怎么还没睡哪？（林达不开口，但是毫不留情地朝他走过来）爸在哪儿？（他一直朝右边走，林达全身出现在通向起居室的门口）他睡了吗？

林达　你们到哪儿去了？

哈皮　（故作轻松地笑了笑）我们碰上了两个妞儿，挺不错的人，拿着吧，我们给您带了点花来，（把花递给她）放在您屋里吧，妈。

（她一下子把花摔到比夫的脚下。这时比夫已经进了屋，关上了门，她直瞪着比夫，一言不发。）

哈皮　您这是干什么？妈，我是真心想给您点花——

林达　（打断了哈皮的话，严厉地对比夫）他是死是活你放在心上吗？

哈皮　（朝楼梯走去）上楼吧，比夫。

比夫　（爆发出一股厌恶的情绪，对哈皮）离我远点，（对林达）您这是干什么？是死是活，咱们这儿没人要死呀，老伙计。

林达　别叫我再看见你！滚出去！

比夫　我要见爸爸。

林达　我不许你靠近他！

比夫　他在哪儿？（他走进起居屋，林达跟在后面）

林达　（对着他的背影喊）你请他去吃饭，他一整天眼巴巴地盼着——（比夫在父母的卧室中出现，看了一眼又出去了）——结果你们把他甩在那儿了。对素不相识的人也不能这样！

哈皮　怎么了？他跟我们在一块的时候玩得可高兴了。您听我说，要是我——（林达回到厨房中）——有一天会甩他，叫我不得好死！

林达　滚出去！

哈皮　听我说，妈……

林达　你就非得今天找女人吗？你那些臭烂婊子！

（比夫回到厨房。）

哈皮 妈，我这是跟着比夫遛遛弯儿，想给他解解闷儿就是了！（对比夫）好家伙，你折腾得我们够呛！

林达 滚出去，你们两个都滚出去，再也别回来！我不许你们再折磨他。现在就走，收拾东西去吧。（对比夫）你到他那个公寓房子住去吧！（她刚要捡起地上的花，又停住了）你把它捡起来，我不是你们的老妈子，捡起来呀！你这个臭流氓！（哈皮背转身去，表示拒绝，比夫慢慢地走过来，跪下捡起花束）

林达 你们俩是野兽，没有人，绝没一个有人心的能这么残忍，把他一个人丢在饭馆里！

比夫 （不看她）他是这么说的？

林达 用不着他说，你们让他丢尽了脸，他回来的时候，简直是爬着进来的。

哈皮 可是妈，我们在一块的时候他可高兴呢——

比夫 （粗暴地打断他）别说了！

（哈皮一语不发，上楼去了。）

林达 还有你！你居然没进去看看他是死是活！

比夫 （仍然跪在地上，面对着林达手里拿着花，自我谴责地）说得对，没去，他妈的什么也没干，这像什么话？就让他一个人去厕所里胡说八道。

林达 你这个臭流氓！你……

比夫 您这算说对了！（他站起身来，把花扔在废纸篓里）不折不扣的败类就是我！

林达 滚出去！

比夫 我得跟老头子谈谈，他在哪儿？

林达 我不许你接近他。从这个家滚出去！

比夫 （充分自信地，决断地）不行。我们得直截了当地谈一次，他跟我。

林达 我不许你跟他说话！

（从右边屋外传来了锤子敲打的声音。）

林达 （忽然转为哀求）我求求你，随他去吧！

比夫 他在外面干什么？

林达 在花园里种东西！

比夫 （压低了声音）这个时候？我的天哪！

（比夫走出屋子，林达跟在后面，照着他们的灯光暗下去了，台口凸出处亮起来，威利走到台口中央。他拿着手电筒，一把锄头和几小袋种子。他敲了敲锄头，使之与锄把嵌紧，然后朝左走，用步子量着距离。他用手电筒照着种子袋，读着上面的说明，他全身浸在夜色的蓝光中。）

威利　胡萝卜……间隔四分之一寸。每垄……相隔一尺。（他量着距离。他放下一袋种子，继续量）甜菜头，（他又放下一袋种子继续量）莴笋。（他读了袋上的说明，放下）一尺……（这时本从右边出现，打断了他的话，本慢慢地走向他）多好的主意，啧，啧。真高明！因为老太太受了多少罪啊，本，她真受尽了折磨。你明白我的意思吗？一个人空着手来可不能空着手走呵，本，总得留下点什么啊，总不能，不能——（本走向他，好像要打断他的话）你得好好斟酌斟酌，别马上就回答我。别忘了，这是稳稳当当的两万块钱的主意。听着，本，我要你跟我一道里里外外把这件事想透了，我没人可谈，本，可这老太太受了多少罪啊，你听清楚了吗？

本　（站住了，考虑着）是个什么主意？

威利　我的人寿保险啊！我一死，两万元哪！两万块现款哪，保证兑现，不折不扣明白吗？

本　你可别上当。说不定人家到时候不认账呢。

威利　他们敢不认！难道我没有拼死拼活每次都按期交款？到这时候他们想不付钱了？不可能！

本　人家说你这是胆小鬼干的事，威廉。

威利　凭什么？难道往后我一辈子傻等，一分钱都挣不着就成英雄好汉了吗？

本　（让步）你说的也有道理，威廉。（他走了两步，想着，想着，然后转过身来）再说，两万块——倒是用手摸得着的，实实在在的。

威利　（有了信心，越说越理直气壮）哦，本，这个主意妙就妙在这儿！在我眼睛里它像一块钻石，在黑暗里发着光，又硬又糙，我能捡得起来，摸得着的钻石，不像——不像是个约会！这不会又是那么一个混蛋的约会，本，这一下子各方面就都活了！因为现在他觉得我什么都不是，你明白吗，所以他把怨气都撒在我身上。可是到了出殡的时候——（挺起身子）本，这回出殡可是要盛况空前哪！从缅因州、马萨诸塞州、佛蒙特州、新罕布什尔州都要来人！所有我那些老相识，车上都是稀奇古怪的牌照——这孩子要目瞪口呆，本，因为他从没想到——我是个有名的人物！罗得岛、纽约、新泽西——人们都知道我。本，他这回要亲眼看看，往后再也没得说了。这下子他就知道我是什么人了，本！他要大吃一惊，这孩子！

本 （走到花园的边缘）他会说你是胆小鬼。

威利 （突然感到恐惧）不，那太可怕了。

本 他会的，还说你是糊涂虫。

威利 不，不，不能让他这么说，这我不答应！（他走投无路，垮了）

本 他要恨你的，威廉。

（孩子们欢乐的主题音乐响起。）

威利 唉，本，怎么才能回到从前那些好日子去呢？那会儿总是阳光明朗，全家一条心，冬天去滑雪橇，他脸上红喷喷的。再说，总有好消息。总是有奔头、有盼头。我一到家，从不让我提箱子，一天到晚给我那辆小红车打蜡，擦得它闪闪发光！怎么现在，怎么我就不能给他留点东西，又不让他恨我呢？

本 你让我想一想。（他看了一下表）我还有点时间。你这个主意了不起，可是你得有把握别上当。

（本悠然地向舞台深处退去，隐没了，比夫自左方上。）

威利 （突然感到比夫来了，转身抬头看了他一眼，然后胡乱地捡起一袋袋的种子）他妈的那个种子到哪儿去了？（气鼓鼓地）这儿什么也看不见！这一片地方全叫他们用大楼封起来了！

比夫 周围都是人。你不知道吗？

威利 我这儿忙呢！别打扰我。

比夫 （从他手里拿过锄头）我是来告别的，爸。（威利看着他，说不出话，一动不动）我以后不回来了。

威利 你明天不去见奥立弗了？

比夫 他没有请我，爸。

威利 他用胳膊搂着你，可是没请你？

比夫 爸，咱们把事情说清好不好？我每次离开家，都是咱们吵架之后我走的。今天我对自己增加了一分理解，就想跟您解释清，是我——我大概是太笨，我怎么也跟您说不清楚。什么这事怪谁，那事怪谁都去一边的吧。（他搀住威利的胳膊）咱们从此不再争了，好吧？走，进屋去，咱们告诉妈去。（他轻轻拉威利向左边去）

威利 （僵止，不动，声音中流露出内疚）不，我不要见她。

比夫 来吧！（他又拉，同时威利挣扎着脱身）

威利 （极度紧张地）不，不，我不要见她。

比夫　（仔细注视着威利的脸，想从中找到答案）您为什么不要见她？

威利　（严厉起来）别打搅我，听见了吗？

比夫　您是什么意思，您不要见她，您总不愿意人家叫你胆小鬼吧？这事不怪您，怪我，我是二流子。来吧！进屋去！（威利挣扎着要脱身）您听清楚我的话了吗？

（威利挣脱了比夫一个人疾步走入房。比夫跟在他后面。）

林达　（对威利）你把菜都种上了吗？亲爱的？

比夫　（在门口对林达）好了，我们都谈清了，我要走了，而且今后我也不写信了。

林达　（在厨房中走近威利）我看最好还是这样，亲爱的，因为再拖下去也没有用，你们俩总是搞不到一块。

（威利不回答。）

比夫　人家要是问我去哪儿，去干什么，就说你们不知道，也不想知道，这样你们也就用不着为我担心了，你们也就又可以无忧无虑过日子了。这样好吧？一切都清楚了，是不是？（威利不语，比夫走到他面前）祝我交点好运吧，（伸出手来）您说怎么样？

林达　跟他拉拉手吧，威利。

威利　（转向她，满腔忧愤）根本用不着提那杆钢笔的事，你知道。

比夫　（轻轻地）人家没有约我，爸。

威利　（爆发）他抱住了你的肩膀？……

比夫　爸，你永远也看不清楚我是什么人，所以咱们何必争呢？要是我发现了油田，我准给您寄张支票来。在那以前，忘了我吧。

威利　（对林达）还是怨气，看见了吗？

比夫　拉拉手吧，爸。

威利　你休想拉我的手。

比夫　我原来不希望就这样告别。

威利　那没办法，你就得这样走。去吧。

（比夫看了他一会儿，然后陡然转身走上楼梯。）

威利　你这样离开家，我要你下地狱，永世也不得翻身！

比夫　（转身）你到底要我怎么样？

威利　我要你知道，不管你在火车上，在山里，在平原，不管你到了哪儿，你这一辈子就是叫你这点怨气毁了的！

比夫 不，不。

威利 怨气，怨气，你就是这么毁了的！等到你无路可走的时候，别忘了这是谁造成的。等到你在什么铁路边上躺在那儿烂掉的时候，别忘了，别打算把责任都推在我身上！

比夫 我没有推在你身上！

威利 我决不背这个黑锅，你听见了没有？

（哈皮从楼上下来，站在楼梯最低处，观察着。）

比夫 我说了半天就是这个意思。

威利 （在桌旁椅子里颓然坐下，全力以赴地指责比夫）你是要在我心口上扎上一刀——别当我不知道！

比夫 好吧，你这个两面派！那咱们就打开天窗说亮话吧！

（他从衣袋里抽出那截橡皮管子，放在桌上。）

哈皮 你疯了——

林达 比夫！（她上前要抓起橡皮管子，但比夫用手把它按住）

比夫 放在这儿，别动！

威利 （不看）那是什么？

比夫 你他妈的很清楚这是什么。

威利 （无路可走，想逃掉）我没见过。

比夫 你见过。这不是耗子搬到地窖子里去的！你要拿它干什么，把你变成英雄？有了这个我就应该可怜你？

威利 我没听说过。

比夫 不会有人同情你，听见了吗？没有人同情！

威利 （对林达）你听听他这股怨气！

比夫 不行，你今天得听听实话——究竟你是什么人，我是什么人！

林达 别说了！

威利 怨气！

哈皮 （走下来对比夫）你别再说了！

比夫 （对哈皮）这个人不明白我们是什么！我要让他知道！（对威利）在这个家里我们没说过十分钟实话！

哈皮 我们一向说实话！

比夫 （转向他）嗬，你这个大骗子，你是助理采购员吗？说实话你不过是助理采购员手下的一个伙计，对不对？

哈皮 那，我已经差不多——

比夫 差不多，你差不多什么谎话都说过了！我们都一样！现在我够了！（对威利）你好好听着，威利，这就是我。

威利 我知道是你。

比夫 你知道为什么我三个月没有地址吗？我在堪萨斯城偷了一身衣服，蹲了三个月监狱！（对一旁抽泣的林达）不用哭，我够了！（林达转身背向他们，手捂着脸）

威利 大概这也得怨我！

比夫 从中学毕业，我每次有个好差事都是偷东西叫人开除的！

威利 这怨谁呢？

比夫 而且我一事无成，因为从小你就往我脑子里灌，我怎么了不起，结果叫我在谁手底下听喝我也受不了！你说这怨谁？

威利 行了，我听见了！

林达 别说了，比夫！

比夫 你他妈的早就该听听！我到哪儿都得在两个礼拜之内当上头儿，现在我够了！

威利 那你就上吊去吧！你这一肚子怨气，上吊去吧！

比夫 不！谁也不用去上吊，威利，今天我手里拿着钢笔跑下十一层大楼。忽然之间我停住了，你听见了吗？就在那所办公大楼的中间，你听见了吗？我站在大楼中间往外一看——我看见了天。我看见了我在世界上真正喜欢的东西。干活，吃饭，有时间休息，抽一根烟。我又看了看钢笔，我问我自己，我拿这个玩意儿干什么？我干吗一定要干我不愿意干的差事？我跑到人家办公室干什么，低声下气求人家赏饭吃？其实我想干的活儿就在外面，只要我敢说，我看清了我自己是什么人！为什么这句话就那么难于出口呢，威利？（他迫使威利正面对着他，但威利挣脱了，走向左面）

威利 （恶狠狠地威胁）你本来前途无限，到处的门都为你敞开着！

比夫 爸，我这样的人不值钱，一毛钱一堆，你也一样！

威利 （转向他，爆发）我不是一毛钱一堆！我是威利·洛曼，你是比夫·洛曼！（比夫朝威利冲过去，被哈皮拦住，在狂怒之下，比夫好像是要去打父亲）

比夫 我不是当领袖的材料，威利，你也不是。你一向不过是个东跑西颠的推销员，最后叫人扔在垃圾堆里，跟别的推销员一样！我干一个钟头就值一块钱，威利！我跑了七个州也没多挣一点。一个钟头一块！你明白我的意思吗？我往后不会拿着优胜奖杯回家来，你也别在家里等了，死了心吧！

威利 （直冲着比夫）你这个一肚子仇恨、怨气的混蛋！

（比夫从哈皮身旁挣脱。威利恐惧地往楼梯上走。比夫抓住他。）

比夫 （愤怒到了高潮）爸，我什么都不是！我什么都不是，爸！难道你还不明白？我这不是怨气，我就是我，别的什么也不是。

（比夫的愤怒发泄光了，他垮了，抽泣着，抓着威利。威利说不出话来，茫然地想摸比夫的脸。）

威利 （意外）你这是怎么了？怎么了？（对林达）他哭什么？

比夫 （哭着，不能自持）老天爷呀，你们就让我去吧。把那套骗人的梦拿走、烧掉吧，不然还要出事！（努力控制自己，挣脱开威利，朝楼梯走去）我明天一早就走。让他上床吧——让他上床吧。（比夫筋疲力尽，走上楼梯，回自己屋去了）

威利 （长时间的停顿后，刚才发生的事使他意外，也使他振奋）这怎么——怎么想得到呢？比夫——他对我有感情！

林达 他爱你，威利！

哈皮 （深受感动）一向如此，爸。

威利 哦，比夫（瞪大眼睛）他哭了！他对我哭了。（他情感澎湃，说不出话来，然后大声宣告他的预言）这孩子——这孩子将来前途无限！

（本在厨房外光圈中出现。）

本 对，前程万里，有两万块钱撑他的腰。

林达 （感觉到他脑子里又乱了，害怕地、小心翼翼地）现在上床吧，威利。一切都解决了。

威利 （巴不得马上跑出这所房子去）对，睡觉去。走吧。睡觉去吧，哈皮。

本 要想征服原始森林就需要了不起的人。

（本的抒情的音乐主题出现了，但是现在带着一种不祥的调子。）

哈皮 （搂着林达）我就要结婚了，爸，别忘了。我一定重新做人。今年年底以前我一定要当上我们那个部门的头儿。你看着吧，妈。（他吻林达）

本 原始森林里暗无天日，可是有的是钻石，威利。

（威利转身，走了两步，听着本的话。）

林达 好好干吧。你们都是好孩子，就是得好好干，就行了。

哈皮 明儿见，爸。（他上楼去了）

林达　(对威利)走吧，亲爱的。

本　(加重语气)不入虎穴，焉得虎子。

威利　(对林达，同时慢慢地沿着厨房的边移动，朝门口走)我就是想静一会儿，林达。让我一个人坐一会儿。

林达　(差一点把她的恐惧说出口来)我要你上楼去。

威利　(抱住她)过几分钟就来，林达。我现在睡也睡不着。你去吧，你那样儿累坏了。

(他吻她。)

本　跟那种约会可不一样。钻石捏在手里又糙又硬。

威利　去吧，我马上就上来。

林达　我看也只有这样了，威利。

威利　没错儿，这是最好的办法。

本　最好的办法！

威利　只有这么办。一切都会变得——去吧，亲爱的，上床去吧。你那样子累坏了。

林达　马上就上来。

威利　两分钟。

(林达走进起居室，然后在她的卧室中出现。威利走到紧靠厨房门外。)

威利　爱我。(诧异地)一向都爱我。这谁想得到？本，这之后他得崇拜我！

本　(许诺地)那里暗无天日，可有的是钻石。

威利　等他兜里有了两万块钱，你想想他得多么出类拔萃！

林达　(从卧室中叫)威利！上来吧！

威利　(向着厨房里)是喽！来啦！这一招实在是太妙了，你看出来了吧，亲爱的？连本都看出来了。我得走了，宝贝儿。再见，再见！(走到本身旁，几乎是手舞足蹈)你想得到吗？等通知信一来，他就又走到伯纳德前头去了！

本　从各方面说，都是好主意。

威利　你看见他怎么对我哭了吗？哦，我要是能亲亲他多好，本！

本　没有时间了，威廉，时间！

威利　噢，本，我一向深信不疑，早晚有一天我们爷儿俩能干大事。比夫跟我！

本　(看表)要开船了。我们要迟到了。(他缓缓地退入暗影中)

威利　(转身对着房子，诀别)孩子，到你下场踢球的时候，我要你一大脚踢到场子另一头去，然后一头冲进去就跑，冲撞的时候心要狠，不留情，因为这事关重大，孩子。(他转过身来，面对观众)看台上什么大人物都有，说不定就能出现你——(忽然，他发现只剩下他一个人了)本！本！我应该到哪儿？……(他忽然又四处搜索)本，我该怎么办？……

林达 (喊他)威利，你上来不上来？

威利 (害怕地抽了一口气，转过身来，好像是想叫她静下来)嘘——！(他转了一圈，好像是在寻路，各种噪音、人物、人声似乎都蜂拥而至，把他围住，他挥手驱赶他们，喊着：嘘——！嘘——！忽然，轻微而高亢的音乐声使他停住了。音乐越来越响，一直发展成令人难以忍受的尖声。他踮起脚尖，绕过房子奔跑而下)嘘——！

林达 威利？(没有回答。林达等待着。比夫从床上起来，他还穿着平常的衣服。哈皮也坐起来。比夫站在那里，侧耳倾听。)

林达 (带着真正的恐惧)威利，回答我！威利！

(我们听见一辆汽车启动，然后全速开走的声音。)

林达 不！

比夫 (冲下楼梯)爸！

(随着汽车疾驶而去的声音，音乐在一阵混乱的杂音中急骤收场，变成一根大提琴单弦的弹拨声。比夫慢慢地回到卧室。他与哈皮心情沉重地穿上外套。林达慢慢地走出自己的屋子。音乐发展为丧礼进行曲，白天的树叶笼罩了一切。查利与伯纳德，穿着严肃，走上来敲厨房的门。他们走进厨房，比夫与哈皮正下楼梯进厨房。当他们看见林达掀门帘进来时，都静止不动。林达穿着暗色的丧服，手里拿着一小束玫瑰花。她走向查利，搀住他的胳膊。全体朝观众走来，穿过了厨房的墙线。在台口边缘，林达放下花束，跪下，坐在自己脚跟上。大家低头望着坟墓。)

安魂曲

查利 天要黑了，林达。

(林达没有反应。她呆视着坟墓。)

比夫 怎么样，妈？也该休息一下了。人家就要关门了。

(林达依然没有动。停顿。)

哈皮 (带着深深地愤慨)他没有权利这么干。也没有必要。我们都会帮他的。

查利 (哼了一声)嗯。

比夫 走吧，妈。

林达 为什么没有人来？

查利 丧礼还是挺体面的。

林达　可是他那些老相识都哪儿去了？也许他们都怪罪他。

查利　不会，这是个无情无义的世界。没有人怪罪他。

林达　我不明白，尤其是现在。我们三十五年来头一回眼看就谁的也不欠，都清了。他只要有一点点工资就都够了。他连牙科医生的账都付清了。

查利　谁也不能有一点点工资就都够了。

林达　我不明白。

比夫　我们过过不少好日子。他出去跑码头回来的时候，或是礼拜天，盖门廊，修理地窨子，建造那个新门道，添造一间洗澡间，还有盖汽车房。你知道吗，查利，对他说，那个门廊他花的心血比他一辈子卖的货都多。

查利　我知道。他这个人能搅和水泥的时候最高兴。

林达　他的手可巧呢。

比夫　他错就错在他那些梦想。全部，全部都错了。

哈皮　（几乎要和比夫打架）不许这么说！

比夫　他始终不明白自己是什么人。

查利　（制止了哈皮的动作和回答。对比夫）可不敢怪罪这个人。你不懂啊，威利一辈子都是推销员。对推销员来说，生活没有结结实实的根基。他不管拧螺丝，他不能告诉你法律是什么样，他也不管开药方。他得一个人出去闯荡，靠的是脸上的笑容和皮鞋擦得倍儿亮。可是只要人们对他没有笑脸了——那就灾难临头了。等到他帽子上再沾上油泥，那就完蛋了。可不敢怪罪这个人。推销员就得靠做梦活着，孩子。干这一行就得这样。

比夫　查利，这个人始终没有明白自己是什么人！

哈皮　（愤然）不许你这么说！

比夫　你何不跟我一块走呢，哈皮？

哈皮　叫我认输没那么容易！我要在这个城市待下去，我要在这场大骗局里压倒对手！（看着比夫，咬着牙）洛曼兄弟！

比夫　可我认清了我自己是什么人！

哈皮　那好吧，老兄，我要叫你，叫所有的人看看，威利·洛曼没有白死。他的梦是好梦，人只有这一个梦好做——压倒一切，天下第一。他这一仗是在这儿打的，我就要在这儿替他打赢。

比夫　（失望地看了哈皮一眼，弯身对母亲）咱们走吧，妈。

林达 我马上就来。先走一步吧，查利。(查利有些犹疑)我要这样，只要一分钟。我还没得机会跟他告别呢。

(查利走开了，哈皮跟在后面。比夫留在林达的右后方，稍有一段距离。她坐在那里，努力使心情平静下来。长笛声开始，并不远，一直衬托着她的话。)

林达 原谅我吧，亲爱的。我哭不出来。我不知道为什么，可我哭不出来。我不明白，你到底为什么要这样？帮助我吧，威利，我哭不出来。我总觉得你又去跑码头了。我总在等你回来。威利，亲爱的，我哭不出来。你为什么要这样呢？我想找原因，我找啊，找啊，可我还是不明白，威利，我今天付清了房子最后一期款项。今天付清的，亲爱的。可是家里没有人了。(哽咽)都清了，咱们自由了，(哭得痛快了，也觉得解脱)自由了，(比夫慢慢地走向她)自由了……自由了……

(比夫搀她站起来，扶着她自右方下。林达轻声哭泣着。伯纳德与查利走到一处，跟在他们后面，哈皮跟在最后。在暗下去的舞台上只听得见长笛的乐声，而与此同时压在这所房子上空的公寓大楼的无情的高层建筑变得轮廓格外清楚。)

—幕落—

([美]阿瑟·米勒著，英若诚译，上海，上海译文出版社，2008)

作品解析

《推销员之死》是一部优秀的现实主义力作，并吸收借鉴了表现主义手法。全剧的现实时间只有两天多，绝大多数内容是主人公威利的回忆与幻想、现实和超现实的场景交汇。威利并非传统古典悲剧中的典型人物，只是无数普通美国人中的一员，一个穷困潦倒的小人物。他想承担家庭的责任，却被生活无情地击倒。正是因为如此，他的悲剧才具有震撼人心的力量。

表面看，威利的悲剧源于自身性格以及两代人的道德伦理冲突。但是深入剖析之后，可以发现根源在于美国特殊历史时期中个体与社会的矛盾。《新闻周刊》曾发文评论："《推销员之死》把我们(民族)的某些最有深远影响的、最致命的矛盾冲突以隆重的方式公布在大众眼前。它是一出关于在美国社会中被扭曲的人的遭遇的戏剧。"1949 年《推销员之死》创作之时，美国刚刚摆脱战争和贫穷，虽然核武器的威胁如影随形，但国内形势已日趋稳定，1946 年到 1964 年，有七千八百万个新生儿诞生，美国家庭在郊区买房定居成为一种趋势，银行贷款业务随之大幅增长，消费主义大行其道，美国梦逐渐异化成对财富和社会地位的无尽索求。人们不再谈论理想，物质财富成为衡量成功的唯一标准。奥尼尔指出:“我们大谈特谈的美国梦……难道不就是一场追求物质财富的梦吗?”米勒敏锐地关注到这个问题,并在他的戏剧作品中,对弱肉强食、唯利是图、尔虞我诈的商业价值观进行了揭露和批判,提倡勤劳、慷慨、公平和正直等传统美德。

米勒曾说过:“追求物质成功使威利丢失了基本的和真实的本性。他不再有能力认清自己到底想要什么和自己真正代表了什么。”在商业价值观的毒害之下,这个慈爱、勤劳、富有激情的一家之主,逐渐人格分裂,成了一个惯于自吹自擂、撒谎成性、逃避现实的人。他夸大自己的收入和声望,背叛妻子,纵容儿子逃学、作弊、偷窃。尽管他望子成龙,却将他们引入歧路。与威利相比,查利父子则如同一股清流,兢兢业业、踏实奋斗、正直善良。查利拥有一家效益不错的公司,而“小书呆子”伯纳德则成了律师。对于这些成就,查利十分低调,认为“没什么好说的,做好就行了”。另外,他并不接受商业社会中残酷的丛林法则那一套,一直理解和同情落魄的老朋友威利,他的儿子伯纳德也时常帮助比夫。米勒认为,正是这种热忱、善良、慷慨的性格特质,才使看似资质平平的他们有所成就。查利父子身上,体现了剧作家对新美国梦的种种期待。

在堕落的消费主义价值观的影响下,威利至死都未能觉悟。即使穷途末路,仍以金钱为标准衡量自己的生命,决心做一笔“稳稳当当的两万块钱的”买卖才好。不过,他的失败却促使比夫彻底地觉悟和成长,决心自由主宰人生。威利的一生被“美国梦”毁灭了,但他的形象并不因此显得渺小,他的死也不乏尊严。威利的悲剧警醒比夫和观众,单纯的物质追求并不能带来精神的自由和满足,金钱美梦终成虚妄,只有正确的梦想才能够令人自新自强。

参考书目

Arthur Miller, *Death of A Salesman*, Charleston, CreateSpace Independent Publishing Platform, 2017.

[美]阿瑟·密勒:《阿瑟·密勒论戏剧》,郭继德等译,北京,文化艺术出版社,1988。

[美]阿瑟·米勒:《阿瑟·米勒自传》,蓝玲、林贝加、梁彦译,上海,华东师范大学出版社,2016。

Jane F. Bronin, *Prize-winning American Drama*, New York, Scarecrow

Press, 1793.

Martin Gottfried, *Arthur Miller: His Life and Work*, New York, Da Capo Press 2004.

[美]凯瑟琳·休斯:《美国当代剧作家》,谢榕津译,北京,中国戏剧出版社,1982。

英若诚、康开丽:《水流云在:英若诚自传》,张放译,北京,中信出版社,2016。

(何星莹撰稿)

第三章　欧仁·尤奈斯库《秃头歌女》导读

作家作品简介

欧仁·尤奈斯库(1909—1994)出生于罗马尼亚(后移居法国)，是荒诞派戏剧最著名的代表剧作家之一。他的父亲是罗马尼亚人，母亲是法国人。尤奈斯库童年大部分时光在法国度过，并于1940年定居法国。尤奈斯库自幼便对文学有浓厚的兴趣，并一早就在创作方面展现出不凡的天赋，现实的生活也让他觉得“只有真正的艺术才永远不会撒谎”[①]。受此影响，尤奈斯库的作品中往往充满了对艺术的热爱和对真理的追求。值得注意的是，尤奈斯库起初的创作体裁并非戏剧，直到1949年他才真正开始从事戏剧创作。《秃头歌女》是尤奈斯库的处女作，并于1950年在巴黎首演，其后他又创作了一系列风格独特、引人瞩目的作品，如：《课堂》(1950)、《椅子》(1952)、《犀牛》(1960)、《国王出走》(1962)等。尤奈斯库的戏剧作品起初并不被大众所接纳，但他并没有因眼前的失败而改变自己作品的风格，最终凭借《椅子》一炮走红，而他本人则被看作荒诞派戏剧的主要创始人和代表。《秃头歌女》一剧是尤奈斯库反对传统戏剧，阐释反戏剧理论作品的开端，同时也是荒诞派戏剧的首部作品。

在创作形式上，尤奈斯库十分厌恶传统，反对传统，他曾经说过：“我之所以写剧本，是因为我讨厌戏剧没有给我参与和快乐的感觉。”[②]相较于传统戏剧在结构、语言、情节上的逻辑性和连贯性，尤奈斯库喜欢用轻松的戏剧形式来表达严肃的主题。尤奈斯库的戏剧荒诞不经，剧情支离破碎，甚至没有矛盾冲突。因此，他的戏剧一开始并不被人接受，而他则坚持认为传统戏剧的语言过于僵化，他所要做的一切就是使已经僵化的戏剧状态得以改变，突破旧有的语言表达模式。尤奈斯库的荒诞剧兼具喜剧与悲剧特色，几乎每一部剧作都充斥着失去语义的语言狂欢以及闹剧的色

① Barbara Kraft, *A Conversation with Eugene Ionesco*, Huffington Post, 2013.

② Eugene Ionesco, *Notes and Counter Note*, Trans. by Donald Watson, Michigan, University Microfilms International, 1964, p. 15.

彩；而剧作的内层结构，则充斥着焦虑感、疏离感、沉痛感，以及最终通往悲剧终点的苦涩绝望感。尤奈斯库的戏剧作品主要描写在矛盾混乱的宇宙中人类的孤独与异化处境，以此来表现人生的荒诞不经。他用离奇迥异而又内在统一的戏剧形式，试图理解并表达这个使人充满深深孤独感的世界；他用作品犀利地指出社会中客观存在的弊病以及西方社会严重的精神危机。死亡和黑色幽默是他作品重要的主题，而尤奈斯库也被人们称为"荒诞的莎士比亚"①。

尤奈斯库在法国生活的童年经历对他的戏剧作品乃至人生都产生了重要影响。他曾在访谈中提到"漫步在他省小村的夏日阳光中，(尤奈斯库)被这种极强烈的光线震撼了"②，他自己回忆说，他突然间呆住了，感觉自己从大地上慢慢浮起，一种不可阻挡的幸福感油然而生。当他"飘回"地面，"光线"离开了他，他感觉眼前的现实世界充满了腐朽、堕落和毫无意义的重复行为，所以死亡终会降临到每个人身上。③ 在一本书中，他写道："死亡是我们唯一值得严肃讨论的重要主题，它像城墙一样限制我们，它是我们所有人类唯一不可逃避的宿命，让我们知道自己的有限与渺小。然而无视自己与他人的冷漠同样令人担忧，在生命最后的时刻，我们依然不知道自己在忙碌些什么，但我还是想在作品中展现一丝希望。"④尤奈斯库的创作则充分反映了他这种新的认识，他的作品显示出他对现世、交流的反感，引发了人们内心深处的思考。

《秃头歌女》作为尤奈斯库的处女作以及代表作，1950 年在巴黎首演时，反响不佳，但该剧却对荒诞派戏剧创作产生了极大影响，它有无数个改编版本，是法国上演最多的剧目之一。另外，《秃头歌女》原名本该是《简易英语》。在排演后期，扮演消防队队长角色的演员误把"金黄头发的(blonde)女教师"这句台词错念为"金黄头发的秃头(bald)歌女"，尤奈斯库听到后当场就大叫出来："这才是我要用的剧名。"

全剧主要描述的史密斯夫妇是伦敦典型的中产阶级，他们邀请马丁夫妇来家中做客。其后，史密斯夫妇的女仆玛丽和当地的消防队队长也加入他们的谈话中，消防队长同时也是女仆玛丽的恋人。两家人互相开着无意义的玩笑，各自讲述自己的故事，不时扯上几句无意义的诗句。从某一刻起，马丁夫人和她丈夫对话的语气仿

---

① Shusha Guppy (Fall 1984), "*Eugene Ionesco, The Art of Theater No. 6*", The Paris Review.

② Deborah B. Gaensbauer, *Eugene Ionesco Revisited*, New York, Twayne Publishers, 1996, p. 54.

③ Eugene Ionesco, *Fragments of a Journal*, Trans. by Jean Stewart, London, Faber and Faber, 1968, p. 79.

④ Melinda Camber Porter, *Through Parisian Eyes: Reflections on Contemporary French Arts and Culture*, Boston, Da Capo Press, 1993, p. 78.

佛他们俩刚认识一样。当消防队队长要离开时，他随口提到了一个“秃头歌女”，而这个词语却使在场的每个人都产生了非常不安的感觉。剧目在两对夫妇一齐高喊“不是那边！在这儿!”中落幕，紧接着灯光熄灭。当灯光再度亮起时，马丁夫妇代替史密斯夫妇重复第一场的表演和对话，全剧正式告终。

作品阅读

《秃头歌女》

人　物

史密斯先生

史密斯太太

马丁先生

马丁太太

玛丽(女仆)

消防队长

《秃头歌女》(La Cantatrice chauve)于1950年5月11日由尼可拉·巴塔伊剧团在梦游人剧院首演。

第一场

〔一间英国式的中产阶级起居室，放着一些英国式的扶手椅。英国式的夜晚。史密斯先生是英国人，坐在英国式的扶手椅上穿着他那双英国拖鞋，抽着英国烟斗，靠近英国式的炉边，看着一份英国报。他戴一副英国眼镜，留一小撮英国式的灰白唇髭。在他的旁边，坐在另一张英国式扶手椅上的史密斯太太也是英国人，正缝补着英国袜子。一种英国式的长时间的沉默。英国式的大挂钟按英国方式敲了十七下。

史密斯太太　啊，九点了。咱们吃了汤、鱼、土豆肥肉片、英国色拉。孩子们喝了英国水。咱们今晚吃得很好。这是因为咱们住在伦敦郊区，而咱们姓史密斯。

史密斯先生　(继续看报，嘴里啧啧作响)

史密斯太太 土豆加肥肉片真好吃，色拉油也不哈喇。街角上那家食品店里卖的油质量比对面这家的要好得多，甚至比海岸下边那家的还好。不过，我不是想说这两家的油就差。

史密斯先生 （继续看报，嘴里啧啧作响）

史密斯太太 可是，街角上那家的油总是最好的……

史密斯先生 （继续看报，嘴里啧啧作响）

史密斯太太 玛丽这次土豆烧得透。上次土豆没烧透。没烧透的土豆我不爱吃。

史密斯先生 （继续看报，嘴里啧啧作响）

史密斯太太 鱼挺新鲜。我吃得津津有味。我吃了两次。不，吃了三次。这一下把我的肚子都吃坏了。你也吃了三次。可是，第三次，你吃得比前两次少，我却吃得更多。我今晚比你吃得更好，怎么会是这样的呢？你通常总是吃得最多。并不是你的胃口不好。

史密斯先生 （嘴里啧啧作响）

史密斯太太 可是，汤也许太咸了些。汤里的盐比你身上还多。唉，汤里的大葱也太多，而洋葱却放少了。我后悔没告诉玛丽在汤里多加点八角茴香。下次，我自己做汤。

史密斯先生 （继续看报，嘴里啧啧作响）

史密斯太太 咱们的小男孩就很想喝啤酒，他爱撑得饱饱的。他像你。在饭桌上，你看到了他是怎样一股劲儿地盯着酒瓶吗？可是我呢，我把冷水瓶里的水倒在他的杯子里。他渴了就喝水。埃莱娜像我：她会管家、节俭，还弹弹钢琴。她从来不说要喝英国啤酒。就像咱们的小女儿光喝奶，只吃糊糊。可以看出她才两岁。她叫佩吉。

榅桲四季豆馅饼好吃极了。在吃甜食时最好喝一小杯澳大利亚勃艮第葡萄酒，但是我为了不给孩子们留下贪吃的坏样子，没把酒放上饭桌。必须教他们在生活中简朴和有节制。

史密斯先生 （继续看报，嘴里啧啧作响）

史密斯太太 派克太太认得一位名叫波波谢夫・罗森菲尔德的保加利亚食品杂货商，他刚从君士坦丁堡到这儿。这是位酸乳酪的专家。他得到过安德里诺堡乳酪制造学校的毕业文凭。我明天去向他买一只保加利亚出品的做酸乳酪的大锅。在伦敦郊区这种地方，常常买不到这种货。

史密斯先生　（继续看报，嘴里啧啧作响）

史密斯太太　酸乳酪对胃、肾、阑尾炎和发育成长极有好处。这是麦肯齐-金大夫对我说的，他给咱们邻居约翰家的孩子治病。这是个好大夫。值得大家信任。他从来只开他本人试服过的药。他在给派克动手术之前，还先让别人给他做了个肝部手术，而他根本不是病人。

史密斯先生　但是怎么会大夫没事，而派克反倒死了呢？

史密斯太太　因为手术在大夫身上成功了，而在派克身上没成功。

史密斯先生　那么，麦肯齐就不是个好大夫。否则手术就该在两个人身上都成功或者两个人都得死掉。

史密斯太太　为什么？

史密斯先生　一位认真负责的大夫就该和病人一道死去，要是他们没能一道恢复健康。一个好船长总是和船一起沉没在波涛之中。病人死了，大夫就不该活。

史密斯太太　总不能把一个病人和一条船相比。

史密斯先生　为什么不？船也有病嘛；更何况，你的那个大夫和一艘军舰一样健康；所以他就更应该和病人同时死去，就像大夫和他的船那样①。

史密斯太太　哦！我没想到这点……也许这是对的……那么，你从中得出什么结论呢？

史密斯先生　结论就是：所有的大夫都是些江湖骗子。而所有的病人也是一路货。在英国，唯有海军是诚实可靠的。

史密斯太太　但是，不包括水兵。

史密斯先生　那当然。

〔停顿。

史密斯先生　（老是拿着报）有件事我不明白。为什么报上的启事栏内总是报道死去的人的年龄而从来不报道新生婴儿的年龄呢？这毫无意义。

史密斯太太　我从来没有考虑过这一点！

〔又一次沉默。挂钟敲七下。沉默，挂钟敲三下。沉默。挂钟一下也没敲。

史密斯先生　（仍然在看报）咦，报上登着博比·沃森死了。

史密斯太太　我的上帝啊。这个可怜人是什么时候去世的？

---

①　这最后一句话是故意说错的。

史密斯先生 你为什么做出这种惊奇的样子？你是知道的，他去世已经两年了。你想一想，我们参加他的葬礼已经一年半了。

史密斯太太 我当然记得。我一下子就想起来了，但是我不懂你自己为什么看到报上登的这件事就这样吃惊？

史密斯先生 这件事报上没登过。人们谈起他的死已有三年了。因为联想，我才记起了这件事。

史密斯太太 可惜啊！他以往保养得多好。

史密斯先生 这是大不列颠最漂亮的尸体！从尸体外表，看不出有那么大岁数。可怜的博比，他去世已经四年了，尸体还有热气。真是具活僵尸。他是多快活啊！

史密斯太太 可怜的博比太太。

史密斯先生 你是想说可怜的博比“先生”。

史密斯太太 不，我想到的是他的妻子。她像他一样也叫博比，博比·沃森。因为他们姓名相同，当别人看到他们在一起时，也分不清哪个是先生，哪个是太太。只是在他死后，人们才能真的知道这是谁，那是谁。可是，今天还有人把她和死者搞错，而向她表示哀悼。你认识她吗？

史密斯先生 我只见过她一面。事情很偶然，就在博比下葬的时候。

史密斯太太 我从未见过她。她长得美吗？

史密斯先生 她相貌端正，可是也说不上美。她个子太高，身材太壮。她的相貌并不端正，但是可以说她是很美的。她个子太小，身材太瘦。她是唱歌老师。

〔挂钟敲五下。长时间停顿。

史密斯太太 那么他们两人打算什么时候结婚？

史密斯先生 最迟明年春天。

史密斯太太 也许应该去参加他们的婚礼。

史密斯先生 应该送给他们一件结婚礼品。我正想着送什么礼品呢？

史密斯太太 咱们为什么不把别人送给咱们的结婚礼品，而咱们从未用过的七个银盘子，送一个给他们呢？

〔短暂的沉默。挂钟敲二下。

史密斯太太 她这么年轻就守寡可真伤心。

史密斯先生 他们幸好没孩子。

史密斯太太 他们缺的就是孩子！孩子！可怜的女人，她会把孩子培养成什么样子！

史密斯先生 她还年轻。她满可以再嫁。丧事办得很合她的意！

史密斯太太 但是，谁照看孩子？你清楚地知道她有一个男孩和一个女孩。他们叫什么来着？

史密斯先生 博比和博比，就像他们的父母那样。博比·沃森的叔父，博比·沃森老头是有钱的，他喜欢那个男孩。他完全能负责博比的培养教育。

史密斯太太 这是理所当然的。博比·沃森的姑妈，博比·沃森老太，也完全能由她来负责博比·沃森的女儿博比·沃森的培养教育。这样，博比·沃森的妈妈博比就可以再嫁了。她看上谁了吗？

史密斯先生 是的，博比·沃森的一个堂兄弟。

史密斯太太 谁？博比·沃森？

史密斯先生 你说的是哪个博比·沃森？

史密斯太太 是死者博比·沃森另一个叔父博比·沃森老头的儿子博比·沃森。

史密斯先生 不对，不是那个，是另一个。这个博比·沃森是死者博比·沃森的姑妈博比·沃森老太的儿子。

史密斯太太 你想说的是当商店推销员的博比·沃森。

史密斯先生 所有的博比·沃森都是商店推销员。

史密斯太太 多不好搞的行当啊！可是，做这个生意是赚钱的。

史密斯先生 是的，在没人竞争的时候。

史密斯太太 什么时候没人竞争？

史密斯先生 星期二，星期四和星期二。

史密斯太太 哦！每周三天？那么，这几天博比·沃森干些什么？

史密斯先生 他休息，睡觉。

史密斯太太 可是，要是没人竞争，他为什么这三天不干活？

史密斯先生 我不能什么都知道，我不能回答你所有的傻问题。

史密斯太太 （受了顶撞）你说这话是为了侮辱我吗？

史密斯先生 （满脸堆笑）你清楚地知道并不是这样。

史密斯太太 男人们都一样！如果你们不是在不停地喝酒，那么你们整天就待在那儿，嘴里叼着香烟，要不你们每天老是给自己脸上搽粉，给自己嘴唇上涂口红！

史密斯先生 如果你看到男人像女人那样，整天抽烟，抹粉、涂口红，喝威士忌酒，你会说什么？

史密斯太太 至于我，我讨厌这些东西！但是，如果你说这些为了恼我，那么……我不喜欢这类玩笑，你完全知道这一点！

〔她把袜子扔得老远并咬牙切齿，做出威胁的样子。她站了起来。

史密斯先生 （他也站了起来，走到他妻子身旁，温柔地）哦，我的小宝贝儿，为什么发火！你完全知道我说的这些话是开玩笑的！（他拦腰抱住了他妻子，并吻了她）咱们成了一对多么可笑的情人啰！来，咱们把灯熄掉去睡觉吧！

第二场

〔人物同前场，加上玛丽。

玛丽 （出场）我是女用人，我过了一个非常愉快的下午。我和一个男人一起去了电影院并和女人们一起看了一部影片。电影散场后，我们去喝了烧酒和牛奶。后来我们看了报纸。

史密斯太太 我希望您过了一个非常愉快的下午，希望您和一个男人一起去看了电影，希望您喝了烧酒和牛奶。

史密斯先生 还看了报纸！

玛丽 你们的客人，马丁太太和先生已在门口。他们正在等着我。他们不敢擅自进来。他们今晚该和你们一起吃晚饭。

史密斯太太 是啊。我们早就在等他们。我们早就饿了。因为没见他们来，正要不等他们就吃饭了。我们整整一天什么都没吃。您刚才不该不在家！

玛丽 是你们准我假的。

史密斯先生 我们不是有意这样做的！

玛丽 （发出笑声。接着，她哭泣。她微笑）我给自己买了个便壶。

史密斯太太 我亲爱的玛丽，把门打开，请马丁先生和太太进来。我们要赶紧去穿衣服。

〔史密斯太太和先生从舞台右边进场。玛丽开了舞台左边门，马丁先生和太太从那儿出场。

第三场

〔玛丽，马丁夫妇。

玛丽 你们为什么来得这么晚！你们没礼貌。应该准时到！懂吗？还是请你们在那儿坐下，现在就等着吧。

〔退场。

第四场

〔人物同前场，缺玛丽。

〔马丁太太和先生面对面坐着，没交谈。他们腼腆地互相微笑着。

马丁先生　（下面的对话必须以一种缓慢、单调略带唱歌调儿的、毫无变化的声音说）请原谅，太太，不过要是我没搞错，我好像在什么地方和您见过面的。

马丁太太　我也是，先生，我好像在什么地方和您见过面的。

马丁先生　太太，我难道不是在曼彻斯特偶然见到过您的吗？

马丁太太　这非常可能。我呢，我就是曼彻斯特城出生的！不过，先生，我记不清了，我不能说我是否在曼彻斯特见过还是没见过您！

马丁先生　我的上帝，这多么怪啊！我也是曼彻斯特城出生的，太太！

马丁太太　这多么怪啊！

马丁先生　这多么怪啊！……不过，太太，我离开曼彻斯特城差不多五个星期了。

马丁太太　这多么怪啊！多么奇怪的巧合啊！我离开曼彻斯特城差不多也有五个星期了。

马丁先生　我乘的是早上八点半开，四点三刻到伦敦的火车，太太。

马丁太太　这多么怪啊！多么奇怪啊！多么巧啊！我乘的也是这班火车，先生！

马丁先生　我的上帝，这多么怪啊！太太，我很可能是在火车上见到您的吧？

马丁太太　这很可能，这点不能排除，这也许是真的，总之，为什么不呢！……但是，我一点也记不起来了，先生！

马丁先生　我旅行坐的是二等车厢，太太。在英国，没有二等车厢，可是我旅行仍然坐的是二等车厢。

马丁太太　这多么奇怪啊！多么怪又多么巧啊！我也是，先生，我旅行也坐的二等车厢！

马丁先生　这多么怪啊！我们很可能在二等车厢内相遇的，亲爱的太太！

马丁太太　这事很可能，而且一点也不能排除。但是，这件事我已记不很清楚了，亲爱的先生！

马丁先生　我的座位在八号车厢第六室，太太。

马丁太太　这多么怪啊！我的座位也在八号车厢第六室，亲爱的先生！

马丁先生　这多么怪，而且是多么奇怪的巧合啊！我们可能就在第六室相遇的吧，亲爱的太太？

马丁太太 总之，这很可能！但是，我记不起来了，亲爱的先生！

马丁先生 说实话，亲爱的太太，我也记不起来了，但是我们可能就在那儿相见的，要是我想得对，我觉得这事很有可能！

马丁太太 哦！真的，当然啰，真的，先生！

马丁先生 这多么怪啊！……我的座位是三号，靠窗口，亲爱的太太！

马丁太太 哦，我的上帝，这多么怪，多么奇怪，我的座位是六号，靠窗口，在您的对面，亲爱的先生！

马丁先生 哦，我的上帝，这多么怪，也多么巧啊！……那么，我们是对面对啰，亲爱的太太！我们大概是在那儿见过面的。

马丁太太 这多么怪啊！这是可能的，但是，我记不起来了，先生！

马丁先生 说真的，亲爱的太太，我也记不起来了。可是，我们很可能是在这种情况下相见的。

马丁太太 确实如此，但是我一点也不能肯定，先生。

马丁先生 亲爱的太太，请我把她的手提箱放在网架上，接着向我道谢并允许我抽烟的那位夫人，不就是您吗？

马丁太太 是啊，这可能是我，先生！这多么怪，多么怪，也多么巧啊！

马丁先生 这多么怪，多么奇怪，多么巧啊！那么，我们可能就在那个时候认识的啰，太太？

马丁太太 这多么怪，也多么巧啊！这很可能，亲爱的先生！可是，我不相信我还记得这件事。

马丁先生 我也不相信。

〔沉默片刻，挂钟敲二下，又敲一下。

马丁先生 我到了伦敦以后，我住在布朗菲尔德路，亲爱的太太。

马丁太太 这多么怪，多么奇怪啊！我到了伦敦后，我也住在布朗菲尔德路，亲爱的先生。

马丁先生 这多么怪，那么，那么，我们可能就在布朗菲尔德路相遇的，亲爱的太太。

马丁太太 这多么怪，多么奇怪啊！总之，这很可能！可是，我记不起来了，亲爱的先生。

马丁先生 我住在十九号，亲爱的太太。

马丁太太 这多么怪，我也住在十九号，亲爱的先生。

马丁先生 那么，那么，那么，那么，我们可能在这座房子里相见的啰，亲爱的太太?

马丁太太 这很可能，但是我记不起来了，亲爱的先生。

马丁先生 我的套间在六楼，是八号，亲爱的太太。

马丁太太 这多么怪，我的上帝，多么奇怪啊！多么巧啊！我也住在六楼八号套间，亲爱的先生！

马丁先生 (沉思地)这多么怪，多么怪，多么怪又多么巧啊！您知道，在我的卧室里有一张床。我床上铺着一条绿色的鸭绒被。这间有床和绿色鸭绒被铺床的卧室在过道的尽头，厕所和图书室之间，亲爱的太太！

马丁太太 多么巧啊，我的上帝，多么巧啊！我的卧室也有一张铺了绿色鸭绒被的床，它在过道的尽头，厕所和图书室之间，亲爱的先生！

马丁先生 这多么奇怪，多么怪，多么离奇啊！那么，太太，我们住的是同一间房而且睡的是同一张床啰，亲爱的太太。我们可能就是在那儿相遇的！

马丁太太 这多么怪，多么巧啊！我们可能就在那儿相遇的，也可能就在昨天夜里，但是，我记不起来了，亲爱的先生！

马丁先生 我有一个小女儿，她和我住在一起，亲爱的太太。她两岁，她头发是金黄色的，她的一只眼珠子白，一只眼珠子红。她很漂亮，名叫艾丽斯，亲爱的太太。

马丁太太 多么奇怪的巧合啊！我也有个小女儿，她两岁，一只眼珠子白，而一只眼珠子红，她很漂亮，名字也叫艾丽斯，亲爱的先生！

马丁先生(同样缓慢的、单调的声音)这多么怪，多么巧啊！奇怪！这可能是同一个女孩，亲爱的太太！

马丁太太 这多么怪啊！这很可能，亲爱的先生。

〔较长时间沉默……挂钟敲二十九下。

马丁先生 (长时间沉思后，慢慢地站了起来，不慌不忙地朝马丁太太走去，马丁太太因为马丁先生庄严的神情而感到惊讶，也慢慢地站了起来；马丁先生还保持着那种少有的、单调的、略带唱歌调门的声音)那么，亲爱的太太，我认为，毫无疑问，我们曾经见过面了，您就是我的妻子……伊丽莎白，我又找到您了！

〔马丁太太不慌不忙地靠近了马丁先生。他们毫无表情地互相拥抱接吻。挂钟重重地敲一下。

挂钟声音敲得很响，使观众大吃一惊。马丁夫妇却没听见钟声。

马丁太太 唐纳德，是你，darling①！

〔他们同坐在一张扶手椅上，互相拥抱着并睡着了。挂钟又敲了好几下。玛丽踮着脚慢慢地出场，一个手指放在嘴上，并且对观众说。

第五场

〔马丁夫妇和玛丽。

玛丽 伊丽莎白和唐纳德如今太幸福了，听不到我说的话。因此，我能向你们揭露一个秘密。伊丽莎白并不是伊丽莎白，唐纳德也不是唐纳德。证据如下：唐纳德谈到的孩子不是伊丽莎白的女儿，这不是同一个人。唐纳德的小女儿确实像伊丽莎白的小女儿一样：一个眼珠子白，一个眼珠子红。但是，唐纳德的小女儿是右眼珠子白，左眼珠子红，而伊丽莎白的小女儿却是右眼珠子红，左眼珠子白！因此，唐纳德论据的整个体系，由于碰到使他全部理论化为乌有的最后这个障碍，就站不住脚了。尽管有这些看上去是肯定论据的离奇巧合事件，不是同一个孩子父母的唐纳德和伊丽莎白就不是唐纳德和伊丽莎白。他自认是唐纳德也是白搭，她自认为是伊丽莎白也没用，他认为她是伊丽莎白是徒劳的。她认为他是唐纳德也是徒劳的：他们可悲地搞错了。但是，谁是真唐纳德呢？真伊丽莎白是哪位呢？让这种错误拖下去对谁有利呢？我一无所知。我们不必花力气去知道这件事，让事物保持原样吧（她朝进场门走了几步，然后她又折回，并对观众讲）我的真名是歇洛克·福尔摩斯。

〔她退场。

第六场

〔人物同前场，缺玛丽。

〔挂钟想敲就敲。过了好久后，马丁夫妇分开了，并重新回到了他们原先的座位上。

马丁先生 Darling，把咱们之间没发生过的一切都忘掉吧，咱们现在又相见了，咱们尽量再不要分离了，像以前那样生活吧。

马丁太太 是的，darling！

---

① 英语：亲爱的。

第七场

〔人物同前场，加史密斯夫妇。

〔史密斯夫妇根本没换衣服，从台右出场。

史密斯太太　晚安，亲爱的朋友！请原谅我们让你们等了这么久。我们想过应该向你们表示敬意，而我们刚得知你们没有预先通知，就光临敝舍，看望我们，我们就赶紧穿上了节日盛装。

史密斯先生　(生气)我们整整一天什么都没吃。我们等了你们四个小时。你们为什么来迟？

〔史密斯夫妇分别坐在客人的对面。挂钟按照情况或强或弱地敲打来突出对白，

〔马丁夫妇，尤其是马丁太太，露出尴尬和难为情的样子。一开头，双方都说不出话来，难以启齿。起初，长时间的拘谨的沉默，接着，还是沉默和犹豫。

史密斯先生　嗯。

〔沉默。

史密斯太太　嗯，嗯。

〔沉默。

马丁太太　嗯，嗯，嗯。

〔沉默。

马丁先生　嗯，嗯，嗯，嗯。

马丁太太　哦，很明显。

〔沉默。

马丁先生　我们都感冒了。

〔沉默。

史密斯先生　可天气并不冷。

〔沉默。

史密斯太太　没穿堂风。

〔沉默。

马丁先生　没有，幸好没有。

〔沉默。

史密斯先生　唉。

〔沉默。

马丁先生 您心里难受?

〔沉默。

史密斯太太 不，他感到厌烦。

〔沉默。

马丁太太 哦，先生，像您这样年龄，您不该如此。

〔沉默。

史密斯先生 心情不分年龄。

〔沉默。

马丁先生 这是真的。

〔沉默。

史密斯太太 大家都这样说。

〔沉默。

马丁太太 大家也说相反的话。

〔沉默。

史密斯先生 真理在两种说法之间。

〔沉默。

马丁先生 说得有理。

〔沉默。

史密斯太太 (对马丁夫妇)你们游历过好多地方，你们总有些有趣的事给我们谈谈的啰。

马丁先生 (对他妻子)亲爱的，你说吧。你今天见到了什么?

马丁太太 这没必要，别人不会相信我的话。

史密斯先生 对您的诚实我们不会怀疑!

史密斯太太 您要是这样想，您就得罪我们了。

马丁先生 (对妻子)要是你这样想，亲爱的，你会得罪他们……

马丁太太 (亲切地)好吧，我今天见到了一件很特别的事情。一件令人难以相信的事情。

马丁先生 你快说，亲爱的。

史密斯先生 啊，我们听了一定会感到有趣的。

史密斯太太 那么讲吧。

马丁太太　我今天去市场买些蔬菜，蔬菜是越来越贵……

史密斯太太　发生什么事啦！

史密斯先生　不要打断别人的话，亲爱的，小淘气。

马丁太太　我在街上，一家咖啡馆的旁边，看见一位衣冠楚楚的先生，五十上下的年龄，甚至还不到五十，他……

史密斯先生　是谁，在干什么？

史密斯太太　是谁，在干什么？

史密斯先生　(对妻子)不要打断别人的话，亲爱的，你真讨厌。

史密斯太太　亲爱的，是你第一个打断的，没教养。

马丁先生　嘘。(对妻子)那位先生，他在干什么？

马丁太太　嗨，你们会说我乱编，他单膝跪地，身子前倾。

马丁先生、史密斯先生、史密斯太太　哦！

马丁太太　是的，身子前倾。

史密斯先生　不可能。

马丁太太　是的，身子前倾。我走近他身边，看看他在干什么……

史密斯先生　怎么样？

马丁太太　他鞋带松了，正在系。

其余三人　难以置信！

史密斯先生　要不是您，我不会相信这件事的。

马丁先生　为什么不信？只要你到处走走，就会看到比这更特别的事情。同样，我本人今天在地铁里，看到一位先生坐在长椅上静静地在看报。

史密斯太太　多么古怪啊！

史密斯先生　也许就是同一个人。

〔听到按门铃声。

史密斯先生　听，门铃响了。

史密斯太太　想必有人。我去看看(她去看了。她开门又回来)没人。

〔她重新坐下。

马丁先生　我要给你们再举一个例子。

〔门铃响。

史密斯先生　听，门铃响了。

史密斯太太 想必有人。我去看看(她去看了。她开门后又回来)没人。

〔她回到自己的座位上。

马丁先生 (忘了他讲到那儿)嗯……

马丁太太 你说你要举另一个例子。

马丁先生 是啊……

〔门铃响。

史密斯先生 听，门铃响了。

史密斯太太 我再也不去开门了。

史密斯先生 行，可是，想必有人!

史密斯太太 第一次，没人。第二次，也没人。你为什么认为现在就有人?

史密斯先生 因为门铃响了。

史密斯太太 这不是一条理由。

马丁先生 怎么?听到按门铃，就因为门外有人，他按铃为了叫人给他开门。

马丁太太 并不是如此。你们刚才不是看见了吗!

马丁先生 大多是如此。

史密斯先生 我呢，当我去拜访某人，我总是按铃进去。我想大家也是这样做的。所以门铃一响，就因为有人嘛。

史密斯太太 在理论上还是对的。但在事实上，事情却是以另一种方式发生的。你刚才看见了吧。

马丁太太 您妻子说得对。

马丁先生 嘿，你们妇女总是互相帮着辩护。

史密斯太太 好吧，我就去看看。你不会说我固执了吧，但是，你会发现是没人的!(她去看了。她开门，又关上)你看，没人。

〔她回到自己座位上。

史密斯太太 嗳!这些男人老以为自己有理而他们总是错误!

〔听到又一次门铃响。

史密斯先生 听，门铃响了，想必有人。

史密斯太太 (勃然大怒)你别再叫我去开门了，你已经看到这是多此一举。经验告诉我们，听到门铃响，就是肯定没人。

马丁太太 肯定没人。

马丁先生　不一定。

史密斯先生　这么说甚至是错的。通常，听到门铃响，就是有人。

史密斯太太　他不肯放弃自己的意见。

马丁太太　我丈夫也很固执。

史密斯先生　有人。

马丁先生　这并非不可能。

史密斯太太　(对丈夫)没人。

史密斯先生　有人。

史密斯太太　我跟你说了没人，总之，你别再毫无理由地打扰我了。你想去看看，你自己去！

史密斯先生　我去。

〔史密斯太太耸耸肩。马丁太太摇摇头。

史密斯先生　(去开门)啊！How do you do[①]！(他向大吃一惊的史密斯太太，马丁夫妇看了一眼)是消防队长！

第八场

〔人物同前场，加消防队长。

消防队长　(他当然戴一顶发亮的大消防帽和穿着一套制服)早上好，太太们，先生们。(大家还有点惊讶。生气的史密斯太太扭过头去，不搭理)早上好，史密斯太太。您好像生气了。

史密斯太太　嗯！

史密斯先生　因为，你瞧……我妻子弄错了，有点难为情。

马丁先生　消防队长先生，史密斯太太和先生吵过一次。

史密斯太太　(对马丁先生)这和您无关！(对史密斯先生)请你别让外人参予咱们家里的争吵。

史密斯先生　噢，亲爱的，这没那么严重。队长是家里的老朋友了。他的母亲过去追求过我，他的父亲我也认识。他父亲曾要我把我女儿嫁给队长。如果我生了女儿的话。在这期间他父亲就去世了。

马丁先生　这既不是他父亲的错，也不是您的错。

消防队长　究竟是怎么回事？

---

① 英语：您好。

史密斯太太 我丈夫肯定……

史密斯先生 不，是你肯定。

马丁先生 是的，是她。

马丁太太 不，是他。

消防队长 你们别激动，请您对我谈谈这件事，史密斯太太。

史密斯太太 好吧，要坦率地向您讲真使我为难。但是，一个消防队员也是个听忏悔的神父嘛。

消防队长 怎么回事？

史密斯太太 我们所以争论是因为我丈夫说，听到门铃响，就总是有人。

马丁先生 事情是说得过去的。

史密斯太太 而我呢，我说每当门铃响，就是没人。

马丁太太 事情看起来可能有点奇怪。

史密斯太太 可是，事情不是由理论而是由事实证明的。

史密斯先生 这不对，既然队长在这儿。他按了铃，我开了门，他就在门口。

马丁太太 什么时候？

马丁先生 当然是刚才啰。

史密斯太太 是的，但是只是在听到第四次门铃响时才发现有人的。第四次不算数。

马丁太太 无论如何，只有前三次算数。

史密斯先生 队长先生，请让我向您提几个问题。

消防队长 请提吧。

史密斯先生 当我开了门并见到您时，确实是您按的铃吗？

消防队长 是的，是我。

马丁先生 您就在门口？您按铃是想进来？

消防队长 我不否认。

史密斯先生 （对妻子，得胜地）你听见了没有？我正确吧，听到门铃响，就是有人按铃。你不能说队长不是人嘛。

史密斯太太 当然不能。我对你重说一遍，既然第四次不算数，我只对你说前三次。

马丁太太 那么，第一次门铃响，是您吗？

消防队长 不，不是我。

马丁大太 你们听见了没有？门铃响了而没人。

马丁先生　也许是另一个人。

史密斯先生　您在门口很久了吗？

消防队长　三刻钟。

史密斯先生　您没看见别人？

消防队长　没人。我肯定。

马丁太太　您听到了第二次门铃响吗？

消防队长　是的，也不是我。还是没人。

史密斯太太　胜利啦！我正确。

史密斯先生　(对妻子)没这么快。(对队长)可是您在门口干什么？

消防队长　什么也没干。我待在那儿。我正想着许多事情。

马丁先生　(对队长)但是，第三次……这不是您按的铃？

消防队长　是的，是我。

史密斯先生　但开了门，没见到您。

消防队长　是因为我躲起来了……开开玩笑。

史密斯太太　别开玩笑了，队长先生。事情太悲伤了。

马丁先生　总之，我们还是不知道门铃响是表示有人还是没人！

史密斯太太　一直就没人。

史密斯先生　总是有人的。

消防队长　我来给你们和解吧。你们两人都有些道理。当门铃响时，有时候有人，有时就没人。

马丁先生　依我看，这合乎逻辑。

史密斯太太　我也这样认为。

消防队长　事实上，事情很简单。(对史密斯夫妇)你们拥抱吧。

史密斯先生　我们刚拥抱过。

马丁先生　他们明天再拥抱吧，他们有的是时间。

史密斯太太　队长先生，既然您帮助我们把一切都弄清楚了，请宽衣、脱帽，坐一会儿。

消防队长　请原谅，我不能久留。我同意把帽子脱掉，但是我没时间(他坐下，没脱帽)我对你们实说，我来你们家完全是为另一件事，我有公事在身。

史密斯太太　那么，我们看能帮您什么忙，队长先生？

消防队长　我请你们原谅我的轻率(十分为难地)；嗯(他用手指着马丁夫妇)……我能……当

着他们的面……

马丁太太 请别拘束。

马丁先生 我们是老朋友了，他们什么都对我们讲的。

史密斯先生 您说吧。

消防队长 好吧。你们家里有火吗？

史密斯太太 您为什么问我们这点？

消防队长 这是因为……请原谅，我奉命扑灭城里的全部火灾。

马丁太太 全部？

消防队长 是的，全部。

史密斯太太 (局促不安地)我不知道……我想是没有。您要我去看看吗？

史密斯先生 (用鼻子嗅着)不会有什么火的。没闻到焦味儿。

消防队长 (懊恼地)什么火都没有？你们难道连壁炉的小火，阁楼或地窖里正在燃烧的某种东西都没有？至少，总会有刚发生的小火情？

史密斯太太 听好，我不想让您不快，但是我想在我们家里目前没什么火情。一有火情，我保证向您报告。

消防队长 别忘了，你们这就帮了我的忙。

史密斯太太 一言为定。

消防队长 (对马丁夫妇)那么在你们家，也没什么东西在燃烧吗？

马丁太太 没有，可惜。

马丁先生 (对队长)现在，公务相当不妙！

消防队长 很不妙。几乎什么都没有，有几件小事故，一次烟囱事故，一次仓库事故。没什么严重的。这些赚不了钱。因为没出产，生产奖金很少。

史密斯先生 什么都不行，到处都一样。今年商业、农业就像火灾一样，也不妙。

马丁先生 没有麦子，没有火灾。

消防队长 也没有水灾。

史密斯太太 但是有糖。

史密斯先生 因为糖是从外国进口的。

马丁太太 至于火灾，就更难了。税太多！

消防队长 还是有过，但也是相当少见的，一二回煤气中毒事件。一个年轻的妇女上周就这样中毒而死了，她让煤气开着。

马丁太太 她忘了吗?

消防队长 不，她以为是她的梳子。

史密斯先生 这些错事总是很危险!

史密斯太太 您到火柴商家里去看过没有?

消防队长 没办法，他保了火险的。

马丁先生 那就以我的名义去看望一下付本堂神父吧。

消防队长 我无权熄灭神父家中的火灾。主教会生气的，神父们都是自己或叫贞女熄火的。

史密斯先生 您试着上迪朗家去看看。

消防队长 我也不能去。他不是英国人。他只是入了英国籍。入英国籍的人有权拥有房子，但如果房子燃烧起来，他们无权灭火。

史密斯太太 可是，去年起火时，还是把火扑灭了!

消防队长 是他自己灭的火。偷偷地灭的火。啊，要揭发他的不是我。

史密斯太太 既然您不是很忙，队长先生，就再待一会儿吧。您会使我们高兴的。

消防队长 你们要我给你们讲个小故事吗?

史密斯太太 当然要的啰，您这人真好。

〔她吻了他。

史密斯先生、马丁太太、马丁先生 是的，是的，讲个小故事，好!

〔他们鼓掌。

史密斯先生 更有趣的是，消防队员的故事全是真的，而且还是亲身经历过的。

消防队长 我谈的就是我自己经历过的事。事实，只讲事实。不讲书上的东西。

马丁先生 这是确实的。再说，真理不在书本上，而在生活中。

史密斯太太 开始吧!

马丁先生 开始吧!

马丁太太 安静，他开始了。

消防队长 (轻咳了好几下)请原谅，别这样看着我，你们使我感到拘束，你们知道我是怕羞的。

史密斯太太 他人真好!

〔她吻了他。

消防队长 我还是尽力开始吧。但是请你们答应我不要听。

马丁太太 可是，要是大家不听，就听不到您的话了。

消防队长 我没想到这点！

史密斯太太 我对你们说过了的：这是个小孩。

马丁先生、史密斯先生 哦，亲爱的孩子！

〔他们吻了队长。

马丁太太 勇敢些。

消防队长 好吧。（他又轻咳了一下，接着，以一种激动得发颤的声音开始说）《狗和公牛》，经过实验的寓言：有一次，另一头公牛问另一条狗：你为什么没把你的鼻子吞下去？请原谅，狗回答，因为我认为我是象。

马丁太太 寓意是什么？

消防队长 要由你们把它找出来。

史密斯先生 他说得对。

史密斯太太 （生气地）讲一个别的吧。

消防队长 一头小牛吃了过多的碎玻璃。因此，他不得不生产了。他生下了一头母牛。可是小牛是个男孩，母牛不能叫他“妈妈”。母牛也不能叫小牛“爸爸”，因为小牛太小了。所以，小牛只得和一个人结了婚，市政府当时采取的所有措施都是按时行的情况所规定的。

史密斯先生 是冈城式的。

马丁先生 就像把肚子、肠子当菜那样。

消防队长 你们知道这件事吗？

史密斯太太 这件事所有的报纸都登过。

马丁太太 这件事发生在离我们家不远的地方。

消防队长 我就给你们讲另一个寓言：《公鸡》。有一次，一只公鸡想装成一条狗。但是它没走运，立即被人认出来了。

史密斯太太 相反，想装作公鸡的狗永远不会被认出来的。

史密斯先生 我来给你们讲一个别的寓言：《蛇和狐狸》。有一次，一条蛇走到一只狐狸身边对狐狸说：“我好像认识您！”狐狸回答道：“我也好像认识您。”“那么，”蛇说，“给我钱。”“狐狸是不给钱的”，狡猾的动物答道。狐狸为了逃走，跳进了一座满是草莓和鸡粪的深谷里。蛇已经在那儿等着狐狸，发出了一阵魔鬼般的笑声。狐狸拔出刀子吼道：“我要你的命！”，接着转身就逃。狐狸没走运。蛇更灵活，一拳正中狐狸脑门，狐狸给打得粉身碎骨，大叫“不！不！不啊！我不是你的女儿。”[①]

马丁太太　有趣。

史密斯太太　不错。

马丁先生　（他同史密斯先生握手）我向您祝贺。

消防队长　（嫉妒地）没什么了不起。再说，我过去就知道这个寓言。

史密斯先生　真可怕。

史密斯太太　但是，这不是真的。

马丁太太　可惜是真的。

马丁先生　（对史密斯太太）该您讲了，太太。

史密斯太太　我只知道一个寓言。我就给你们讲。寓言名叫《花束》。

史密斯先生　我妻子总是罗曼蒂克的。

马丁先生　是个真正的英国女子。[②]

史密斯太太　故事是这样的，有一次，有位未婚夫给了他未婚妻一束花，未婚妻对他说了“谢谢”；但是在她向他道谢前，他一句话也没说，拿过了他给她的花教训了她一通，并且对她说“我把花收回了”，他在收回花的时候对她说了“再见”，他就毫无目的地走开了。

马丁先生　哦，真有趣！

〔他吻或不吻史密斯太太。

马丁太太　您有一位，史密斯先生，大家都羡慕的妻子。

史密斯先生　确实如此，我妻子确是个聪明人。她甚至比我更聪明。总之，她是更加女人气。有人这样说。

史密斯太太　（对队长）再讲一个吧，队长。

消防队长　噢，不，太晚了。

马丁先生　您还是讲吧。

消防队长　我太累了。

史密斯先生　就帮我们这次忙吧。

---

① 这个小故事在演出时取消了，史密斯先生仅做了些手势，没发出声音。

② 这两句对话重复讲三遍。

马丁先生 请吧。

消防队长 不。

马丁太太 您这人冷酷无情. 我们却焦急万分。

史密斯太太 （跪下、哭泣或不这样做）我求求您。

消防队长 好吧。

史密斯先生 （对马丁太太耳语）他答应了！他又要缠住我们不放了。

马丁太太 呸。

史密斯太太 不走运。我刚才太客气了。

消防队长 《感冒》。我姐夫有一个嫡亲堂兄弟，这位堂兄弟的舅父有个岳父，岳父的祖父再婚时娶了个土著少女，这个少女的哥哥在一次旅行中遇到了一个姑娘，他爱上了这个姑娘并和她一起生了一个儿子，他们的儿子和一个大胆的女药剂师结了婚，这个女药剂师不是别人，而是大不列颠海军一个不知名的军士的侄女，她的养父有个能流利地讲西班牙语的姑母，这个姑母可能是一个年轻时就去世的工程师的孙女之一，这个工程师自己是一个葡萄园主的孙子，人们用这些葡萄酿造的是普通酒，但是，他有个老是待在家里的、当军士的远房堂兄弟。这个堂兄弟的儿子娶了一个非常漂亮、离过婚的少妇，这少妇的前夫是个真诚的爱国者的儿子，这个爱国者为了想发财，才把他的一个女儿培养成人，她才和一个认识罗特希尔德的猎人结了婚，这个猎人的兄弟在多次改换行当后结了婚并有了个女孩，这女孩的曾祖父是个身体虚弱的人，戴着他表兄弟送给他的一副眼镜，这个表兄弟是一个葡萄牙人的妹夫、一个不太穷的磨坊主的私生子，这个磨坊主的奶兄弟娶了个前乡村医生的女儿做老婆，这个医生本人是卖牛奶人儿子的奶兄弟，这个卖牛奶人本人是另一个乡村医生的私生子，这个医生接连结过三次婚，他第三个老婆……

马丁先生 要是我没搞错，我认识他第三个老婆。她当时在一个胡蜂窝里吃过仔鸡。

消防队长 这不是同一个人。

史密斯太太 嘘！

消防队长 我说……他第三个老婆是当地最好的助产士，而且很早就守寡了。

史密斯先生 像我妻子一样。

消防队长 她又和一个精力充沛的玻璃工结了婚，这个配玻璃的曾跟一个火车站站长的女儿生了个男孩，这个男孩居然在生活中取得了成就……

史密斯太太 在铁路部门取得了成就……

马丁先生 就像玩扑克牌那样。

消防队长 他娶了个一年九季卖水果蔬菜的流动女贩，这个女贩子的父亲有个兄弟是一个小城市的市长，这市长娶了个金黄头发的小学女教师做老婆，他老婆的表兄弟是个钓鱼的人……

马丁先生 用固定钓鱼线？

消防队长 这个钓鱼人娶了另一个金黄头发的小学女教师做老婆，他老婆的名字也叫玛丽，玛丽的兄弟和另一个玛丽，也还是个金黄头发的小学女教师结了婚……

史密斯先生 既然她有金黄头发，她只能是玛丽。

消防队长 这个玛丽的父亲是在加拿大由一个老太婆扶养大了的，这老太婆是个神父的侄女，神父的祖母在冬天有时候就像大家一样得了感冒。

史密斯太太 奇怪的故事，几乎是不可信的。

马丁先生 得了感冒，必须系上带子。

史密斯先生 这是一种无用的，但绝对必要的预防措施。

马丁太太 请原谅，队长先生。你的故事我并没有完全听懂。最后，讲到神父的祖母时，就纠缠不清了。

史密斯先生 涉及神父的事情，总是纠缠不清的。

史密斯太太 是这样的，队长，您再讲一个吧！大家要您讲。

消防队长 唉！我不知道我是否能讲。我有公事在身。要看现在是几点钟而定。

史密斯太太 我们家里没有钟。

消防队长 不是有挂钟？

史密斯先生 挂钟不准。它有个喜欢闹别扭的性情。它老是指示出和现有钟点相反的时间。

第九场

〔人物同前场，加玛丽。

玛丽 太太……先生……

史密斯太太 您要什么？

史密斯先生 您来这儿干什么？

玛丽 请太太和先生原谅我……也请这位太太和先生原谅……我想……我想……该轮到我……给你们讲一个小故事了。

马丁太太 她说什么？

马丁先生 我认为我们朋友家的女用人疯了……她也想讲一个小故事。

消防队长 她把自己看作什么人？（他看着玛丽）啊！

史密斯太太 您有什么好插嘴的？

史密斯先生 您真不合时宜，玛丽……

消防队长 啊！是她啊！不可能。

史密斯先生 您又怎么了？

玛丽 不可能！在这儿？

史密斯太太 这一切是什么意思！

史密斯先生 你们是朋友？

消防队长 当然是啰。

〔玛丽投入队长的怀抱。

玛丽 终于见到您了，多幸福啊！……

史密斯先生和太太 哦！

史密斯先生 太过分了。在这儿，在我们家里，在伦敦市郊。

史密斯太太 不成体统！……

消防队长 是她曾熄灭了我最初的火花。

玛丽 我是向他喷射的小水柱。

马丁先生 如果是这样的话……亲爱的朋友……这些感情是可理解的、合乎人情的、可敬的……

马丁太太 一切合乎人情的都是可敬的。

史密斯太太 我仍然不喜欢看到她在这儿……在我们中间……

史密斯先生 她没有受过必要的教育……

消防队长 嗳，你们的偏见太多了。

马丁太太 我呢，我认为一个女用人，总之，虽然这与我无关，总是个女用人……

马丁先生 即使她有时能当一名较好的侦探。

消防队长 放开我。

玛丽 别担心！……他们并不那么坏。

史密斯先生 嗯……嗯……你们两人都令人感动，但是，也有点……有点……

马丁先生 是的，这话说得对。

史密斯先生 有点太显眼……

马丁先生　有一种大不列颠的廉耻心，请再一次原谅我明确表达一下我的思想，外国人，即使是专家也不理解，多亏了这种廉耻心，我才这样说话……总之，我这些话不是对你们说的……

玛丽　我想对你们讲……

史密斯先生　什么也别讲了……

玛丽　不，要讲！

史密斯太太　去吧，我的小玛丽，乖乖地到厨房里去，对着镜子读您的诗去吧，……

马丁先生　咦！我不是女用人，但我也对着镜子读诗。

马丁太太　今天早晨，你照镜子时，你没看到自己。

马丁先生　就是因为我还不在那儿……

玛丽　我也许至少能给你们背一首小诗吧。

史密斯太太　我的小玛丽，您太固执了。

玛丽　我马上给你们背一首诗，行吗？这是一首题目叫《火》的诗，为了向队长表示敬意。

《火》

各种灰烬在树丛中闪耀发光
一块石头起了火
城堡起了火
森林起了火
男人们起了火
女人们起了火
鸟儿起了火
鱼儿起了火
水起了火
天起了火
灰起了火
烟起了火
火起了火
一切都起了火
起了火，起了火。

〔她边背诗边被史密斯夫妇推出了房间。

第十场

〔人物同前场，缺玛丽。

马丁太太 这首诗使我毛骨悚然……

马丁先生 可是诗中有某种热情……

消防队长 我觉得这诗十分出色……

史密斯太太 然而……

史密斯先生 您夸张了……

消防队长 注意，确实如此，这一切是很主观的……但是，这就是我的世界观，我的梦想。我的理想……再说，这使我想到我该走了。既然你们没有钟，我呢，再过三刻钟加十六分钟，我准时要到城那头去救火。我必须赶紧去，虽然这不是什么大事。

史密斯太太 这会是什么火灾？一次壁炉的小火？

消防队长 甚至还不是。一时的激情和胃部有点火辣辣的。

史密斯先生 那么，对您的离开，我们感到遗憾。

史密斯太太 您真好玩。

马丁太太 多亏您，我们过了一个真正的、富有笛卡儿风味的一刻钟。

消防队长 （朝进场门走去，然后，停步）顺便问一下，秃头歌女怎么样了？

史密斯太太 她总是照老样打扮，戴着帽子！

消防队长 噢！那么，再见，先生，太太们。

马丁先生 祝您幸运，常有火灾！

消防队长 但愿如此。祝大家也一样。

〔队长离去。大家送队长到门口，然后又各自回到自己的座位。

第十一场

〔人物同前场，缺消防队长。

马丁太太 我能为我兄弟买一把小折刀，你们不能为你们的祖父买下爱尔兰。

史密斯先生 人们走路用脚，但是人们取暖用电或煤。

马丁先生 今天有谁卖出一头牛，明天会有一个蛋。

史密斯太太 在生活中，必须从窗口看。

马丁太太　既然椅子上没有人，人可以坐在椅子上。

史密斯先生　无论如何必须把一切都考虑到。

马丁先生　天花板在上，地板在下。

史密斯太太　当我说是的时候，这是一种说话方式。

马丁太太　各人有各人的命运。

史密斯先生　您拿一个圈圈，抚摸它一下，它将变成恶性循环！

史密斯太太　学校老师教孩子读书，小猫小时，母猫给它们喂奶。

马丁太太　就在此时母牛把它的尾巴给了我们。

史密斯先生　我在乡下时，喜欢孤独和平静。

马丁先生　要这样，您的年龄还不够老。

史密斯太太　本杰明·富兰克林有理：你们不如他安静。

马丁太太　一个星期是哪七天？

史密斯先生　Monday，Tuesday，Wednesday，Thursday，Friday，Saturday，Sunday①。

马丁先生　Edward is a Clerk；his sister Nancy is a Typist，and his brother William a shop-assistant。②

史密斯太太　莫名其妙的家庭！

马丁太太　我宁爱田野里的一只鸟儿，也不爱手推车上的一只袜子。

史密斯先生　宁可要木屋里的一口网，也不要宫殿里的奶。

马丁先生　一个英国人的房子是他真正的宫殿。

史密斯太太　我的西班牙语讲得不够好，还不足以表达我的意思。

马丁太太　如果你把你丈夫的棺材给我，我就把我婆婆的拖鞋给你。

史密斯先生　我正在寻找一个耶稣单性说③的神父来和我们的女用人结婚。

马丁先生　面包是一棵树，而面包也是一棵树，每天清晨，从橡树里长出一颗橡树。

史密斯太太　我叔父住在乡下，但是这和助产士无关。

马丁先生　纸是用来写字的，猫是对付老鼠的。乳酪是用来盖戳子的。

史密斯太太　汽车开得很快，但是，女厨子菜配得更好。

史密斯先生　你们别当笨蛋了，还是去吻一下阴谋家吧。

---

① 英语：星期一，星期二，星期三，星期四，星期五，星期六，星期日。

② 英语：爱德华是个办事员！他的姐姐南希是打字员，而他的弟弟是店员。

③ 指承认耶稣只有单一性质的基督教派的学说。

马丁先生　Charity begins at home。[①]

史密斯太太　我等着引水渠到我家磨坊里来看望我。

马丁先生　可以证实社会进步加上糖就更美好。

史密斯先生　打倒鞋油！

［在史密斯先生说完了这句台词后，其他人沉默了片刻，愣着。人们感到有点神经紧张。挂钟敲打声也更激动了。接下去的对话应先是以一种冷冰冰的、敌对的声调讲。到这场结束时，四个人物应该站着，互相靠近，喊出对话，举起拳头，做好互相扑打的准备。

马丁先生　用黑鞋油擦不亮眼镜。

史密斯先生　但是，用钱可以买到想要的一切东西。

马丁先生　我宁愿杀死一只兔子，也不愿在花园里唱歌。

史密斯先生　卡卡托埃斯，卡卡托埃斯，卡卡托埃斯，卡卡托埃斯，卡卡托埃斯，卡卡托埃斯，卡卡托埃斯，卡卡托埃斯，卡卡托埃斯，卡卡托埃斯。[②]

史密斯太太　拉什么屎，拉什么屎，拉什么屎，拉什么屎，拉什么屎，拉什么屎，拉什么屎，拉什么屎，拉什么屎。[③]

马丁先生　拉了那么多的屎，拉了那么多的屎，拉了那么多的屎。拉了那么多的屎，拉了那么多的屎，拉了那么多的屎，拉了那么多的屎，拉了那么多的屎。[④]

史密斯先生　狗身上尽是跳蚤，狗身上尽是跳蚤。

马丁太太　卡克图斯[⑤]！科西克斯[⑥]！科居斯[⑦]！科卡达！科雄[⑧]！

史密斯太太　装咸鲱鱼的，你把我们装进桶里吧。

马丁先生　我宁愿下一个蛋，不愿偷一头牛。

马丁太太　（拼命张大了嘴）啊！噢！啊！噢！让我的牙齿发出咯咯的响声吧。

史密斯先生　小鳄鱼！

马丁先生　我们去给奥德赛一巴掌吧。

史密斯先生　我要住进我可可树里的防空壕中去。

---

① 英谚：善事从家里做起。

② 字义是白鹦。从这时开始，下面的对话都是谐音。

③ 或为"多么可耻的失败"。发音是：凯尔卡卡德。

④ 发音是：凯尔卡斯卡德德卡卡德。

⑤ 仙人掌。

⑥ 球菌。

⑦ 猪猡。

⑧ 猪猡。

马丁太太　可可园里的可可树不结花生结可可！可可园里的可可树不结花生结可可！可可园里的可可树不结花生结可可。

史密斯太太　老鼠有眉毛，眉毛没老鼠。

马丁太太　别碰我的拖鞋！

马丁先生　别动拖鞋！

史密斯先生　碰一下苍蝇，别擤出琴键来。

马丁太太　苍蝇在动。

史密斯太太　擤擤你的嘴。

马丁先生　你擤出个苍蝇拍子，你擤出个苍蝇拍子。

史密斯先生　打小仗的士兵！

马丁太太　斯卡拉穆什！①

史密斯太太　圣尼图什！

马丁先生　你真蠢！

史密斯先生　你教我怎么说吧。

马丁太太　圣尼图什碰到了我的子弹。

史密斯太太　别碰它吧，它碎了。②

马丁先生　絮里！

史密斯先生　普吕多姆！

马丁太太、史密斯先生　弗朗索瓦！

史密斯太太、马丁先生　科佩。

马丁太太、史密斯先生　科佩·絮里！

史密斯太太、马丁先生　普吕多姆·弗朗索瓦。

马丁太太　这些是发出火鸡叫声的男人和女人。

马丁先生　玛丽埃特，锅底！

史密斯太太　克里斯纳穆蒂，克里斯纳穆蒂，克里斯纳穆蒂！

史密斯先生　教皇失去控制了！教皇没阀门，阀门却有个教皇。③

马丁太太　巴扎尔，巴尔扎克，巴泽纳！

---

①　17 世纪意大利著名喜剧演员。

②　这是法国 19 世纪诗人絮里·普吕多姆的一行诗。弗朗索瓦·科佩也是当时的一位诗人。

③　教皇的发音是：巴普。阀门的发音是：苏巴普。

马丁先生 奇怪的，美术，接吻！①

史密斯先生 阿，厄，伊，奥，于，阿，厄，伊，奥，于。②

马丁太太 贝，塞，代，埃夫，泽，埃勒，埃姆，埃恩，帕，埃尔，埃斯，泰，韦，迪布勒韦，伊克斯，泽特。③

马丁太太 从蒜到水，从奶到蒜。

史密斯太太 （模仿火车的声音）特弗，特弗，特弗，特弗，特弗，特弗，特弗，特弗，特弗，特弗，特弗！

史密斯先生 这！

马丁太太 不！

马丁先生 从！

史密斯太太 那儿走！

史密斯先生 这！

马丁太大 从！

马丁先生 这儿！

史密斯太太 走！

［全体一起愤怒到了极点，互相在耳边吼叫。舞台灯光熄灭。在黑暗里，听到的声音带着越来越快的节奏。

全体一起 不从那儿走，从这儿走，不从那儿走，从这儿走，不从那儿走，从这儿走，不从那儿走，从这儿走，不从那儿走，从这儿走，不从那儿走，从这儿走！

［话声突然停止。灯光复明。马丁先生和太太就像史密斯夫妇在剧的开始时那样坐着。马丁夫妇重新开始演出。马丁夫妇准确地说着史密斯夫妇在第一场中的对白，幕徐徐下降。

［幕落。

（［法］欧仁·约内斯库，史亦译，《当代外国文学》，1981(02)）

作品解析

正如大多数荒诞派戏剧一样，《秃头歌女》的主题并不十分明显。一些人认为它表达了现代社会交流的无用性，台词充满了不合逻辑的推论，让角色看上去根

① 三个词的开头均是辅音“B”。

② 法语五个元音：A，E，I，O，U。

③ 法语辅音：B，C，B，D，F，I，M，N，P，R，S，T，V，W，X，Y。

本没有在听他人说话，而只是在发狂似的嘶喊，让自己的声音被别人听到。剧作一开始就有些听起来让人难以理解的对话，但大多还符合人物所处的环境。但随着剧情的发展，人物的对话就变得没有逻辑且前后不连贯。对话中所用的语言不仅不符合谈话的语境和人物的身份，往往还脱离正常的思想和情感，形成了“驴唇不对马嘴”的狂人呓语。最后，各种对话混作一团，美妙的语言竟变成了嘈杂的声音和叫喊。语言已不是交流思想和展示人物性格的工具，而变成了单纯的生理现象。

《秃头歌女》看上去就像是永无止境的循环，最后一幕包含了表演最初的一幕重新开始，即马丁夫妇和史密斯夫妇互换角色。说话声戛然而止，灯光重新亮起，马丁先生和马丁太太像本剧开幕时史密斯夫妇那样坐着。戏剧重新开始，马丁夫妇准确地念着史密斯夫妇在第一场的台词。这种延续象征着琐碎和荒诞生活的普遍性。生活中有很多像马丁夫妇这样的人，读者和观众也可能就在其中。作家将荒诞纳入循环往复的轨道中，也预示着人类宿命的悲剧性。不过，这个设计是在该剧第一百场演出后才被加进来的，最初是由史密斯夫妇重演第一幕。尤奈斯库曾说，他脑海内有很多种结尾，甚至还有一个观众被枪射杀的版本。然而，他最终选择了循环这个成本更低的方案。尤奈斯库在访谈中说道：“我希望让两个角色从头再演一遍，以此赋予这个戏剧意义。这样，结束即新的开始。既然剧目中有两对夫妇，那就让史密斯夫妇拉开帷幕，再让马丁夫妇重新开始吧，这暗示了角色间的可互换性：史密斯夫妇即是马丁夫妇，而马丁夫妇亦是史密斯夫妇。”①

对于每一个热爱戏剧的人而言，荒诞派戏剧都是戏剧舞台上不能忽视的瑰丽多彩的一章。荒诞派戏剧家尤奈斯库的代表作《秃头歌女》中感情淡如陌生人的夫妇以及生活的各种琐碎荒诞似曾相识。人生在特定的程序里不断轮回，既没有超脱也没有毁灭，但意识到生活的荒诞并不意味着生活不值得过，正因为没有意义，所以才要去创造意义。生命的意义是自赋的，这种与荒诞世界的抗争才是人类最大的尊严所在。

参考书目

Harold Bloom, *Eugene Ionesco*, Philadelphia, Chelsea House Publishers, 2003.

---

① Claude Bonnefoy, *Conversations with Ionesco*, Trans. by Jan Dawson, New York, Hold, Rinehart and Winston, 1971, p. 21.

Claude Bonnefoy, *Conversations with Eugene Ionesco*, Trans. by Jan Dawson, London, Faber and, 1970.

Esslin Martin, *The Theater of the Absurd*, London, Penguin, 1980.

Nancy Lane, *Understanding Eugene Ionesco*, Columbia, University of South Carolina Press, 1994.

黄晋凯:《尤内斯库画传——荒诞派舞台的王国》，北京，中央编译出版社，2008。

（方蕾撰稿）

第四章　塞缪尔·贝克特《等待戈多》导读

作家作品简介

塞缪尔·贝克特(1906—1989)，爱尔兰裔法国戏剧家、小说家和诗人，荒诞派戏剧的代表人物。贝克特出生于爱尔兰的一个中产阶级家庭。1927 年，于都柏林三一学院毕业，获法文和意大利文硕士学位。1928 年，贝克特就职于巴黎高等师范学院，其间与詹姆斯·乔伊斯结识，思想和创作深受其影响。1931 年，他重返三一学院获得硕士学位并开始任教。但是仅仅一年后，他就辞去教职，开始游历英、法、德等国，并从事文学研究与创作。第二次世界大战期间贝克特参加法国抵抗组织，战后留在法国继续文学事业。贝克特的作品反映了第二次世界大战后欧洲的精神危机——人们对社会的绝望，对个人生活的无意义的感受。在戏剧创作中他一反传统，以荒诞的内容表现当时的现实，并革新了戏剧形式，这对 20 世纪的戏剧产生了重大影响。贝克特的主要戏剧作品有《等待戈多》《终局》《克拉普最后的录音》《啊！美好的日子》等。1969 年，塞缪尔·贝克特获得诺贝尔文学奖。

《等待戈多》是塞缪尔·贝克特最重要的作品之一，也是荒诞派戏剧的经典之作。这部剧作创作于 1952 年，同年在巴黎出版，1953 年 1 月 5 日首演于巴黎。1954 年，贝克特自己翻译的英文本 *Waiting for Godot* 在纽约出版。1955 年此剧的英文版在伦敦首演，第二年在美国迈阿密上演。自此，这部剧作在欧洲和美洲以及世界各地开始不断上演，成为经典剧目。

《等待戈多》共有两幕，一共有五个出场人物：两个流浪汉爱斯特拉冈和弗拉季米尔，他们互相称对方狄狄和戈戈；名叫波卓的主子用一根绳子牵着名为幸运儿的用人；还有一个小男孩，只是在每一幕结尾上场，宣布“戈多今晚不来了，明晚准来”。故事发生在傍晚，在乡村的路边，有一个低矮的土堆，旁边是一棵光秃秃的树，爱斯特拉冈和弗拉季米尔——既像是小丑又像是流浪汉，年龄不详——断断续续地讲述他们失败的生活，却又充满希望地等待与一个叫作戈多的先生相见。经过很长时间的等待后，两个陌生人出现了，一个专横的主人波卓用绳子牵着一个用人，用人叫作幸运儿，波卓像对待动物一样用鞭子驱赶幸运儿。总是要睡着的幸运儿戴上帽子后发表了大段的演讲，直到被扑倒在地、摘掉帽子才停止并恢复到浑浑噩噩的状态。经过非常古怪的一番对话，主人和用人继续上路了。这时候，小男孩走上舞台宣布戈多先生今天不来了，但是他明晚肯定来。接着，夜幕降临，两个流浪汉想到自杀，未遂，决定离开，但是直到落幕他们也没有离开舞台。第二幕的情节与第一幕类似：第二天，同样的时间、地点，爱斯特拉冈和弗拉季米尔耗费时间谈论琐碎的生活，等待戈多到来。波卓和幸运儿——现在一个变成了盲人，一个变成了哑巴——又出现在舞台上，无聊地对话后离开。小男孩再次出现在舞台上，宣布戈多先生不来了，明晚肯定来。夜色降临，两个流浪汉再一次想到自杀，想到离开，但是直到落幕他们也没有动地方。

作品阅读

等待戈多(第一幕)

人物表

爱斯特拉冈

弗拉季米尔

波卓

幸运儿

一个孩子

第　一　幕

〔乡间一条路。一棵树。

黄昏。

爱斯特拉冈坐在一个低土墩上脱靴子。他两手使劲拉，直喘气。他停止拉靴子，显出精疲力竭的样子，歇了会儿，又开始拉。

如前。

弗拉季米尔上。〕

爱斯特拉冈　（又一次泄了气）毫无办法。

弗拉季米尔　（叉开两脚，迈着僵硬的、小小的步子前进）我开始拿定主意。我这辈子老拿不定主意，老说，弗拉季米尔，要理智些，你还不曾什么都试过哩。于是我又继续奋斗。（他沉思起来，咀嚼着“奋斗”两字。向爱斯特拉冈）哦，你又来啦。

爱斯特拉冈　是吗？

弗拉季米尔　看见你回来我很高兴，我还以为你再也不回来啦。

爱斯特拉冈　我也一样。

弗拉季米尔　终于又在一块儿啦！我们应该好好庆祝一番。可是怎样庆祝呢？（他思索着）起来，让我拥抱你一下。

爱斯特拉冈　（没好气地）不，这会儿不成。

弗拉季米尔　（伤了自尊心，冷冷地）允不允许我问一下，大人阁下昨天晚上是在哪儿过夜的？

爱斯特拉冈　在一条沟里。

弗拉季米尔　（羡慕地）一条沟里！哪儿？

爱斯特拉冈　（未做手势）那边。

弗拉季米尔　他们没揍你？

爱斯特拉冈　揍我？他们当然揍了我。

弗拉季米尔　还是同一帮人？

爱斯特拉冈　同一帮人？我不知道。

弗拉季米尔　我只要一想起……这么些年来……要不是有我照顾……你会在什么地方……（果断地）这会儿，你早就成一堆枯骨啦，毫无疑问。

爱斯特拉冈　那又怎么样呢？

弗拉季米尔　光一个人，是怎么也受不了的。（略停。兴高采烈地）另一方面，这会儿泄气也不管用了，这是我要说的。我们早想到这一点就好了，在世界还年轻的时候，在50年代。

爱斯特拉冈　啊，别啰唆啦，帮我把这混账玩意儿脱了吧。

弗拉季米尔　手拉着手从巴黎塔[①]顶上跳下来，这是首先该做的。那时候我们还很体

---

① 指巴黎的埃弗尔铁塔，高三百米。——原注

面。现在已经太晚啦。他们甚至不会放我们上去哩。（爱斯特拉冈使劲拉着靴子）你在干吗？

爱斯特拉冈 脱靴子。你难道从来没脱过靴子？

弗拉季米尔 靴子每天都要脱，难道还要我来告诉你？你干吗不好好听我说话？

爱斯特拉冈 （无力地）帮帮我！

弗拉季米尔 你脚疼？

爱斯特拉冈 脚疼！他还要知道我是不是脚疼！

弗拉季米尔 （愤怒地）好像只有你一个人受痛苦。我不是人。我倒是想听听你要是受了我那样的痛苦，将会说些什么。

爱斯特拉冈 你也脚疼？

弗拉季米尔 脚疼！他还要知道我是不是脚疼！（弯腰）从来不忽略生活中的小事。

爱斯特拉冈 你期望什么？你总是等到最后一分钟的。

弗拉季米尔 （若有所思地）最后一分钟……（他沉吟片刻）希望迟迟不来，苦死了等的人。这句话是谁说的？

爱斯特拉冈 你干吗不帮帮我？

弗拉季米尔 有时候，我照样会心血来潮。跟着我浑身就会有异样的感觉。（他脱下帽子，向帽内窥视，在帽内摸索，抖了抖帽子，重新把帽子戴上）我怎么说好呢？又是宽心，又是……（他搜索枯肠找词儿）寒心。（加重语气）寒——心。（他又脱下帽子，向帽内窥视）奇怪。（他敲了敲帽顶，像是要敲掉沾在帽上的什么东西似的，再一次向帽内窥视）毫无办法。

〔爱斯特拉冈使尽平生之力，终于把一只靴子脱下。他往靴内瞧了瞧，伸进手去摸了摸，把靴子口朝下倒了倒，往地上望了望，看看有没有什么东西从靴里掉出来，但什么也没看见，又往靴内摸了摸，两眼出神地朝前面瞪着。〕

弗拉季米尔 呃？

爱斯特拉冈 什么也没有。

弗拉季米尔 给我看。

爱斯特拉冈 没什么可给你看的。

弗拉季米尔 再穿上去试试。

爱斯特拉冈 （把他的脚察看一番）我要让它通通风。

弗拉季米尔 你就是这样一个人，脚出了毛病，反倒责怪靴子。（他又脱下帽子，往帽内瞧了瞧，伸手进去摸了摸，在帽顶上敲了敲，往帽里吹了吹，重新把帽子戴上）这件事越来越叫人寒心。(沉默。弗拉季米尔在沉思，爱斯特拉冈在揉脚趾)两个贼有一个得了救。(略停)是个合理的比率。(略停)戈戈。

爱斯特拉冈 什么事？

弗拉季米尔 我们要是忏悔一下呢？

爱斯特拉冈 忏悔什么？

弗拉季米尔 哦……(他想了想)咱们用不着细说。

爱斯特拉冈 忏悔我们的出世？

〔弗拉季米尔纵声大笑，突然止住笑，用一只手按住肚子，脸都变了样儿。〕

弗拉季米尔 连笑都不敢笑了。

爱斯特拉冈 真是极大的痛苦。

弗拉季米尔 只能微笑。(他突然咧开嘴嬉笑起来，不断地嬉笑，又突然停止)不是一码子事。毫无办法。(略停)戈戈。

爱斯特拉冈 (没好气地)怎么啦？

弗拉季米尔 你读过《圣经》没有？

爱斯特拉冈 《圣经》……(他想了想)我想必看过一两眼。

弗拉季米尔 你还记得《福音书》吗？

爱斯特拉冈 我只记得圣地的地图。都是彩色图。非常好看。死海是青灰色的。我一看到那图，心里就直痒痒。这是咱们俩该去的地方，我老这么说，这是咱们该去度蜜月的地方。咱们可以游泳。咱们可以得到幸福。

弗拉季米尔 你真该当诗人的。

爱斯特拉冈 我当过诗人。(指了指身上的破衣服)这还不明显？(沉默)

弗拉季米尔 刚才我说到哪儿……你的脚怎样了？

爱斯特拉冈 看得出有点儿肿。

弗拉季米尔 对了，那两个贼。你还记得那故事吗？

爱斯特拉冈 不记得了。

弗拉季米尔 要我讲给你听吗？

爱斯特拉冈 不要。

弗拉季米尔 可以消磨时间。(略停)故事讲的是两个贼，跟我们的救世主同时被钉死在十字架上。有一个贼——

爱斯特拉冈 我们的什么？

弗拉季米尔 我们的救世主。两个贼。有一个贼据说得救了，另外一个……(他搜索枯肠，寻找与“得救”相反的词汇)……万劫不复。

爱斯特拉冈 得救，从什么地方救出来？

弗拉季米尔 地狱。

爱斯特拉冈 我走啦。(他没有动)

弗拉季米尔 然而……(略停)怎么——我希望我的话并不叫你腻烦——怎么在四个写福音的使徒里面只有一个谈到有个贼得救呢？四个使徒都在场——或者说在附近，可是只有一个使徒谈到有个贼得救了。(略停)喂，戈戈，你能不能回答我一声，哪怕是偶尔一次？

爱斯特拉冈 (过分地热情)我觉得你讲的故事真是有趣极了。

弗拉季米尔 四个里面只有一个。其他三个里面，有两个压根儿没提起什么贼，第三个却说那两个贼都骂了他。

爱斯特拉冈 谁？

弗拉季米尔 什么？

爱斯特拉冈 你讲的都是些什么？(略停)骂了谁？

弗拉季米尔 救世主。

爱斯特拉冈 为什么？

弗拉季米尔 因为他不肯救他们。

爱斯特拉冈 救他们出地狱？

弗拉季米尔 傻瓜！救他们的命。

爱斯特拉冈 我还以为你刚才说的是救他们出地狱哩。

弗拉季米尔 救他们的命，救他们的命。

爱斯特拉冈 嗯，后来呢？

弗拉季米尔 后来，这两个贼准是永堕地狱、万劫不复啦。

爱斯特拉冈 那还用说？

弗拉季米尔 可是另外的一个使徒说有一个得了救。

爱斯特拉冈 嗯？他们的意见并不一致，这就是问题的症结所在。

弗拉季米尔 可是四个使徒全在场。可是只有一个谈到有个贼得了救。为什么要相信他的话，而不相信其他三个？

爱斯特拉冈 谁相信他的话？

弗拉季米尔 每一个人。他们就知道这一本《圣经》。

爱斯特拉冈 人们都是没知识的混蛋，像猴儿一样见什么学什么。

〔他痛苦地站起身来，一瘸一拐地走向台的极左边，停住脚步，把一只手遮在眼睛上朝远处眺望，随后转身走向台的极右边，朝远处眺望。弗拉季米尔瞅着他的一举一动，随后过去捡起靴子，朝靴内窥视，急急地把靴子扔在地上。〕

弗拉季米尔 呸！（他吐了口唾沫）

〔爱斯特拉冈走到台中，停住脚步，背朝观众。〕

爱斯特拉冈 美丽的地方。（他转身走到台前方，停住脚步，脸朝观众）妙极了的景色。（他转向弗拉季米尔拉）咱们走吧。

弗拉季米尔 咱们不能。

爱斯特拉冈 咱们在等待戈多。

爱斯特拉冈 啊！（略停）你肯定是这儿吗？

弗拉季米尔 什么？

爱斯特拉冈 我们等的地方。

弗拉季米尔 他说在树旁边。（他们望着树）你还看见别的树吗？

爱斯特拉冈 这是什么树？

弗拉季米尔 我不知道。一棵柳树。

爱斯特拉冈 树叶呢？

弗拉季米尔 准是棵枯树。

爱斯特拉冈 看不见垂枝。

弗拉季米尔 或许还不到季节。

爱斯特拉冈 看上去简直像灌木。

弗拉季米尔 像丛林。

爱斯特拉冈 像灌木。

弗拉季米尔 像——你这话是什么意思？暗示咱们走错地方了？

爱斯特拉冈 他应该到这儿啦。

弗拉季米尔 他并没说定他准来。

爱斯特拉冈 万一他不来呢？

弗拉季米尔 咱们明天再来。

爱斯特拉冈 然后，后天再来。

弗拉季米尔 可能。

爱斯特拉冈 老这样下去。

弗拉季米尔 问题是——

爱斯特拉冈 直等到他来为止。

弗拉季米尔 你说话真是不留情。

爱斯特拉冈 咱们昨天也来过了。

弗拉季米尔 不，你弄错了。

爱斯特拉冈 咱们昨天干什么啦?

弗拉季米尔 咱们昨天干什么啦?

爱斯特拉冈 对了。

弗拉季米尔 怎么……(愤怒地)只要有你在场，就什么也肯定不了。

爱斯特拉冈 照我看来，咱们昨天来过这儿。

弗拉季米尔 (举目四望)你认得出这地方?

爱斯特拉冈 我并没这么说。

弗拉季米尔 嗯?

爱斯特拉冈 认不认得出没什么关系。

弗拉季米尔 完全一样……那树……(转向观众)那沼地。

爱斯特拉冈 你肯定是在今天晚上?

弗拉季米尔 什么?

爱斯特拉冈 是在今天晚上等他?

弗拉季米尔 他说是星期六。(略停)我想。

爱斯特拉冈 你想。

弗拉季米尔 我准记下了笔记。

〔他在自己的衣袋里摸索着，拿出各色各样的废物。〕

爱斯特拉冈 (十分恶毒地)是哪一个星期六？还有，今天是不是星期六？今天难道不可能是星期天！(略停)或者星期一？(略停)或者星期五?

弗拉季米尔 (拼命往四周围张望，仿佛景色上写有日期似的)那绝不可能。

爱斯特拉冈 或者星期四?

弗拉季米尔 咱们怎么办呢?

爱斯特拉冈 要是他昨天来了，没在这儿找到咱们，那么你可以肯定他今天决不会再来了。

弗拉季米尔 可是你说我们昨天来过这儿。

爱斯特拉冈 我也许弄错了。(略停)咱们暂别说话，成不成?

弗拉季米尔 (无力地)好吧。(爱斯特拉冈坐到土墩上。弗拉季米尔激动地来去踱着，不时刹住脚步往远处眺望。爱斯特拉冈睡着了。弗拉季米尔在爱斯特拉冈面前停住脚步)戈戈！……戈戈！……戈戈！

〔爱斯特拉冈一下子惊醒过来。〕

爱斯特拉冈 (惊恐地意识到自己的处境)我睡着啦！(责备地)你为什么老是不肯让我睡一会儿?

弗拉季米尔 我觉得孤独。

爱斯特拉冈 我做了个梦。

弗拉季米尔 别告诉我!

爱斯特拉冈 我梦见——

弗拉季米尔 别告诉我!

爱斯特拉冈 (向宇宙做了个手势)有了这一个，你就感到满足了?(沉默)你太不够朋友了，狄狄。我个人的噩梦如果不能告诉你，叫我告诉谁去?

弗拉季米尔 让它们作为你个人的东西保留着吧。你知道我听了受不了。

爱斯特拉冈 (冷冷地)有时候我心里想，咱们是不是还是分手比较好。

弗拉季米尔 你走不远的。

爱斯特拉冈 那太糟糕啦，实在太糟糕啦！(略停)你说呢，狄狄，是不是实在太糟糕啦?(略停)当你想到路上的景色是多么美丽。(略停)还有路上的行人是多么善良。(略停。甜言蜜语地哄)你说是不说，狄狄?

弗拉季米尔 你要冷静些。

爱斯特拉冈 (淫荡地)冷静……冷静……所有的上等人都说要镇静。(略停)你知道英国人在妓院里的故事吗?

弗拉季米尔 知道。

爱斯特拉冈 讲给我听。

弗拉季米尔 啊，别说啦!

爱斯特拉冈 有个英国人多喝了点儿酒，走进一家妓院。鸨母问他要漂亮的、黑皮肤的还是红头发的。你说下去吧。

弗拉季米尔 别说啦!

〔弗拉季米尔急下。爱斯特拉冈站起来跟着他走到舞台尽头。爱斯特拉冈做着手势，仿佛作为观众在给一个拳击家打气似的。弗拉季米尔上，他从爱斯特拉冈旁边擦身而过，低着头穿过舞台。爱斯特拉冈朝他迈了一步，刹住脚步。〕

爱斯特拉冈 (温柔地)你是要跟我说话吗?(沉默。爱斯特拉冈往前迈了一步)你有话要跟我说吗?(沉默。他又往前迈了一步)狄狄……

弗拉季米尔 (并不转身)我没有什么话要跟你说。

爱斯特拉冈 (迈了一步)你生气了?(沉默。迈了一步)原谅我。(沉默。迈了一步。爱斯特拉冈把他的一只手搭在弗拉季米尔的肩上)来吧，狄狄。(沉默)把你的手给我。(弗拉季米尔转过身来)拥抱我!(弗拉季米尔软下心来。他们俩拥抱。爱斯特拉冈缩回身去)你一股大蒜臭!

弗拉季米尔 它对腰子有好处。(沉默。爱斯特拉冈注视着那棵树)咱们这会儿干什么呢?

爱斯特拉冈 咱们等着。

弗拉季米尔 不错，可是咱们等着的时候干什么呢?

爱斯特拉冈 咱们上吊试试怎么样?

〔弗拉季米尔向爱斯特拉冈耳语。爱斯特拉冈大为兴奋。〕

弗拉季米尔 跟着就有那么多好处。掉下来以后，底下还会长曼陀罗花。这就是你拔花的时候听到吱吱声的原因。你难道不知道?

爱斯特拉冈 咱们马上就上吊吧。

弗拉季米尔 在树枝上?(他们向那棵树走去)我信不过它。

爱斯特拉冈 咱们试试总是可以的。

弗拉季米尔 你就试吧。

爱斯特拉冈 你先来。

弗拉季米尔 不，不，你先来。

爱斯特拉冈 干吗要我先来?

弗拉季米尔 你比我轻。

爱斯特拉冈 正因为如此!

弗拉季米尔 我不明白。

爱斯特拉冈 用你的脑子，成不成?

〔弗拉季米尔用脑子。〕

弗拉季米尔 (最后)我想不出来。

爱斯特拉冈 是这么回事。(他想了想)树枝……树枝……(愤怒地)用你的头脑，成不成?

弗拉季米尔 你是我的唯一希望了。

爱斯特拉冈 (吃力地)戈戈轻——树枝不断——戈戈死了。狄狄重——树枝断了——狄狄孤单单的一个人。可是——

弗拉季米尔 我没想到这一点。

爱斯特拉冈 要是它吊得死你，也就吊得死我。

弗拉季米尔 可是我真的比你重吗?

爱斯特拉冈 是你亲口告诉我的。我不知道。反正机会均等，或者差不多均等。

弗拉季米尔 嗯！咱们干什么呢?

爱斯特拉冈 咱们什么也别干。这样比较安全。

弗拉季米尔 咱们先等一下，看看他说些什么。

爱斯特拉冈 谁?

弗拉季米尔 戈多。

爱斯特拉冈 好主意。

弗拉季米尔 咱们先等一下，让咱们完全清楚咱们的处境后再说。

爱斯特拉冈 要不然，最好还是趁热打铁。

弗拉季米尔 我真想听听他会提供些什么。我们听了以后，可以答应或者拒绝。

爱斯特拉冈 咱们到底要求他给咱们做些什么?

弗拉季米尔 你当时难道没在场?

爱斯特拉冈 我大概没好好听。

弗拉季米尔 哦……没提出什么明确的要求。

爱斯特拉冈 可以说是一种祈祷。

弗拉季米尔 一点不错。

爱斯特拉冈 一种泛泛的乞求。

弗拉季米尔 完全正确。

爱斯特拉冈 他怎么回答的呢?

弗拉季米尔 说他瞧着办。

爱斯特拉冈 说他不能事先答应。

弗拉季米尔 说他得考虑一下。

爱斯特拉冈 在他家中安静的环境里。

弗拉季米尔 跟他家里的人商量一下。

爱斯特拉冈 他的朋友们。

弗拉季米尔 他的代理人们。

爱斯特拉冈 他的通讯员们。

弗拉季米尔 他的书。

爱斯特拉冈 他的银行存折。

弗拉季米尔 然后才能打定主意。

爱斯特拉冈 这是很自然的事。

弗拉季米尔 是吗?

爱斯特拉冈 我想是的。

弗拉季米尔 我也这么想。(沉默)

爱斯特拉冈 (焦急地)可是咱们呢?

弗拉季米尔 你说的什么?

爱斯特拉冈 我说，可是咱们呢?

弗拉季米尔 我不懂。

爱斯特拉冈 咱们的立场呢?

弗拉季米尔 立场?

爱斯特拉冈 别忙。

弗拉季米尔 立场?咱们趴在地上。

爱斯特拉冈 到了这么糟糕的地步?

弗拉季米尔 大人阁下想要知道有什么特权?

爱斯特拉冈 难道咱们什么权利也没有了?

〔弗拉季米尔大笑，像先前一样突然抑制住，改为咧开嘴嬉笑。〕

弗拉季米尔 你真叫我忍不住笑，要是笑不算违法的话。

爱斯特拉冈 咱们已经失去了咱们的权利?

弗拉季米尔 咱们已经放弃啦。

〔沉默。他们一动不动地站在那里，胳膊耷拉着，脑袋低垂着，两只膝盖在往下沉。〕

爱斯特拉冈 (无力地)难道咱们没给系住?(略停)难道咱们没——

弗拉季米尔 (举起一只手)听!

〔他们倾听，显出可笑的紧张样子。〕

爱斯特拉冈 我什么也没听见。

弗拉季米尔 嘘！（他们倾听着。爱斯特拉冈身体失去平衡，险些儿摔倒在地上。他攥住弗拉季米尔的一只胳膊，弗拉季米尔摇晃了两下，他们挤在一起静听着）我也没听见。

〔如释重负的叹气声。他们松弛下来，彼此分开。〕

爱斯特拉冈 你吓了我一跳。

弗拉季米尔 我还以为是他哩。

爱斯特拉冈 谁？

弗拉季米尔 戈多。

爱斯特拉冈 呸！是风吹芦苇响。

弗拉季米尔 我简直可以发誓说我听到了吆喝声。

爱斯特拉冈 他干吗要吆喝呢？

弗拉季米尔 吆喝他的马。（沉默）

爱斯特拉冈 我饿啦。

弗拉季米尔 你要吃一个胡萝卜吗？

爱斯特拉冈 就只有胡萝卜吗？

弗拉季米尔 我也许还有几个萝卜。

爱斯特拉冈 给我一个胡萝卜。（弗拉季米尔在他的衣袋里摸了半天，掏出一个萝卜递给爱斯特拉冈，爱斯特拉冈咬了一口，愤愤地）这是萝卜！

弗拉季米尔 哦，请原谅！我简直可以发誓说我给你的是胡萝卜。（他又在衣袋里摸索，只找到萝卜）全都是萝卜。（他摸衣袋）你准是已把最后一个胡萝卜吃掉了。（他摸索衣袋）等一等，我找着了。（他掏出一个胡萝卜递给爱斯特拉冈）拿去，亲爱的朋友。（爱斯特拉冈用衣袖擦了擦胡萝卜就吃起来）把最后一个吃了吧；这样就把它们全部消灭掉啦。

爱斯特拉冈 （咀嚼着）我刚才问了你一个问题。

弗拉季米尔 啊！

爱斯特拉冈 你回答了没有？

弗拉季米尔 胡萝卜的滋味怎样？

爱斯特拉冈 就是胡萝卜的滋味。

弗拉季米尔 好得很，好得很。（略停）你刚才问的是什么问题？

爱斯特拉冈 我已经忘了。（咀嚼着）就是这事伤我脑筋。（他欣赏地瞅着胡萝卜，用拇指和食指拎着它摆动）我绝不会忘掉这一个胡萝卜。（他若有所思地吮吸着胡萝卜的根）啊，对了，我这会儿想起来啦。

弗拉季米尔 嗯？

爱斯特拉冈 （嘴里塞得满满的，出神地）难道我们没给系住？

弗拉季米尔 你说的话我一个字也没听出来。

爱斯特拉冈 （咀嚼着，咽了一下）我问你难道我们没给系住？

弗拉季米尔 系住？

爱斯特拉冈 系——住。

弗拉季米尔 你说“系住”是什么意思？

爱斯特拉冈 拴住。

弗拉季米尔 拴在谁身上？被谁拴住？

爱斯特拉冈 拴在你等的那个人身上。

弗拉季米尔 戈多？拴在戈多身上？多妙的主意！一点不错。（略停）在这会儿。

爱斯特拉冈 他的名字是叫戈多吗？

弗拉季米尔 我想是的。

爱斯特拉冈 瞧这个。（他拎着叶子根部把吃剩的胡萝卜举起，在眼前旋转）奇怪，越吃越没滋味。

弗拉季米尔 对我来说正好相反。

爱斯特拉冈 换句话说？

弗拉季米尔 我会慢慢地习惯。

爱斯特拉冈 （沉思了半晌）这是相反？

弗拉季米尔 是修养问题。

爱斯特拉冈 是性格问题。

弗拉季米尔 是没有办法的事。

爱斯特拉冈 奋斗没有用。

弗拉季米尔 天生的脾性。

爱斯特拉冈 挣扎没有用。

弗拉季米尔 本性难移。

爱斯特拉冈 毫无办法。（他把吃剩的胡萝卜递给弗拉季米尔）还有这点儿吃不吃？

〔一阵恐怖的喊声，离他们很近。胡萝卜从爱斯特拉冈手中落下。他们发愣了，站着不动，随后突然一起向舞台边厢狂奔。爱斯特拉冈中途刹住脚步，奔回原处，捡起胡萝卜塞进衣袋，向等他

的弗拉季米尔奔去，又刹住脚步，奔回原处，捡起他的靴子，奔到弗拉季米尔身边。他们拱肩缩背挤作一堆等着，若有所畏。〕

〔波卓及幸运儿上。波卓用绳子拴住幸运儿的脖子，赶着他在前头走，因此幸运儿最先在台上出现，跟着是那绳子，绳子很长，在波卓露面之前可以让幸运儿一直走到台中央。幸运儿两手提着一只沉重的口袋、一个折凳、一只野餐篮和一件大衣。波卓拿着一根鞭子。〕

波卓 (台后)走！(鞭子声。波卓出现。他们穿过舞台。幸运儿在弗拉季米尔和爱斯特拉冈跟前走过，下。波卓一眼看见弗拉米尔和爱斯特拉冈，一下子刹住脚步。绳子拉紧了。波卓使劲抖动一下绳子)回来！

〔幸运儿和他所提的行李倒地的声音。〕

〔弗拉季米尔和爱斯特拉冈朝他转过身去，又想上前帮助他，又害怕多管闲事。弗拉季米尔朝幸运儿迈了一步，爱斯特拉冈攥住他的袖子，把他拉了回来。〕

弗拉季米尔 放我走！

爱斯特拉冈 别动！

波卓 小心！他心眼儿很坏。(弗拉季米尔和爱斯特拉冈转向波卓)对待陌生人。

爱斯特拉冈 (低声)是他吗？

弗拉季米尔 谁？

爱斯特拉冈 (想不起名字)嗯……

弗拉季米尔 戈多？

爱斯特拉冈 不错。

波卓 我来自我介绍一下：我叫波卓。

弗拉季米尔 (向爱斯特拉冈)绝不是！

爱斯特拉冈 (怯生生地向波卓)您不是戈多先生，老爷？

波卓 (用可怕的声音)我是波卓！(沉默)波卓！(沉默)这名字你们听了难道毫不在乎？(沉默)我说，这名字你们听了难道毫不在乎？

〔弗拉季米尔和爱斯特拉冈面面相觑。〕

爱斯特拉冈 (假装思索)布卓……布卓……

弗拉季米尔 (也假装思索)波卓……波卓……

波卓 波卓！

爱斯特拉冈 啊！波卓……我想想……波卓……

弗拉季米尔 到底是波卓呢还是布卓？

爱斯特拉冈 波卓……不……我怕我……不……我好像并不……

〔波卓威胁似的向前迈了几步。〕

弗拉季米尔 (讨好似的)我过去认识一家叫戈卓的。他家的母亲脸上长满了瘊子——

爱斯特拉冈 (急急地)我们不是您这地方的人，老爷。

波卓 (止步)你们不管怎样总是人。(他戴上眼镜)照我看来，(他摘下眼镜)是跟我一样的人，(他哈哈大笑)是跟波卓一样的人！都是照着上帝的模样儿造的！

弗拉季米尔 嗯，您瞧——

波卓 (专横地)戈多是什么人？

爱斯特拉冈 戈多？

波卓 你们刚才错把我当作戈多了。

爱斯特拉冈 哦，不，老爷，一点儿也没有这意思，老爷。

波卓 他是什么人？

弗拉季米尔 哦，他是……可以说是个相识。

爱斯特拉冈 哪儿说得上，我们简直不认得他。

弗拉季米尔 不错……我们跟他并不熟……可是不管怎样……

爱斯特拉冈 就我个人来说，我就是见了他的面也认不得他。

波卓 你们刚才错把我当作他啦。

爱斯特拉冈 (在波卓面前退缩)那就是说……您明白……天黑……紧张……老等着……我承认……一时间……我还以为……

波卓 老等着？那么说来你们在等他？

弗拉季米尔 嗯，您瞧——

波卓 这儿？在我的土地上？

弗拉季米尔 我们没安坏心眼儿。

爱斯特拉冈 我们的用意是好的。

波卓 路是大家都可以走的。

弗拉季米尔 我们也是这样理解的。

波卓 实在丢脸。可是你们已经来了。

爱斯特拉冈 我们已经没法挽回了。

波卓 (做了个宽宏大量的手势)算了，咱们甭谈这个啦。(他抖动一下绳子)起来，猪！(略停)每次他只要一摔倒，就马上睡着(抖动绳子)起来，猪！(幸运儿起身捡行李的声音。波卓抖动绳子)回来!(幸运儿后退着上)站住!(幸运儿停住脚步)转过来!(幸运儿转过身来。和蔼地向弗拉季米尔和爱斯特拉冈)诸位,我见到你们很高兴。(他们露出不信的神色)一点不错,真正地高兴。(他抖动绳子)过来点儿!(幸运儿迈步)站住!(幸运儿停住脚步。向弗拉季米尔和爱斯特拉冈)不错,一个人独自个儿赶路,路就显得特别长,尤其是一气儿走……(他看了看表)不错……(他计算着)不错……六个小时,一点不错,一气儿走六个小时,而且一路上连人影儿也没见一个。(向幸运儿)大衣!(幸运儿放下口袋,走向前去,把大衣递给他,回到原处,重新捡起口袋)拿好这个!(波卓递过鞭子。幸运儿上前,因两手都拿着东西,就用嘴叼着鞭子,又走回原处。波卓开始穿大衣,又忽然停住)大衣!(幸运儿放下口袋、篮子和凳,走向前去,服侍波卓穿好大衣,走回原处,拿起口袋、篮子和凳)今儿晚上的天气有点儿秋意。(波卓扣完大衣纽扣,弯腰,打量自己,挺直身子)鞭子!(幸运儿上前,弯腰,波卓从他嘴里夺过鞭子,幸运儿走回原处)不错,诸位,我不能老往前走,一点儿不跟我的同类交往。(他戴上眼镜,注视着两个同类)尽管相同之处并不多。(他摘掉眼镜)凳子!(幸运儿放下口袋和篮子,上前,打开折凳,放好,走回原处,重新拿起口袋和篮子)过来!(波卓坐下,拿鞭子柄顶住幸运儿的胸膛推了一下)回去!(幸运儿退后一步)远点儿!(幸运儿又退后一步)站住!(幸运儿止步。向弗拉季米尔和爱斯特拉冈)正是因为这个缘故,只要你们不反对,我倒是想和你们在一块儿消磨一些时光,随后再赶我的路。篮子!(幸运儿上前,递上篮子,回到原处)新鲜的空气能使人开胃。(他打开篮子,取出一只笋鸡、一块面包和一瓶酒)篮子!(幸运儿上前,拿起篮子,回到原处)离远点儿!(幸运儿退后一步)他浑身发臭。祝你们健康!(他从酒瓶里喝了一口酒,把酒瓶放下,开始吃东西。沉默。弗拉季米尔和爱斯特拉冈开始围着幸运儿转,上下打量着他,起初小心翼翼,越到后来胆子越大。波卓大口地吃着笋鸡,啃干净骨头后就随手扔掉。幸运儿打起盹来,身子渐渐下沉,直到口袋和篮子都碰着地面,随后突然惊醒过来,一下子挺直身子,跟着又打起盹来,身子逐渐下沉)

爱斯特拉冈 他什么地方不舒服?

弗拉季米尔 他似乎累啦。

爱斯特拉冈 他干吗不把口袋放下来?

弗拉季米尔 我怎么知道?(他们走近他身边)当心!

爱斯特拉冈 跟他说几句话。

弗拉季米尔 瞧!

爱斯特拉冈 什么?

弗拉季米尔 (指着)他的脖子。

爱斯特拉冈 (望着他的脖子)我什么也没看见。

弗拉季米尔 这儿。

〔爱斯特拉冈走过去站在弗拉季米尔身边。〕

爱斯特拉冈 哦，天哪！

弗拉季米尔 一个流着脓的疮。

爱斯特拉冈 是绳子勒的。

弗拉季米尔 是磨破的。

爱斯特拉冈 这是难免的。

弗拉季米尔 是绳子的结磨的。

爱斯特拉冈 是擦伤的。

〔他们重新打量起他来，仔细看他的脸。〕

弗拉季米尔 他长得不难看。

爱斯特拉冈 （耸肩，做了个怪脸）你看仔细了？

弗拉季米尔 有点像女人。

爱斯特拉冈 瞧他的口水。

弗拉季米尔 这是难免的。

爱斯特拉冈 瞧他的黏涎子。

弗拉季米尔 也许他是个傻瓜。

爱斯特拉冈 一个白痴。

弗拉季米尔 （仔细观察）看上去像甲状腺肿。

爱斯特拉冈 （也仔细观察）很难说。

弗拉季米尔 他在喘气儿。

爱斯特拉冈 这是难免的。

弗拉季米尔 瞧他的眼睛！

爱斯特拉冈 怎么啦？

弗拉季米尔 瞪得大极了。

爱斯特拉冈 向我瞪了垂死的一眼。

弗拉季米尔 很难说。（略停）问他一个问题。

爱斯特拉冈 这样做好吗？

弗拉季米尔 有什么不好？

爱斯特拉冈 （怯生生地）先生……

弗拉季米尔　响一点。

爱斯特拉冈　（响一点）先生……

波卓　别去跟他纠缠！（他们转向波卓，他这时已吃喝完毕，用手背擦了擦嘴）你们看不出他需要休息？篮子！（他划了根火柴，开始点他的烟斗。幸运儿看见地上的鸡骨头，贪婪地瞪着它们。波卓看见幸运儿不动，气呼呼地把火柴扔掉，抖动了一下绳子）篮子，猪！（幸运儿差点儿摔倒，清醒过来，上前，把酒瓶放进篮子，走回原处。爱斯特拉冈瞪着鸡骨头。波卓又划了根火柴点烟斗）有什么办法，这不是他该做的工作。（他抽着烟斗，伸直两腿）啊！这样要舒服些。

爱斯特拉冈　（怯生生地）劳驾啦，老爷……

波卓　什么事，我的好人儿？

爱斯特拉冈　嗯……您已经吃完了……嗯……您不再需要……嗯……这些骨头了吧，老爷？

弗拉季米尔　（觉得可耻）你不能再等一会儿？

波卓　不，不，他这样提出来是好的。我是不是需要这些骨头？（他用鞭子柄翻动骨头）不，拿我个人来说，我是不需要它们了。（爱斯特拉冈朝骨头迈了一步）不过……（爱斯特拉冈煞住了脚步）……不过在理论上，骨头是应该给跟班吃的。因此你应该问他要才是。（爱斯特拉冈转向幸运儿，犹豫一下）说吧，说吧，跟他要。别害怕，他会告诉你的。

〔爱斯特拉冈走向幸运儿，在他前面站住。〕

爱斯特拉冈　先生……对不起，先生……

波卓　有人在跟你讲话，猪！回答！（向爱斯特拉冈）跟他再说一遍。

爱斯特拉冈　对不起，先生，这些骨头，您还要不要？

〔幸运儿盯着爱斯特拉冈好一会儿。〕

波卓　（非常开心地）先生！（幸运儿低头）快回答！你要这些骨头呢，还是不要？（幸运儿不做声。向爱斯特拉冈）它们是你的了。（爱斯特拉冈一个箭步蹿上去，捡起骨头，马上啃起来）我不喜欢这样。我从来没看见过他拒绝过一根骨头。（他焦虑地瞅着幸运儿）要是他病倒了，拖累了我，那才有意思呢！（他喷了一口烟）

弗拉季米尔　（勃然大怒）真可耻！

〔沉默。爱斯特拉冈大吃一惊，停止啃骨头，看看波卓又看看弗拉季米尔。波卓外表上很镇静。弗拉季米尔有点窘。〕

波卓　（向弗拉季米尔）你这话是不是有所指？

弗拉季米尔　（下了决心，结巴着说）像这样……对待一个人……（朝幸运儿做了个手势）我认为……不……同样的人类……不……真可耻！

爱斯特拉冈 （不甘落后）真丢脸！（他重新啃起骨头来）

波卓 你们太苛刻了。（向弗拉季米尔）你多大年纪啦？我不揣冒昧问你一句。（沉默）六十？七十？（向爱斯特拉冈）你说他多大年纪啦？

爱斯特拉冈 十一。

波卓 我太冒失啦。（他在鞭子柄上敲出烟斗里的灰，起身）我得上路了。谢谢你们跟我做伴。（他想了想）除非我再抽一斗烟再上路。你们有什么意见？（他们不作声）哦，我抽烟不多，一点也不多，我不习惯一气儿抽两斗烟，这会使（用手捂住心窝，叹了口气）我的心扑扑地跳起来。（略停）是尼古丁闹的。不管你怎样预防，总得吸进不少尼古丁。（叹了口气）你们知道这是怎么回事儿。（沉默）可是或许你们不抽烟？抽？不抽？抽不抽都没什么关系。（沉默）可是我既然已经站起来了，叫我怎么再坐下呢？而且不找借口。不——我怎么说好呢——不假惺惺。（向弗拉季米尔）请你们再说一遍。（沉默）也许你们刚才没跟我说话？（沉默）没关系。让我瞧……

〔他沉思着。〕

爱斯特拉冈 啊！这样好多了。

〔他把骨头装进衣袋。〕

弗拉季米尔 咱们走吧。

爱斯特拉冈 现在就走？

波卓 等一会儿。（他抖动绳子）凳子！（他用鞭子指了指。幸运儿搬动凳子）再过来点儿！成啦！（他坐下。幸运儿走回原处）这就解决啦！

〔他装了一斗烟。〕

弗拉季米尔 咱们离开这儿吧。

波卓 我希望不是我把你们赶跑的。再等一会儿吧，你们绝不会后悔的。

爱斯特拉冈 （以为对方要施舍什么）我们没什么急事。

波卓 （点起烟斗）第二斗的味道总要差些。（他从嘴里取下烟斗，看着它沉吟一会儿）比起第一斗来，我的意思是说。（他重新把烟斗放到嘴里）可是不管怎样，烟味总是芬芳的。

弗拉季米尔 我走啦。

波卓 他不愿意跟我相处了。我也许不太人道，可是有谁在乎呢？（向弗拉季米尔）做什么事要三思而行。譬如说你这会儿就走，在大白天，因为谁也不能否认这会儿还是大白天。（他们全都望着天空）好得很。（他们停止望天空）那样的话，会有什么结果呢—(他从嘴里取下烟斗，察看着)——烟斗灭了——(他重新点起烟斗)——那样的话——(喷了口烟)——那样的话——(喷了口烟)——那样的话—你们跟人家的约会怎么办呢？……跟那个戈丹……戈多……戈丁……反正你们知道我说的是谁，那个掌握你们命运的人……(沉默)至少是当前的命运。

弗拉季米尔 你怎么会知道的？

波卓 他又跟我说话啦！要是继续保持这个关系，咱们过不多久就能成老朋友啦。

爱斯特拉冈 他干吗不把行李放下来？

波卓 我见了他也准会高兴。我遇见的人越多，心里也就越高兴。跟最卑下的人分手之后，你也会觉得更聪明、更富足、更意识到自己的幸福。甚至你们……(他装模作样地看看这个又看看那个，表示他指的是他们两个)甚至你们，谁知道呢，说不定将来对我也会有好处。

爱斯特拉冈 他干吗不把行李放下来？

波卓 可是真要是那样，我准会大吃一惊。

弗拉季米尔 有人在问你问题。

波卓 (高兴)问题！谁？什么问题？一分钟前你们还在口口声声叫我老爷，害怕得浑身发抖。这会儿你们居然要问我问题了。这样做没什么好处！

弗拉季米尔 (向爱斯特拉冈)我想他在听。

爱斯特拉冈 (绕着幸运儿打转)什么？

弗拉季米尔 你这会儿可以问他了。他听着哩。

爱斯特拉冈 问他什么？

弗拉季米尔 他干吗不把行李放下来。

爱斯特拉冈 我纳闷儿。

弗拉季米尔 问他一下，成不成？

波卓 (聚精会神地倾听着他们俩的对话，生怕他们把要提的问题忘了)你们想要知道他干吗不把行李放下来，是不是？你们还管他手里的口袋和篮子叫行李？

弗拉季米尔 不错。

波卓 (向爱斯特拉冈)你是不是跟他一个看法？

爱斯特拉冈 他像海象一样喘着气儿哩。

波卓 回答是这样的。(向爱斯特拉冈)可是请你站住了，你弄得我心神不定。

弗拉季米尔 瞧。

爱斯特拉冈　什么？

弗拉季米尔　他要讲话了。

〔他俩一动不动地并肩站着等待。〕

波卓　很好。每个人都准备好了没有？每个人都看着我没有？（他看了看幸运儿，抖动一下绳子。幸运儿抬起头来）拿眼看着我，猪！（幸运儿看着他）很好。（他把烟斗放进衣袋，从袋里掏出一个小小的喷雾器，对准自己的喉咙喷了几下，把喷雾器放回衣袋，清了清喉咙，吐了口痰，重新拿出喷雾器，又朝自己的喉咙喷了会儿，重新把它装进衣袋）我要讲话了。每个人都听着没有？每个人都准备好了没有？（他挨个儿看他们，最后他的眼光落到幸运儿身上，抖动一下绳子）猪！（幸运儿抬起头来）我不喜欢在真空中讲话。很好。让我想一想。

爱斯特拉冈　我走啦。

波卓　你们想要知道的到底是什么？

弗拉季米尔　他干吗——

波卓　（愤怒地）别打断我的话！（顿了顿。较平静）我们要是全部同时讲话，就谁也听不见谁了。（略停）我刚才说到哪儿啦？（略停。提高嗓门）我刚才说到哪儿啦？

爱斯特拉冈　（用力地）行李。（他指着幸运儿）干吗？老拿在手里。（他让自己的身子往下沉，大口喘着气）从来不放下。（他把两手一摊，如释重负地挺直身子）干吗？

波卓　啊！你干吗不早说清楚？他干吗不让自己舒服些？咱们试着把这问题弄清楚。他有没有这个权利？他当然有。问题是，他不要这个权利。这里面也有道理。他干吗不要这权利？（略停）诸位，原因是这样的。

弗拉季米尔　（向爱斯特拉冈）把他的话记下来。

波卓　他想给我好的印象，好让我留住他。

爱斯特拉冈　什么？

波卓　也许我说的不太对头。他想要打动我的心，好让我打消抛弃他的念头。不，这样说也不对头。

弗拉季米尔　您想要抛弃他？

波卓　他想要愚弄我，可是他不会。

弗拉季米尔　您想要抛弃他？

波卓　他以为我一看见他拿东西拿得这么好，就会情不自禁留他下来给我拿东西。

爱斯特拉冈　您已经讨厌他了？

波卓　事实上他拿东西的样子活像只猪。这不是他做的工作。

弗拉季米尔　您想要抛弃他？

波卓　他以为我一看见他不知疲倦，就会软下心来，改变主意。这就是他的可怜的诡计。好像我手下的奴隶不够似的。（三个全都望着幸运儿）阿特拉斯①，朱庇特②的儿子！（沉默）嗯，我是这么想的，还有别的问题没有？（使用喷雾器）

弗拉季米尔　您想要抛弃他？

波卓　想一想，我本来很可能处在他的地位，他也很可能处在我的地位。要不是命运愿意我们像现在这个样子的话。人各有命。

弗拉季米尔　您想要抛弃他？

波卓　你说什么？

弗拉季米尔　您想要抛弃他？

波卓　不错。可我并不仅仅是把他轰出门去了事，我是说我并不仅仅是在他屁股上踢一脚，叫他滚蛋；相反地，我出于好心，现在正送他到市场去，给他卖个好价钱。事实是，像他这样的奴才你没法轰他走。最好的办法是把他宰了。

幸运儿哭泣。

爱斯特拉冈　他哭啦。

波卓　狗都比他更有志气。（他把自己的手帕递给爱斯特拉冈）你既然可怜他，就过去安慰安慰他吧。（爱斯特拉冈犹豫）去吧。（爱斯特拉冈接过手帕）擦掉他的眼泪，他心里会好过些，不觉得那么孤独了。（爱斯特拉冈犹豫）

弗拉季米尔　喂，把手帕给我，我去给他擦眼泪。

〔爱斯特拉冈不肯把手帕给他。孩子气的手势。〕

波卓　趁他还在哭，快点儿过去。

〔爱斯特拉冈走近幸运儿，想替他拭泪。幸运儿狠狠地在他的小腿骨上踢了一脚。爱斯特拉冈手中的手帕落地，他退缩着，疼得直叫，在台上一瘸一拐地走动。〕

波卓　手帕！

〔幸运儿放下口袋和篮子，捡起手帕递给波卓，走回原处，拿起口袋和篮子。〕

爱斯特拉冈　哦，猪猡！（他卷起裤腿）他把我的腿弄瘸啦！

波卓　我早就告诉过你们他是不喜欢陌生人的。

---

①　希腊神话里的神，受双肩掮天的处罚。——原注

②　希腊神话里众神的领袖。——原注

弗拉季米尔 （向爱斯特拉冈）给我看。（爱斯特拉冈给他看腿，向波卓，愤愤地）他在流血哩。

波卓 这是个好兆头。

爱斯特拉冈 （用一足站立）我再也走不了路啦！

弗拉季米尔 （温柔地）我来背你。（略停）如果必要的话。

波卓 他不哭了。（向爱斯特拉冈）可以说是你接替了他。（抒情地）世界上的眼泪有固定的量。有一个人哭，就有一个人不哭。笑也一样。（他笑起来）因此，我们不必说我们这一代的坏话，它并不比它的前几代更不快乐。（沉默）我们也不必说它的好话。（沉默）我们根本不必说起它。（沉默）的确，人口是增加了。

弗拉季米尔 走着试试。

〔爱斯特拉冈一瘸一拐地走了几步，在幸运儿跟前停住脚步，啐了他一口，随后走过去坐在土墩上。〕

波卓 猜猜看，所有这些美丽的东西是谁教给我的。（略停。指着幸运儿）我的幸运儿！

弗拉季米尔 （望着天空）夜难道永远不降临了？

波卓 要不是他，我的一切思想、我的一切感情，都将平淡无奇。（略停。以异乎寻常的热情）只知为挣钱糊口操心！（平静一些）至于什么是至真、至善、至美，我知道自己在这方面一窍不通。因此我不耻下问。

弗拉季米尔 （吃了一惊，不再望天空）下问？

波卓 这是约莫六十年以前的事了……（他看了看表）不错，约莫六十年了。（骄傲地挺起胸膛）从我的外貌看，你们准看不出来，是不是？（弗拉季米尔望着幸运儿）跟他相比，我简直是个年轻小伙子，可不是？（略停）帽子！（幸运儿放下篮子，脱下帽子。他的长长的白发披到了他的脸上。他把帽子夹在胳膊底下，拿起篮子）现在瞧吧。（波卓脱下自己的帽子。他的脑袋光秃秃的，一根头发也没有。他重新戴上帽子）你们瞧见没有？

弗拉季米尔 那么现在您要把他赶走了？这么个忠心耿耿的老仆人。

爱斯特拉冈 婊子养的！

〔波卓的情绪越来越激动。〕

弗拉季米尔 您把他身上的精华全都吸干以后，就像……像一块香蕉皮似的把他扔掉了。真的……

波卓 （两手紧紧捧住头，呻吟着）我受不了……我再也受不了……他目前的所作所为……你们怎么也想象不到……真可怕……他非走不可……（他挥舞两臂）我都要疯啦……（他变得十分颓丧，两手捧住头）我受不了啦……我再也受不了啦……

〔沉默。大家都拿眼望着波卓。幸运儿哆嗦一下。〕

弗拉季米尔 他受不了啦。

爱斯特拉冈 再也受不了啦。

弗拉季米尔 他都要疯啦。

爱斯特拉冈 真可怕。

弗拉季米尔 (向幸运儿)你胆子倒不小！真叫人恶心！这么好的一个主人！像这样把他钉上十字架！相处了那么些年以后！真的！

波卓 (啜泣)他一向那么可亲……那么有用……那么有趣……我的好天使……可是现在……他简直要了我的命！

爱斯特拉冈 (向弗拉季米尔)他是不是要换人？

弗拉季米尔 什么？

爱斯特拉冈 他是不是要另找个人接替他的职位？

弗拉季米尔 我想他不会。

爱斯特拉冈 什么？

弗拉季米尔 我不知道。

爱斯特拉冈 问他。

波卓 (平静些)诸位，我不知道我刚才犯了什么毛病啦。请原谅我。忘掉我说的一切。(逐渐恢复常态)我已记不清刚才到底是怎么回事了，不过你们可以断定我说的没一句是真话。(挺直身子，拍打胸膛)瞧我的样子像个能受别人委屈的人吗？说良心话？(他在各个衣袋里摸索)我把我的烟斗搁在哪儿了？

弗拉季米尔 今天这个黄昏我们过得可真是不错。

爱斯特拉冈 永远忘不了。

弗拉季米尔 而且还没完。

爱斯特拉冈 看样子还没完。

弗拉季米尔 还只是刚开始哩。

爱斯特拉冈 真是可怕。

弗拉季米尔 比在戏院里还要糟。

爱斯特拉冈 马戏团。

弗拉季米尔 音乐厅。

爱斯特拉冈 马戏团。

波卓 我可能把我的石南烟斗搁在哪儿啦？

爱斯特拉冈 他在直着嗓子叫唤哩。他把他的烟嘴儿给丢啦。

〔哄笑声。〕

弗拉季米尔 我一会儿就回来。

〔他朝边厢走去。〕

爱斯特拉冈 就在廊子的尽头，左边。

弗拉季米尔 替我看好座位。（下）

波卓 我把我的凯普—彼特孙[①]给丢啦！

爱斯特拉冈 （笑得前仰后合）他真要让我笑死啦！

波卓 （抬头）你们可曾看见——（他注意到弗拉季米尔已经不在）哦！他走啦！连再见也没说一声！他怎能这样呢！他该等一会儿才是！

爱斯特拉冈 那他准会把肚子胀破。

波卓 哦！（略停）哦，那样的话，当然啦，要真是那样……

爱斯特拉冈 过来。

波卓 干吗？

爱斯特拉冈 您过来就知道了。

波卓 你要我起来？

爱斯特拉冈 快点儿！（波卓起身，走到爱斯特拉冈身边。爱斯特拉冈指向远处）瞧！

波卓 （戴上眼镜）哦，真有意思！

爱斯特拉冈 全都完啦。

〔弗拉季米尔上，面带愁容。他用肩膀把幸运儿撞到一旁，踢开凳子，激动地来回走着。〕

波卓 他心里不高兴。

爱斯特拉冈 （向弗拉季米尔）你失掉了一个饱眼福的机会。真可惜。

〔弗拉季米尔停住脚步，放好凳子，来回走着，比较平静些。〕

波卓 他安静下来了。（举目四望）一切都安静下来了。大地一片宁静。听！（他举起一只手来）潘[②]睡着了。

弗拉季米尔 夜难道永远不降临了？

〔三人全都望着天空。〕

---

① 生产石南烟斗的著名工厂。——原注

② 希腊神话里的山林之神。

波卓　你非要等夜降临了才走？

爱斯特拉冈　嗯，您瞧——

波卓　嘿，这是十分自然的，十分自然的。我要是处在你们的地位，我要是跟人有了约会，跟一个戈丁……戈丹……戈多……反正你们知道我说的是谁，要是那样，我要一直等到天黑，才肯死心。（他望着凳子）我很想坐一会儿，可我不知道用什么办法才能安然坐下。

爱斯特拉冈　我能帮什么忙吗？

波卓　要是你请求我，也许成。

爱斯特拉冈　什么？

波卓　要是你请求我坐下。

爱斯特拉冈　这也能算是帮忙吗？

波卓　我想是的。

爱斯特拉冈　那就试试吧。请坐，老爷，我请求您。

波卓　不，不，我不想坐。（略停。旁白）再请求一次。

爱斯特拉冈　喂，喂，请坐吧，我请求您，你这样会得肺炎的。

波卓　你真是这样想的吗？

爱斯特拉冈　怎么，这是千真万确的事。

波卓　你的话也许有理。（他坐下）谢谢你，亲爱的朋友。（他看了看表）可是我真的非走不可了，要是我还想按计划办事的话。

弗拉季米尔　时间已经停止了。

波卓　（把表贴在耳边）别这么说，先生，别这么说。（他把表放回衣袋）你说什么都成，可别说这个。

爱斯特拉冈　（向波卓）今天什么东西在他眼里都是漆黑一团。

波卓　除了天空！（他笑了，为自己说话俏皮感到得意）可是我比你们看得清楚，你们不是这地方人，你们不知道我们这儿的暮色有何等样的魅力。要我告诉你们吗？

〔沉默。爱斯特拉冈重新抚弄他的靴子，弗拉季米尔也抚弄他的帽子。幸运儿的帽子掉到了地上，但没人注意到。〕

波卓　我没法拒绝你们。（使用喷雾器）不过请你们用点儿心好好听着。（弗拉季米尔和爱斯特拉冈继续抚弄他们手里的东西，幸运儿都快睡着了。波卓轻轻地挥了下鞭子）这根鞭子怎么啦？（他站起身来，使更大的劲儿挥鞭子，终于把鞭子甩响了。幸运儿惊跳起来。弗拉季米尔的帽子，爱斯特拉冈的靴子，都从他们的手中落下，波卓把鞭子扔在一旁）用旧啦，这根鞭子。（他望着那两个听他讲话的人）我刚才说到哪儿啦？

弗拉季米尔 咱们走吧。

爱斯特拉冈 可是别把您的脚累垮了，我请求您，您这样会把命都给送掉的。

波卓 不错。（他坐下。向爱斯特拉冈）你叫什么名字？

爱斯特拉冈 卡图勒斯[1]。

波卓 （没听对方说话）啊，不错！夜。（他抬起头来）可是请用点儿心听着，看在老天爷面上，要不然咱们准保什么都干不成。（他望着天空）瞧。（大家都望着天空，除却幸运儿，他这时又开始打盹儿了。波卓抖动绳子）你看不看天空，猪！（幸运儿看着天空）好，够啦。（他们停止望天空）它有什么出奇之处？作为天空？它呈苍白色，闪耀着霞光，跟一天这个时候的任何天空一样。（略停）在同一方位。（略停）要是天气明朗。（抒情地）一个小时前（他看了看表，粗俗地）大概是（抒情地）在不知疲倦地倾泻了（他迟疑一下，粗俗地）譬如说从早晨十点开始（抒情地）万道红色的与白色的霞光之后，它就开始失去光辉，渐渐变得苍白（用两手做手势，表示光辉逐渐消失）苍白，更苍白一点，更苍白一点儿，到后来（戏剧性的停顿，随后下死劲把两手一摊，摊得很开）卜——玩儿完！它开始歇息。（沉默）可是——（举起一只手作告诫状）——可是——在这温柔与平静的帷幕之后（他抬头望天空，别人也都学他的样，除却幸运儿）夜在施威（颤抖地）会一下子扑到我们身上（他把手指捻得啪的一声响）啪！就这样！（他的灵感枯竭了）完全出乎我们大家的意料之外。（沉默。忧郁地）在这婊子养的大地上，情况就是这样的。

〔长时间沉默。〕

爱斯特拉冈 我们都明白。

弗拉季米尔 我们可以等待时机。

爱斯特拉冈 我们明白这是怎么回事。

弗拉季米尔 用不着多操心。

爱斯特拉冈 只要等待。

弗拉季米尔 我们已经习惯了。（他抬起自己的帽子，往里面看了看，抖了抖，戴在头上。）

波卓 你们觉得我怎样？（弗拉季米尔和爱斯特拉冈呆呆地望着他）很好？还好？过得去？马马虎虎？肯定很坏？

---

① 公元前罗马抒情诗人。——原注

弗拉季米尔 （首先理解他的意思）哦，非常好，非常、非常好。

波卓 您说呢，先生？

爱斯特拉冈 哦，蛮好，蛮蛮蛮好。

波卓 （热情洋溢）祝福你们，诸位，祝福你们！（略停）我是多么需要鼓励！（略停）我在结束的时候有点儿后劲不足，你们注意到了没有？

弗拉季米尔 哦，也许仅仅有极小极小的一丁点儿。

爱斯特拉冈 我还以为是故意这样的哩。

波卓 你们瞧，我的记性不怎么好。

〔沉默。〕

爱斯特拉冈 在这段时间内，什么也没发生。

波卓 你觉得无聊？

爱斯特拉冈 有点儿。

波卓 （向弗拉季米尔）您说呢，先生？

弗拉季米尔 我倒是很感兴趣。

〔沉默。波卓进行着思想斗争。〕

波卓 诸位，你们始终……对我很客气。

爱斯特拉冈 一点儿也不。

弗拉季米尔 哪儿的话！

波卓 不错，不错，你们始终很守本分。因此我问我自己，这两个老实人日子过得那么无聊，我是不是也可以帮助他们些什么。

爱斯特拉冈 就是十便士也是欢迎的。

弗拉季米尔 我们不是乞丐。

波卓 我是不是可以帮助他们些什么——我这样自己问着自己——好让他们高兴？我已经给了他们骨头，我已经跟他们说长道短，我已经向他们解释了暮色，解释得一清二楚。可是这样是不是够了呢，就是这个问题使我内心不安，这样是不是够了呢？

爱斯特拉冈 哪怕六个便士。

弗拉季米尔 （向爱斯特拉冈，怒不可遏）别说啦！

爱斯特拉冈 少于六便士我不能接受。

波卓 这样是不是够了呢？当然够了。可是我很慷慨。这是我的本性。今天傍晚。

对我说来真是每况愈下。(他抖动绳子。幸运儿拿眼睛望他)因为我将要受痛苦，这是毫无疑问的。(他拾起鞭子)你们喜欢哪一样？咱们要他跳舞呢，还是唱歌，还是朗诵，不是思想，还是——

爱斯特拉冈 谁？

波卓 谁！你们知道怎样思想，你们两个？

弗拉季米尔 他会思想？

波卓 当然啦。而且是有声的思想。有一个时候他甚至思想得非常好，我能一连听几个小时，现在……(他哆嗦一下)对我来说是每况愈下了。嘿，你们是不是要他想些什么给我们听？

爱斯特拉冈 我宁愿他跳舞；那一定更好玩。

波卓 不一定。

爱斯特拉冈 你说呢，狄狄，是不是更好玩？

弗拉季米尔 我宁愿听他思想。

爱斯特拉冈 或许他可以先跳舞，然后再思想，要是他吃得消的话。

弗拉季米尔 这样做成吗？

波卓 当然成，没有更简单的事了。这是自然的程序。

〔短促的笑声。〕

弗拉季米尔 那就让他先跳舞吧。

〔沉默。〕

波卓 你听见没有，猪？

爱斯特拉冈 他从来不拒绝？

波卓 他拒绝过一次。(沉默)跳舞，混蛋！

〔幸运儿放下口袋和篮子，走向前台，转向波卓。幸运儿跳舞。他停止了。〕

爱斯特拉冈 就这么些吗？

波卓 再跳！

〔幸运儿复重一下刚才的动作，停止。〕

爱斯特拉冈 呸！我也会。(他学幸运儿，差点儿摔了一跤)只要练习一下。

波卓 过去他会跳圆舞、快步舞、民间舞、西班牙舞，甚至还会跳水手舞。他会快乐地跳跃。现在他最多只会这样了。你们知道他管这叫什么？

爱斯特拉冈 《替罪羊的痛苦》。

弗拉季米尔　《硬板凳》。

波卓　《网舞》。他以为自己陷入了罗网。

弗拉季米尔　（像个审美家似的表示踌躇不安）有一个动作……

〔幸运儿仿佛要回去拿他的口袋和篮子。〕

波卓　（像对一匹马）吁！

〔幸运儿站住不动。〕

爱斯特拉冈　告诉我们他过去是怎样拒绝的。

波卓　可以，当然可以。（他在衣袋里摸索）等一等。（他摸索）我把喷雾器搁在哪儿啦？（他摸索）呃，真是——（他抬起头来，面露惊恐之色。微弱的声音）我找不到我的喷雾器啦！

爱斯特拉冈　（微弱的声音）我的左肺非常弱！（他轻轻咳嗽，洪亮的声音）可是我的右肺棒得就像铁打似的！

波卓　（正常的声音）没关系！凡是补救不了的事，必须逆来顺受。我刚才说哪儿啦？（他思索着）等一等。（思索）嗯，我真是——（他抬起头来）帮帮我！

爱斯特拉冈　等一等！

弗拉季米尔　等一等！

波卓　等一等！

〔三个人同时脱下帽子，两手捂住前额，用心思索。〕

爱斯特拉冈　（得意非凡）啊！

弗拉季米尔　他想起来了。

波卓　（不耐烦地）嗯？

爱斯特拉冈　他干吗不把行李放下来？

弗拉季米尔　废话！

波卓　你有把握？

弗拉季米尔　他妈的，您不是早就告诉我们了！

波卓　我已经告诉你们了？

爱斯特拉冈　他已经告诉你了？

弗拉季米尔　不管怎样，他已经把行李放下啦。

爱斯特拉冈　（瞅了幸运儿一眼）说得不错。那又怎么样呢？

弗拉季米尔　他既然已经把行李放下，我们当然不可能询问他干吗不把它放下来。

波卓　十分有理！

爱斯特拉冈 那么他干吗要把它放下呢？

波卓 回答我们这个问题。

弗拉季米尔 为了好跳舞。

爱斯特拉冈 不错。

波卓 不错。

〔沉默。〕

爱斯特拉冈 没什么事发生，没人来，没人去，太可怕啦。

弗拉季米尔 （向波卓）叫他思想。

波卓 把他的帽子给他。

弗拉季米尔 他的帽子？

波卓 他不戴帽子就没法思想。

弗拉季米尔 （向爱斯特拉冈）把他的帽子给他。

爱斯特拉冈 我！在他踢了我一脚之后！办不到！

弗拉季米尔 我拿给他。

〔他站着不动。〕

爱斯特拉冈 叫他自己去拿。

波卓 最好还是拿给他。

弗拉季米尔 我拿给他。

〔他拾起帽子，伸长了胳膊递给幸运儿，幸运儿不动。〕

波卓 你必须戴在他头上。

爱斯特拉冈 （向波卓）叫他接帽子。

波卓 最好把帽子戴在他头上。

弗拉季米尔 我给他戴。

〔他小心翼翼地绕到幸运儿背后，从后面轻轻走近他，把帽子戴在他头上，迅速地缩回身子。幸运儿不动。沉默。〕

爱斯特拉冈 他还在等待什么？

波卓 退后。（弗拉季米尔和爱斯特拉冈从幸运儿身旁走开。波卓抖动绳子。幸运儿望着波卓）思想，猪！（略停。幸运儿开始跳舞）停止！（幸运儿停止）向前走！（幸运儿上前）停止！（幸运儿停止）思想！（沉默）

幸运儿 另一方面关于——

波卓　停止！（幸运儿停止）退后！（幸运儿退后）停止！（幸运儿停止）转身！（幸运儿转身，面对观众）思想！（沉默）

〔在幸运儿作长篇演说时，其他三人的反应如下：（1）弗拉季米尔和爱斯特拉冈聚精会神地谛听；波卓垂头丧气，觉得厌烦。（2）弗拉季米尔和爱斯特拉冈开始抗议；波卓的痛苦越来越厉害。（3）弗拉季米尔和爱斯特拉冈又凝神谛听，波卓越来越激动，开始呻吟。（4）弗拉季米尔和爱斯特拉冈大声抗议。波卓跳起身来，使劲拉绳子。一片喊声。幸运儿拉住绳子，蹒跚着，喊着他的讲词。三人全都扑到幸运儿身上，幸运儿挣扎着，喊着他的讲词。〕

幸运儿　如彭奇和瓦特曼的公共事业所证实的那样有一个胡子雪白雪白的上帝超越时间超越空间确确实实存在他在神圣的冷漠神圣的疯狂神圣的喑哑的高处深深地爱着我们除了少数的例外不知什么原因但时间将会揭示他像神圣的密兰达①一样和人们一起忍受着痛苦这班人不知什么原因但时间将会揭示生活在痛苦中生活在烈火中这烈火这火焰如果继续燃烧毫无疑问将使穹苍着火也就是说将地狱炸上天去天是那么蓝那么澄澈那么平静这种平静尽管时断时续总比没有好得多但是别这么快还要进一步考虑到泰斯丢和丘那德的人体测定学院的未完成的研究结果早已断定毫无疑问换句话说除了依附着人类的疑问之外别无其他疑问根据泰斯丢和丘那德的未完成的劳动的结果早已做出如下的论断但是别这么快不知什么原因根据彭奇和瓦特曼的公共事业的结果已毫无疑问地断定鉴于波波夫②和贝尔契③不知什么原因未完成的劳动以及泰斯丢和丘那德的未完成的劳动已经就业已被许多人所否认的论点做出论断认为泰斯丢和丘那德所假设的人认为实际存在的人认为人类总而言之统而言之尽管有进步的营养学和通大便药却在衰弱萎缩衰弱萎缩而且与此同时尤其是不知什么原因尽管体育运动在各方面都有很大进展如网球足球田径车赛游泳飞行划船骑马滑翔溜冰各色各样的网球各种各样致人死命的飞行运动各色各样的秋天夏天冬天冬天网球各种各样的曲棍球盘尼西林和代用品总之，我接下去讲与此同时不知什么原因要萎缩要减少尽管有网球我接下去讲飞行滑翔九穴和十八穴的高尔夫球各种各样的网球总之不知什么原因在番克汉贝克汉福尔汉克莱普汉换句话说与此同时尤其是不知什么原因但时间将会揭示要减少减少我接下去讲福尔汉克莱普汉总之自从塞缪尔·

---

① 莎士比亚喜剧《暴风雨》的女主人公，是个从未见过人类的天真无邪的少女。——原注
② 十九世纪俄国著名无线电学家。——原注
③ 十九世纪英国著名探险家。——原注

约翰逊[1]去世以后到现在每个人的全部损失共计每人一英寸四盎司只是大概约略粗粗计算到小数点分量很足，保持整数赤裸裸的光穿着袜子在康纳马拉[2]总之不知什么原因不管怎样无论如何事实俱在尤其是考虑到更加远为严肃的看来更加严肃的鉴于鉴于斯丹威格和彼特曼的徒劳看来更加严肃的鉴于斯丹威格和彼特曼徒劳在平原在山地在海洋在烈火沸腾的河里天空是一样的随后是大地换句话说天空随后是大地在一片寒冷一片漆黑中天空大地石头的住所在一片寒冷中哎哟哟在我们的主诞生六百年左右天空大地海洋大地石头的住所汪洋中一片寒冷中在海上在陆地在空中我接下去讲不知什么原因尽管有网球事实俱在但时间将会揭示我接下去讲哎哟哟总之一句话石头的住所谁能怀疑我接下去讲但是别这么快我接下去讲头颅要萎缩衰弱减少与此同时尤其是不知什么原因尽管有网球胡子火焰球队石头那么蓝那么平静哎哟哟头颅头颅头颅头颅在康纳马拉尽管有网球未完成的徒然的劳动更加严肃的石头的住所总之我接下去讲哎哟哟徒劳的未完成的头颅头颅在康纳马拉尽管有网球头颅哎哟石头丘纳德（混战，最后的狂喊）网球……石头……那么平静……丘纳德……未完成的……

波卓　他的帽子！

〔弗拉季米尔抢走幸运儿的帽子。幸运儿沉默。他摔倒在地上。沉默。胜利者的喘气声。〕

爱斯特拉冈　报了仇啦！

〔弗拉季米尔察看帽子，往帽内窥视。〕

波卓　把帽子给我！（他从弗拉季米尔手中夺过帽子，扔在地上，用脚践踏着）他的思想就此完蛋啦！

弗拉季米尔　可他还能走路吗？

波卓　走或者爬！（他用脚踢幸运儿）起来，猪！

爱斯特拉冈　他也许死啦！

弗拉季米尔　您这样会把他弄死的。

波卓　起来，废物！（他抖动绳子。向弗拉季米尔和爱斯特拉冈）帮帮我！

弗拉季米尔　怎么办？

波卓　把他抬起来！

〔弗拉季米尔和爱斯特拉冈把幸运儿扶起，搀着他站了一会儿，随后松手。他倒了下来。〕

---

① 塞缪尔·约翰逊(1709—1784)，英国文学家，第一部英国字典编纂者。——原注

② 爱尔兰西部靠海的山区。——原注

爱斯特拉冈　他是成心这样的！

波卓　你们必须攥住他。(略停)喂，喂，扶他起来！

爱斯特拉冈　去他妈的！

弗拉季米尔　喂，再来一次。

爱斯特拉冈　他把咱们看成什么人啦？

〔他们搀起幸运儿，扶住他。〕

波卓　别松手！(弗拉季米尔和爱斯特拉冈摇晃)别动！(波卓拿起口袋和篮子向幸运儿走来)紧紧攥住他！

〔他把口袋搁在幸运儿手中。口袋立刻从他手中掉下。〕

波卓　别松手！(他又试了一下。渐渐地，幸运儿在触到口袋以后，逐渐恢复了知觉，他的指头攥住了柄)紧紧攥住他！(用篮子尝试，如前)成啦。你们可以松手啦。(弗拉季米尔和爱斯特拉冈从幸运儿身边走开，幸运儿摇晃着，蹒跚着，身子往下沉，终于站稳了，两手提着口袋和篮子。波卓后退几步，甩响鞭子)退后！(幸运儿后退一步)转身！(幸运儿转身)好啦！他能走路啦。(转向弗拉季米尔和爱斯特拉冈)谢谢你们，诸位，让我——(他在衣袋里摸索着)让我祝你们——(摸索)——祝你们——(摸索)——我把我的表搁在哪儿啦？(摸索)一只真正的猎表，诸位，装有直进式卡子！(啜泣)还是我的爷爷给我的！(摸索。他在地上寻找，弗拉季米尔和爱斯特拉冈也跟着他找。波卓用脚把已经踩坏的幸运儿的帽子翻了个个儿)嗯，是不是——

弗拉季米尔　也许在你的表袋里。

波卓　等一等。(他弯着身子想把耳朵贴到肚皮上倾听。沉默)我什么也没听见。(他招手要他们走近。弗拉季米尔和爱斯特拉冈向他走去，弯腰在他肚皮上听)当然，滴嗒声是听得出来的。

弗拉季米尔　别说话！

〔全都弯着身子谛听。〕

爱斯特拉冈　我听到什么声音了。

波卓　哪儿？

弗拉季米尔　是心跳。

波卓　(失望)他妈的！

弗拉季米尔　别说话！

爱斯特拉冈　也许表停啦！

〔他们挺直身子。〕

波卓 你们哪一个身上那么臭?

爱斯特拉冈 他口臭，我脚臭。

波卓 必须走了。

爱斯特拉冈 您的猎表呢?

波卓 我准把它丢在庄园里啦。

〔沉默。〕

爱斯特拉冈 那么再见吧。

波卓 再见。

弗拉季米尔 再见。

爱斯特拉冈 再见。

〔沉默。没人动弹。〕

弗拉季米尔 再见。

波卓 再见。

爱斯特拉冈 再见。

〔沉默。〕

波卓 还要谢谢你们。

弗拉季米尔 谢谢您。

波卓 哪儿的话。

爱斯特拉冈 谢谢，谢谢。

波卓 不，不。

弗拉季米尔 谢谢，谢谢。

〔沉默。〕

波卓 我好像没法……(他犹豫一下)离开了。

爱斯特拉冈 人生就是这样的。

〔波卓转身，离开幸运儿向边厢走去，一边走一边放出绳子。〕

弗拉季米尔 您走错方向啦。

波卓 我需要一个快速起身。(他一直走到绳子放到没法再放的地方，也就是出了舞台，才停住脚步，转身，吆喝)让开!(弗拉季米尔和爱斯特拉冈闪开身，望着波卓所在的方向。鞭子声)走!走!

爱斯特拉冈 走!走!

弗拉季米尔　走！走！

〔鞭子声。幸运儿迈步。〕

波卓　走快点儿！（他出现，穿过舞台，前面走着幸运儿。弗拉季米尔和爱斯特拉冈脱帽，挥手。幸运儿下。波卓甩着绳子和鞭子）走！走！（他快要下台的时候，忽然刹住脚步，转过身来。绳子绷紧了。幸运儿倒地的声音）凳子！（弗拉季米尔拿着凳子递给波卓，波卓又扔给幸运儿）再见！

弗拉季米尔　（挥手）再见！再见！

爱斯特拉冈　（挥手）再见！再见！

波卓　起来，猪！（幸运儿起来的声音）走！（波卓下。鞭子声）走快点儿！走！再见！猪！唉！再见！

〔长时间沉默。〕

弗拉季米尔　这样就把时间消磨掉了。

爱斯特拉冈　时间反正会过去的。

弗拉季米尔　不错，可是不会过得这么快。

〔沉默。〕

爱斯特拉冈　咱们现在干什么呢？

弗拉季米尔　我不知道。

爱斯特拉冈　咱们走吧。

弗拉季米尔　咱们不能。

爱斯特拉冈　为什么？

弗拉季米尔　咱们在等待戈多。

爱斯特拉冈　啊！

〔沉默。〕

弗拉季米尔　他们变得真厉害！

爱斯特拉冈　谁？

弗拉季米尔　他们俩。

爱斯特拉冈　这是个主意，咱们聊聊天吧。

弗拉季米尔　是不是？

爱斯特拉冈　什么？

弗拉季米尔　变了没有？

爱斯特拉冈　很可能。他们谁都在变。就是咱们变不了。

弗拉季米尔 可能！这是千真万确的事。难道你没见过他们？

爱斯特拉冈 我想我大概见过他们。可是我不认识他们。

弗拉季米尔 不，你准认识他们。

爱斯特拉冈 不，我不认识他们。

弗拉季米尔 咱们不认识他们，我跟你说吧。你把什么都忘啦。（略停。自言自语）除非不是他俩……

爱斯特拉冈 要是这样，他们怎么不认得咱们？

弗拉季米尔 这算什么。我也假装不认得他们哩。再说，又有哪一个认得咱们的？

爱斯特拉冈 别想这个啦。咱们所需要的是——唷！（弗拉季米尔毫无反应）唷！

弗拉季米尔 （自言自语）除非不是他俩……

爱斯特拉冈 狄狄！是另外一只脚！（他一蹦一跳地走向土墩）

弗拉季米尔 除非不是他俩……

孩子 （后台）先生！

〔爱斯特拉冈止步。两人同时向发出声音的地方望去。〕

爱斯特拉冈 又来啦。

弗拉季米尔 过来，我的孩子。

〔孩子上，胆怯地。他停住脚步。〕

孩子 亚尔伯特先生？

弗拉季米尔 不错。

爱斯特拉冈 你来干吗？

弗拉季米尔 过来。

〔孩子站着不动。〕

爱斯特拉冈 （气势汹汹地）叫你过来就过来，听见没有？

〔孩子怯生生地上前，停住脚步。〕

弗拉季米尔 什么事？

孩子 戈多先生……

弗拉季米尔 显而易见。（略停）过来。

〔孩子站着不动。〕

爱斯特拉冈 （恶狠狠地）你过来不过来！（孩子怯生生地上前，停住脚步）你干吗来得这么晚？

弗拉季米尔 戈多先生叫你送信来的？

孩子　不错，先生。

弗拉季米尔　嗯，什么信儿。

爱斯特拉冈　你干吗来得这么晚？

〔孩子看看这个又看看那个，不知回答谁的话好。〕

弗拉季米尔　（向爱斯特拉冈）别管他。

爱斯特拉冈　你别管我！（上前，向孩子）你知道现在是什么时候啦？

孩子　（退缩）这不能怪我，先生。

爱斯特拉冈　那么怪谁？怪我？

孩子　我心里害怕，先生。

爱斯特拉冈　害怕什么？害怕我们？（略停）回答我！

弗拉季米尔　我知道是怎么回事儿，他害怕另外那些人。

爱斯特拉冈　你到这儿有多久啦？

孩子　有好一会儿啦，先生。

弗拉季米尔　你是害怕鞭子。

孩子　是的，先生。

弗拉季米尔　还有吵闹声。

孩子　是的，先生。

弗拉季米尔　还有那两个大个儿。

孩子　是的，先生。

弗拉季米尔　你认得他们吗？

孩子　不认识，先生。

弗拉季米尔　你是不是这地方的人？（沉默）你是不是在这地方长大的？

孩子　是的，先生。

爱斯特拉冈　说的没一句真话。（攥住孩子的一只胳膊摇着）把老实话告诉我们。

孩子　（发抖）可我说的都是老实话，先生！

弗拉季米尔　你别管他成不成！你这是怎么啦！（爱斯特拉冈放掉孩子，走开，两手捂住脸。弗拉季米尔和孩子都瞅着他。爱斯特拉冈放下两手。他的脸歪扭着）你这是怎么啦？

爱斯特拉冈　我不快活。

弗拉季米尔　瞎扯！从什么时候开始的？

爱斯特拉冈　我忘了。

弗拉季米尔 记忆真能要稀奇古怪的花招！（爱斯特拉冈想要开口说话，又改变主意，一瘸一拐地走回原处，坐下，开始脱他靴子。向孩子）嗯？

孩子 戈多先生——

弗拉季米尔 我过去见过你，是不是？

孩子 我不知道，先生。

弗拉季米尔 你不认识我？

孩子 不认识，先生。

弗拉季米尔 昨天来的不是你？

孩子 不是，先生。

弗拉季米尔 这是你第一次来？

孩子 是的，先生。

〔沉默。〕

弗拉季米尔 说话，说话。（略停）快说。

孩子 （冲口而出）戈多先生要我告诉你们，他今天晚上不来啦，可是明天晚上准来。

〔沉默。〕

弗拉季米尔 就这么些话？

孩子 是的，先生。

弗拉季米尔 你给戈多先生干活儿？

孩子 是的，先生。

弗拉季米尔 你干什么活儿？

孩子 我放山羊，先生。

弗拉季米尔 他待你好吗？

孩子 好的，先生。

弗拉季米尔 他揍不揍你？

孩子 不，先生，他不揍我。

弗拉季米尔 他揍谁？

孩子 他揍我的弟弟，先生。

弗拉季米尔 啊，你有个弟弟？

孩子 是的，先生。

弗拉季米尔 他干什么活儿？

孩子 他放绵羊，先生。

弗拉季米尔 他干吗不揍你？

孩子 我不知道，先生。

弗拉季米尔 他准是喜欢你。

孩子 我不知道，先生。

弗拉季米尔 他是不是让你吃饱？(孩子犹豫)他给你吃得好吗？

孩子 还算好，先生。

弗拉季米尔 你不快活？(孩子犹豫)你听见我的话没有？

孩子 听见了，先生。

弗拉季米尔 嗯？

孩子 我不知道，先生。

弗拉季米尔 你连自己快活不快活都不知道？

孩子 不知道，先生。

弗拉季米尔 你很像我。(略停)你睡在哪儿？

孩子 在马房的楼上，先生。

弗拉季米尔 跟你的弟弟一起睡？

孩子 是的，先生。

弗拉季米尔 睡在草里？

孩子 是的，先生。

〔沉默。〕

弗拉季米尔 好吧，你可以走了。

孩子 我怎么向戈多先生回话呢，先生？

弗拉季米尔 跟他说……(他犹豫)跟他说你看见了我们。(略停)你确实看见了我们，是不是？

孩子 是的，先生。

〔他退了一步，犹豫一下，转身奔跑着下。光线突然暗淡。夜已降临。月亮在后面上升，挂在天空，一动不动，将灰白色的光辉泻在舞台上。〕

弗拉季米尔 终于来啦！(爱斯特拉冈起身走向弗拉季米尔，一手拿着一只靴子。他把靴子放在舞台的边沿上，挺直身子站在那里看月亮)你在干吗？

爱斯特拉冈 累得脸色都发白了。

弗拉季米尔 暧？

爱斯特拉冈 为了爬到天上盯着眼瞧像咱们这样的人。

弗拉季米尔 你的靴子。你打算把你的这双靴子怎么样?

爱斯特拉冈 (转身望着他的靴子)我打算把它们留在这儿。(略停)别的人会来，就像……像……像我一样，可是他的脚比我小，因此这双靴子会使他快乐。

弗拉季米尔 可是你不能赤着脚走路!

爱斯特拉冈 耶稣就是这样的。

弗拉季米尔 耶稣!耶稣跟这又有什么关系?你不是要拿你自己跟耶稣相比吧!

爱斯特拉冈 我这一辈子都是拿我自己跟耶稣相比的。

弗拉季米尔 可是他待的地方是温暖的、干燥的。

爱斯特拉冈 不错。而且他们很快就把他钉上了十字架。

〔沉默。〕

弗拉季米尔 咱们在这儿没事可做啦。

爱斯特拉冈 在别的地方也没事可做。

弗拉季米尔 啊，戈戈，别老这样说话。到明天一切都会好些的。

爱斯特拉冈 你怎么知道的呢?

弗拉季米尔 你没听见那孩子刚才说的?

爱斯特拉冈 没有。

弗拉季米尔 他说戈多明天准来。(略停)你对这有什么看法?

爱斯特拉冈 那么我们该做的唯一的一件事就是在这儿等。

弗拉季米尔 你疯啦?咱们必须找个有掩蔽的地方。(他攥住爱斯特拉冈的一只胳膊)走吧。

〔他拖着爱斯特拉冈走。爱斯特拉冈先是妥协，跟着反抗起来。他们停住脚步。〕

爱斯特拉冈 (望着树)可惜咱们身上没带条绳子。

弗拉季米尔 走吧，天越来越冷啦。

〔他拖着他走。如前。〕

爱斯特拉冈 提醒我明天带条绳子来。

弗拉季米尔 好的，好的。走吧。

〔他拖着他走。如前。〕

爱斯特拉冈 咱们在一块儿待了多久啦?

弗拉季米尔 我不知道。也许有五十年了。

爱斯特拉冈 你还记得我跳在伦河里的那一天吗?

弗拉季米尔　我们当时在收葡萄。

爱斯特拉冈　是你把我救上岸的。

弗拉季米尔　这些都早已死掉了，埋葬掉了。

爱斯特拉冈　我的衣服是在太阳里晒干的。

弗拉季米尔　念念不忘这些往事是没有好处的。快走吧。

〔他拖着他走。如前。〕

爱斯特拉冈　等一等。

弗拉季米尔　我冷！

爱斯特拉冈　等一等！(他从弗拉季米尔身边走开)我心里想，咱们要是分开手，各干各的，是不是会更好一些。(他穿过舞台坐在土墩上)咱俩不是走一条路的人。

弗拉季米尔　(并不动怒)那说不定。

爱斯特拉冈　不，天下事没一样是说得定的。

〔弗拉季米尔慢慢地穿过舞台，在爱斯特拉冈身旁坐下。〕

弗拉季米尔　咱们仍旧可以分手，要是你以为这样做更好的话。

爱斯特拉冈　现在已经迟啦。

〔沉默。〕

弗拉季米尔　不错，现在已经迟啦。

〔沉默。〕

爱斯特拉冈　嗯，咱们走不走？

弗拉季米尔　好，咱们走吧。

〔他们坐着不动。〕

〔幕落〕

([法]塞缪尔·贝克特著，施咸荣译，见汪义群主编：《西方现代戏剧流派作品选》(五)，北京，中国戏剧出版社，2005)

作品解析

《等待戈多》是一部反情节、反人物、反逻辑的剧作，颠覆了以往人们对戏剧的认知，其在情节上没有一个完整的故事，更没有故事的起因、发展、高潮、结局这样的线性逻辑结构。全剧只有两幕，第二幕和第一幕的关系不是发展，而是重复和循环。这种安排意在表明人生是重复的，是有着些许变化的重复，生活本身是无聊的、无意义的。在这种绝望中，人们总是会创造"意义"，把生活仪式化，借此赋予生活各种意义。于是"等待"变成了理所当然的逻辑起点，等待的人生便成了"明日复明日"的生活。可以想见，即使这出戏再有第三幕、第四幕也不过是重复而已，弗拉季米尔和爱斯特拉冈的生活依然还是在"等待戈多"，正如小男孩的话"戈多先生要我告诉你们，他今天晚上不来啦，可是明天晚上准来"，既然赋予了希望，只好等待。观众看到标题，总是会问这样的问题：谁是戈多？于是有人说，戈多就是上帝，他们在等上帝到来，还有人猜想戈多是某个人物。当有人问到贝克特的时候，得到的回答是："我要是知道的话，在剧作中就说明了。"①如此看来，戈多是谁并不是这出戏的关键，这出戏的本质在于"等待"。"等待"才能给百无聊赖的生活赋予希望和意义，等待才能给向死而生的人们增加生活下去的勇气，等待在这里是希望的代名词，是生活的所有意义的所在。然而，等待恰恰又是毁灭希望的根源，等待的结果是希望一次次变成了失望，甚至绝望。这就是生活的悖论，也是荒诞的缘由。

这出戏的主人公都不是传统戏剧中的英雄人物，而是普通的小人物，随处可见常被忽视的两个流浪汉，反倒像是传统剧中的小丑的角色——观众对这样的人物既熟悉又陌生。《等待戈多》最成功的也是最奇特的一场演出是在美国的一所监狱里。演出前演员担心囚徒们看不懂这出戏，但是随着大幕拉开，囚徒们都渐渐地融入了剧情，以至于整个演出大厅里安静得能听到观众的呼吸声。也许囚徒们身陷囹圄，对人的生存状况有了深刻理解，更能参透这出荒诞派戏剧的内涵。人本来就是在一种"囚徒"状态中，是被放逐的，被驱赶出了"伊甸园"，流落在这个地球上的。从被放逐而离开"伊甸园"的那一刻起，人就成了囚徒，人生来的使命就是不断地寻找和等待救赎。可是，当贝克特否定了那个救赎人们的戈多是上帝，那么人们的救赎又该向何处去？这就要从当时的社会历史中找答案了。但是，剧作者并没有直抒胸怀，而是用反传统的戏剧形式呈现人们的生存困境，引发观众思考。20世纪中叶，现代性带来了巨大的变化，理性、民主等思想文化空前繁荣，科学技术取得了空前的发展；同时人类也陷入了深重的灾难，除了两次世界大战，还有纳粹政权的产生与覆灭，奥斯维辛集中营事件等。人们已经不再相信现代性带来的繁荣，昔日的家园变成了凋敝的"荒原"，幻灭感和无意义感在知识分子中催生了强烈的荒诞感。荒诞绝

---

① Rónán McDonald, *The Cambridge Introduction to Samuel Beckett*, Shanghai, Shanghai Foreign Language Education Press, 2008, p. 29.

对不是胡闹，更不是绝望，而是知识分子对人类生存状态的严肃而认真的思考。他们打破了现代性所推崇的理性、中心、逻辑等观念，把生活的真实呈现给人们，让人们看到生活的无意义、无中心、无逻辑，生活本来的“残酷”面目。这些有思想的戏剧家认为，只有直面生活的残酷，直面惨淡的人生，才能更好地生活下去。因此，从创作时间和当时的历史背景看，这出戏正是第二次世界大战之后知识分子对人们的精神危机、对人类未来深思熟虑的作品。

除了反情节、反人物，这部剧也是反逻辑的，突出表现在整部剧没有合乎逻辑的一以贯之的对话，呈现的是一个个破碎的对话片段，话题之间也没有必然的关联。这种碎片化的对话，正是现实生活破碎化的真实的反映。人们的现实生活常常是破碎的，昨天所发生的与今天不一定有必然联系，今天所发生的也不一定和明天有因果关联。可见，现实的生活与语言本身不具备现实主义和浪漫主义文学作品中所呈现的逻辑力量。那些前后相继的逻辑，不过是理性的想象而已。本剧在对话中呈现的人物关系也是反逻辑的，狄狄和戈戈似乎互相熟识，但他们的交谈几乎是各自独语，很难形成有来有往的对话。剧中的狄狄和戈戈就像《秃头歌女》里的夫妻一样，整天厮守在一起却如同陌生人，各自在孤独中生活。剧作家把这种时代“隔膜”——人与人之间很难互相理解——呈现在舞台上，产生了一种震惊的效果。显然，剧作家的目的是警醒人们要互相理解，而不是任由冷漠孤独的状况发展下去。

从传统的戏剧特征看，这出戏离经叛道，没主题，没人物，没情节，没逻辑，呈现的是各种“没有”。但是，从另一个角度看，这部戏呈现的是各种“有”，后现代社会中人们生存状态的碎片化、精神状态的困境化充斥了整部剧作。同时，作品的结构安排，本身就是对现实生活的一种模仿。剧本中表现的现实世界是一个孤独而毫无希望的世界，把这个世界艺术地呈现在舞台上，可以让观众从中窥见生活的真实，真实地面对无希望、无意义，从而鼓起勇气，聚集力量，进而把控人生，走向未来。因此，1969 年贝克特被授予诺贝尔文学奖的理由就是“因为他那具有新奇形式的作品，使现代人从贫困境地中得到振奋”。

参考书目

Graver Lawrence, *Samuel Beckett*: *Waiting for Godot*. Cambridge, Cambridge University Press, 2004.

钟鸣：《西方戏剧经典导读》，北京，文化艺术出版社，2015。

约翰·彼林：《剑桥文学指南：贝克特》，上海，上海外语教育出版社，2000。

汪义群主编：《西方现代戏剧流派作品选》(五)，北京，中国戏剧出版社，2005。

[法]米歇尔·普吕讷：《荒诞派戏剧》，陆元昶译，杭州，浙江大学出版社，2014。

魏新俊：《论萨缪尔·贝克特的荒诞艺术》，南京，东南大学出版社，2014。

Rónán McDonald, *The Cambridge Introduction to Samuel Beckett*, Shanghai, Shanghai Foreign Language Education Press, 2008.

(王锦方撰稿)

第五章　哈罗德·品特《看门人》导读

作家作品简介

哈罗德·品特(1930—2008)是继萧伯纳之后英国最重要的剧作家，是英国荒诞派戏剧的代表，与贝克特、尤奈斯库齐名，于2005年获诺贝尔文学奖。

品特出生在伦敦东区，是一个犹太裁缝的独生子。第二次世界大战期间，他在伦敦目睹了漫天炮火、炸弹横飞的恐怖战争场景，幼小的心灵留下了难以平复的创伤。1948年，18岁的品特考入皇家戏剧艺术学院(The Royal Academy of Dramatic Art)表演系，但他对学院的课程感到失望，退学在家自学，并在广播剧中担任跑龙套的角色。1953年，品特加入唐纳德·沃尔菲特剧团，到爱尔兰和英国各地巡回演出。

1957年，品特创作了第一部荒诞派剧作《房间》，于当年首演，并获得成功，自此走上了戏剧创作的道路。随着《生日晚会》(1958)、《送菜升降机》(1959)、《看门人》(1960)、《背叛》(1978)等近三十个剧本的陆续发表和演出，他获得了“20世纪下半叶英国最重要的剧作家”，“当代英国最具才华和最有独创精神的剧作家”的美誉。

品特的戏剧按其内容和风格可以划分为三个时期。第一个时期是1957年至1968年。这一时期创作的戏剧被称为“威胁喜剧”。这些剧作着重表现人在世界上时刻受到外来威胁的主题。这种威胁潜伏来自外界的某个神秘的人或某种神秘的力量。剧作对这个神秘的人或这种神秘的力量没有明确的说明。剧中对话语无伦次、逻辑混乱、漫无目的，人物始终处于惶恐不安的状态，对发生的事件茫然不解。神秘感、不祥感、威胁感、恐怖感弥漫四周，搞得人心惶惶，不可终日。其代表作有《房间》《生日晚会》《看门人》等，这些剧作奠定了他作为一个荒诞派剧作家的地位。

第二个时期从1969年至1982年，其间创作的作品被称为“记忆戏剧”。这些“记忆戏剧”是他思想、婚姻和写作上出现坎坷、心情郁闷的结果，也受益于将法国作家普鲁斯特《追忆逝水年华》改编成电影剧本的经历。这一时期的代表作有《搜集证据》(1961)、《情人》(1963)、《茶话会》(1965)等。

从1983年开始，品特的创作进入第三个时期。这一时期的作品是他政治激情的发泄，而且矛头直指西方的民主国家。1984 年《送行酒》的上演宣告了品特思想和创作中的困惑期已结束。在后来的剧作中，品特一反早期“威胁喜剧”的模棱两可和中期“记忆戏剧”的游离，而鲜明地提出自己的道德主张，积极关注当下的政治压迫、强权暴力，为持不同政见者申言，为受压迫者鸣不平，代表作是《送行酒》、《山地语言》(1988)、《归于尘土》(1996)。

三幕剧《看门人》是品特早期最优秀的剧作之一，1960 年 4 月 27 日在伦敦艺术剧院首演即大获成功，此后不断在世界各地演出，还被改编成电视剧、电影。

《看门人》的故事发生在伦敦西区一所公寓的房间里，三个人物分别是为人憨厚、神经受过刺激的阿斯顿，流浪汉戴维斯，阿斯顿的弟弟米克。在第一幕中，阿斯顿将流浪汉戴维斯领回住处，安顿他过夜，送他鞋子，又给他零钱，照顾有加。戴维斯几乎不相信自己交上如此“好运”，旋即却开始挑三拣四，抱怨鞋不合脚，床的位置不好，不愿意与黑人共用卫生间。戴维斯说个不停，说离开酒馆时忘了拿自己的包裹；声称天一晴就去一个叫锡德卡普的地方取自己的身份文件等。当被问到姓名和来历时，他却言辞闪烁，语焉不详。阿斯顿的问话和回答都很简短，但常常答非所问。第二天一早，阿斯顿把房门钥匙交给戴维斯，自己离开了房间；戴维斯独自在房间里四处乱翻。

米克来到房间，发现陌生人戴维斯在房里，便将他按倒在地，连珠炮似的问了一串问题：叫什么？喜不喜欢这个房间？昨晚睡得可好？米克不断发问，不断转换话题：刚指责戴维斯私闯民宅，旋即又夸口他的哥哥是一流的装潢师，接着把这个像仓库一样的房间吹得天花乱坠，并建议戴维斯将这个房间租下。同时，米克也不断找事挑衅，如假装打扫卫生用吸尘器追着戴维斯团团转。最后，米克表示希望戴维斯留下来当看门人，然而他只顾发话却不期待戴维斯的回答。第二天早晨，戴维斯抱怨没睡好。阿斯顿没有理会，只是自说自话，回忆在医院遭电击的往事。

戴维斯与阿斯顿住了两个星期后，开始向米克抱怨，说阿斯顿让他无法睡觉还无法沟通等。米克含含糊糊地应答着走出了房间。阿斯顿进来把买的新鞋递给戴维斯。戴维斯一边穿鞋一边说自己要去锡德卡普取回证明文件。但阿斯顿已走出了房间。

睡梦中的戴维斯发出很大声响，阿斯顿摇醒他，戴维斯十分恼火，威胁说要将阿斯顿赶走。阿斯顿平静地请戴维斯搬走，戴维斯央求米克赶走阿斯顿。米克却怒骂戴维斯，戴维斯接着又变着法子恳求阿斯顿让他留下来。阿斯顿面朝窗户静默不语，戴维斯不停地乞求……

作品节选

看门人

人物

米克，男，近三十岁

阿斯顿，男，三十岁出头

戴维斯，一个老头

该剧发生在伦敦西部的一所房子里：

第一幕：一个冬夜

第二幕：几秒钟后

第三幕：半个月后

〔一个房间。后墙上有扇窗。窗子的下半部用麻袋遮着。一张铁床挨着左边的墙放着，床上堆着一个小柜橱、几个油漆桶、一些装螺钉螺帽的盒子等杂物。床边堆着更多的盒子、花瓶。门大敞着。窗户的右边还有一大堆东西：一个水槽、一架梯子、一个煤桶、一台割草机、一辆购物车、一些盒子和几个餐具柜上的抽屉。这些东西都堆在另一张铁床上。床前有一个煤气炉，上面放着一尊佛像。炉子右边是个壁炉。壁炉周围有几个衣箱、一张卷起来的地毯、一盏喷灯、一把倒在一边的木椅、一些盒子、几件装饰品、一个晒衣架、几块短木板、一个电炉和一台很旧的电动烤面包机，面包机下压着一摞废报纸。左墙边阿斯顿的床下放着一台吸尘器，不用时就藏在那里。天花板上吊着一个水桶。

第　一　幕

〔米克独自一个人在房间里。他坐在床上，穿着一件皮夹克。悄无声息。

〔米克慢慢审视房间，依次打量着屋里的每件东西。他仰头看了看天花板，目光停留在那个水桶上。不再打量后，他静静地坐好，面无表情，望着门外。

〔无声无息，半分钟过去了。

〔门砰砰响起。低沉模糊的说话声隐约可闻。

〔米克转过头，站起身，一声不响地走了出去，轻轻带上房门。

〔悄无声息。

〔说话声再次响起，一点点临近，然后停了下来，门开了，阿斯顿和戴维斯走进来。阿斯顿在前，戴维斯跟在后面，拖着脚步，喘着粗气。

〔阿斯顿外面穿着一件旧粗花呢大衣，里面是破旧的深蓝色细条纹西装，单排扣，料子稀薄，西装里面是一件套头毛衣、褪色的衬衣和领带。戴维斯穿着破旧的棕色大衣，松松垮垮的旧裤子，背心外套着马甲，没有穿衬衣，脚上一双凉鞋。阿斯顿把钥匙放回口袋，关上门。戴维斯打量着房间。

阿斯顿 坐吧。

戴维斯 谢谢。(四处望了望)嘿……

阿斯顿 等一下。

〔阿斯顿四处找椅子，发现壁炉边上卷起的地毯旁有一把倒在地上，他走过去把椅子扶起来。

戴维斯 坐？啊……我连坐的地方都没有……我哪有坐的地方……哦，我没法说……

阿斯顿 (搬过椅子)坐这儿。

戴维斯 在那个鬼地方，深更半夜的好不容易才休息十分钟，可我连个坐的地方都没有，一个位置也找不到！那些希腊人可都有坐的地儿，那一大帮波兰人、希腊人和黑人，他们这些外国佬儿都有坐的地儿。却让我在那儿干活……让我在那儿干活……

〔阿斯顿坐在床边，取出烟草罐和纸，动手给自己卷烟。戴维斯注视着他。

所有的黑人都有地儿坐，黑人、希腊人、波兰人，他们一大帮都有地儿坐，太过分了，把我挤得没位置，根本就没把我放在眼里。今晚他一到我跟前，我就跟他说了。

〔停顿片刻。

阿斯顿 坐啊。

戴维斯 好。可是我先得，你看，我得，我得好好歇会儿，你懂我的意思吗？我差点累死在那儿。

〔戴维斯大叫着，紧握拳头狠狠往下砸。然后，他转过身，背对着阿斯顿，眼睛直直地盯住墙。

〔停了一会儿。阿斯顿把烟点上。

阿斯顿 要不要卷根烟？

戴维斯 (转过身)你说什么？不，不。我从不抽烟。(停了一下。走上前)不过，我的意思是，如果可以，我想要点烟叶装烟斗。

阿斯顿　(把烟草罐递给戴维斯)可以。装吧，别客气。

戴维斯　你真好，先生。就要一点儿装烟斗，就一点儿。(他从口袋里掏出烟斗，装满烟叶)我也有个烟草罐，就……就在不久前，可是它被偷了，是在西大街被偷走的。(他拿起烟草罐)把它放哪儿?

阿斯顿　我来。

戴维斯　(递过罐子)今晚他一到我面前，我就跟他说了，我说了吧?你听到我跟他说了，对不对?

阿斯顿　我见他给了你一下子。

戴维斯　给我一下子。你别不信。像我这样一个脏老头子，还曾经用最好的盘子吃过饭呢。

〔停顿片刻。

阿斯顿　不错，我看见他给了你一下子。

戴维斯　他们那些人都是露着脚趾头，伙计，他们都特别邋遢。我也流浪几年了，可你看，我挺干净的。我总把自己收拾得干干净净。这也是为什么我要离开我老婆。和她结婚才半个月，不，还没那么长，也就一星期，我揭开锅盖，你知道里头是什么?她的一堆内衣，没洗的!那锅是用来煮蔬菜的，那口锅!蔬菜锅!从那时起我就离开她了，也再也没见过她。

〔戴维斯转过身，拖着脚走到屋子那头，刚好和煤气炉上的佛像来了个脸对脸。他看了眼佛像，转过身来。

我用最好的盘子吃过饭。但现在我老了。记得在过去，我和他们任何人一样身手敏捷。他们从来没有随随便便地对待过我。可最近我已经不行了。我害了几场病。

〔停顿片刻。

(走近)你看到整个事件经过了吧?

阿斯顿　我就看见最后那点儿。

戴维斯　他走到我跟前，放下一桶垃圾，要我拎出去。拎垃圾可不是我的事。他们专门雇了一个男孩做这事。我不负责拎垃圾桶。我的活儿是扫地、清理桌子、洗洗涮涮，与拎垃圾一点也不沾边。

阿斯顿　噢。

〔他穿过房间，走过去拿那个面包片机。

戴维斯　(跟在后面)好吧。就算是我的活儿。即使是我的活儿。即使该我把垃圾拎出去，那个蠢货是谁？他凭什么对我发号施令？我们是平等的。他又不是老板，并不比我优越什么。

阿斯顿 他是哪国人，希腊的？

戴维斯 什么呀，苏格兰的。他是个苏格兰人。（阿斯顿拿着烤面包机回到床边，试着拧开插头。戴维斯跟着他）你看见他了，是不是？

阿斯顿 嗯。

戴维斯 我告诉他那桶垃圾该怎样处理。我说了吧？你听到了。我说，看看，我年纪这么大了，我说在我长大的地方，我们都知道怎样带着敬意和老年人讲话，我们是伴随着那些优良的道德意识长大的。要是我再年轻几岁，我就……我就把你削成两半。随后老板就把我解雇了。他说我太爱闹事。我，闹事！看看，我对他说，我有自己的权利。他告诉他我有权利。我可能是流浪过，但每个人的权利都是一样的。我说我们都是平等的，应该公平对待。总之，他把我解雇了，（戴维斯在椅子上坐下来）那个鬼地方。

〔停顿一下。

如果你不出来阻止那个苏格兰蠢货，我现在大概正躺在医院里呢。假如他一脚踩上去，我的头非在人行道上开花不行。我要收拾他。哪天夜里我要去收拾他。我情绪上来了就去收拾他。

〔阿斯顿走到放插头的盒子那儿又取了一个插头。

我才不在乎这件事呢，不过我把行李都落在那儿了，在那个里屋。你知道，我所有的家当都在那个包里，一大堆呢。虽然破旧、肮脏，可每件都是我的宝贝，现在都落在那儿了。出来得太急了。我敢打赌，他此时此刻正在捣弄我的包呢。

阿斯顿 什么时候我顺道过去给你取回来。

〔阿斯顿回到床边，开始把插头安在烤面包机上。

戴维斯 不管怎样，我还是要谢谢你，让我……让我休息了一会儿，有……有几分钟吧。（他四处望了望）这是你的屋子？

阿斯顿 是的。

戴维斯 你东西挺多。

阿斯顿 嗯。

戴维斯 可能会值几个钱，要是……要是把所有的算在一起。

〔停顿片刻。

够多的。

阿斯顿 这儿的东西是挺多，确实是。

戴维斯 你睡这儿，对吧?

阿斯顿 嗯。

戴维斯 哦，挺好，你可以完全避开那边的风。

阿斯顿 你也没有吹多少风。

戴维斯 你可以完全避开风。可当你露宿街头，那就不同了。

阿斯顿 可能吧。

戴维斯 到那时候感觉到的就只有寒风了。

〔停顿片刻。

阿斯顿 是的。起风时……

〔停顿片刻。

戴维斯 是啊……

阿斯顿 嗯……

〔停顿片刻。

戴维斯 风太大了。阿斯顿，噢。

戴维斯 我怕风。

阿斯顿 真的?

戴维斯 老毛病了。

〔停顿片刻。

你是不是有多余的房间啊?

阿斯顿 哪儿?

戴维斯 我是说，顺着过道这边……到那边。

阿斯顿 都不能住了。

戴维斯 算了。

阿斯顿 那些房间都需要好好拾掇拾掇。

〔稍稍停顿一下。

戴维斯 那楼下呢?

阿斯顿 都封住了。都要收拾……那地板……

〔停顿片刻。

戴维斯 我真庆幸你到那个小饭馆里去，否则我可能被那个苏格兰蠢货揍扁了。我曾经不止一次被打得不省人事。

〔停顿一下。

刚才我看到这房子里还住有别人，就在隔壁。

阿斯顿 你说什么？

戴维斯 （打了个手势）我刚才看见……

阿斯顿 是的，这条街上住满了人。

戴维斯 哦，刚我们进来时，我看到隔壁房间拉着窗帘。

阿斯顿 都是邻居。

〔停顿片刻。

戴维斯 那，这房子是你的吧？

〔停顿片刻。

阿斯顿 我负责管理。

戴维斯 你是房东，对吧？

〔他把烟斗放到嘴里抽着，根本没点火。

嗯，刚我们进来经过隔壁，我注意到他们拉着厚厚的窗帘。我注意到那些又大又厚的窗帘垂下去，把窗户遮得严严实实。我想那里面肯定住着人。

阿斯顿 有家印度人住那儿。

戴维斯 黑人呢？

阿斯顿 我很少看到他们。

戴维斯 是黑人吧？（戴维斯站起身，走动着）你有一些小摆设呢，挺好。我不喜欢房间空空荡荡的。（阿斯顿来到舞台后方的中心位置和戴维斯站在一块儿）我想说什么来着，伙计，你有没有多余的鞋？

阿斯顿 鞋？

〔阿斯顿走到舞台前方。

戴维斯 在修道院里，那群混蛋又把我撂倒了。

阿斯顿 （走到床前）在哪儿？

戴维斯 在卢顿。修道院在卢顿……我有个伙计在“牧羊人酒店”。打扫厕所的。哦，他是打扫厕所的。打扫那里面最好的厕所，（他看了看阿斯顿）打扫最好的厕所。不论什么时候我到那儿，他都塞点儿肥皂给我。很好的肥皂啊。他们总能有最好的肥皂。不论什么时候，只要我碰巧流浪到“牧羊人酒店”附近，我从来就不缺肥皂。

阿斯顿　(手里拿着一双鞋，从床下钻出来)找到双棕色的。

戴维斯　他如今不在那儿了。走了。就是他把我安排到修道院里的。就在卢顿的那头。他听说那边给发鞋子。

阿斯顿　你得有双好鞋。

戴维斯　鞋？鞋对我实在太重要了。我得有鞋穿，我一路走到卢顿去的。

阿斯顿　那你到卢顿后怎么样了？

〔停顿片刻。

戴维斯　以前我认识阿克顿的一位靴匠。他是我的好伙计。

〔停顿一下。

你知道那个混蛋修士给我说了些什么吗？

〔停顿片刻。

你这儿还有多少黑人？

阿斯顿　你说什么？

戴维斯　你这儿还有其他的黑人吗？

阿斯顿　(拿出鞋子)看看合不合适。

戴维斯　你知道那个混蛋修士给我说了些什么吗？(他看了看鞋子)可能有点小。

阿斯顿　不会吧？

戴维斯　是的，看起来不像我穿的码。

阿斯顿　样子挺好。

戴维斯　不能穿不合脚的鞋。没有比这更糟糕的事情了。我就是这样对那个修士说的，看，我说，你看看，先生。他把厂门打开，是大门，他把大门打开，看看，先生，我说道，我从那么老远来到这儿，看，我说，我让他看看我的鞋，我说，你们有没有鞋子啊，有没有一双鞋子能让我穿上走路。我说，看看我的鞋，它们都快破了，都不行了。我听说你们这儿有一堆鞋子。滚，他对我说。你看你看，我说，我是个老人，你不该这样对我讲话，不管你是谁。如果你不滚蛋，他说，我就把你踢到大门外。我说，等一下，你看看，我不过是要双鞋子，你不能这样随随便便对待我。我花了三天才到这儿，我对他说，三天我都没吃一口东西，我该有口吃的吧？从那边拐过去就是厨房，他说，拐过去就是，吃完饭，快滚蛋。我到了厨房，你明白吧？他们给我饭吃。那点鸟食，我跟你说，一只鸟，一只最小最小的鸟也能在两分钟内就吃完了。好了，他们对我说，你吃过饭了，快走。吃饭？我说，你们把我当成什么了，一只狗？连狗都不如。你们把我当成什么了，一头野兽？鞋子呢？我听说你们发鞋子，大老远赶过来。我要向院长告发你们。其中一个人，一个爱尔兰流氓走过来。我就走了。我抄近路到沃特福德，在那儿弄了一双鞋。然后我到北环城马路，经过亨登时，正走着，鞋底就掉了。幸亏我把旧鞋包得好好的，还带在身上呢，否则我就完了，伙计。所以我得留着旧鞋子，你看，它们已经破了，不行了，没什么用了。

阿斯顿 试试这双。

〔戴维斯接过来，脱掉凉鞋，试了试。

戴维斯 鞋不错。(他在房间里走了走)很好，挺结实的。样子不错。皮子还结实吧？嗯，挺结实。那天，有个家伙想用皮革来糊弄我。我才不穿皮革呢。穿鞋，你可不能和皮子较劲。皮革容易变硬、起皱，五分钟就脏了。你不能和皮子较劲。挺好，这双鞋挺好。

阿斯顿 很好。

〔戴维斯晃了晃脚。

戴维斯 可这双鞋不合脚。

阿斯顿 是吗？

戴维斯 不合适。我脚太宽了。

阿斯顿 嗯。

戴维斯 你看，鞋太尖了。

阿斯顿 哦。

戴维斯 用不了一周我就成瘸子了。我是说这双鞋不合适，但还挺舒服。没多大用处，可还不伤脚。(他脱下鞋，还给阿斯顿)不过还是得谢谢你，先生。

阿斯顿 我看能不能再给你找双别的。

戴维斯 谢谢。我不能老这样子。不能从这儿到那儿四处流浪了。不过，你知道，我还得再走走，尽量安顿下来。

阿斯顿 你要去哪儿？

戴维斯 哦，我有一两个想法。我在等天气转晴。

〔停顿片刻。

阿斯顿　(修理着烤面包机)你……你愿意在这儿睡吗?

戴维斯　在这儿睡?

阿斯顿　要是愿意，你可以睡在这儿。

戴维斯　在这儿睡?哦，我不知道。

〔停顿一下。

多长时间?

阿斯顿　直到……你安顿下来。

戴维斯　(坐着)嗯，好吧，那……

阿斯顿　直到你稳定下来。

戴维斯　哦，我很快就会安顿下来……很快……

停顿一下。

我睡哪儿?

阿斯顿　这边。别的房间不……不合你的意。

戴维斯　(站起身，四处望望)这边?哪边?

阿斯顿　(站起身，向舞台后方指了指)那儿后头有张床。

戴维斯　哦，看见了。好的，挺方便的。嗯，那……我是说我就住到安顿下来。你这里的家具真不少。

阿斯顿　捡来的。暂时放在这儿，想着将来可能有用。

戴维斯　这个煤气炉能用吗?

阿斯顿　坏了。

戴维斯　你用什么来喝茶呀?

阿斯顿　不用什么。

戴维斯　那有点麻烦。(戴维斯看着木板)你在做什么?

阿斯顿　我想在后面搭个棚子。

戴维斯　你是木匠?(他把目光转向割草机)你有草坪啊。

阿斯顿　看这儿。

〔阿斯顿把窗户上的麻袋撩开。两人往外看。

戴维斯　看上去草有点密。

阿斯顿　长荒了。

戴维斯　那是什么，池塘吗?

阿斯顿 嗯。

戴维斯 里面有什么，有鱼吗？

阿斯顿 没有。池子里什么也没有。

〔停顿片刻。

戴维斯 你要把棚子搭在哪儿？

阿斯顿 （转过身）我要先把花园收拾一下。

戴维斯 伙计，你需要一辆拖拉机。

阿斯顿 我能对付。

戴维斯 你是说木工活吧？

阿斯顿 （静静地站在那儿）我喜欢……用手干活儿。

〔戴维斯拿起那尊佛像。

戴维斯 这是什么？

阿斯顿 （接过来，仔细看了看）是尊佛像。

戴维斯 说下去。

阿斯顿 嗯，我很喜欢它。是……是从一家商店弄来的。这尊佛像看起来很慈祥。我也不知道是什么原因。你对佛是怎样想的？

戴维斯 哦，佛……佛很好啊，不是吗？

阿斯顿 是啊，拿到这尊佛像时，我真是高兴。它的做工很好。

〔戴维斯转过身，向水槽下面张望。

戴维斯 这就是那张床吧？

阿斯顿 （走到床边）我们可以把东西弄下来。梯子可以放在床下。（俩人把梯子塞到床下）

戴维斯 （指着水槽）这个怎么办？

阿斯顿 我觉得也能塞到床下。

戴维斯 来，我帮你。（俩人搬起水槽）真沉啊。

阿斯顿 放下边。

戴维斯 这还能用得着吧？

阿斯顿 用不着了。我要把他处理掉。放这儿。

〔他们俩把水槽塞到了床下。

楼梯平台那边有个卫生间，但那儿有水槽了。我们可以把这堆东西放在那边。

〔两人开始把煤桶、购物车、割草机和餐具柜抽屉搬到右墙边。

戴维斯 （停下来）你不跟他们合用，对吧？

阿斯顿 你说什么？

戴维斯 我是说你不跟他们黑人共用一个卫生间，没错吧？

阿斯顿 他们住隔壁。

戴维斯 他们不会进来吧？

〔阿斯顿把一个抽屉靠墙放好。

你知道……我是说……白人就是白人。

〔阿斯顿走到床边，掸掸灰，把毯子抖了抖。

阿斯顿 看到一个蓝色箱子了吗？

戴维斯 蓝色箱子？在这儿。瞧，就在地毯旁边。

〔阿斯顿走过去，打开箱子取出一条床单，一个枕头。他把这些东西放到床上。

床单不错嘛。

阿斯顿 毯子上可能有灰。

戴维斯 没事儿。

〔阿斯顿站起身，取出烟草罐卷了根烟。他回到自己床前，坐了下来。

阿斯顿 你可咋挣钱哪？

戴维斯 哦……现在么，先生，如果你想听实话……我这手头还真有点紧。

〔阿斯顿从口袋里掏出一些硬币，数了数，递给戴维斯五先令。

阿斯顿 这儿有点钱。

戴维斯 （接过硬币）谢谢，真是谢谢了，祝你好运，我刚刚发现自己有点不凑手。你知道，上周我一直干活，可一分钱也没拿到。就这么回事，就这样。

〔停一会儿。

阿斯顿 那天我去酒吧。叫了一杯黑啤。他们把酒倒在大厚杯子里。我坐在那儿，但却喝不下。我不习惯用大厚杯子喝黑啤。我喜欢那种薄薄的玻璃杯。我抿了几小口就喝不下了。

〔阿斯顿拿起床上的螺丝刀和插头，拧了起来。

戴维斯 （充满感情）天一转好，我就能去锡德卡普了。

阿斯顿 去锡德卡普？

戴维斯 天气太糟糕了，穿着这样的鞋子，我怎么能走到锡德卡普呢？

阿斯顿 你为什么要去锡德卡普？

戴维斯 我的文件在那边。

〔停顿一下。

阿斯顿 你的什么东西?

戴维斯 我的文件在那儿!

〔停顿一下。

阿斯顿 你把文件放在锡德卡普干什么?

戴维斯 我认识的一个人拿着呢。你知道我把文件托付给他了。这些文件能证明我的身份!没这些东西,我就动不了。它们能告诉你我是谁。你瞧瞧!没有文件,我就动不了。

阿斯顿 为什么会这样?

戴维斯 你知道,是这么回事,你瞧,我改名字了,很多年以前就改了。我现在一直顶着个假名字跑来跑去的!那不是我的真名字。

阿斯顿 你究竟叫什么来着?

戴维斯 詹金斯。伯纳德·詹金斯。这就是我的名字。我就叫这个。可是这个名字对我没用。用这个名字,我享受不到任何权利。我这儿有保险卡。(他从口袋里掏出一张卡片)上面就是詹金斯这个名字。看到了吧,伯纳德·詹金斯。看,上面有四个戳呢。四个啊!可我不能拿着这个到处走动。那不是我的真名字,警察发现了,会把我关进监狱的。四个戳!我花的可不是便士,我花的是英镑啊。我付的是英镑,不是便士。还有其他的戳,还有很多,可他们没给我盖,那群黑鬼,我从来都没时间计较这件事。

阿斯顿 他们应该给你盖上戳的。

戴维斯 没用!怎么样都没用。那不是我的真名。用这张卡的话,我会被关起来的。

阿斯顿 那你的真名叫什么?

戴维斯 戴维斯。麦克·戴维斯。我改名之前就叫这个。

〔停一会儿。

阿斯顿 看来你想把一切都理清楚。

戴维斯 只要我到了锡德卡普!我在等天气转好。那个人拿着我的文件呢。我把一切都留在他那儿了,我一到那儿就能证明一切了。

阿斯顿 他拿着你的文件多久了?

戴维斯 什么?

阿斯顿　他拿着你的文件多久了？

戴维斯　哦，大概……那是战时……大概……大概有十五年了吧。

〔他突然发现了天花板上吊着的水桶，抬头看了看。

阿斯顿　你什么时候想……睡，你就睡。别在意我。

戴维斯　（脱掉大衣）嗯，好的，我想我要睡了。我有点……有点乏了。（他脱下裤子，用手拿着）我能把裤子放这儿吗？

阿斯顿　可以。

〔戴维斯把外套和裤子挂在衣架上。

戴维斯　我看见你在天花板上吊了一个桶。

阿斯顿　漏水。

〔戴维斯抬头看了看。

戴维斯　嗯，我要试试你的床。你不睡？

阿斯顿　我把插头修修。

〔戴维斯看看阿斯顿，再看看煤气炉。

戴维斯　你……你不能把它挪开吗？

阿斯顿　有点重。

戴维斯　是挺重。

〔戴维斯躺在床上，试了试床的承重能力和长度。

不错。真不错。床很舒服。我想我要睡这儿了。

阿斯顿　我得把灯泡遮挡一下。光线有点刺眼。

戴维斯　别麻烦了，先生。没事儿。（他转过身子盖上毯子）

〔阿斯顿坐在那儿，修着插头。

〔光线渐渐黯淡。一片黑暗。

〔光线渐强。天亮了。

〔阿斯顿站在床边扣裤子。他整了整自己的床，转过身，走到房间中央看着戴维斯。他转过身，穿上夹克，再转身，走到戴维斯跟前，俯视着他。

〔阿斯顿咳了一声。戴维斯马上坐了起来。

戴维斯　怎么了？怎么了？这是怎么了？

阿斯顿　没事儿。

戴维斯　（盯着他）怎么了？

阿斯顿 没事儿。

〔戴维斯向四周看了看。

戴维斯 哦，没事儿。

阿斯顿回到自己床边，拿起插头晃了晃。

阿斯顿 睡得好吗？

戴维斯 嗯，睡得很死。我大概睡得很死。

〔阿斯顿走到舞台前方，拿起烤面包机，仔细看了看。

阿斯顿 你……你……

戴维斯 噢？

阿斯顿 你做梦了吗？

戴维斯 做梦？

阿斯顿 是的。

戴维斯 我不做梦，我从不做梦。

阿斯顿 嗯，我也从不做梦。

戴维斯 我没做过梦。

〔停顿一下。

你为什么问我这个？

阿斯顿 你昨晚做梦了。

〔戴维斯下床。他穿着长内裤。

戴维斯 哦，等等，等等，你说什么？有什么噪音吗？

阿斯顿 你昨晚咕咕哝哝的，嘟囔着什么梦话。

戴维斯 我说梦话？我？

阿斯顿 是的。

戴维斯 我从不说梦话，伙计。以前从没有人告诉过我我说梦话。

〔停了一下。

我说什么了？

阿斯顿 听不清。

戴维斯 我说，你什么意思？

〔停顿一下。

从没人说我说梦话。

〔停顿一下。

你弄错人了，伙计。

阿斯顿　(拿着烤面包机走到床边)没弄错。你把我惊醒了。我想你可能在做梦。

戴维斯　我没做梦。我一辈子都没做过梦。

〔停顿片刻。

阿斯顿　可能是床的缘故。

戴维斯　床很好。

阿斯顿　可能有点不习惯。

戴维斯　我睡觉从不挑床。我在床上睡。就是因为我是睡在床上，我才不会弄出噪音。我睡过很多床。

〔停顿一下。

我跟你说，可能是那些黑人。

阿斯顿　你说什么?

戴维斯　那些黑人。

阿斯顿　哪些黑人?

戴维斯　你那些啊。住在隔壁的。可能是那些黑人弄出来的噪音，从墙那边传过来的。

阿斯顿　嗯。

戴维斯　这是我的看法。

〔阿斯顿放下插头向门口走去。

去哪儿，你要出去吗?

阿斯顿　是的。

戴维斯　(抓起凉鞋)那等一下，就一下。

阿斯顿　你干什么?

戴维斯　(穿上凉鞋)我最好和你一块儿去。

阿斯顿　为什么?

戴维斯　我的意思是我最好和你一块儿出去。

阿斯顿　为什么?

戴维斯　这个……你不在家。你不想让我也出去吗……你又不在家。

阿斯顿　你不必出去。

戴维斯 你是说……我可以留在这儿？

阿斯顿 随便你。不要因为我出去，你也得出去。

戴维斯 你不介意我留在这儿？

阿斯顿 我有几把钥匙。（他到床边的箱子里找着了钥匙）这是这个门和前门的钥匙。（他把钥匙递给戴维斯）

戴维斯 多谢，祝你好运。

〔片刻的停顿。阿斯顿站在那儿。

阿斯顿 我要到街上转一圈，去一家小……店。前几天那里有一把线锯。我挺喜欢那个样子的。

戴维斯 线锯，伙计？

阿斯顿 嗯。会很有用。

戴维斯 哦。

〔稍稍停顿一下。

是什么玩意儿？那究竟是什么啊？

〔阿斯顿走到窗户前，向外看了看。

阿斯顿 线锯吗？哦，和钢丝锯一个类型。但它是个装置，要固定在手钻上，明白吧。

戴维斯 哦，是这样啊。那实在太方便了。

阿斯顿 是很方便。

〔停顿一下。

你知道，那天我坐在咖啡馆，恰巧和那个女人坐在一张桌上。于是，我们开始……我们开始说话。我不知道……她是在度假，也不知道她去过哪儿。她去过南海岸。不过我忘了是哪个地方了。总之，我们就坐在那儿，谈着话……突然她把手放在我的手上……然后问我愿不愿让她看看我的身体？

戴维斯 说出这样的话。

〔停顿一下。

阿斯顿 是啊。就那样，说着说着就提到这个话题了。让我有点吃惊。

戴维斯 她们也跟我说过同样的话。

阿斯顿 她们也跟你说过？

戴维斯 女人吗？有很多次，她们走到我跟前问我差不多的问题。

〔停顿一下。

阿斯顿 你说你叫什么？

戴维斯 我的假名是伯纳德·詹金斯。

阿斯顿 不，我是说你的另一个名字。

戴维斯 戴维斯。麦克·戴维斯。

阿斯顿 你是个威尔士人吧？

戴维斯 什么？

阿斯顿 你是威尔士人？

〔片刻停顿。

戴维斯 哦，我四处漫游，你知道……我是说……我一直到处流浪……

阿斯顿 那你出生在哪儿？

戴维斯 （不快地）你什么意思？

阿斯顿 你在哪里出生的？

戴维斯 我出生……嗯……哦，要让你明白过去，这有点难……你知道我的意思是……以前……太久了……一些东西都忘掉了，不如……你知道……

阿斯顿 （走到壁炉旁，指着壁炉下方）看到这个插头了吧？你冷的话，插在这儿，就会有火。

戴维斯 好的，先生。

阿斯顿 插在这儿就行了。

戴维斯 好的，先生。

〔阿斯顿向门口走去。

（着急地）我做些什么呢？

阿斯顿 把插头插上就行了。很快就有火了。

戴维斯 我想对你我不用它。

阿斯顿 一点都不麻烦。

戴维斯 不，我不用这些东西。

阿斯顿 好用。（转过身）挺好用的。

戴维斯 哦，我想问你，先生，这个炉子怎么办？我是说，你认为它会漏气吗……你说呢？

阿斯顿 炉子没和气连在一起。

戴维斯 你看看，问题是，它就在我床头上方，你看到了吧？我起床时，我要非常小心，让手臂不碰到……让肘部不碰到任何一个气阀，你明白我的意思吧？

〔他走到炉子的另一面，仔细看了看。

阿斯顿 没什么可担心的。

戴维斯 看看这儿，你不担心吗？我能做的就是时刻注意着这些气阀，你看你看，这些阀门都开着。你把麻烦留给了我。

阿斯顿 我不认为……

戴维斯 (走上前)哦，先生，只有一件事……哦……你不能给我一点钱，让我喝杯茶吗？就一点钱，你觉得呢？

阿斯顿 昨晚我给了你几个先令。

戴维斯 哦，你给过我了。我忘了，你是给过了。全忘了。好的，谢谢你，先生。听着，你现在确定，你确定你不介意我留在这儿？我是说，我可不是那种随随便便的人。

阿斯顿 不，我不介意。

戴维斯 今天晚些时候我要去温布利。

阿斯顿 哦。

戴维斯 你知道，那儿有个小餐馆，我可能会在那儿安顿下来。我去过那儿了，知道吧？我知道他们缺人手。他们大概是需要人。

阿斯顿 那是什么时候的事情？

戴维斯 噢？哦，那是……大概……也就……也就不久前吧。但肯定是这样，他们在这些地方找不到合适的人。他们想尽量不用那些外国人，你知道，不用那些外国人做餐饮服务。他们想要个英国人倒茶。这是他们的打算，也是他们迫切需要的。这是人之常情，对吧？哦，我一切都准备好了……这就是……嗯……这就是……我想做的。

〔停顿一下

只要我能到那儿。

阿斯顿 嗯。(阿斯顿向门口走去)好吧，回头见。

戴维斯 好的，再见。

〔阿斯顿走出去，带上门。

〔戴维斯静静地站着。等了几秒钟，他走到门口，打开门，向外看了看，然后关上门，背对门站着。接着，他快速转过身，又把门打开，往外看看，缩回身子，把门关上。他从口袋里摸出钥匙，试了一把，又试了另一把，然后把门锁上；戴维斯向房间四处看了看，然后快步走到阿斯顿床前，弯下腰，拿出那双鞋子，仔细研究了一番。

鞋不错。就是头有点尖。

〔他把鞋放回床下，仔细打量着阿斯顿床的周围，拿起一个花瓶往里面看了看，然后拿起一个盒子摇了摇。

螺丝钉。

〔他看到床上方的油漆桶，走过去，仔细看了看。

油漆。他要漆什么？

〔戴维斯放下油漆桶，来到屋子中央，抬头望着吊在天花板上的水桶，做了个鬼脸。

我要弄明白。（他横穿过房间，拿起一盏喷灯）他的家当可不少。（他拿起佛像看了看）到处都是东西。瞧瞧这些。（他的眼光落在那摞报纸上）他要那些报纸做什么？他妈的那么一大堆报纸。

〔他走到一堆报纸前，用手碰了碰。报纸堆晃了晃。他赶快扶住。

扶住，扶住！

〔戴维斯扶住报纸堆，把它推回原处。

〔门开了。

〔米克走了进来，他把钥匙放回口袋，轻轻地关上门。米克站在门口，望着戴维斯。

他要这些报纸干什么？（戴维斯越过地毯卷儿来到蓝箱子前）昨夜从里面拿了一条床单和一个枕头（他打开箱子）拿空了。（戴维斯合上箱子）不管怎样，我还是睡了一觉。我没有发出噪声。（他看了看窗户）这是什么？

〔戴维斯拿起另外一只箱子，试着打开。米克悄悄地走到舞台后方。

锁着的。（戴维斯放下箱子，走到舞台前部）里面肯定有东西。（他拣起一个碗柜抽屉，翻了翻里面的东西，然后放下）

〔米克轻轻地穿过屋子。

〔戴维斯半转过身，米克抓住他的胳膊，用力扭到他背后。戴维斯大声惊叫。

啊！啊！干什么！干什么！干什么！啊！

〔米克迅速把他制服，压到地板上。戴维斯挣扎着，面部扭曲，声音呜咽，两眼圆睁。

〔米克抓住戴维斯的胳膊，另一只手放在嘴唇上，接着又用手捂住了戴维斯的嘴。戴维斯安静下来。米克放开了他。戴维斯因为疼痛扭动着身躯。米克伸出一根指头，警告他。接着，米克蹲下身子，盯着戴维斯。米克看看戴维斯，然后站起身，俯视着他。戴维斯揉着胳膊，看着米克。米克慢慢转过身看了看房间。他走到戴维斯的床前，掀开。转过身，他又走到衣架前，拿起戴维斯的裤子。戴维斯试图站起来。米克用脚把他压下去，踩在他身上。过了很久，米克终于把脚拿开。他仔细看了看裤子，然后扔回去。戴维斯蜷着身子，待在地板上。米克慢慢走到椅子前坐了下来，面无表情地看着戴维斯。

〔沉默。

米克 玩儿什么把戏？

—大幕落下—

第 二 幕

〔几秒钟后。

〔米克坐下来，戴维斯半坐在地板上，蜷着身子。

〔沉默。

米克 怎么样？

戴维斯 没事，没事。没事。

〔一滴水砸在头顶的桶里。两人抬起头。米克回头看了看戴维斯。

米克 你叫什么？

戴维斯 我不认识你。我不知道你是谁。

〔停顿片刻。

米克 噢？

戴维斯 詹金斯。

米克 詹金斯？

戴维斯 是的。

米克 詹……金斯。

〔停顿一下。

你昨夜睡在这儿？

戴维斯 是的。

米克 睡得好吗？

戴维斯 很好。

米克 我很高兴。很高兴遇见你。

〔停了一下。

你说你叫什么？

戴维斯　詹金斯。

米克　再说一遍？

戴维斯　詹金斯！

〔停顿片刻。

米克　詹……金斯。

〔又一滴水砸在桶里。戴维斯抬头看了看。

你让我想起我叔叔的兄弟。那个家伙，他老是在旅游。从来都带着护照。对女孩子特别注意。身材很像你。有点像运动员。是个跳远能手。圣诞节时，他老在客厅周围做不同的助跑动作。他嗜好坚果。就那样，不是别的，就是嗜好而已。总是吃不够。花生米、核桃、巴西果，带壳花生，简直一块水果蛋糕都不愿碰。他有块很棒的秒表，是在香港弄的，是在他被赶出救世军的第二天搞到的。过去他在贝肯纳姆预备队排第四。在那之前，他还拿过金牌。他把小提琴背在背上的样子真可笑，像个小孩。我觉得他有点印第安血统。说实话，我一直弄不明白他怎么会是我叔叔的兄弟。我是说我叔叔是他兄弟，而他也是我叔叔。但我从不叫他叔叔。事实上，我叫他锡德。我妈妈也叫他锡德。

这很可笑。你和他简直一模一样。他娶了个中国人，到牙买加去了。

〔停顿一下。

我希望你昨夜睡得好。

戴维斯　听着！我不认识你！

米克　你睡哪张床？

戴维斯　往这儿看——

米克　噢？

戴维斯　那张。

米克　不是另外那张？

戴维斯　不是。

米克　真挑剔。

〔停顿一下。

你喜欢我的房间吗？

戴维斯　你的房间？

米克　是呀。

戴维斯 这房间不是你的。我不认识你。我以前从没见过你。

米克 信不信由你，你知道吧，你长得很像我以前在肖尔迪奇认识的一个家伙。事实上他住在阿尔恰特。我和一个堂弟住在卡姆登镇。那个家伙过去在芬斯伯里公园有个货摊，就在公共汽车站旁。认识他后我才知道他是在帕特尼长大的。这对我来说没什么区别。我认识好几个在帕特尼出生的人。即使他们不生在帕特尼，也是生在富布哈姆。唯一的问题是他不是出生在帕特尼，他只是在那儿长大的。后来发现他出生在喀里多尼亚大街，就在码头前边，他老妈还住在安吉尔。所有的公交车都从她门前经过。她可以乘 38 路、581 路、30 路或者 38A 从艾塞克斯路到多尔斯顿交叉口，非常快。嗯，当然，如果她乘 30 路，他可以到上条街接她，转过海布利拐角就到圣保罗教堂了，但她最后也能到多尔斯顿交叉口。我过去在上班路上经常把自行车放在她家花园里。嗯，挺有趣的。你和他太像了。就是他的鼻子稍大点，但收拾得倒挺干净。

〔停顿一下。

你昨夜睡在这儿？

戴维斯 嗯。

米克 睡得好吗？

戴维斯 很好！

米克 你晚上不得不起来吧？

戴维斯 没有！

〔停顿片刻。

米克 你叫什么？

戴维斯 （扭身，想站起来）喂！

米克 叫什么？

戴维斯 詹金斯！

米克 詹……金斯。

〔戴维斯突然移动了一下，想站起来。米克一声怒吼让他又缩了回去。

（吼道）你昨夜睡在这儿？

戴维斯 是的……

米克 （继续快速地）睡得怎样？

戴维斯 我睡得……

米克 睡得好吗?

戴维斯 喂——

米克 睡在哪张床上?

戴维斯 那——

米克 不是另外那张吧?

戴维斯 不是!

米克 挑剔。

〔停一下。

(平静地)挑剔。

〔停一下。

(重新变得和蔼可亲)你在那张床上睡得怎么样?

戴维斯 (愤怒地击向地板)很好!

米克 你不舒服?

戴维斯 (呻吟)我很好!

〔米克站起身,走向他。

米克 你是外国人?

戴维斯 不是。

米克 是在不列颠群岛出生长大的吗?

戴维斯 当然!

米克 他们教了你些什么?

〔停一下。

你喜欢我的床吗?

〔停一下。

那是我的床。你要注意别受风。

戴维斯 在床上吗?

米克 不,现在,起床后,笨蛋。

〔戴维斯留神看着米克,对方正转过身去。戴维斯爬向衣架,抓住他的裤子。米克迅速转过身,夺过裤子。戴维斯猛然冲过去抢夺。米克伸出手警告他。

你打算在这儿安营扎寨啊?

戴维斯 把裤子给我。

米克 你要在这儿安营扎寨?

戴维斯 把我的裤子给我!

米克 为什么给你，你要走吗?

戴维斯 给我我就走，我要去锡德卡普!

〔米克用裤子轻打了几下戴维斯的脸。戴维斯缩了回去。

〔停顿片刻。

米克 你知道，你让我想起以前碰到的那个家伙，就在吉尔福德旁道的另外一边。

戴维斯 我是被带到这儿的!

〔片刻停顿。

米克 你说什么?

戴维斯 我是被带到这儿的!我是被带到这儿的!

米克 被带到这儿的?谁带你的?

戴维斯 住在这儿的人……他……

〔片刻停顿。

米克 撒谎。

戴维斯 昨夜，我被带到这儿……我是在一家小餐馆碰到他的……我在那儿工作，我被解雇了……我在那儿工作……那小子把我从一场打斗中救了出来，带我到这儿，就把我带到这儿了。

〔片刻停顿。

米克 恐怕你天生就会撒谎，对吧?你是在和房东讲话呢。这是我的房间。你站在我的房间里。

戴维斯 是他……他看到了我……他……

米克 (指着戴维斯的床)那是我的床。

戴维斯 那又怎么样?

米克 那是我妈妈的床。

戴维斯 可是昨晚她又没在!

米克 (走向他)别得意，小子，别得意。离我老妈远点儿。

戴维斯 我没有……我又没有……

米克 别太过分，朋友，不要对我老妈太随便，我们都要些敬意。

戴维斯 我充满了敬意，你不会发现谁能比我更有敬意。

米克 好了，别跟我说这些谎话了。

戴维斯 好，你听我说，我从没见过你，是吧？

米克 我想你也从没见过我妈？

〔停顿一下。

我想我能断定出你是个老流氓。你就是个老无赖！

戴维斯 等——

米克 听着，小子。听着，小子。你真恶心。

戴维斯 你没权利——

米克 你把这地方弄得臭烘烘的。你这个老强盗，还有什么可说的。你是个老混蛋。你不属于这么一个好地方。你这个没教养的野蛮人。老实点。你无权在一个还没装修的公寓里乱逛。要是我愿意，这个房子我一周可以租七镑。明天就找个人租出去。一年下来总共是三百五十镑。别废话。我是说，如果你得出这个钱就别怕开口。你看，家具和其他设备，我只要四百或将近四百就行了。每年有九十镑的房产税。你可以估算一下水、电、暖气差不多也就五十镑。要是感兴趣，你也就花个八百九十镑。你开个口，我马上让我的律师给你起草个合同。否则的话，我的车就在外边，我可以在五分钟之内把你送到警察局，告你非法侵入，徘徊观望伺机作案，光天化日下抢劫、偷窃、做贼、把屋子弄臭。你说什么？除非你真有意思把这房子直接买下来。当然，我会让我哥哥先给你装修好。我有个哥哥，他是个第一流的装潢师。他可以给你装修。如果你想要更大的地方，顺着楼梯平台还有另外四间屋子，分别是卫生间、客厅、卧室和婴儿室，这间你可以当书房。我提到的这位哥哥，他正要动手装修其他房间呢。嗯，正要动手。你还有什么要说的？八百镑租这间或者三千镑包下上面整个楼层。另外，如果你想长期承租的话，我知道西哈姆有个保险公司，他们会很乐意帮你操作这项交易的。无附带条件、光明正大、无不良记录；百分之二十的利息、百分之五十的押金；首付、逾期支付、家庭津贴、红利分成、行为良好减免条款、六个月租期、每年审查相关档案、提供茶水、出售股份、利益外延、终止赔偿，对于暴动、民众暴乱、劳工动乱、暴风雨、风暴、雷电、偷盗、害虫等的全面理赔统经过反复核查。当然需要一份你私人医生签署的声明来证明你拥有必要的身体素质来承担责任，对不对？你钱存在哪家银行？

〔停顿一下。

你钱存哪家银行？

〔门开了，阿斯顿走进来。米克转过身放下裤子。戴维斯拿起裤子穿上。阿斯顿看了一眼。他们两人，走到自己床前，放下手中的包坐了下来，又开始修起那个烤面包机。戴维斯缩回墙角。米克坐在椅子上。

〔静悄悄的。

〔一滴水砸到桶里，三个人都仰起头。

你还让它漏着呢。

阿斯顿 嗯。

〔停顿一下。

屋顶漏。

米克 屋顶呀？

阿斯顿 嗯。

〔停顿一下。

我准备把它用沥青铺一下。

米克 你要用沥青铺一下吗？

阿斯顿 嗯。

米克 为什么？

阿斯顿 有裂缝。

〔停顿片刻。

米克 你准备用沥青铺屋顶的裂缝？

阿斯顿 嗯。

〔片刻停顿。

米克 你觉得行吗？

阿斯顿 行，暂时还可以。

米克 哦。

〔片刻停顿。

戴维斯 （突然间）你怎么办——？

〔阿斯顿和米克都看着戴维斯。

你怎么办……要是桶满了的话？

〔片刻停顿。

阿斯顿　倒掉。

〔片刻停顿。

米克　我刚才给我朋友说你要动手装修另外几个房间。

阿斯顿　是的。

〔停顿一下。

(向戴维斯说)我把你的包拿过来了。

戴维斯　哦。(走到阿斯顿跟前，拿过包)哦，谢谢，先生，多谢。他们把包给你了？

〔戴维斯拿着包回到原来的地方。

〔米克起身把包夺过去。

米克　这是什么？

戴维斯　给我，那是我的包！

米克　(架开他)我以前见过这个包。

戴维斯　那是我的包！

米克　(躲开他)这包很眼熟。

戴维斯　你什么意思？

米克　你从哪儿弄来的？

阿斯顿　(起身，走向他们俩)放开手。

戴维斯　那是我的。

米克　谁的？

戴维斯　我的！告诉他那是我的包！

米克　这是你的包？

戴维斯　把它给我！

阿斯顿　给他。

米克　什么？给他什么？

戴维斯　那个他妈的包！

米克　(把包塞到煤气炉后面)什么包？(问戴维斯)什么包？

戴维斯　(走过去)就在这儿！

米克　(面对他)你要去哪儿？

戴维斯　我要去拿……我的……

米克　小心点，小子！没人在的时候，你来敲门。别做得太过分了。你私闯民宅，乱翻东西。不要太过头了，小子。

〔阿斯顿拿起那个包。

戴维斯 你这个混蛋，小偷……你这个流氓，小偷……给我的……

阿斯顿 给你。（阿斯顿把包递给戴维斯）

〔米克夺过来。阿斯顿拿过去。

〔米克又夺过来。戴维斯伸手去抢。

〔阿斯顿拿过去。米克伸手去夺。

〔阿斯顿把包递给戴维斯。米克夺过去。

〔停顿一下。

〔阿斯顿又拿过来。戴维斯又拿过去。米克又夺过去。戴维斯伸手去抢。阿斯顿拿过去。

〔停顿片刻。

〔阿斯顿把包递给米克。米克把包递给戴维斯。

〔戴维斯从米克手中夺过去。

〔停顿片刻。

〔米克看着阿斯顿。戴维斯拿着包走开。

〔他放下包。

〔停顿片刻。

〔阿斯顿和米克看着他。戴维斯拿起包，走到床前，坐了下来。阿斯顿走到自己床前也坐下，他动手卷一支烟。米克静静地站着。

〔停顿片刻。

〔一滴水砸在桶里。三人都仰头看看。

〔停顿片刻。

你是怎样到温布利的？

戴维斯 哦，我没到那儿去。

〔停顿一下。

没到那儿。我去不了。

〔米克向口走去，离开房间。

阿斯顿 我去买那个线锯，运气有点不好。等我到那儿，锯已经卖掉了。

〔停顿片刻。

戴维斯 那个家伙是谁？

阿斯顿　我弟弟。

戴维斯　他是你弟弟？他有点爱开玩笑吧？

阿斯顿　嗯。

戴维斯　是的……他可真会开玩笑。

阿斯顿　他很有幽默感。

戴维斯　是的，我已经注意到了。

〔停顿一下。

那个家伙，他可真会开玩笑，你是知道的。

〔停顿片刻。

阿斯顿　嗯，他会……他会看到事情可笑的一面。

戴维斯　嗯，他是有幽默感，对吧？

阿斯顿　是的。

戴维斯　嗯，你是明白这一点的。

〔停顿一下。

我一见到他，我就发现他有自己看问题的方式。

〔阿斯顿站起身，走到碗柜抽屉那儿，拾起佛像，放在煤气炉上。

阿斯顿　我要为他装修这幢房子的上面一层。

戴维斯　什么……你是说……你是说这是他的房子？

阿斯顿　是呀。我要给他装修这个平台。在这儿弄一个公寓。

戴维斯　他是做什么的？

阿斯顿　从事建筑行业。他有自己的货车。

戴维斯　他不住这儿吧？

阿斯顿　一旦我把外面的棚子搭好……我会把这个公寓弄得很好。也许我很快就会弄出一两样东西。（他走到窗前）你看，我能用手干活。这是我能做的事情。过去我不知道自己能做什么。但现在我能用手干各种活儿。你知道，是手工活儿。等我把外面的棚子搭好……我就有工作间了。我……会做一点木工。从简单的木工开始。用……好木头。

〔停顿一下。

当然，这儿有很多活儿要干。我想，我想在平台上其中的一个房间里……装上隔板。我觉得应该行。你知道……在东方……你知道……他们有屏风。那些东方人用屏风把房间隔开。把房间隔成两半。我也能那样做或者我可以装上隔板。你看，要是我有个工作间的话，我会很快做好。

〔停顿一下。

不管怎样，我都觉得应该把房间隔一下。

〔停顿片刻。

戴维斯 噢。喂，我觉得这不是我的包。

阿斯顿 嗯，不是你的。

戴维斯 不是，这不是我的包。你看，我的包是另外一种样子。我就知道是他们干的。是那些人干的，他们拿了我的包，然后给了你一个别的。

阿斯顿 不……事情是这样的，有人拿着你的包走掉了。

戴维斯 (站起身)我说的没错！

阿斯顿 总之，我从别的地方买下了这个包，里面也装着……几件衣服。整个包卖给我很便宜。

戴维斯 (打开包)有鞋子吗？

〔戴维斯从包里拿出两件格子衬衣，一件鲜红，一件亮绿。他手拿着衬衣。格子的。

阿斯顿 是的。

戴维斯 哦……我知道这种衬衣。这样的衬衣在冬天不耐穿。我是说，这是我敢确定的事情。我不要这些，我需要的是一种条纹衬衣，很结实，带有向下的条纹。那才是我需要的。(他从包里拿出一件暗红色天鹅绒吸烟服)这是什么？

阿斯顿 吸烟服。

戴维斯 吸烟服？(摸了摸)这件衣服不错。我要看看合不合适。

〔他试了试。

你这儿没有镜子吧？

阿斯顿 没有。

戴维斯 哦，还挺合适。你觉得看起来怎么样？

阿斯顿 很好。

戴维斯 哦，那我就穿了。

〔阿斯顿拿起插头检查。

嗯，那我就穿了。

〔停顿片刻。

阿斯顿　如果你愿意随适，你可以……在这儿做个看门人。

戴维斯　你说什么？

阿斯顿　如果你愿意……你可以……照看这个地方。你看，你就负责楼梯、平台、前面的台阶，把铃儿都擦亮。

戴维斯　铃儿？

阿斯顿　我要在前门装几个铃，要黄铜的。

戴维斯　看门人？

阿斯顿　嗯。

戴维斯　哦，我……我以前从没做过看门人，你知道……我是说……我从来……我是说……我以前从没当过看门人。

〔停顿片刻。

阿斯顿　那你觉得做看门人怎么样？

戴维斯　哦，我想……哦，我想……你知道……

阿斯顿　什么样的……

戴维斯　哦，什么样的……你知道……

〔停顿片刻。

阿斯顿　好吧，我的意思是……

戴维斯　我的意思是，我要……我要……

阿斯顿　哦，我想告诉你……

戴维斯　那……那……你知道……你懂我的意思吗？

阿斯顿　到时……

戴维斯　我是说，那就是我所指的，你知道……

阿斯顿　大概要你……

戴维斯　你看，我要说的……我要说的……我是说，什么样的工作……

〔停顿片刻。

阿斯顿　哦，比如像楼梯……还有……铃……

戴维斯　可是需……需不需要……弄把扫帚？

阿斯顿　嗯，当然得要。你也需要有几把刷子。

戴维斯　你需要工具……你看……你需要好些工具……

〔阿斯顿从床上方钉子上取下一件白色罩衫，让戴维斯看看。

阿斯顿 如果你愿意，你可以穿上这个。

戴维斯 哦……挺好，不是吗？

阿斯顿 它能挡灰。

戴维斯 （穿上罩衫）嗯，好吧，它能挡灰。很好。多谢，先生。

阿斯顿 你知道，我们要做的，我们要……我要在前门外的下方装一个铃，上面标上“看门人”字样，然后你就可以应答所有的问题了。

戴维斯 哦，我不懂这个。

阿斯顿 怎么不懂？

戴维斯 哦，我是说，你不知道谁会从前面的台阶过来，不是吗？我要小心点。

阿斯顿 怎么，有人找你麻烦？

戴维斯 找我麻烦？哦，那个苏格兰混蛋可能会来找我吧？我要做的是，听到铃响后就下去开门。谁会来，任何人都可能来。我可能很快就会累得要死，伙计。他们可能会按照我的卡来找我，我的意思是，你看？我的卡上只有四个戳，看，只有四个戳，就这么几个，一个也不多，就这几个。他们按铃叫“管家”，然后就会抓住我，他们会这样做的，当然我还有很多别的卡片，但他们却不知道这些，我也不会告诉他们，我会吗？那样的话，他们就会发现我一直用的是假名。你知道，我的真名不是我现在用的这个。你知道，我没用我的真名。它和假名不一样。你知道，我现在用的不是我的真名。是个假名。

〔四周鸦雀无声。

〔灯渐渐暗了。

〔窗外微微透过一丝光。

〔门咣的一声。

〔门口传来钥匙的声音。

〔戴维斯走进来，关上门，按着灯的开关，打开，关上，打开，又关上。

戴维斯 （小声嘀咕着）怎么搞的？（他打开开关，又关上）这该死的灯是怎么回事？（他打开开关，又关上）啊。别跟我说这该死的灯现在要灭了。

〔停顿一下。

怎么办？这该死的灯现在要灭了。什么也看不见了。

〔停了一下。

现在怎么办？（他走动着，绊了一下）啊，老天，什么东西？开下灯。等一下。

〔他在口袋里摸火柴，掏出一盒，划了一根。火柴灭了，火柴盒掉到了地上。

啊！掉哪儿了？(弯下腰)那盒该死的火柴掉哪儿了？

〔火柴盒被他踢了一下。

什么东西？什么东西？是谁？什么东西？

〔停了一下。他开始走动。

火柴盒在哪儿呢？刚才掉这儿的。谁？谁在走动？

〔一片寂静。

喂，谁？谁拿了我的火柴？

〔停顿片刻。

谁在这儿！

〔停顿片刻。

我有刀。我拿着刀呢。喂，是谁？

〔他向前走，被绊了一下，跌倒在地，大叫起来。

〔四周鸦雀无声

〔戴维斯小声咕哝了一下，爬起身。

还行！

〔他站在那儿，喘着粗气。

〔突然，吸尘器嗡嗡地响起来。有个身影操纵着吸尘器，来回移动着。吸尘器的喷嘴紧跟着戴维斯，在他身后的地板上移动着。戴维斯蹦起来，跳着脚躲避喷嘴，摔倒在地，累得上气不接下气。

啊，啊，啊，啊，啊，啊！走开——！

〔吸尘器停了一来。那个人跳到阿斯顿的床上。

来呀！我……我……我……在这儿！

〔那个人把吸尘器插头从电灯插座里拔出来，把电灯插上。灯亮了，戴维斯紧贴在右面墙上，手里拿着刀。米克站在床上，手上拿着插头。

米克　我刚在大扫除。(他跳下床)过去墙上有个吸尘器插头，但不好用了，我不得不把吸尘器插在电灯插座上。(他把吸尘器塞到阿斯顿床下)你觉得这地方怎么样？我刚才把这儿好好整理了一下。

〔停顿片刻。

我和哥哥轮流打扫，半个月一次，把这儿彻底整理一下。我今晚干得有点晚了，我也是刚到。但我觉得我最好还是打扫一下，毕竟轮到我了。

〔停顿片刻。

其实我不住这儿。我住在别处。但我毕竟负责这个房子的维修保养，忍不住要整理整理。

〔他走向戴维斯，指了指那把刀。

你舞着它干什么？

戴维斯 你靠我那么近……

米克 要是我吓着你了，对不起。但是你知道我没把你忘了。我是说，我记着我哥哥的朋友。我们要考虑到你，对吧？不能让你吸灰尘。顺便问一下，你打算在这儿住多久？事实上，我准备建议降低你的房租，只名义上收一点，直到你安顿下来。只是名义上收一点房租，仅此而已。

〔稍事停顿。

当然，如果你要是太难缠的话，我会重新考虑整件事情的。

〔稍事停顿。

哦，你没准备对我动粗吧？你不是那种暴力型的吧？

戴维斯 （激烈地）我谁也不惹。但如果谁要冒犯我，他们明白自己会得到什么。

米克 我相信。

戴维斯 你明白了。我说完了。你懂我的意思吧？我不介意偶尔开个玩笑，但你要明白……没人惹我的。

米克 嗯，我明白。

戴维斯 你可以逼我……可是……

米克 不能太过分了。

戴维斯 是的。

〔米克直接坐在垃圾上。

你干什么？

米克 不干什么。我只想说……我对刚才的话很感动。

戴维斯 哦？

米克 你刚才的话很打动我。

〔停顿片刻。

是的，很感人。

〔停顿一下。

总之，我很感动。

戴维斯 你明白我刚才说的话？

米克 嗯，我明白。我觉得我们之间彼此很了解。

戴维斯 噢？哦……我觉得……我……我愿意这么想。你知道，你一直都在耍我。我也不知道为什么，我从没得罪过你。

米克 没有，你没得罪过我。但你知道为什么？我们一开头就很不对劲。就这样。

戴维斯 唉！是呀。

〔戴维斯和米克一块坐在垃圾上。

米克 要三明治吗？

戴维斯 你说什么？

米克 （从口袋里掏出一块三明治）来一块吧。

戴维斯 别糊弄人。

米克 没有。你还是不理解我。我对我哥哥的任何朋友都很感兴趣。我是说，你是我哥哥的朋友，对吧？

戴维斯 嗯，我……我不能这么说。

米克 那你不觉他很友好吗？

戴维斯 哦，我还不能说我们是朋友。我的意思是，他并没得罪我，但我不能说他是我的朋友。三明治里是什么？

米克 奶酪。

戴维斯 我喜欢。

米克 吃一块吧。

戴维斯 谢谢，先生。

米克 听你说，我哥哥不太友善，我挺难过的。

戴维斯 他很友善，他很友善，我没说他不……

米克 （从口袋里掏出一个盐瓶）要盐吗？

戴维斯 不要，谢谢。（他大声嚼着三明治）我只是……弄不懂他。

米克 （在口袋里摸着）忘了带胡椒了。

戴维斯 只是弄不懂他，就这些。

米克 我还有点甜菜根。不知放哪儿了。

〔停顿片刻。

〔戴维斯嚼着三明治。米克看着他吃。然后米克站起身，朝舞台前方走去。

哦……听着……我能向你请教一下吗？我是说，你阅历深。我能请教你一些事情吗？

戴维斯 请便。

米克 嗯，你看，是这样的，我……我有点担心我哥哥。

戴维斯 你哥哥？

米克 是呀……你知道，他的毛病是……

戴维斯 你说什么？

米克 哦，说这些不太好……

戴维斯 （起身，走到舞台前方）接着说，你说啊。

〔米克看着他。

米克 他不喜欢工作。

〔停顿片刻。

戴维斯 说下去！

米克 他不喜欢，他就是不喜欢工作，这就是他的毛病。

戴维斯 是真的？

米克 说自己哥哥的坏话真不好。

戴维斯 唉。

米克 他就是怕干活。非常怕。

戴维斯 我知道这种人。

米克 你知道这类人？

戴维斯 我见过。

米克 我的意思是，我想让他融入社会。

戴维斯 这是顺理成章的事，老兄。

米克 假如你有个哥哥，你也会推着他往前走的，你也想看到他自力更生。你不能让他老闲着，那只会害了他自己。这就是我要说的。

戴维斯 对。

米克 但他就是不认真工作。

戴维斯 他不喜欢干活。

米克 怕干活。

戴维斯　听起来挺像我的。

米克　你碰到过这种类型的人吧？

戴维斯　我？我知道这种人。

米克　哦。

戴维斯　我知道这种人，我碰到过。

米克　这让我很烦。你知道，我是个有工作的人，我是个生意人。我有自己的货车。

戴维斯　这是真的吗？

米克　他在给我干点活儿……我让他在这儿干点活儿……可是我不知道……我推断他是个干活很慢的人。

〔稍事停顿。

你看该怎么办？

戴维斯　哦……你哥哥，他是个可笑的家伙。

米克　你说什么？

戴维斯　我是说，你哥哥，他是……他是个有点可笑的家伙。

〔米克瞪着他。

米克　可笑？为什么这么说？

戴维斯　哦……他是可笑……

米克　他哪点可笑了？

〔片刻停顿。

戴维斯　不喜欢干活。

米克　这有什么可笑的？

戴维斯　没什么。

〔片刻停顿。

米克　我不认为是可笑。

戴维斯　我也不认为。

米克　你不想变得吹毛求疵吧。

戴维斯　不，不想。我不是那样的人，我不是……我是说……

米克　别那么油腔滑调。

戴维斯　你瞧，我不过是说——

米克　打住吧！（尖锐地）看！我对你有个建议。我在考虑接手管理这个地方，明白吗？

我想让这儿进行得更快一些。我有很多想法，很多计划。(他注视着戴维斯)你愿意留在这儿做一名看门人吗？

戴维斯 你说什么？

米克 我对你非常开诚布公。我想找个像你这样的人，在这儿照管一下事情。

戴维斯 哦……等等……你知道，我……我以前从没做过看门人……

米克 不要紧。你看起来刚好就是我要找的那种有才能的人。

戴维斯 我是挺有能力的。我是说，你知道，我一生中有很多机会，从来都是。

米克 嗯，当你掏出刀子时，我能看出以前的你是什么样。你不会受任何人的摆弄的。

戴维斯 没人摆弄我，老兄。

米克 我的意思是，你一直都从事服务性行业吧？

戴维斯 什么行业？

米克 你一直都待在服务性行业里，从你站立的姿势可以看出来。

戴维斯 哦……对。我半辈子都干那个，老兄。在国外……我也是……干服务行业……

米克 你去过殖民地吗？

戴维斯 去过。我是首批去那儿的人之一。

米克 这就对了。你正是我要找的人。

戴维斯 做什么？

米克 当看门人。

戴维斯 哦，好的……不过……听我说……谁是这儿的房东，他还是你？

米克 我，我是。我有契据能证明这一点。

戴维斯 啊……(果断地)好吧，听着，我不介意干点看管房子的活儿，我也不介意为你照顾好这个地方。

米克 当然，我们要达成一个小小的金钱上的协议，对双方都有利。

戴维斯 留给你弄吧。

米克 谢谢。还有一件事。

戴维斯 什么事？

米克 能把你的证明给我吗？

戴维斯 哦？

米克 只是给律师看看。

戴维斯 我有很多证明材料。我要做的就是明天去锡德卡普，我所有的证明都在那儿。

米克 什么地方？

戴维斯 锡德卡普。他不仅拿着我的证明，也拿着我所有的文件。对那个地方，我了如指掌。总之，我要去那儿，你明白我的意思吧，我要去那儿，否则我就完了。

米克 也就是说如果我们想要，我们随时可以得到这些证明。

戴维斯 我跟你说，我哪天都能去。今天我就准备去，可是我在……我在等天气转好。

米克 哦。

戴维斯 听着。你不能给我弄双好鞋吗？我很需要一双好鞋子。没有好的鞋子，我哪儿也去不了，懂不懂？你觉得能给我弄一双吗？

〔灯光转暗。

〔灯亮了。早晨。

〔阿斯顿正往长内衣外套裤子。他做了个小小的鬼脸。向床头望望，他从横杆上取下条毛巾，挥了挥。阿斯顿垂下毛巾，走向戴维斯，把他叫醒。戴维斯一下子坐起来。

阿斯顿 你说让我叫你起床的。

戴维斯 干什么？

阿斯顿 你说你要去锡德卡普。

戴维斯 啊，如果我到了那儿，就太好了。

阿斯顿 看起来天不好。

戴维斯 哦，嗯，很快会变好吧？

阿斯顿 我……我昨晚睡得还是不好。

戴维斯 我也睡得不好。

〔停顿片刻。

阿斯顿 你弄出……

戴维斯 睡得很糟。夜里下了点雨吧？

阿斯顿 就下了一点。

〔阿斯顿回到床前，捡起一块木板，开始用砂纸打磨。

戴维斯 感觉下了，雨打到我头上了。

〔停顿一下。

风也正好吹到我头上。

〔停顿一下。

你难道就不能把麻袋后的窗户关上吗？

阿斯顿 想关也不行。

戴维斯 那，那怎么办？雨正打在我头上。

阿斯顿 要透点气。

〔戴维斯下床，穿上裤子、背心和马甲。

戴维斯 （穿上凉鞋）听着，小子，我一生都风里来风里去的。你不用跟我说透什么风。我要说的是，我睡着时，从那个窗户刮进来太多的风。

阿斯顿 窗子不开，房间会很闷。

〔阿斯顿走到椅子前，把木板放在椅子上，继续用砂纸打磨。

戴维斯 好吧，但是你听着，你不明白我跟你说的话。那该死的雨直接打在我头上了，伙计。让我睡不好。受了风，淋了雨，我会重感冒的。这就是我要说的。关上窗子，这样谁也不会感冒了，我说的就是这个。

〔停顿片刻。

阿斯顿 窗子关着，我没法在这儿睡。

戴维斯 好吧，但我怎么办？对于我，你……你说怎么办？

阿斯顿 你不会掉个头睡吗？

戴维斯 你什么意思？

阿斯顿 你脚朝着窗户睡。

戴维斯 那有什么用？

阿斯顿 雨就不会打在你头上了。

戴维斯 不，我不能那样睡。我不能那样睡。

〔稍停。

我是说，我习惯这样睡。该改变的不是我，是那扇窗。你瞧，下雨呢，看，正下着呢。

〔片刻停顿。

阿斯顿 我准备到金鹰路散个步，和那儿的一个人谈谈。他有座锯台。我觉得那锯台看起来不错，但对他来说没多大用。

〔稍停。

我要到那儿散个步。

戴维斯 听着。这关系到我到锡德卡普的行程。哦，现在关上窗子怎么样？雨要进来了。

阿斯顿 暂时关上吧。

〔戴维斯关上窗子，看看外边。

戴维斯 那个帆布下面是什么？

阿斯顿 木材。

戴维斯 做什么的？

阿斯顿 搭棚子用的。

〔戴维斯坐在床上。

戴维斯 你还没找到要给我穿的那双鞋吧。

阿斯顿 哦，还没有。我看看今天能不能买一双。

戴维斯 我不能穿着这鞋出去吧？我甚至不能出去喝杯茶。

阿斯顿 这条街上有家小咖啡馆。

戴维斯 可能有一家，伙计。

〔阿斯顿说话的工夫，房间渐渐变暗。

〔话音快落时，只有阿斯顿一个人清晰可见。

〔戴维斯和其他东西都在阴影中。光线必须渐渐变暗，尽量慢一点，尽量显得自然。

阿斯顿 我过去常去那儿。哦，好几年前。但后来我不去了。我过去很喜欢那个地方。在那儿消磨了很多时间。那是在我离开之前。在那之前。我觉得那个地方和我的离开有很大关系。他们都比我大得多。但他们常听我说话。我觉得……他们懂我的话。我是说我过去常和他们说话。我说得太多了。那是我的错误。在工厂，我犯了同样的错误。我过去老站在那儿，或者在休息时……滔滔不绝。那些人，不论我什么时候……讲话，他们就听我说。这没错。问题是我过去有种幻觉。他们没有幻觉，他们……我常感觉看东西……非常清楚……一切……都那么清楚……一切都……一切都非常安静……一切都非常安静……一切都……安静……并且……这种清晰的视觉……它……不过可能我错了。总之，有人肯定说了什么话。我不知道说的什么。于是……某种谣言大概就传播开了。于是谣言四起。我觉得人们变得很滑稽。在那个咖啡馆，在工厂。我不明白。然后有一天，他们把我送进医院，就在伦敦外边。他们……把我送到那儿。我不想去。总之……有好几次，我都试图出去。但……不容易。在那儿，他们问我问题。把我弄进去，问我各种问题。于是，什么时候他们想知道……我的想法……我就告诉他们。嗯。然后有一天……那个人……大概是个大夫……是个头儿……他很有声望……尽管我对此不太确定。他来看我。他说……他告诉我我有问题。他说他们的检查有了结论。这是他说的。然后他让我看一摞纸说我有问题，有某种病。你知道，他是那样说的。你长了……这个东西。那就是你的病。我们决定，他说，为你考虑，我们只能采取一种方式。他说……但我不能……确切地记得……他怎样说的……他说，我们要对你的头做手术。他说……如果我们不做，你就要终生待在这儿。但如果我们做了，你就有希望了。你能出去，他说，和其他人一样正常生活。你要对我的头做些什么，我问他。但他只是重复着刚才的话。好吧，我也不是傻瓜。我知道我还未成年。我知道如果不经许可，他们不能对我做任何事。我知道他得经过我母亲的同意。于是我写信给她，告诉她这些人要做的事。但她在表格上签了字，你瞧，同意他们那样做。我知道这些，是当我提到这一点，他就让我看了我母亲的签字。于是，那天夜里，我试图逃出去，就在那天夜里。我花了五个钟头锯那个病房窗户上的一根窗棂。就在黑暗中。他们每隔半小时就用手电筒照一下病床。我把时间掐得好好的。然后就快成功了，有个人……他突发歇斯底里，就紧挨着我。总之，他们抓住了我。大约一周后，他们开始前来对脑子做这个手术。我们这个病房里的都要做。他们每次过来做一个。一晚上做一个。我是最后一个。于是我能清楚地看到他们对其他人做了什么。他们来时常带着……我不知那是什么东西……看起来像大钳子，上面有电线，电线一头连着一台小机器。机器是电动的。他们常把人摁倒，那个主治……主治大夫就像戴耳机一样把钳子卡到病人头颅两侧。有人操纵着机器，你知道，接着，他……他就把机器打开，那个主治大夫就把钳子往病人的头颅两侧压，并且让钳子一直都固定在那儿。然后他把钳子拿掉，他们就把病人蒙上……很久以后，他们才会再去碰他。一些人会反抗，但大多数都很顺从。他们就躺在那儿。然后，他们就来到我跟前。那天夜里，他们来了，我起身贴墙站着。他们让我躺回床上去。我知道他们得让我躺回去，如果我这样站着让他们做手术，他们会把我的脊椎骨弄断。因此我就站着。然后一两个人就朝我走来，那时我年轻，比现在壮得多，我当年相当强壮，一下就把其中的一个放倒在地，另一个也被我抓住喉咙，突然，那个主治大夫用钳子卡住我的头颅。我明白当我站着的时候，他不应该动手的，这就是我为什么……总之，他动手了。后来，我就出来了。我离开了那个地方……但我走路不很顺当。我想我的脊柱骨没受伤。它完全正常。问题是……我的思维……变得非常迟钝……我完全不能思考了……我不能……把……我的思想……集中……唉……我……再也不能集中……思想了。问题是我听不到别人在说什么。我不能向左右看，我得直直地望着正前方。如果我扭头……我就站……不住。我还头痛。过去我老坐在房间里不出去。那时我和母亲住在一起。哦，还有我弟弟。他比我小。我把房间里的一切东西都收拾得井井有条，以备陪葬，我所有的东西，可是我没有死。问题是，我应该死的。我应该死的。无论如何，我现在感觉好多了。但我如今不和别人说话了。我避开像那家咖啡馆一类的地方。我再也没去过那些地方。我不和任何人说话……就像这样。我常想我要回去，尽力找到向我动手的那个人。但我想先把一些事情做完。我想在外边花园里搭一个棚子。

（[英]哈罗德·品特：《看门人》，王改娣译，

见《外国戏剧百年精华(下)》，北京，人民文学出版社，2005）

作品解析

《看门人》中阿斯顿与米克是兄弟，戴维斯受阿斯顿救助，按说亲情加感恩，会使他们融洽相处，但实际情形并非如此。在狭窄憋屈的房间里，三人相互提防，彼此争夺，上演了一场权力之战，人人都受到裹胁和威迫。

阿斯顿为流浪汉戴维斯提供住处本是一个义举，但戴维斯并没有心生感激，而是得寸进尺，甚至想联合米克将阿斯顿赶走。这激怒了阿斯顿，终于向他发出了逐客令。事实上，这里的权力之争是一种非理性的本能力量，一种内在的冲突。房间里的所谓权力之争是指争夺对对方的控制权，争夺对事物的所有权，甚至只是争占说话的上风。没有激烈的双方冲突，没有深谋远虑的计谋，人物在不动声色、轻描淡写中，在无主题的闲聊中表达这种权力之争。争夺之事也并不明确或者并不重要，但这种权力之争对对方形成威逼、胁迫之势，因“争”而造成的心理影响和威胁效果影响深远。这也是品特在早期作品中一再揭示的人们日常生活中的焦虑不安和被威胁感。

除权力之争外，由于人物对话提供的不可靠信息而引发的模棱两可的歧义也加深了这种被威胁感。剧中三位主人公的对话充满了不可靠的信息。戴维斯究竟叫什

么名字？出生在哪里？这些都很难从他断断续续的片言只语中获得。戴维斯对他的身份问题的躲闪、回避甚至编造使得米克不断试探他、激怒他。换句话说，戴维斯提供的模棱两可的信息在客观上增加了米克的不安和惶恐，构成了对米克和阿斯顿的潜在威胁。

除了戴维斯外，我们也不清楚阿斯顿和米克是什么身份，他们靠什么生活。戴维斯进入一个陌生环境，不明白阿斯顿兄弟俩对他的期待，他没有身份证明，失去了过去，深陷荒诞的处境，时时感到恐惧和不安。

《看门人》向读者揭示了一个阴郁、单调的世界，人物都是受损者和孤独者。但自从戴维斯进了阿斯顿的房间，米克和阿斯顿就开始分别用自己的方式接近戴维斯，了解戴维斯，努力与他交流。阿斯顿对戴维斯充满了友善。阿斯顿的信任和真诚没有换来戴维斯的友谊。随着对两兄弟的了解，戴维斯发现房间真正的主人是米克，并且米克想请他做看门人，而他居然想赶走阿斯顿独占房间。

戴维斯的确不识好歹，忘恩负义。但另一方面，在整出剧中戴维斯与两兄弟就没有过成功的交流。戴维斯在这个陌生而奇怪的地方，无法进行正常地交流，不知道对方的意图。在这种情形下当事人一般会凭借自己的经验，将对方的任何举动都放大、变形、误读。戴维斯与他熟悉的世界失去了联系，周围的一切都是陌生的，又无法了解，他犹如没头的苍蝇四处碰壁，看不清情势。为了保住可怜的暂栖之地，他见风使舵、搬弄是非，结果与两兄弟交流失败，失去了唯一的暂居之地，也失去了阿斯顿的友谊。

由于人物行动的动机不明，身份不清导致戴维斯与米克和阿斯顿的交流失败。三人都没有实现自己的愿望最后各自又重新回到了戏剧的起点，又回到了孤独的状态。

传统的戏剧语言是再现和模仿的“媒介”，是传情达意的工具，而品特的语言恰恰构成了交流的障碍。借着交流的被阻隔，语言本身成为戏剧冲突的根源，从而推动了剧情的发展。

品特与其他荒诞派戏剧家最大的不同，是他的戏剧语言从不虚空高蹈，书生意气，而是取自原生态的生活口语。他利用生活口语即兴表达的特点，颠覆书面语言的明晰性和逻辑性。他的戏剧中的人物对话不断重复、游移、省略、停顿、静默，还大量使用助词、叹词、拟声词以及含混的指示代词。这些语言虽有粗糙和破碎之嫌，但经过品特的重新组合，被置于独特的戏剧情景中，焕发出独特的光彩，反映了现实的破碎性和荒诞性。

人物对话来源于生活，为什么剧作却有一种不可捉摸或模棱两可的神秘感呢?要理解品特的语言，不能只听人物所说的话，要理解其中的潜台词，即言外之意。品特剧中大量使用的潜台词，包含复杂隐秘的未尽之言与言外之意，说明了他剧作模棱两可的风格。

品特剧中模棱两可的歧义、荒诞感、被胁迫感和交流的失败不仅是他写作的策略，也是他创作的目的。品特不愿让读者和观众成为受剧作家摆布的木偶，他要打破传统戏剧中由剧作家全知全能而营造的“幻觉”。他尽力呈现生活的本来面貌，读者和观众要通过自己的思考去探索和揭示生活的真相。如果我们跟随品特去探索生活的真相，从中看到的就是在扭曲的荒诞感后面顽强的生命力，体会到的就是生活中知其不可为而为之的苦涩与坚韧。

参考书目

Bernald F. Dukore, *Harold Pinter*, London, MacMillan, 1982.

Martin Esslin, *The Peopled Wound*, New York, Doubleday, 1970.

Penelope Prentice, *The Pinter Ethic: the Erotic Aesthetic*, New York, Garland, 1994.

何其莘:《英国戏剧史》，南京，译林出版社，1999。

马丁·埃斯林:《荒诞派之荒诞性》，见伍蠡甫编:《现代西方文论选》，朱光潜译，上海，上海译文出版社，1983。

(谢江南撰稿)

第六章　洛琳·汉斯伯里《阳光下的葡萄干》导读

作家作品简介

洛琳·汉斯伯里[①]（1930—1965）是第一位在百老汇上演剧作的非裔女性剧作家，在美国戏剧界享有重要地位。

汉斯伯里生于芝加哥，是家里四个孩子中年龄最小的。她的父亲卡尔·汉斯伯里是一位成功的房地产经纪人，同时也是一位活跃的民主党成员，是芝加哥城市联盟和美国全国有色人种协进会的支持者，在芝加哥政治社团颇具知名度。尽管家境优渥，但根据当时芝加哥的《限制房地产法案》，汉斯伯里一家和所有黑人一样只能住在芝加哥南区的贫民区。1938 年，汉斯伯里的父亲置法案于不顾在一个白人社区买了一所住房，这激起了社区里的白人邻居的愤怒，有些白人甚至像暴民一样朝她家窗户扔砖头，用不堪的词汇大声辱骂他们。为了争取体面地在白人社区居住的权利，她的父亲开始了一系列民权诉讼，在伊利诺伊州法院诉讼以失败告终之后，在美国全国有色人种协进会的支持下，他继续上诉至美国最高法院，最终打赢了官司。1946 年，汉斯伯里的父亲去世了，汉斯伯里后来说道："美国的种族主义加速了他的死亡。"青少年时期的经历深深烙印在汉斯伯里的脑海里，给她带来痛苦的同时，也坚定了她对抗种族歧视的决心。在纽约读大学期间，汉斯伯里开始在黑人演员保罗·罗伯逊创办的月刊《自由》兼职做记者和编辑。20 世纪 60 年代初，汉斯伯里以著名剧作家的身份拥护民权运动，为非裔美国人的民主权利而斗争。

1965 年，汉斯伯里因胰腺癌逝世，时年仅 35 岁。她一生创作了多篇文章、诗歌、演说词，而她取得最大影响力的当属戏剧作品。汉斯伯里的第一部戏剧《阳光下的葡萄干》出版于 1959 年，在百老汇一经上演便引起了强烈反响，《纽约时报》甚至

---

① 对于 Lorrain Hansberry 的中文译名，评论界译法不一。由于本文选段取自谢毅珺、周国庆的译本，所以全文统一译为"洛琳·汉斯伯里"。

有评论称这部话剧“永远地改写了美国的戏剧史”。凭借这部戏剧，汉斯伯里还获得了纽约戏剧评论协会奖，成为第一位获此殊荣的黑人女性，同时也是最年轻的获奖者。由于罹患癌症，她另外只完成了一部长篇剧作《西德尼·布鲁斯坦窗上的标帜》(1964)便与世长辞了。她的其他作品，如《一位才华横溢的黑人青年》(1969)和《白种人》(1970)等，则由她的文学代理人涅米洛夫在她去世后整理出版。虽然汉斯伯里英年早逝，戏剧作品数量并不多，但她依然是美国戏剧界不可忽略的代表，更为非裔女性作家进入主流美国戏剧界开拓了道路。作为非裔美国人的一员，汉斯伯里切身体会了黑人在白人主导的国家里生活的艰辛与挣扎。她在戏剧作品中描绘了黑人群体真实的生活状态，传达着她对社会深刻的反思和诉求。

《阳光下的葡萄干》是汉斯伯里的第一部戏剧作品，也是她最重要的作品之一。剧本围绕着一笔人寿保险金展开，讲述了一个发生在芝加哥黑人家庭的故事。杨格父亲去世后，保险公司寄来了一张一万美元的支票，这张支票点燃了全家人实现梦想的希望。母亲想用这笔钱搬离贫民窟，买一套新房子；女儿贝妮莎梦想着用这笔钱上医学院，成为一名救死扶伤的医生；儿子沃特·李则想用这笔钱和朋友创业开酒吧，以此摆脱窘迫的生活，跻身上流社会。最终母亲用三千五百美元在一个白人社区付了一套房子的首付，剩下的给了沃特，叮嘱他一部分用来创业，另外一部分存进银行。然而沃特没有听从母亲的吩咐，把钱全都给了他的合伙人，结果合伙人携款潜逃了。全家人的梦想瞬间被浇灭，生活跌入谷底。同时，在白人社区买房也困难重重。贫民窟的黑人邻居出言嘲讽，白人社区更是派了代表阻挠他们搬入新家。杨格一家在经济上和心理上都遭遇了巨大的挫折。然而，在母亲的鼓励下，全家人最终相互支撑着，鼓起勇气面对现实，坚持搬进了新家，以积极的心态迎接新生活，而贝妮莎也决定随她的爱慕者阿萨盖远走非洲，去那里实现行医的梦想。

作品节选

阳光下的葡萄干

人物(按出场顺序)

露丝·杨格

乔治·默奇森

崔维斯·杨格
约翰逊太太
沃特·李·杨格
卡尔·林德纳
贝妮莎·杨格
大波
莉娜·杨格(妈妈)

第 二 幕

搬家工人约瑟夫·阿萨盖一周后的礼拜六，搬家日

第三场

时间：一周后的礼拜六，搬家日。

幕起前，露丝的歌声率先打破了寂静，她的声音粗壮而富有激情，像是吟唱教堂圣歌的女低音歌手。

在黑暗中，这歌声是一首激情澎湃的胜利凯歌，表达了深深的期盼："哦，上帝，我不曾觉得辛苦！神的子民赞美上帝的荣耀，哈利路亚！"

幕起时，我们可以看到露丝一个人在客厅里，正在为家里的打包工作收尾。今天是搬家的日子。她正在钉木箱、捆纸盒。贝妮莎拿着一个吉他盒子上场，看着她兴高采烈的嫂子。

露丝 嗨!

贝妮莎 (放下吉他盒)嗨。

露丝 (指着一个盒子)亲爱的——看看那个盒子里面，看我今天早上在南区中心市场发现什么打折货了。(露丝站起来走到盒子边，拿出几幅窗帘)快看——手工翻的褶边呢!

贝妮莎 你怎么知道那边窗户的尺寸?

露丝 (没想到这一点)哦——没事，总之屋里肯定能用上。不管怎么说，这么便宜的好东西肯定不能错过。(露丝突然想起了什么，拍了一下自己的脑袋)哦，贝妮——我本来准备专门在那边那个纸箱上贴个字条的。那是你妈妈的宝贝瓷器，她希望他们搬的时候要特别小心。

贝妮莎 我来弄吧。

贝妮莎找到一张纸，开始在上面写上大大的字。

露丝　你知道我到新房子里要做的第一件事是什么吗？

贝妮莎　什么？

露丝　亲爱的——我要给自己放上这么高一浴缸水……（手指快要比到鼻尖）然后坐进去——就这么坐在热水里……一直坐……一直坐，直到有人来敲门催我，我再出来——

贝妮莎　然后天一亮就被枪击了。

露丝　（高兴地笑）说得对，老妹！（注意到贝妮莎正心不在焉地写着大大的字）亲爱的，他们又不是要从飞机上看。

贝妮莎　（也兀自笑起来）不知怎么地，我总觉得东西越大，就显得越重要。

露丝　（抬头看着她微笑）你和你哥好像都把这当成了人生哲理。上帝啊，那个家伙——真是变了很多。你知道——知道我们昨天晚上去做什么了吗？我和沃特·李？

贝妮莎　做什么了？

露丝　（不由自主地微笑）我们去看电影了。（看着贝妮莎，看她听明白没）我们去看电影了。你知道我和沃特上一次一起去看电影是什么时候吗？

贝妮莎　不知道。

露丝　我也不知道了。就是这么久。（再次微笑）但是昨天晚上我们去了。电影倒是不太好看，但是好像也不重要。我们去看了电影——而且，我们还牵手了。

贝妮莎：哦，上帝啊！

露丝　我们牵手了——而且你猜怎么着？

贝妮莎　怎么？

露丝　我们走出电影院的时候，已经很晚了，天很黑，所有商店什么的都关门了……外面有点儿冷，街上也没多少人……我们还牵着手，我和沃特。

贝妮莎　真要命！

沃特拿着一个大包上场。他打心眼儿里感到高兴，激动之情溢于言表。他又唱又扭，还打着响指。他把包放到一个角落，然后把带进来的一张唱片放到留声机上。随着舒缓优美的音乐响起，他舞动着走到露丝面前，要拉她一起跳舞。在他的无赖攻势下，她终于妥协，咯咯地笑着，由着他把自己带进氛围之中。他们屈膝行礼，然后在一段经典而柔情的慢步舞中，她依偎进了他的怀抱。

贝妮莎　（看着他们跳了很长时间，然后深吸一口气，说出一句并无恶意但极其夸张的话）真是——

老——古——董！

沃特 （暂时停下舞步）什么？

他是玩笑的语气。今天，他不生她的气，也不生任何人的气。他又开始和妻子跳起舞来。

贝妮莎 老古董。

沃特 （一边和露丝跳舞，一边说）你知道吗，如果这群新兴黑人有了自己的组织——（指着自己的妹妹说）——那人一定会是"无休止动乱委员会"的主席。（他接着跳舞，然后停下）种族！种族！种族！……姑娘，我相信你是整个人类历史上成功自我洗脑的第一人。（贝妮莎捧腹大笑，而他继续跳舞。接着他又停下，乐此不疲地继续调侃她）该死的，哪怕是"全国有色人种协进会"也还时不时地休假呢！（贝妮莎和露丝大笑。他和露丝又跳了几步，便也跟着她们笑起来，然后他收起笑容，模仿一个站在手术台旁边的人）我甚至都能想象，将来哪天这位小姐会在为手术台上的某个可怜家伙开刀之前，低头对他说……（他面目凶恶地把袖子撸起来）"顺便问一句，您对当地的黑人民权运动有什么看法？"

他再次取笑她，又接着欢快地跳舞。门铃响起。

贝妮莎 棍棒和乱石或许能打断我的骨头，但是……调侃可永远伤不了我！

贝妮莎过去开门，而沃特和露丝还在一旁说笑。贝妮莎感到有些惊讶，因为站在她面前的是个长相斯文的中年白人，他穿着一身西服，手里拿着帽子和公文包，正在看着一张小纸条。

男士 呃——您好，小姐。我是来找——（他看了眼手里的纸条）莉娜·杨格女士？（看到沃特和露丝，他突然停了下来，待在原地，而他俩还没有注意到他）

贝妮莎 （微微有些尴尬地捋了捋头发）噢——是的，她是我母亲。请稍等。（她关上门，回过头让那两位安静下来）露丝！哥哥！（她清楚地用口型比画："门口有个白人！"他们停下舞步，露丝关掉留声机，贝妮莎打开门。那人用好奇的目光迅速地打量了一遍所有人）呃——请进吧。

男士 （进门）谢谢。

贝妮莎 我母亲现在不在家。有要紧事吗？

男士 是的……嗯，算是吧。

沃特 （态度自若，俨然一家之主）请坐吧。我是杨格女士的儿子。她的大部分事务都是由我料理的。

露丝和贝妮莎忍俊不禁地彼此使了个眼色。

男士 （打量沃特，并坐下）好吧——我叫卡尔·林德纳。

沃特 （伸出手）沃特·杨格。这是我的妻子——（露丝礼貌地点头）——这是我妹妹。

林德纳　各位好。

沃特　(自如地坐在椅子上，饶有兴趣地用双手撑着膝盖，身体前倾，一脸期待地盯着这位陌生来客的面孔，友善地问)我们能为您做点儿什么呢，林德纳先生?

林德纳　(轻轻挪动放在自己膝盖上的帽子和公文包)这个——我是“克莱伯恩公园社区促进协会”的代表——

沃特　(指着他的东西说)您可以把东西放在地板上。

林德纳　噢——好的，谢谢。(他把公文包和帽子塞到椅子下面)我刚说了，我来自“克莱伯恩公园社区促进协会”，我们的协会成员在上次会议中了解到，您一家——或者至少是您的母亲——买下了——(他再次查阅那张纸上的信息)——位于克莱伯恩大街406号的住宅房产……

沃特　没错。您想喝点儿什么吗?露丝，给林德纳先生来杯啤酒。

林德纳　(莫名地有些不安)噢——不用了，真的。我是说，非常感谢，但是不用了，谢谢您。

露丝　(单纯地)要不来点儿咖啡?

林德纳　谢谢您，真的不用了。

贝妮莎谨慎地盯着这个男人。

林德纳　我不知道各位对我们这个组织有多少了解。(他是位温和的男士，言辞周全，态度也十分小心)它是一个社区组织，负责管理——噢，你们也知道的，管理建筑维护和专项计划什么的，而且，我们还有一个所谓的“迎新委员会”……

贝妮莎　(冷淡地)嗯——这个委员会又是干什么的?

林德纳　(稍稍扭过头看了她一眼，然后又掉过头来着重对沃特说)这个嘛——我想你们可以把它看作是一个欢迎委员会。他们，我们——我是这个委员会的主席——会到处走访新搬来的邻居，向他们介绍我们克莱伯恩公园社区的行事内情。

贝妮莎　(听懂了其中的双关意味，而露丝和沃特显然没懂)嗯。

林德纳　我们还负责处理协会所说的——(他望向别处)——嗯——特殊群体问题……

贝妮莎　嗯——都包括些什么问题呢?

沃特　姑娘，先听这位先生说。

林德纳　(稍稍松了口气)谢谢。我想用我自己的方式来解释这个问题。我是说，我想用某种不一样的方式来跟您解释。

沃特　说吧。

林德纳 嗯，那好吧。我会尽量开门见山，我相信这样对大家都好。

贝妮莎 好。

沃特 别吵！

林德纳 好吧——

露丝 （仍然单纯地）要不要换把椅子坐——你看起来不太舒服。

林德纳 （并没有恼火，反而显得很沮丧）不用了，非常感谢，不必麻烦了。那么——我就开门见山了，我——（深吸一口气，终于滔滔不绝地讲起来）我相信你们肯定知道城里各地因为有色人种搬进某某社区而引发的事件吧——（贝妮莎重重地呼了一口气，开始拿起一个水果在空中抛来抛去）嗯——因为我认为我们是美国社区生活中一个独一无二的组织——所以我们不仅对这类事件深表遗憾——而且正在设法对此采取一些措施。（贝妮莎停止抛水果，疑惑而好奇地转头看他）我们觉得——（逐渐对自己的任务自信起来，因为和他谈话的这几个人都显得很感兴趣）——我们觉得这世上大多数的麻烦，归根结底来说——（他拍了一下自己的膝盖，用以强调）——大多数的麻烦之所以存在，只是因为人们不能够坐下来好好交谈。

露丝 （仿佛在教堂里那样点着头，对这番言论表示赞赏）这话说得对极了，先生。

林德纳 （露丝的肯定更加鼓舞了他的信心）在这个世界上，我们并没有付出足够的努力去理解他人的难处，去体谅他人的立场。

露丝 说得没错。

贝妮莎和沃特只是兴味盎然地看着、听着。

林德纳 是的——这就是我们克莱伯恩公园社区居民的想法，也正是他们推选我今天下午来此和各位谈话的原因。你们知道的，以人与人之间应有的友好方式彼此交谈，看看这件事是否能够解决。就像我刚才说的，这件事的本质只是关心他人的问题而已。任谁都看得出来，各位是十分友善的一家人，我确信你们勤劳而又诚恳。（贝妮莎微微皱眉，一脸的不解，歪着脑袋看他）但现如今，人人都知道要明哲保身。当然，也总有人因为不明白这个道理而被人占便宜。

沃特 你这是什么意思？

林德纳 是这样——我们社区里的人们靠着多年勤勤恳恳的努力才建立起了这个小社区。他们非富非贵，只是些勤劳工作、诚恳老实的人。他们没有别的什么，只有自己的小家庭和一个心愿，就是希望有个能够供孩子好好成长的理想社区。当然，我也不是说我们完美无缺，他们的一些愿望也存在许多不妥之处。但是您不得不承认，每一个人，无论对错，都有权利按照自己的意愿打造自己居住的社区。眼下，我们社区绝大多数的居民都认为，只有当人们背景相同的时候，才会相处得更加融洽，对共同的社区生活也会更加关心。我希望您能相信我，这件事绝不涉及种族偏见，只不过是克莱伯恩公园社区的居民们认为，就像我刚才说的，无论对错，为了众人的幸福，我们的黑人家庭还是居住在属于自己的社区里才会生活得更愉快。

贝妮莎 （做了个傲慢而讽刺的手势）这个，朋友们，就是所谓的欢迎委员会！

沃特 （目瞪口呆地盯着林德纳）你大老远地跑过来就是要告诉我们这个吗？

林德纳 嗯，我想到目前为止我们都谈得很愉快，我希望您能听我把话说完。

沃特 （生硬地）你说，老兄。

林德纳 是这样的——鉴于我刚刚所讲的一切，我们打算给您家一个慷慨的提议……

贝妮莎 三十块，一个子儿都不能少！

沃特 什么？

林德纳 （戴上眼镜，从公文包里抽出一张表格）我们协会准备由我们的居民共同出资，以高于您之前的价格从你们手里买下这座房子。

露丝 仁慈的上帝啊，这不是明摆着侮辱我们吗！

沃特 行了，你说完了吗？

林德纳 那个，我想给您讲讲这笔交易的具体条件——

沃特 我们不想听什么交易，也不想听什么条件。我只想知道，你是不是还要告诉我们应该怎么相处？

林德纳 （摘下眼镜）这个——您不会是觉得……

沃特 别管我怎么觉得——你是不是还要讲些人们应该坐下来好好交谈之类的话？……滚出去，老兄。

他转身走向门口。

林德纳 （环顾面前一张张充满敌意的面孔，伸手拿起自己的帽子和公文包）好吧——我真不理解你们为什么会有这样的反应。你们觉得搬进一个不欢迎自己的社区对你们来说有什么好处呢，而且这里的环境——怎么说呢——当人们发现自己生活的方方面面，甚至是自己用辛勤工作换来的一切都受到威胁的时候，他们是会情绪失控的。

沃特 出去!

林德纳 (站在门口,手里拿着一张名片)好吧——事情变成这样,我很遗憾。

沃特 滚!

林德纳 (几乎是痛心地注视着沃特)你是无法强迫人们改变心意的,伙计。

他转身把名片放在桌子上,然后下场。沃特满腔怨恨地关上门,站在那里看着那张名片。露丝无声地坐着,贝妮莎无声地站着。他们一句话都没说。妈妈和崔维斯上场。

妈妈 哎呀——我才出去一早上,你们就都打包好啦。我向上帝发誓,我的孩子们得到了"亡灵"的力量!搬家工人几点来?

贝妮莎 四点。刚刚有位客人来找过你,妈妈。

她逗趣地开着玩笑。

妈妈 当真——谁啊?

贝妮莎 (她傲慢地抱着胳膊)欢迎委员会。

沃特和露丝咯咯地笑着。

妈妈 (天真地问)谁?

贝妮莎 欢迎委员会。他们说很欢迎你搬过去。

沃特 (使坏地说)是啊,他们说都等不及要一睹您的真容了呢。

一阵大笑。

妈妈 (察觉到他们是在开玩笑)你们都怎么了?

沃特 我们没怎么。我们只是在告诉你,下午有位先生来找过你。他是"克莱伯恩公园社区促进协会"的。

妈妈 他有什么事?

露丝 (同贝妮莎和沃特的语气一样)来欢迎你的,亲爱的。

沃特 他说他们都等不及了,说他们那儿就少一户和善的黑人家庭,正巴不得我们快点搬去呢!(对露丝和贝妮莎)是不是啊!

露丝 (讽刺地)是啊!他还留了一张名片——

贝妮莎 (把名片递给妈妈)以防万一。

妈妈接过名片看了看,随即把它扔在地板上——明白一切后,她一边移开视线,一边把自己的椅子挪到桌子旁,桌子上摆着她之前放上去的那盆小花,还有几根小棍子和一些绳子。

妈妈 上帝啊,请赐予我们力量吧。(她严肃地明知故问)他威胁我们了吗?

贝妮莎 噢——妈妈——现在已经没人用威胁了。他跟我们大谈特谈"种族友好",

他说人人都应该学着坐下来，怀着友善的基督徒情谊来彼此仇视。

她和沃特相互握手，示意对此话的嘲讽。

妈妈 (悲伤地)上帝啊，请保佑我们……

露丝 那些人为了从我们手里买下房子还筹了钱，你真该听听那笔钱数。除了我们付的全款以外，还另外加了些。

贝妮莎 他们以为我们要干吗——吃了他们吗？

露丝 不，亲爱的，是和他们通婚。

妈妈 (摇头)上帝啊，上帝啊，上帝啊……

露丝 好吧——那群穷白佬就是这么被搞垮的。(略做停顿)真是可笑。

贝妮莎 (注意到她妈妈的举动，不由笑了起来)妈妈，你在做什么？

妈妈 把我的小花包好，这样它在路上就不会被碰坏了……

贝妮莎 妈妈，你要把那东西带去新房子吗？

妈妈 嗯——

贝妮莎 就那盆难看的老东西？

妈妈 (停下来，看着她)它能够表达我！

露丝 (高兴地对贝妮莎说)没话说了吧，“东西”小姐。

沃特突然走向妈妈，在她身后俯身，用尽全力把她抱进怀里。她着实被这突然的举动吓了一跳，虽然内心深感喜悦，但却表现得像露丝和崔维斯对待沃特那样。

妈妈 当心点儿，小子！你害我把我的东西都搞坏了！

沃特 (他露出笑容，跪下伏在她的膝旁，胳膊仍抱着她)妈妈……你知道一会儿我们爬上马车后，将意味着什么吗？

妈妈 (开心却粗声地)离我远点儿……

露丝 (站在一个包好的礼物盒边，设法吸引沃特的注意)嘿——

沃特 那首老歌是怎么唱的来着，妈妈……

露丝 沃特——现在吗？

她指着那个盒子说。

沃特 (一边看着妈妈，一边深情而幽默地唱着歌词)

我有一双翅膀……你有一双翅膀……

上帝的每个孩子都有一双翅膀……

妈妈 孩子——赶紧从我面前消失，干活儿去。

沃特 当我抵达天堂，我将插上翅膀，

在上帝的天堂里四处翱翔……

贝妮莎 （在房间的另一头取笑他）凡是整天把天堂挂在嘴边的人，都上不了天堂！

沃特 （对正拿着那盒子向他们走来的露丝说）我不知道，你觉得我们应该把那个给她吗……我看她似乎是不会感激咱们的。

妈妈 （盯着那个显然是份礼物的盒子）那是什么？

沃特 （从露丝手里接过盒子，放到妈妈面前的桌上）那个——你们都是怎么想的？我们该把这个给她吗？

露丝 嗯——她今天的表现特别好。

妈妈 我可真要"好好"待你——

她再次把目光转向那盒子。

贝妮莎 打开它，妈妈。

她站起来，看了看那盒子，又转身看了看他们几个，接着双手握在一起，并没有打开盒子。

沃特 （温柔地）打开吧，妈妈，这是给你的。（妈妈看着他的眼睛，这是她有生以来第一次在圣诞节之外的日子里收到礼物。她缓缓地打开盒子，把礼物逐一从里面拿出来，那是一套崭新锃亮的园艺工具。沃特接着催促她）露丝写了一张卡片——你看看……

妈妈 （拿起卡片，调整了下眼镜）"献给我们家的米尼弗夫人——爱你的沃特、露丝和贝妮莎。"太贴心了……

崔维斯 （扯父亲的袖子）爸爸，现在我能把我的礼物送给奶奶了吗？

沃特 当然能，儿子。（崔维斯飞奔去拿自己的礼物）

妈妈 从现在起，我终于不必再用刀子和叉子种花草了……

沃特 崔维斯不想和我们一起送，妈妈。他有自己的礼物。（觉得有趣）我们也不知道是什么……

崔维斯 （他拿着一个大大的帽盒跑回房间，把它放在奶奶面前）就是它！

妈妈 仁慈的上帝啊，我的宝贝。你去给奶奶买了顶帽子吗？

崔维斯 （非常自豪地）打开它！

她打开盒子，拿出一顶精致却又过度繁复的宽边园丁帽，在场的大人在看到它的一瞬间都不禁捧腹大笑。

露丝 崔维斯，我的宝贝，这是什么？

崔维斯 （他觉得这帽子不仅漂亮，还很体面）这是园丁帽！杂志上那些在自己花园里干活儿

的女士们都戴这种帽子。

贝妮莎　(笑得厉害)崔维斯——我们是想让妈妈成为米尼弗夫人——可不是斯佳丽·奥哈拉!

妈妈　(愤愤地)你们都怎么回事!这明明是顶漂亮的帽子!(好笑地)我一直想要一顶这样的帽子呢!

她把帽子戴在自己头上，要证明给自己的孙子看，可这帽子既滑稽又大得离谱。

露丝　棒极了!真时髦，妈妈!

沃特　(已经笑弯了腰)抱歉，妈妈——但你的样子看起来真的很像准备要出门摘棉花!

他们都在笑，只有妈妈为了顾及崔维斯的感受没笑。

妈妈　(把孙子拉到自己身边)愿上帝保佑你——这是我拥有过的最美的帽子——(沃特、露丝和贝妮莎七嘴八舌地附和着，言不由衷地为崔维斯的礼物欢呼)我们都站在这儿干什么呀?东西还没打包好呢。贝妮，你一本书都还没打包哩。

门铃响起。

贝妮莎　不可能是搬家工人啊……现在还不到两点钟呢——

贝妮莎走进她的房间。妈妈起身去开门。

沃特　(转过身来，身体逐渐变得僵硬)等等——等等——我去开。

他站在那儿看着门口。

妈妈　你约了人吗，儿子?

沃特　(只是一直盯着门)是啊——是啊……

妈妈看了看露丝，两人天真而平和地交换了眼神。

妈妈　(不解地)那让他们进来吧，儿子。

贝妮莎　(从她房里传来)我们还需要些绳子。

妈妈　崔维斯——你跑去五金店买些绳子回来。

妈妈出去，沃特转身看着露丝。崔维斯走到一个碟子旁，从里面拿钱。

露丝　喂，你怎么不开门呀?

沃特　(忽然大步走过来拥抱她)因为有些时候，人们会难以面对新生活的开始!

(俯身对着她的脸唱)

我有一双翅膀!你有一双翅膀!

上帝的每个孩子都有一双翅膀!

他走到门前，猛地打开。门外站着一位身材有些矮小的男人，他穿着一身太过花哨的西装，眼睛里流露出担忧，头戴一顶帽檐上翻的帽子，帽子压得很低，裹着他的前额。崔维斯从两个男人中间钻了出去下场，沃特俯身凑近那人的脸，仍然沉浸在喜悦中。

当我抵达天堂，我将插上翅膀，

在上帝的天堂里四处翱翔……

小个子男人只是盯着他。

翱翔——

他突然停下，越过小个子男人，望向空荡荡的走廊。

威利呢，伙计？

大波 他没和我在一起。

沃特 （未觉有何不妥）噢——进来吧。你该认识我妻子吧。

大波 （默默地摘下自己的帽子）嗯——你好，露丝女士。

露丝 （看到是大波后，用一种不同于丈夫的语气平静地说）你好，大波。

沃特 你今天来得可真准时啊……真准时。就该这样！（他拍了拍大波的背）快坐吧……跟我说说。

露丝沉默而僵硬地站在他们身后，她仿佛感受到了死亡的气息一般，眼睛一直盯着自己的丈夫。

大波 （目光惊恐地看着地板，手里抓着帽子）可以让我喝杯水再说吗，沃特·李？

沃特目不转睛地看着这个男人。露丝不假思索地走到水龙头旁，接了杯水拿给大波。

沃特 事情没出什么差错吧？

大波 你听我说——

沃特 伙计——没出什么差错吧？

大波 听我说——沃特·李。（他看着露丝，与其说是说给沃特听，还不如说是在说给露丝听）你就知道是怎么回事了。我必须告诉你是怎么回事。我是说，首先，我必须告诉你整个事情的来龙去脉……我是说，关于我投入的钱，沃特·李……

沃特 （已经紧张而不安）你投入的钱怎么了？

大波 其实——我投入的钱没有我们跟你讲的那么多——我和威利——（他停下来）我很抱歉，沃特。我之前一直有不好的预感。我真的有非常不好的预感……

沃特 伙计，你跟我说这些做什么……告诉我在斯普林菲尔德发生了什么……

大波 斯普林菲尔德。

露丝 （语气冰冷）去斯普林菲尔德干什么呢？

大波　(对她说)就是我和沃特跟威利一起做的那笔生意——我和威利本打算去趟斯普林菲尔德，花点儿钱打点一下，这样我们就不必等贩酒营业执照等得太久……这是我们本来的计划。大家都说事情得这么办，你明白吗，露丝女士?

沃特　伙计——你们在那儿到底发生了什么?

大波　(一副可怜的样子，就快哭了)我正设法告诉你呢，沃特。

沃特　(突然冲他咆哮起来)那就说啊，该死的……你到底怎么回事!

大波　伙计……我昨天根本没去成斯普林菲尔德。

沃特　(停下来，命悬此刻一般)为什么没去?

大波　(吞吞吐吐地说不出口)因为我没有理由去了……

沃特　伙计，你到底在说什么啊!

大波　我是说，昨天早上我到了火车站——按照我们约好的八点钟……伙计——但威利一直没来。

沃特　为什么……他去哪儿了……现在又在哪儿?

大波　这就是我想告诉你的……我也不知道……我等了他六个小时……我还给他们家打了电话……然后一直等着……等了六个小时……我在火车站足足等了六个小时……(哭起来)那可是我在这世上所有的余钱了……(抬头看着沃特，眼泪在脸上直流)伙计，威利走了。

沃特　走了，你说威利走了是什么意思?走哪儿去了?你是说他自己去了是吗?你是说他独自一个人去了斯普林菲尔德是吗?——去办营业执照的事情——(转过头不安地看着露丝)你是说或许他不想太多人一起去办这件事是吗?(又看了露丝一眼，像刚刚那样)你知道的，威利向来有他自己的行事方式。(又看着大波)或许你昨天晚到了，他就一个人去了，没和你一起。或许——或许——他一直在给你家里打电话，想告诉你发生的事还是什么的。或许——或许——他生病了。他在别的地方——他肯定是去了别的地方。我们只要去找到他就行——你和我得去把他找到。(他神志不清地抓着大波的衣领，开始拼命地摇他)我们得去找他!

大波　(突然愤怒、恐惧而又痛苦地说)你怎么想的，沃特!要是哪个贼偷走了你的钱，他是不会留下线索让你找到他的!

沃特　(疯了一般地转过身，仿佛要在这个房间里找寻威利似的)威利!……威利……别这样……求你别这样……伙计，你不能拿那笔钱……伙计，求你了，不能拿那笔钱啊……噢，上帝……这不是真的……(他四处徘徊，大声呼喊和寻找威利，又或是在向上帝寻求帮助）伙计……我那么信任你……伙计，我把我的身家性命都交到你手里了啊……（他崩溃得跌坐在地板上，露丝吓得用手捂住了脸。妈妈打开门进入房间，后面跟着贝妮莎）伙计……（他开始用拳头捶打地板，肆意地呜咽着）那钱可是用我父亲的命换来的啊——

大波 （无助地站在他身旁）我很抱歉，沃特……（只有沃特的呜咽声在回应他。大波戴上帽子）可我的命也押在这桩生意上了……

大波下场。

妈妈 （对沃特）儿子——（她走过去，俯下身来，对垂头丧气的他说）儿子……钱没了吗？儿子，我给了你6500美元。都没了吗？全部？连同贝妮莎的钱？

沃特 （缓缓地抬起头）妈妈……我根本……没去过银行……

妈妈 （不想相信他的话）你是说……你妹妹上学的钱……你也用了是吗……沃特？

沃特 是的！所有的钱……都没了……

屋里鸦雀无声。露丝用手捂着脸站在那儿；贝妮莎绝望地倚在墙上，手里攥着一根妈妈礼物盒上的红丝带。妈妈停下来，像不认识自己的儿子似的看着他，接着想都没想，便开始无谓地打儿子耳光。贝妮莎走上前去制止。

贝妮莎 妈妈！

妈妈停下来，看着自己的两个孩子，缓缓地站起身，茫然而漫无目的地走开了。

妈妈 我眼睁睁看着……他……每天晚上……回来后……盯着那毯子……又看着我……他的眼睛里爬满了血丝……额头上青筋突起……我眼睁睁地看着他不到四十岁就变得又老又瘦……却还像头老牛一样拼命、拼命、拼命……终究送了自己的命……可你——却在一天之间就把它全都糟蹋了——（她又抬起胳膊打他）

贝妮莎 妈妈——

妈妈 噢，上帝……（她仰头看着天上）看看这一切——请赐我些力量吧。

贝妮莎 妈妈——

妈妈 （弯下腰）力量……

贝妮莎 （痛心地）妈妈……

妈妈 力量！

—幕落—

第 三 幕

一小时后

第一场

时间：一小时后。

幕起，客厅里照进一束阴沉而昏暗的光线，与第一幕开场时的灰暗光线类似。客厅左侧，可以看到沃特一个人在自己的房间里。他平躺在床上，衬衫敞着露在外面，两只胳膊枕在脑袋下。他没有抽烟，也没有哭，只是躺在那儿，抬头看着天花板，好像整个世界只剩下他一个人。

客厅里，贝妮莎坐在桌子边，周围仍然满是各种包装箱，此刻看着甚至让人觉得晦气。她坐在那儿，目视远方。我们可以感觉到，这种气氛可能一个小时前就已经开始了，一直延续到现在。房间里回荡着空洞的声响，那是深深的失望。我们同时可以通过卧室的门缝看见她的哥哥，两人的神态一模一样。不一会儿，门铃响起，贝妮莎起身，兴味索然地前去开门。门外是眉开眼笑的阿萨盖，他精神抖擞地大步走进屋里，言语里尽是快乐的期望。

阿萨盖　我来了……我有点儿空闲时间，便想着可以过来帮忙收拾。啊，我喜欢看到包装箱！一家人准备开启一段旅程！可能这会让有些人觉得沮丧……但是对我而言……它是另一种感觉，一种充满生活气息的感觉，你明白吗？迁移，前进……让我不由想到非洲。

贝妮莎　非洲！

阿萨盖　你这是什么心情？我有没有跟你说过，你让我深深地感动？

贝妮莎　他把钱白白给了别人，阿萨盖。

阿萨盖　谁把什么钱白白给了别人？

贝妮莎　那笔保险金，我哥哥给了别人了。

阿萨盖　给了别人？

贝妮莎　他搞了笔投资！跟一个连崔维斯都不会把自己最破的弹球托付给他的人。

阿萨盖　钱没了？

贝妮莎　没了！

阿萨盖　我很抱歉……那你还好吗，现在？

贝妮莎　我？……我？……我，我算什么……我。我很小的时候……我们常会在冬天把雪橇拿出来，那时我们唯一能滑的斜坡就是街上一些房子前面结了冰的石头台阶。我们会在台阶上填满雪，弄得平平的，然后从上面滑下去，能玩儿上一整天……那样很危险，你知道的……太陡了……不出所料，有一天，一个叫鲁弗斯的孩子滑得太快，撞到了人行道上。我们眼睁睁地看着他的脸在我们面前裂开……我还记得自己站在那儿，看着鲁弗斯被划破的脸血淋淋的，以为他活不成了。但是，救护车到了，他们把他带到医院，接好撞断的骨头，然后缝合完好……等我再看到鲁弗斯的时候，他的脸上只剩下了一条小小的疤痕……我一直无法忘记……

阿萨盖 忘记什么?

贝妮莎 一个人还可以为别人做这样的事，医治他——缝合好伤口，让他再次变得健全。这是这个世界上最神奇的事……我曾经也想要拥有这种能力。我一直以为，这是一个人在世界上唯一能做的实事。救死扶伤——让他们完好如初。这简直就是上帝……

阿萨盖 你想要做上帝?

贝妮莎 不——我想要治愈别人，这曾经对我非常重要。我想要治愈别人，这曾经对我意义非凡。我曾经是会关心的，我是说关心他人，关心他们的身体有多疼……

阿萨盖 而你现在已经不再关心了?

贝妮莎 是的——我觉得是。

阿萨盖 为什么?

贝妮莎 (悲痛地)因为比起人们所受的痛苦，它似乎不够深刻，也不够重要。那只是一个孩子看待事物的方式——或者是一名理想主义者。

阿萨盖 有时孩子能把事情看得非常清楚——理想主义者则看得更清楚。

贝妮莎 我就知道你是这么想的，因为你还停留在我原来的阶段。你对非洲侃侃而谈、充满幻想!你仍然以为你可以拯救这个世界，用“独立”这剂青霉素——(傲慢地嘲讽)去治愈“殖民主义”的剧痛——!

阿萨盖 是的!

贝妮莎 可独立之后又能怎么样呢?又会有得势的骗子、窃贼或者荒唐的白痴，像以前一样又是偷又是抢——只不过现在换成了黑人，还是打着新独立主义的幌子——这些人怎么办呢?

阿萨盖 这是以后的问题。我们必须先获得独立再说。

贝妮莎　那什么时候结束呢？

阿萨盖　结束？谁说要结束了？结束生命？结束生活？

贝妮莎　结束痛苦！结束愚昧！你难道看不出来吗，我们并没有获得什么实际的进步，阿萨盖，我们只是在一个大圆圈上行进，周而复始，每个人都被自己眼前的画面所吸引——一个我们自以为是未来的海市蜃楼。

阿萨盖　这就是错误所在。

贝妮莎　什么？

阿萨盖　你刚刚所说的那个圆。它不是圆——只是一条很长的直线——你知道的，就是几何里一条趋近于无穷的直线。因为我们看不到尽头——所以我们也看不到它是如何变化的。很奇怪，能够看到变化的人——那些心怀梦想、永不放弃的人——人们把他们称之为理想主义者……而那些只看到一个圆的人——我们却称之为"现实主义者"！

贝妮莎　阿萨盖，当我在里面的床上睡觉的时候，有人就这样跑出去，把未来从我手上夺走了！没有人问过我，没有人征询过我的意见——他们就这样跑了出去，改变了我的人生！

阿萨盖　那是你的钱吗？

贝妮莎　什么？

阿萨盖　他白给了别人的是你的钱吗？

贝妮莎　那钱属于我们所有人。

阿萨盖　但它是你挣来的吗？如果你父亲没死，你还会有这笔钱吗？

贝妮莎　不会。

阿萨盖　那这样难道没什么不妥吗，一个家庭里——一个世界上——所有的梦想，无论好坏，都必须依靠一个男人的死亡来实现？我从没想过会看到你这样，阿莱攸。你！你哥哥犯了错，而你却因为能以此为借口放弃那些身处困境的人们而对他心存感激！你口口声声地说努力有什么用，做任何事能有什么用呢！我们都在去往何方？我们又为什么要自寻烦恼？

贝妮莎　连你自己都没有答案！

阿萨盖　(喊声盖过她的声音)因为我就活在答案之中！(停顿)在我故乡的村子里，只有特殊人物才能读上报纸……或者是见过书长什么样子。将来我回到家乡，我的许多言论可能对我村子里的人来说会显得很陌生。但我会努力教他们，或快或慢，总会有些成效。有时，似乎一切都没有任何变化……然后便会有戏剧性的事件突然发生，让历史向前迈上一大步，随之又恢复平静，甚至是倒退，枪战、谋杀、革命四起。有时，我甚至会怀疑平静是不是还不如死亡和仇恨。但是当我看到村子里的文盲、疾病和无知，我的疑虑就会消散。也许……也许我会成为一个伟大的人……我是说，也许我会坚持真理，并且总是能够找到正确的道路……也有可能，我会因此在某个夜晚被帝国主义的奴仆屠杀在自己的榻上……

贝妮莎 真是个“殉道者”！

阿萨盖 （微笑）……也有可能，我会活到很老，在面目一新的国民中备受尊重和爱戴……也许我会担任公职。这就是我想跟你说的，阿莱攸：现在我为自己的祖国所抱有的信仰可能是错误而过时的，但我不能理解恶念，也不会通过作恶来实现自己的抱负，或者仅仅是为了掌握权力。你难道不明白吗，将来会有年轻的男男女女——那时就不是英国的士兵，而是我自己国家的黑人——在某个夜晚从黑暗中走出来，割断我那时已经无用的喉咙，你难道不明白吗，他们一直都躲在那儿……将来也一直都在。而我的死亡将会推动他们前进。那些可能会杀害我的人……其实是在延续我的使命。

贝妮莎 哦，阿萨盖，这些我都明白。

阿萨盖 好！那就不要再怨天尤人、无病呻吟了，告诉我你打算怎么做。

贝妮莎 怎么做？

阿萨盖 我有一点建议。

贝妮莎 什么？

阿萨盖 （相对平静地）等一切都结束了——你跟我一起回家——

贝妮莎 （凝视着他，然后恼怒地走开）哦——阿萨盖，都这个时候了你还玩浪漫！

阿萨盖 （很快明白她误解了）我亲爱的新世界的小丫头——我不是说这个城市那边，我是说大洋彼岸的家——去非洲。

贝妮莎 （渐渐明白，惊讶地转头看他，讷讷地说）去非洲？

阿萨盖 是的！……（微笑着，玩笑般地举起双手）三百年后，非洲王子在海外起义，俘获了一名少女——穿过她祖先来时航行过的中央航线——

贝妮莎 （无心玩笑）去——去尼日利亚？

阿萨盖 尼日利亚，我的家乡。（带着真诚而又浪漫的轻率走到她面前）我要向你展示我们的高山和星辰，给你喝装在葫芦里的佳酿，教你唱古老的歌谣，告诉你我们的风俗——到时候，我们会假装——(非常温柔地)——你不过只离开了一天而已。告诉我你会去的——(他抱起她旋转，将她紧紧地拥在自己的怀里，然后亲吻她，越吻越深)

贝妮莎 (突然抽身)你都把我搞糊涂了——

阿萨盖 为什么?

贝妮莎 太多事情——今天发生了太多事情。我必须坐下来想一想。此时此刻，我无法思考任何事情。

她旋即坐下，一手握拳抵着下巴。

阿萨盖 (为之着迷)好吧，我这就走。不——别起来。(温柔而甜蜜地抚摸她)坐着想一会儿……永远不要害怕坐下来想一会儿。(他走到门边，看着她)我曾经多少次看着你说："啊——这就是这个新世界最终打造出来的人儿……"

阿萨盖下场。贝妮莎继续一个人坐着。不久，沃特从自己的卧室上场，开始翻箱倒柜，疯狂地找着什么东西。她抬起头，坐着转头看他。

贝妮莎 (唏嘘)是啊——看看这个新世界打造出来的人儿！……看看！(她极度厌恶地指着他)就是他！Monsieur lepetit bourgeois noir(法语：资产阶级黑人先生)！就是他——新兴阶级的代表！创业家！行业巨头！(沃特完全忽视她，继续疯狂而胡乱地寻找着什么，搜索过程中不时把东西扔到地上或者翻得乱七八糟。贝妮莎无视他的古怪行为，继续自言自语地侮辱他)你是不是梦想能开着游艇畅游密歇根湖呀，哥哥？你是不是想象有那么一天，自己坐在会议桌旁，被美国有权有势的秃顶男人们簇拥围绕？所有人都停下来，屏住呼吸等着你，等着你发表行业声明？等着你——董事长！(沃特找到了要找的东西——一张名片——然后把它塞进口袋，穿上外套冲了出去，整个过程都没有看她一眼。她在他身后大喊)看着你，我就看到了愚昧在这个世界上最后的胜利！

门被猛地摔上，她又回去自己坐着。露丝匆忙从妈妈的房间里出来。

露丝 谁呀?

贝妮莎 你丈夫。

露丝 他去哪儿?

贝妮莎 谁知道——可能他要去美国钢铁公司开会。

露丝 (眼神里充满恐惧，焦急地说)你没对他说什么难听的话吧?

贝妮莎 难听？对他说难听的话？没有——我告诉他，他是一个好男人，满怀梦想，一切都妙不可言，就像那些白佬的孩子说的！

妈妈从卧室上场。她茫然失神，正在试图恢复镇定，重新找回自己先前对这个世界的掌控，但却始终没能办到。她的举止充斥着一种无助感，肩上压着满满的歉疚。她走到还摆在桌子上的那盆小花旁边，看着它，然后拿起来，走到窗台边，把它摆在外面。她站在那儿看了它很长时间，然后，她关上窗户，用力直起身子，转身面向自己的孩子们。

妈妈 哈——屋里还真是乱啊，是吧？（故作轻松地开口）我看我们都别没精打采的了，开始干活吧。还有一堆要拆封什么的呢。（露丝听出了这句话的意思，慢慢抬起头来；贝妮莎也同样非常缓慢地转头看她母亲）你们谁最好给搬运工人打个电话，叫他们别过来了。

露丝 叫他们别过来了？

妈妈 当然了，宝贝。没必要让他们大老远地白来一趟再回去。这样他们也要收钱的。（她坐下来，手指摸着额头在思考）上帝啊，打我是个小姑娘起，我就记得人们一直说："莉娜——莉娜·埃格尔斯顿，你总是好高骛远。你需要慢下来，好好看看生活的真面目。只要慢一点就行了。"那时，家里的人也总说——"上帝啊，那个莉娜·埃格尔斯顿真是个高傲的家伙。总有一天，她会得到教训的！"

露丝 不，莉娜……

妈妈 可我和沃特从来都学不会。

露丝 莉娜，不行！我们必须搬走。贝妮，告诉她……（她起身，伸出双臂走到贝妮莎身边。贝妮莎没有回应）告诉她我们还是可以搬家的……不过每月一百二十五美元而已。这个家里有四个成年人——我们可以工作的……

妈妈 （自言自语）总是好高骛远——

露丝 （转身快速走到妈妈身边，急促而绝望地吐出这些话）莉娜——我会工作的……我可以一天工作二十个小时，去芝加哥所有人家的厨房里都行……如果需要，我可以把孩子绑到背上；如果需要，我可以去擦全美国的地板、洗全美国的床单——但是我们必须搬走！我们必须离开这儿！！

妈妈茫然地伸手拍了拍露丝的手。

妈妈 不——我现在想法不同了。我在想，我们可以用些办法来重新布置一下这个家。前天，我在麦克斯韦街上看到了一个二手衣柜，正好可以放在那儿。（她指着可以摆放这个新家具的位置。露丝茫然地走开）需要在上面安些新的把手，然后涂点儿清漆，看上去就会跟全新的一样。而且——我们可以在厨房装些新窗帘……这样能让这个地方看上去漂亮些，也能让我们大家都高兴，忘了过去的烦恼……露丝你还可以买些好看的屏风放到你的房间里，把孩子的摇篮围起来……(她恳求地看着她们两个人)，有时候，我们必须明白该适时地放弃一些东西……抓住自己已经拥有的……

沃特从外面上场，看上去精疲力竭；他靠在门边，外套挂在身上。

妈妈　你去哪儿了，儿子？

沃特　(喘着粗气)去打了个电话。

妈妈　打给谁，儿子？

沃特　打给那个男人。(他向自己房间走去)

妈妈　什么男人，孩子？

沃特　(在门口停住)就那个男人，妈妈。你不知道那个男人是谁吗？

露丝　沃特·李？

沃特　那个男人。就像街上那些人说的——那个男人。大佬……头儿……老板……

贝妮莎　(突然)林德纳！

沃特　就是他！很好，我叫他马上过来。

贝妮莎　(明白之后言辞激烈起来)来干什么？你要他来做什么！

沃特　(看着他妹妹)我们要跟他做笔交易。

妈妈　你在说什么啊，儿子？

沃特　我在说生活，妈妈。你总是叫我去看生活的真面目。好啦——今天我躺在那儿……我想明白了。生活就是这样。有人得到，有人得不到。(他不脱外套便坐下，开始大笑)妈妈，你知道吗，一切都分配好了。生活是分配好了的。真的，分配给了剥削者和被剥削者。(大笑)我终于想明白了。(转头看着她们)是的，我们当中有些人永远都是被剥削者。(大笑)可像威利·哈里斯这样的人，他们从来都不会被剥削。你知道为什么我们会被剥削吗？因为我们都糊涂，糊涂坏了。我们总是努力分辨是非；我们为此担忧、哭泣，整夜不眠地去思考这些是是非非……而一直以来，那些剥削者却在那儿忙个不停，不断地剥削、剥削。威利·哈里斯？切——威利·哈里斯根本都算不上。放眼大局，威利·哈里斯根本什么都算不上。不过，我倒是要为老威利·哈里斯说句话……他教会了我一些东西。他教会我去关注那些在这个世界上真正有价值的东西。是的——(有些大声地喊叫)谢谢你，威利！

露丝　你给那个男人打电话做什么，沃特·李？

沃特 打电话叫他来看表演。我要给那个男人演一出好戏，就是他想看的那出。你知道吗，妈妈，那个男人今天来家里告诉我们，那儿的人，就是你希望我们搬去的那地方的人——他们不安得很，所以宁愿收买我们，叫我们别搬过去！(再次大笑)还有——妈妈——你肯定会为我和露丝还有贝妮的反应而感到骄傲的。我们叫他滚出去……仁慈的上帝啊！我们竟然叫那个男人滚出去！噢，今天下午，我们可真是够骄傲的。(点上一支烟)我们还满口陈词滥调……

露丝 (慢慢走向他)你是说，要接受那些人阻止我们搬进那栋房子的钱？

沃特 我不只是说说而已，宝贝——我是在告诉你，一会儿我就这么做了！

贝妮莎 哦，上帝啊！到底什么时候才是个头啊？他要到什么时候才能停下来啊？

沃特 看——这就是陈词滥调。你和今天在这儿的那个小伙子，你们希望所有人都能举着旗帜和长矛，高唱进行曲，是吗？你们准备用一辈子的时间来研究事情，试图分辨出是非，是吗？是的。你知道那个男孩将来会落得个什么下场吗——他会被打入地牢，永远被锁在那儿——而钥匙却掌握在那些剥削者手里！别妄想了，宝贝！根本就没有什么伟大的事业——这个世界上除了剥削什么都没有，剥削最多的人就最高明——至于用的是什么法子，谁他妈的在乎啊！

妈妈 我心里难过得要哭了，儿子。你让我的心痛苦不已。

沃特 不要哭，妈妈，要理解。等下那个白人就要走进那扇门，他要给我们的钱会比我们以往任何时候拥有的还要多。这件事对他来说很重要，所以我要帮他一把……我要配合好这出戏，妈妈。

妈妈 儿子——我的家族五代人都是奴隶和佃农——但是从来没有人拿过别人一分钱，让他们用这种方法告诉我们：我们不配活在这个世界上。我们从来没穷到过那个地步。(抬眼看他)我们从来没有那么——心如死灰。

贝妮莎 好吧——现在我们心如死灰了。所有那些有关梦想和让阳光照进这个家的空话，现在统统都死了！

沃特 你们都是怎么了！这个世界又不是我创造的！我生来它就是这副模样！该死，是，我想要有一天能开上游艇！是，我想有一天能在我妻子的脖子上戴几串真正的珍珠。难道她就不该戴珍珠吗？你们告诉我——告诉我，是谁决定这个世上哪个女人该戴珍珠的！告诉你们，我是个男人，我认为在这世上我的妻子就应该戴真正的珍珠！

最后一句话在房间里久久回荡，沃特开始在房间里走来走去。“男人”这个词穿透了他的内心；他在房间里踱来踱去，不时地停下脚步，一遍一遍地喃喃自语着这个词。

妈妈　孩子，要是这么做，你的心里会是什么感受？

沃特　舒坦！……我会觉得舒坦！……觉得自己是个男人……

妈妈　那你就真的什么也不剩了，沃特·李。

沃特　（走向她）我会感到舒坦，妈妈。我会盯着那个王八蛋的眼睛说——（他的声音在颤抖）——说：“好吧，林德纳先生——（颤抖得更加厉害）——这是你们的社区！你们有权按照自己的意愿来管理！你们有权想买就买！开了支票，房子就是你们的了！”然后——然后我会说——（几乎要破音了）“你们——你们只要把钱交到我手里，就不必再住在这群令人恶心的黑鬼旁边了！……”（他挺直身子，从妈妈身边走开，绕着房间走来走去）或许——或许我会用我黑黑的膝盖跪在地上……（他真的跪下，露丝、贝妮和妈妈目瞪口呆地看着他）“领导，先生，大老板——（他卑躬屈膝、满脸堆笑地搓着自己的双手，痛苦万分地模仿那些愚蠢的电影桥段）啊—嘿—嘿—嘿！遵命，老板！遵命！伟大的白人——（他的声音已经嘶哑，但却迫使自己继续说下去）——祖宗啊，看在上帝的分上，给我们钱吧，这样我们——我们就不会再出现，不会再弄脏你们白人同胞的社区了……”（他彻底崩溃了）这样我就能感到舒坦！舒坦！舒坦！（他站起来，走进卧室）

贝妮莎　这才不是男人，这就是个无能鼠辈！

妈妈　是的——死神真的已经到家里来了。（她醒悟般缓缓点头）他已经走进了我的房子，爬上了我孩子的嘴唇。你们本该是我的新生，该是我辛勤养育的果实啊！（对贝妮莎说）你——你有为你的哥哥而难过吗？

贝妮莎　他不是我哥哥。

妈妈　你说什么？

贝妮莎　我说躲在那间屋里的那个男人不是我哥哥。

妈妈　我果然没听错。你以为今天自己比他强吗？（贝妮莎没回答）是吗？就在一分钟前，你跟他说了什么？说他不是个男人？是吗？你是为我放弃他了吗？你连墓志铭也给他写好了是吗——就像这世上的其他人一样？请问，是谁给你的特权？

贝妮莎　你能不能有一次站在我这边！你看到他刚才做的了，妈妈！你看到他——自己跪下了。不是你教我要看不起做这种事的人吗？对他准备做的那种事？

妈妈　是的——我是这么教过你。我和你的父亲都是。但是，我以为我还教了你一些别的东西……我以为，我一直教你要去爱他。

贝妮莎 爱他？他已经没什么值得我爱的了。

妈妈 他总有值得你爱的地方。要是你连这个都不懂，那你就什么都没学会。(看着她)你今天为这个男人哭过吗？不是因为我们失去了那笔钱而为你自己哭，或者为这个家哭，而是为了他：为了他的遭遇，为了这遭遇带给他的痛苦。孩子，你觉得究竟什么时刻才最该去爱一个人呢？是当他为别人做好事、行方便的时候吗？要是这样，那你就真的还没学会去爱——因为那种时候绝不是最该去爱一个人的时候。爱一个人，要在他陷入低谷的时候，要在他失去自信的时候，因为这个时候全世界都在打击他！当你要评判一个人时，要公正地评判，孩子，要公正地评判。无论他走到何种地步，一定要想想他一路走过的山峰和低谷。

话音刚落，崔维斯冲了进来，将门敞开着。

崔维斯 奶奶——搬家工人到楼下了！卡车刚停下。

妈妈 (转过身来看他)是吗，宝贝？他们到楼下了？

她叹了口气，坐下。林德纳出现在门口。他看了一眼屋里，轻轻地敲门，以便引起大家的注意，然后走了进来。所有人都转身看他。

林德纳 (手里拿着帽子和公文包)呃——各位好……

露丝面无表情地走向卧室，打开门，让门慢慢地晃悠，随意地开着，灯光照进去，打在沃特身上。他还穿着外套，远远地坐在卧室的角落里。他抬起头，看着卧室外的林德纳。

露丝 他在这儿。

漫长的一分钟后，他缓缓地站起身来。

林德纳 (他几步走到桌边，把公文包放在桌上，展开一叠文件，旋开钢笔)啊，接到你们的电话，我很欣慰。(沃特艰难地往房间外走着，脚步缓慢而笨拙，还像个孩子似的，时不时用袖口背面抹嘴巴)其实，绝大多数时候，生活都可以很简单，只是人们自己和生活过不去罢了。那么——我该和谁谈呢？您吗，杨格女士，还是您的儿子？(妈妈坐着，双手交叠在大腿上，闭着眼睛，而沃特正走过来。崔维斯走到林德纳身旁，好奇地看着他手里的文件)只是一些官方文件而已，小家伙。

露丝 崔维斯，你下楼去——

妈妈 (睁开眼睛，盯着沃特)不，崔维斯，你待在这儿。你要让他明白你在做什么，沃特·李。你好好教他，就像威利·哈里斯教你那样。你给他看看我们第五代人已经走到了哪般田地。(沃特随着她的指示看着崔维斯，这孩子正对着他天真无邪地笑着)开始吧，儿子——(她交叠双手，闭上眼睛)开始吧。

沃特　(终于走到正在检查合同的林德纳身边)是这样的，林德纳先生。(贝妮莎背过身去)我们给您打电话——(他的话不着边、用词贫乏，有种欲言又止的意味)——是因为，那个，我和我的家人(他环顾四周，双脚轮流地踏着)嗯——我们都是非常普通的人……

林德纳　嗯——

沃特　我是说——我一生多半时间都是在做司机——而我的妻子，她一直在别人家厨房里做家务。我的母亲也是。我的意思是说——我们都是普通百姓……

林德纳　是的，杨格先生——

沃特　(像个小男孩似的低头盯着自己的鞋子，又抬起头看着眼前的男人)而且——呃——还有我的父亲，嗯，他几乎做了一辈子的劳工……

林德纳　(显然很困惑)呃，是——是的，我明白。(他又转回头去看合同)

沃特　(一顿，盯着他说)而且我父亲——(突然激烈地)我父亲曾经差点儿把一个人打死，就因为那个人辱骂他，你明白我的意思吗?

林德纳　(抬头看他，惊得一动不动)不，不，我恐怕不明白——

沃特　(一顿，气氛紧张起来，沃特开始缓和气氛)好吧。其实——我的意思是说，我们来自一个很有自尊的民族。我是说——我们都是非常骄傲的人。你看那是我的妹妹，她将来要当医生——我们都为她感到骄傲——

林德纳　嗯——这当然很棒，但是——

沃特　我想跟你说的是，我们打电话叫你来，就是要告诉你我们都是非常骄傲的人，还有他——(给崔维斯打了个手势)崔维斯，到这儿来。(崔维斯跑过去，沃特把他拉到身前，面对着林德纳)这是我儿子，他是我们家在美国的第六代人了。我们全家都考虑了你的提议——

林德纳　是吗，太好了……太好了——

沃特　我们还是决定要搬进我们的房子，因为我的父亲——我的父亲——是他用辛苦的劳作换来了这房子的一砖一瓦。(妈妈仍闭着眼睛，仿佛在教堂里那样前后摆动着身体，并点着头)我们不会给任何人惹麻烦，也不会无缘无故地和人吵架，我们会努力去做各位的好邻居的。我们要说的就是这些。(他坚定地看着林德纳的眼睛)我们不想要你们的钱。(他转身走开)

林德纳　(环视四周的所有人)我想你的意思是说——你们决定住在那儿了……

贝妮莎　他就是这个意思。

林德纳 （对沉思中的妈妈）那我只能请求您了，杨格女士。您更年长，也更睿智，我相信您更明事理……

妈妈 恐怕你还没弄明白。我儿子说了我们要搬家，我没什么可说的了。（语气活泼地说）你也知道这年头的年轻人都什么样吧，先生。真是拿他们没辙！（他刚要开口讲话，她便站起来说）慢走不送。

林德纳 （折起他的材料）好吧——既然你们执意如此……我也没什么可说的了。（他收拾好东西，而杨格一家几乎没人关注他，都在注视着沃特·李。林德纳走到门前，停了下来，回头看着大家）我真希望各位清楚自己现在在做什么。

他摇着头出门。

露丝 （看了看周围，又恢复了活力）看在上帝的分上——既然搬家工人已经到了——就让我们赶紧搬出这个鬼地方吧！

妈妈 （动起身来）可不是吗！看看这里乱的。露丝，给崔维斯穿上他的新夹克……沃特·李，打好领带，把衬衣塞好，你看起来就像个小流氓！仁慈的上帝啊，我的小花呢？（她赶紧去拿她的小花，身边是忙成一团的一家人，他们都刻意显得自己没把刚刚那神圣的一刻当回事似的）你们都下楼去吧……崔维斯，宝贝，别空着手走……露丝，我把那个装着锅的盒子放哪儿了？我要自己来搬……今晚我要给大家做一顿最丰盛的晚餐……贝妮莎，你的袜子是怎么回事？提起来，姑娘……

一家人鱼贯而出，两个搬家工人上场，开始往外搬几件比较沉的家具，搬的时候不免会和这家的人撞到。

贝妮莎 妈妈，阿萨盖今天向我求婚了，还要我和他一起去非洲——

妈妈 （正忙着自己的准备工作）是吗？你还没到嫁人的年龄呢——（看到搬家工人颤颤巍巍地抬起她的一把椅子）亲爱的，那可不是一包棉花，麻烦各位当心点儿搬，这样我们还能坐！那椅子可跟了我二十五年啦……

搬家工人们恼怒地嘘了一声，然后接着干活儿。

贝妮莎 （像小女孩儿一样继续刚才的谈话）去非洲，妈妈——去非洲当医生……

妈妈 （心不在焉地）是吗，宝贝——

沃特 非洲！他想让你去非洲干什么！

贝妮莎 去行医。

沃特 姑娘，你趁早把那些愚蠢的想法赶出你的脑袋！最好嫁一个有些家底的人……

贝妮莎　(就像第一幕第一场时那样生气地说)我嫁给谁跟你有什么干系!

沃特　干系大得很呢。眼下我认为乔治·默奇森……

贝妮莎　乔治·默奇森!就算他是亚当,我是夏娃,我也不会嫁给他!

沃特和贝妮莎走出去,彼此大声吵嚷着,两人都气势汹汹,火冒三丈,好一会儿后,声音才渐渐弱了下来。露丝站在门口,回头看着妈妈,会心地微笑着。

妈妈　(最后正了正自己的帽子)是的——他俩真是不一般,我的孩子们……

露丝　嗯——的确不一般。走吧,莉娜。

妈妈　(拖着脚步,四处打量起这房子来)好的——我这就来。露丝——

露丝　怎么了?

妈妈　(两个女人之间坦诚相对,悄悄地说)他今天终于做了回男子汉了,不是吗?就像雨后出现的彩虹……

露丝　(咬着嘴唇,唯恐在妈妈面前暴露自己内心的自豪)是的,莉娜。

沃特粗声粗气地召唤她们。

沃特　(在舞台外)你们赶紧的!要知道,这些工人可是按小时收费的!

妈妈　(含糊地挥手,示意露丝先出去)好了,亲爱的——去吧。我马上就下去。

露丝犹豫片刻,然后出去。终于,只剩妈妈一个人站在客厅里,她的小花放在面前的桌上,灯光开始打下来,她环视四周的墙壁和天花板,孩子们的喊声从楼下传来,突然间,她内心的情绪兀自剧烈地起伏着,她忙用拳头抵住嘴巴来抑制这份激动。她最后不舍地看了一眼房子,然后穿上大衣,拍拍帽子,走了出去。灯光暗了下来。门又打开,她返回来,匆匆拿起她的小花,最后一次走了出去。

—幕落—

([美]洛琳·汉斯伯里著,谢毅珺、周国庆译,北京,中信出版社,2017)

作品解析

《阳光下的葡萄干》剧名取自美国黑人桂冠诗人兰斯顿·休斯的诗句:“一个未能实现的梦想会有什么下场?/它会不会干瘪枯萎,/像阳光下的一颗葡萄干?”正如诗句所言,这部戏剧的一大主题就是非洲裔美国人追寻美国梦——他们渴望融入美国主流社会,拥有与白人平等的权利。同时,在描写杨格一家对美国梦的追求时,本剧还涉及当时许多重要的社会议题,如种族隔离、民权运动、非洲独立运动、非洲裔女性的生存状况以及非洲裔美国人自我身份的认同等。

在杨格一家中，母亲莉娜、儿子沃特和儿媳露丝代表着追寻美国梦的一类非洲裔美国人。他们渴望融入主流社会，获得真正的尊重和认可。自17世纪初从非洲被掳掠到北美起，黑人与非洲文化的联系就被割断了。黑人被贩运到美洲时，从未被当成平等的人类，而是低劣的种族，是可以用金钱交易的货物。三个世纪过去后，虽然非洲裔美国人在法律上已经基本获得了自由和平等，但种族主义思想在美国这片土地已根深蒂固，黑人依然遭到歧视和排挤，游离在社会的边缘，难以享有与白人平等的权利。

莉娜想要搬进白人社区，就是争取平等权利的一次抗争。在母亲说出在白人社区付了一所房子的首付时，全家人先是震惊和犹豫，但内心深处又忍不住憧憬，这正反映了许多非洲裔美国人对融入美国主流社会忧虑而又向往的矛盾心理。最终，全家人还是接受了母亲的决定，而露丝更是为此欢欣雀跃。而寻梦的路途充满了坎坷，在美国梦仿佛触手可及之时，沃特的合伙人携款潜逃了。沃特因此一度精神崩溃，他痛哭流涕，甚至想要跪在地上对那个想付钱阻止他们搬家的白人代表说，只要付钱他们就不会搬进白人的社区。此时的沃特打心底里认为黑人永远不可能像白人一样拥有成功和幸福。放弃梦想的同时，沃特也迷失了自我。

事实上，沃特的自卑并非挫折之下的偶然状态，而代表着一部分非洲裔美国人的真实心理。比如杨格家的邻居约翰逊太太听说杨格家要搬家后百般嘲讽，认为他们想“往上爬”是不切实际的，她还提到曾经有黑人因搬迁到白人区而受到炸弹袭击，以此劝阻杨格一家。约翰逊太太反映了一类非洲裔美国人的形象——他们懦弱、卑微，在潜移默化中已经接受了白人主导社会中种族不平等的观念，自己放弃了争取，同时还嘲笑那些想要去争取平等的黑人。汉斯伯里塑造约翰逊太太这样一个形象，不仅是对美国种族主义的抨击，更包含了对一些非洲裔同胞“怒其不争”的感叹。

尽管追寻“黑色美国梦”的道路困难重重，但杨格一家并没有因此被击垮。许多非洲裔美国人对非洲仅存模糊的认知，但非洲传统文化——团结、尊严与爱，已经在他们的内心深处扎根，这赋予了他们巨大的精神力量。杨格一家中，妹妹贝尼莎是个特别的存在，和一心想要融入美国主流社会的家人不同，她有着强烈的寻根意识，对非洲文化充满向往。她不屑于哥哥沃特跻身美国上流社会的蓝图，沃特也不理解她想要成为医生的梦想和对非洲文化的热爱，兄妹时常发生冲突。沃特被合伙人骗走所有保险金后，贝尼莎充满了愤怒和怨恨。然而，母亲莉娜在痛苦中却依然怀有深刻的爱，她教导贝尼莎越在困境中越应该彼此关爱。同时，她时刻铭记着黑人的尊严与团结，她的坚强和博大支撑着一家人重新找回了生活的信念。结尾，沃特对企图买下他们新房的白人社区代表说道："我们打电话叫你来，就是要告诉你我们都是非常骄傲的人……我们还是决定要搬进我们的房子，因为我的父亲——我的父亲——是他用辛苦的劳作换来了这房子的一砖一瓦。"此时，沃特重新找回了自我，他黑色的面庞散发着前所未有的、坚毅而骄傲的光辉，而杨格一家也在沃特对尊严的宣言中，几代以来第一次走向了梦想。

《阳光下的葡萄干》将黑人生活如此真实地展现在舞台上，让所有人重新审视非洲裔美国人的生存状态，审视他们未完成的梦想。在作品中，汉斯伯里寄托了她对黑人同胞的愿景——无论是努力融入主流美国社会、争取平等权利，还是追根溯源、回归故里，都应根植于黑人文化传统寻求自我身份认同。汉斯伯里的可贵之处，在于其作品中生活与艺术的高度融合，她从未把自己作为旁观者从黑人同胞中抽离出来，而是融入其中，作为中介者和阐释者传达着来自非裔的心声。同时，汉斯伯里扎根于黑人群体，却又不受限于此——她在艺术创作中表达的思想感情已经超越了种族的界限，而是具有普遍性的、属于全人类的。

参考书目

Doris E. Abramson, *Negro Playwrights in the American Theatre* 1925—1959, New York, Columbia University Press, 1969.

W. E. B. Du Bois, *The Souls of Black Folk*, New York, Bantam Books, 1989.

Lorraine Hansberry, *A Raisin in the Sun*, New York, Random House, 1994.

王守仁：新编美国文学史(第四卷)，上海，上海外语教育出版社，2018.

（邱郁珏撰稿）

第七章　黄哲伦《蝴蝶君》导读

作家作品简介

亚裔美国戏剧是亚裔美国文学中不可或缺的组成部分。自 20 世纪以来，亚裔美国戏剧作品就如雨后春笋一般涌现出来，推动着亚裔美国文学的蓬勃发展。这些作品，同时也成为亚裔美国人寻求关注的平台和展示亚洲文化的窗口。

在众多声名卓著的亚裔美国作家之中，黄哲伦(1957—　)无疑是才华横溢的一位，在美国戏剧界乃至文学界都产生了巨大的影响。1957 年，黄哲伦生于洛杉矶，他的父母是来到美国的第一代移民，父亲是一名从中国辗转来到美国的银行家，白手起家创办了洛杉矶的远东银行，母亲是出生在菲律宾的华人。为了尽快融入美国主流社会，黄哲伦被要求接受正统的西方教育，然而，他从电影、电视剧中获取了一些中国历史和文化的知识。他无法忍受这些电影、电视中表达出来的种族主义的陈词滥调，也质疑西方社会长久以来形成的对东方人的偏见，所以在他之后的作品中，东方人对自我身份的探寻和认知成为最主要的母题。在斯坦福大学求学时，黄哲伦偶然去现场欣赏了一部话剧，这也激起了他对戏剧的兴趣，于是他便开始投入戏剧创作当中。1980 年，在大学四年级时，黄哲伦的处女作《新移民》(1980)出版了。这部作品大获成功，黄哲伦也开始进入人们的视线当中。在《新移民》为黄哲伦赢得了百老汇戏剧最高荣誉奥比奖之后，他又先后出版了《舞蹈与铁路》(1982)、《家庭奉献》(1982)等剧作，这些作品也使黄哲伦开始被美国主流戏剧界所认可。

然而，在辉煌过后，黄哲伦自己却陷入了自我身份认知的危机当中。戏剧批评家和公众都把他的成功归于他的亚裔身份，认为他是所有亚裔美国人的代言人，是美国的“异乡人”。这与他起初对自己的定位迥然不同，也使他陷入了迷思和挣扎。在淡出公众视野几年后，1988 年，黄哲伦带着他的新作《蝴蝶君》重新回归了舞台。《蝴蝶君》首演便引起了强烈反响，之后被引入百老汇进行公演。这部作品受到多个奖项的认可，其中包括 1988 年托尼奖最佳戏剧奖，1989 年普利策戏剧奖的提名等。黄哲伦成为第一位获得托尼奖最佳戏剧奖的亚裔美国剧作家，这也奠定了他在美国戏剧界的重要地位。《纽约时报》的权威评论家弗兰克·瑞奇曾说："戴维·亨利·黄是个真正的天才。他是一个洛杉矶的'土著'，诞生于移民家庭，他在中美这两种不同的文化中都有一个根。他了解美国——它的土语、它的社会风景、它的戏剧传统。他也同样了解中国的这一切。在他的剧作里，他设法把这些相互冲突的文化混合在一起，直到他获得完全属于自己的风格。"①

在《蝴蝶君》大获成功之后，黄哲伦的后续作品依然维持了很高的水准，如《寻找中国城》(1996)、《金童》(1996)、《黄面孔》(2007)及《中式英语》(2011)等。迄今为止，黄哲伦已经创作了30余部电影、电视剧本及舞台剧剧本。"(黄哲伦)有可能成为自阿瑟·米勒后在美国的公众生活中第一个重要的剧作家，而且，很有可能他还是最好的剧作家。"②

《蝴蝶君》是黄哲伦最著名的代表作。在这部作品中，东西方文化冲突所带来的错综复杂的关系都被淋漓尽致地展现出来。从作品名称就能够看出，这部作品与意大利剧作家普契尼所创作的著名歌剧《蝴蝶夫人》有千丝万缕的联系。实际上，《蝴蝶君》是黄哲伦对《蝴蝶夫人》这个故事的解构和再创造，而他的再创造是基于20世纪80年代所发生的一个轰动一时的真实故事。在《蝴蝶夫人》中，来到日本的美国军官平克顿喜欢上了日本艺伎秋秋桑，但最终却抛弃了秋秋桑回到了美国。在经历漫长的等待之后，秋秋桑为了平克顿殉情。而在真实的新闻报道中，主人公是一位法国的外交官和一位中国的歌剧男演员。基于这两个人物原型，黄哲伦创造了《蝴蝶君》的主人公：在中国任职的法国外交官瑞内·伽里玛和中国歌剧男演员宋丽玲。

《蝴蝶君》的故事发生在中国(后期转移至巴黎)。瑞内·伽里玛在一次聚会中偶然看到了宋丽玲参演的《蝴蝶夫人》，宋丽玲在其中饰演秋秋桑。与伽里玛之前看过的那些由西方演员扮演的这个角色不同，宋丽玲扮演的秋秋桑有着精巧的化妆和戏服，一举一动都透露着东方女性的优雅和柔弱。伽里玛第一次相信眼前的人就是秋秋桑，是一个传统的东方女性，相信她的痛苦都是真实的。他也第一次感受到自己对东方女性的幻想成为现实——东方女性的温柔和顺从彻底激发了他的征服欲和保护欲，他深深地迷恋上了宋丽玲，想把她带回家里悉心呵护，也愿意为了她做任何

① Hwang, D. H. *Trying to Find Chinatown*, Theatre Communications Group, Inc, 2000, Cover.

② Oakes, Elizabeth H. "David Henry Hwang." *American Writers*. New York: Infobase Publishing, 2004, pp. 166-167.

事情。

在经过若干次见面后，伽里玛终于让宋丽玲成为他的情人。然而，在他们持续超过 20 年的秘密关系中，伽里玛从未发现宋丽玲其实是一个男人，只是化妆成了女人的样子，而且宋丽玲其实是为了获取机密情报而潜伏在他身边的。在这 20 年中，伽里玛曾经几次试图让宋丽玲褪去她的衣衫，但宋丽玲总是以一种东方女人的羞涩和惊惶拒绝伽里玛的要求，甚至展现出一种欲拒还迎的姿态，反而使得伽里玛不忍去侮辱他心目中的蝴蝶的尊严。在紧要关头，宋丽玲甚至编出怀孕的借口，以阻止伽里玛进一步“侵犯”自己。在真相大白后，伽里玛被指控获叛国罪并入狱。在法庭上，宋丽玲褪去了他的伪装——卸掉了妆容，脱掉了女士戏服——把自己的真实面目展现在伽里玛面前，但伽里玛却依然拒绝相信他曾经深深迷恋的是一个男人。他心目中的蝴蝶幻灭了。最终，为了维护他心目中完美的蝴蝶的幻象，伽里玛选择穿着蝴蝶夫人的戏服，结束了自己的生命。

作品节选

蝴蝶君

第 三 幕

第一场

巴黎的一个法院。1986 年。

如他所许诺的，宋已经完成了他的大部分的变化，在观众席灯光变暗之前，舞台表演区的灯光已完全亮了起来。他除掉了他的假发和和服，把它们丢在地板上。在里面，他穿了一身裁剪很好的服装。

宋 因此，我的工作完成得比我有权期望的更好。哦，也给他一些功劳吧。他是对的——当我到了巴黎后，我处境艰难。我从机场走到了城里，然后通过盲目的探索，我找到了唐人街地区。让我解释一件事：不管说中国人别的什么，他们是吝啬的！我在门口睡了三天，直到我找到一个裁缝，他愿意赊账为我做这件和服。后来的情况说明，或许，我甚至都不需要它。或许，他很高兴看见我，哪怕穿着简单的衣服，涂点睫毛膏。但是……安全总比遗憾好。当我来到巴黎的时候，是1970年。至于下个十五年，是的，我过着一种非常舒适的生活。相信我……这可算是解脱了。瑞内养活我和孩子，我以我的“文化交流”掩护下的角色在法国各地到处做一些表演。然后，从事间谍活动。

（宋走向舞台后方的一把椅子。图伦戴着相应的假发，穿着礼袍，作为一个法官登场。他在靠近宋的地方坐了下来。这是1986年，宋正在法庭上作证。）

宋　起先没有那么多。瑞内已经失去了他的所有的高层的联系。秦同志对违规停车罚单的统计不感兴趣。但是终于，在我的催促下，瑞内找了个外交信使的工作，处理敏感的文件……

法官　他知道他的行为的限度吗？

宋　他没有问过。他知道我需要那些文件，而这就够了。

法官　但他肯定知道他在传递机密情报。

宋　我说不清楚。

法官　他从来没有问过你用它们来做什么吗？

宋　没有。

（间歇。）

法官　有一件事，法院——实际上，是整个法国——想要知道的。

宋　说下去。

法官　伽里玛先生知道你是个男人吗？

宋　哦，他从来没有看见我完全裸露。从来没有。

法官　但是，能确信，他肯定……我怎么来表达这个？

宋　你想怎么说就说好了。我不害羞。他肯定到处摸过？

法官　嗯。

宋　没有真正地摸过。……哦，阁下，让他觉得我是个女人是我的工作。而且考虑一下这个：这还没困难到那种地步。看，在解放前，我的母亲在外滩做过妓女。而且，嗯，我想，说她从西方的男人那里了解了一些东西是公正的。所以，我借用了她的知识。为我的国家服务。

法官　你介意用这个秘密的知识开导一下法庭吗？我敢肯定，我们都很好奇。

宋　我肯定你们是很好奇。（间歇）好，一个法则是：男人总是相信他们想要听到的东西。这样，一个女孩可以撒最让人讨厌的谎，而每次那些家伙都会相信它们……在你自己的生活中，你或许已经听过几次那些措辞，是吗，阁下？

法官 宋先生，今天审判的不是我的生活。

宋 好，好，我只是轻松一下审讯的气氛。不友好的听众。

法官 继续。

宋 第二条法则：一个西方男人一接触东方——他就已经迷惑。西方对东方有种国际强奸心理。你知道这种强奸心理吗？

法官 请给我们你的定义。

宋 基本上，她的嘴里说不，但她的眼睛却说是。

西方认为它自己是男性的——巨大的枪炮，庞大的工业，大笔的钞票——所以东方是女性的——软弱的，精致的，贫穷的……但是精于艺术，充满了不可思议的智慧——这都是女性的智慧。

她的嘴里说不，但她的眼睛却说是。从内心深处，西方相信，东方在骨子里想要被支配——因为一个女人不可能独立思考。

法官 这与我的问题有关吗？

宋 你们希望东方国家向你们的枪炮屈服，你们希望东方的女人屈从于你们的男人。这就是为什么你们会说她们会做最好的妻子。

法官 但是，为什么这让你愚弄伽里玛先生成为可能？请——切题一点。

宋 第一，因为当他终于遇到他想象中的女人的时候，他最迫切想要的，就是相信，事实上，她是个女人。第二，我是个东方人。作为一个东方人，我从来不可能完全是个男人。

（间歇。）

法官 宋先生，你的脱离实际的政治理论，是不足信的。

宋 你这样认为吗？这就是为什么在你们处理所有的东方的事务中会失败的原因。

法官 只回答我的问题：他知道你是个男人吗？

（间歇。）

宋 你知道，阁下，我从来没有问过。

第二场

布景相同。

通过剧院的扬声器响亮地传来了《蝴蝶夫人》中《殉情自尽》那幕的音乐。这是我们在这部戏剧中听到的最响的声音。

伽里玛登场，爬向宋的假发和长袍。

伽里玛　蝴蝶？蝴蝶？

（宋保持着男人的形象不变，站在证人席上，陈述着一个我们听不到的证词。）

伽里玛　（对着我们）在我最羞愧的时刻，在这里，在这个法庭上——那个……人站在那里，正在郑重声明……尤其打击我的是，他是多么的浅薄，多么的口齿伶俐和谄媚……完全……没有内涵！是那种鬼鬼祟祟徘徊在迪斯科舞厅周围，戴着个金质奖章、散发出大蒜臭味的那种人。这完全不像我的蝴蝶。然而，即使在这一刻，我的脑袋也保持着机敏，像个男人在蹦床上做后滚翻一样翻腾着。即使在现在，我看到的图景消逝了，我看见……证人……正向我讲话。

（宋突然在他的证人席上直着站了起来，看着伽里玛。）

宋　是的，就是你，白种男人。

（宋走出证人席，向舞台前部的伽里玛走来。灯光变化。）

伽里玛　（对着宋）谁？我？

宋　你看到任何别的白种男人了吗？

伽里玛　是，周围都是白种人。这是个法国的法庭。

宋　所以，你是个喜欢冒险的帝国主义者。告诉我，为什么浪费了你这么长时间？回到这个地方？

伽里玛　什么地方？

宋　这个在中国的剧院。我们很多年前相遇的地方。

伽里玛　（对着我们）再一次，我虽不情愿，却已万分激动。

（京剧的音乐在扬声器里响起。宋开始表演京剧的身段，就像他们相遇的那天晚上的动作一样。）

宋　你记得吗？你爱上了我的那天晚上？

伽里玛　这是很长时间以前了。

宋　不太长。那是一个把你的世界颠倒了的晚上。

伽里玛 也许。

宋 哦，对我说老实话。当你已经给了我二十年的奉承的时候，再来一个小小的奉承又算什么呢？……

伽里玛 谁会说它还没有呢？

宋 谁会说？何必不好意思呢？是带着骄傲吗？你认为，如果当我们相遇的时候我不是已经充满骄傲，我会去做这件事吗？不，不仅仅是骄傲。是傲慢。其实，这是有点傲慢——相信你用你的眼睛和你的嘴唇子可以支配另外一个人的命运。（他舞蹈）来吧。承认吧。你仍然想要我。即使穿着宽松裤和领尖有纽扣的硬领。

伽里玛 我不明白这么做是为了什么——

宋 你不明白？哦，或许是，瑞内，不过……或许是——我想要你。

伽里玛 你是真的吗？

宋 那么。再说一次。或许，我只是和你玩一玩。你怎么可能区别出来呢？（他重新采取了他的女性特征，他羞怯地侧身走向伽里玛）"我多么希望，能有一个小小的咖啡馆，可以坐在里面。人们穿着无尾夜礼服，喝着卡普奇诺，听着流落在海外的美国人演奏的糟糕的爵士乐。"现在你想要吻我，是吗？

伽里玛 （后退）是什么让你——

宋 ——这样肯定？明白了吧？我说出了你要说的话。然后，我等着你到来回忆它们。（他斜躺在地板上）

伽里玛 为什么？为什么你这么残忍地对待我？

宋 也许我过去对你很残忍。但现在——我很友好。过来，我的小宝贝。

伽里玛 我不是你的小宝贝！

宋 我错了。是我是你的小宝贝，对吗？

伽里玛 是的，我——

宋 那么，过来抓住你的小宝贝。如果你喜欢，我甚至可以让你剥光我。

伽里玛 我的意思是，你以前是！以前……可不像这样！

宋 我以前是？或许，我仍然还是。如果你好好看一看。（他开始除去他的衣服）

伽里玛 干什么——你在干什么？

宋 帮助你看穿我的表演。

伽里玛 住手！我不要看！我不要——

宋 哦，但是——是你让我脱光的，还记得吗？

伽里玛　什么？这是很多年以前了！而且，我收回了这句话。

宋　不。你推迟了她。推迟了这个不可避免的东西。今天，这个不可避免的东西已经到来了。

（从扬声器里，传来不谐和的声音：《蝴蝶夫人》和中国铜锣混在一起。）

伽里玛　不！停下来！我不想看！

宋　那么，把脸转过去。

伽里玛　你只存在于我的想象中！所有这些都在我的想象中！我命令你！停住(stop)！

宋　什么？剥光(strip)吗？我正在剥光——

伽里玛　不！停下！我想要你——

宋　你想要我？

伽里玛　停下来！

宋　你知道某个东西吗，瑞内？你的嘴说不，但你的眼睛却说是。把眼睛转开好了。我敢说你不会的。

伽里玛　我不是一定要这样！每天晚上，你都说你要脱光衣服，但是，我向你请求，你就停下来了！

宋　我猜，今天晚上是不一样的。

伽里玛　为什么？为什么会是这样呢？

宋　或许我已经被阻挠了。或许我会说："看着我，你这个傻瓜！"或许我只是觉得……性感。

伽里玛　请别这样。没必要这样。我知道你是什么。

宋　你知道？我是什么呢？

伽里玛　一个——一个男人。

宋　你并不真的相信这个。

伽里玛　不，我相信！我心里的某个地方始终知道，我的快乐就是暂时的，我的爱情是一场欺骗。但是我的心牵制着这个认识。使等待变得可以忍受。

宋　伽里玛先生——等待结束了。

（宋扔下了他的短裤，他一丝不挂。声音提示结束。慢慢地，我们和宋终于认识到，我们以为是伽里玛的哭泣声的实际上是他的笑声。）

伽里玛　哦，天哪！真是一个傻瓜！毫无疑问！

宋 瑞内——什么?

伽里玛 看看你！你是个男人！(他再次爆发出大笑)

宋 我看不出这有什么好笑的。

伽里玛 你看不出——我的意思是，你从来没有过什么幽默感，是吧？我只是想，这太荒谬可笑了，我在只是一个男人的身上浪费那么多时间！

宋 等等。我并非“只是一个男人”。

伽里玛 不是吗？难道这不是你试图让我相信的东西吗？

宋 是的，但我的意思是——

伽里玛 现在，我终于相信了你，而你却告诉我这不是真的？我想你一定有某种身份认同的问题。

宋 你愿意听我说吗？

伽里玛 为什么?! 我已经听你讲了二十年。我不应该放个假吗？

宋 我不是随便哪个男人！

伽里玛 那么，准确地说，你是什么？

宋 瑞内，你怎么可以问——好，这回怎么样？

(他捡起蝴蝶夫人的长袍，开始在周围舞蹈。没有音乐。)

伽里玛 是的，这很优雅。我承认。

(宋向伽里玛伸出他的手。)

宋 这和你已经崇拜了很多年的皮肤是一样的。抚摸它。

伽里玛 是的，感觉是一样的。

宋 现在——闭上你的眼睛。

(宋用一只手蒙住了伽里玛的眼睛。用另一只手抓起伽里玛的手放在自己的脸上。伽里玛，像个盲人，让他的手从宋的脸上滑过。)

伽里玛 这样的皮肤，我还记得。她的脸的曲线，她的柔软的面颊，她的头发贴在我的手背上……

宋 我是你的蝴蝶。在这件长袍下面，在所有的东西的下面，始终是我。现在，睁开你的眼睛，承认吧——你喜欢我。

(他把他的手从伽里玛的眼前挪开。)

伽里玛 你，你知道我的每一点欲望——你怎么能，在所有的人里偏偏是你，制造了这样一个错误？

宋 什么?

伽里玛 你向我展现了你真实的自我。而我所爱的就是谎言。这是个完美的谎言,是你让它真相大白——现在,它变得陈旧而污损。

宋 那么——你从没有真的爱过我?只有当我扮演一个角色的时候,你才爱我?

伽里玛 我是个男人,可我爱上了一个由男人创造的女人。别的一切的东西——都无法和这个相比。

(间歇。)

宋 现在我应该做什么呢?

伽里玛 宋先生,你是个杰出的间谍,有一个非常出色的同谋者。但是,现在,我认为你应该走了。从我的生活中离开吧!

宋 去哪里?瑞内,没有我你不能活。在二十年后更不能。

伽里玛 我肯定不可能和你生活在一起——在背叛了二十年之后,更不可能。

宋 不要这么固执!你要去哪里?

伽里玛 我有个约会……和我的蝴蝶。

宋 那么,扔掉你的骄傲。来……

伽里玛 从我身边走开!今天晚上,我终于学会区分现实和梦幻。而且,知道了它们的差别,我选择梦幻。

宋 我就是你的梦幻!

伽里玛 你?你像汉堡包一样真实。现在,离开吧!我和我的蝴蝶有一个约会,我不想要你的身体弄脏这个房间!(他把宋的衣服扔给他)看看这些——你穿得像个皮条客。

宋 嘿!这些是阿玛尼的裤子和——(他穿上他的短裤和裤子)让我们就这么说吧……我对你很失望,瑞内。在你的崇拜行为的高峰中,我想你已经变成了更多的东西。更像……一个女人。

但是,不对。是男人。你喜欢他们中的其余的人。就是这一切,我们穿衣的方式,化妆我们的脸的方式,还有眨动眼睫毛的方式。你其实只有这么一点想象力。

伽里玛 你,宋先生?指责我想象力太小?别人哪怕不知道,你也应该知道——我就是纯粹的想象。而且,我还要待在想象中。现在,滚出去吧!

(伽里玛亲自把宋从舞台上推下来,从宋身上取下了他的和服。)

宋 瑞内！我将永远不会再穿这些和服！你将会感到难过！

伽里玛 （对着宋）我已经难过了！（看着他手上的和服）确切地说，像……蝴蝶一样难过。

第三场

伽里玛先生的牢房。巴黎。现在。

伽里玛 一夜又一夜，我表演着我生活中的事件，我总是给我的故事寻求一个新的结局，在那个结局里，我离开了这间牢房，永远地回到了我的蝴蝶的怀抱中。今天晚上，我认识到我的寻找结束了。自始至终，我都在错误的地方寻找我所要的东西。那么，对你们，通过回到我第一次遇见她的那个幻想的世界，我要证明——我的爱情不是徒劳。

（他捡起和服；舞蹈者登场。）

伽里玛 有一个属于我的东方的幻影。穿着旗袍和和服的苗条的女人因为哀伤那些没有价值的外国鬼子而死去。她们被生育和抚养成为完美的女人。她们接受我们给予她们的不管什么样的惩罚，因为被爱所激励，她们很快无条件地恢复过来。这个幻影已经成为我的生命。

（舞蹈演员把盥洗盆带给他，并帮助他化妆他的脸。）

伽里玛 公开地，我还是继续否认宋丽玲是个男人。这使我上了报纸的头条，而这对我的法国同事来说，也是巨大的困窘的来源……但是，独自一人的时候，在我的牢房，我早已正视了事实。

而且，事实需要牺牲。为了补偿一辈子所犯的错误。我的错误是简单的和不容置疑的——我爱的那个男人是个无赖，一个没有教养的人。他只配在后面踢他一脚，而我却给了他……我所有的爱。

是的——爱。为什么不承认这一切呢？这就是我的毁灭，对吗？爱情扭曲了我的判断，蒙蔽了我的双眼，重新排列了我脸上的皱纹……直到我在镜子中看到，看到的只是……一个女人。

（舞蹈者帮助他戴上蝴蝶的假发。）

伽里玛 关于东方，我有个幻影。这个幻影，仍然是女人，它深深地藏在她的杏仁眼里。女人们愿意为男人的爱牺牲她们自己。即使这个男人的爱完全没有价值。

（舞蹈者帮助伽里玛穿上和服。他们递给他一把刀。）

伽里玛 死于忠贞比活着……带着耻辱活着要好。（他以一种切腹自杀的姿势移动到舞台中央）蝴蝶的爱情抵挡住很多东西——不忠、失败，甚至遗弃。但是，它如何能面对包含有所有其他罪孽的那一罪孽？这种毁灭性的了解，在所有的下面，她的爱的对象不多不少，只不过是……一个男人。（他把刀尖对着自己的身体）这是19——年。在巴黎的郊区的一个监狱里。我终于找到了她。我的名字叫瑞内·伽里玛——同样作为蝴蝶夫人而广为人知。

（当“爱的二重奏”的音乐在扬声器中刺耳地响起时，伽里玛转向舞台后部，把刀插进了自己的身体。他倒进舞蹈者的怀里，他们尊敬地把他放在地板上。这一形象维持了数秒钟。然后，一束强烈的灯光效果从上面照在宋身上，他作为一个男人站着，看着死去的伽里玛。他抽着一根香烟；烟雾通过灯光慢慢散开。两个词从他的嘴里传了出来。）

宋　蝴蝶？蝴蝶？

（当灯光慢慢变黑的时候，烟雾升了起来。）

—剧终—

作品解析

《蝴蝶君》是黄哲伦对于种族主义和性别主义这两个错综复杂的领域所给出的自我解读。在传统认知中，西方支配东方、男性支配女性，正如黄哲伦在作品中借宋丽玲之口传递的那样：西方认为它自己是男性的，所以东方是女性的，从内心深处，西方相信，东方在骨子里想要被支配——因为一个女人不可能独立思考。而这个立场正是黄哲伦希望用《蝴蝶君》的故事所颠覆的。通过倒置原有的角色关系：无怨无悔的东方女子和残忍薄情的西方男子，黄哲伦试图打破西方男子脑海中关于东方女子等同于蝴蝶夫人的刻板印象。①

《蝴蝶君》所传递出来的观点与“酷儿理论”的代表人物朱迪斯·巴特勒的一些观点不谋而合。巴特勒在著作《性别麻烦》中提道，“性别的建构并不都是前后一贯或一致的，它与话语在种族、阶级、族群、性和地域等范畴所建构的身份形态交相作用”。② 巴特勒认为，性别是具有操演性的（performativity），它建构了它所意谓的那个身份。在《蝴蝶君》的故事里，宋丽玲和伽里玛的性别都是模糊且流动变化的。宋丽玲作为一个生理上的男性，却因为职业以及间谍工作原因扮成了女性，在社会尤

① 卢俊：《从蝴蝶夫人到蝴蝶君——黄哲伦的文化策略初探》，载《外国文学研究》，2003(3)。

② ［美］朱迪斯·巴特勒：《性别麻烦：女性主义与身份的颠覆》，宋素凤译，第4页，上海，上海三联书店，2009。

其是西方社会认可的女性角色范畴中进行操演。他利用伽里玛对东方女性的幻想，迎合他的喜好，从而进一步加强了伽里玛脑中对宋丽玲就是蝴蝶夫人的想象。而伽里玛本身作为一个“异性恋霸权”社会中的男性，虽然意识到自己可能是性无能，无法履行男人的责任，却依然需要宋丽玲的存在以证明他的男子气概。从某种意义上来说，伽里玛也在进行着他的性别表演。然而，与普遍认知所不同的是，在两人相处的过程中，伽里玛作为此段关系中“男性”的扮演者，却逐渐失去了对这段关系的掌控。随着宋丽玲男性身份的明朗化，伽里玛“宋丽玲就是蝴蝶夫人”的幻想终于破灭。然而，为了能够保留他对东方蝴蝶的幻想，伽里玛选择穿上蝴蝶夫人的戏服，成为自己幻想中的东方女性——蝴蝶夫人。而宋丽玲，却成为那个背叛“爱情”的“平克顿”。

这三幕是全剧的高潮，黄哲伦借宋丽玲之口，吐露了西方社会对东方女性甚至是东方男性的误解。伽里玛的悲剧结尾，就在于他深陷于这个幻象中无法自拔。而本剧最为精彩又耐人寻味的就是故事的结尾，西方男性变装成了女性，而东方男性在远远地注视着这一切。黄哲伦以这样的方式，颠覆了东西方文化中对于性别的刻板印象，引人深思。

然而，尽管这部作品的结尾看似是黄哲伦对西方掌控东方这种意图的反抗，作者本身的意图却并非去诟病西方的帝国主义和殖民主义，而是“对各方的一个请求，希望它能穿透我们各自的层层累积的文化的和性的误识，为了我们相互的利益，从我们作为人的共同的和平等的立场出发，来相互真诚地面对对方”[①]。希望通过阅读这部经典的作品，读者能够对西方/东方、男性/女性的二元对立关系有更加深刻的认识，敢于打破传统二元对立的观念，思考在这个多元文化融合冲突的世界中，我们的身份到底是什么。

参考书目

黄哲伦：《蝴蝶君》，张生译，上海，上海译文出版社，2010。

Elizabeth H. Oakes, "David Henry Hwang," in *American Writers*, New York, Infobase Publishing, 2004.

D. H. Hwang, *Trying to Find Chinatown*, Theatre Communications Group, Inc,

---

① 黄哲伦：《蝴蝶君》，张生译，154 页，上海，上海译文出版社，2010。

2000.

［美］朱迪斯·巴特勒：《性别麻烦：女性主义与身份的颠覆》，宋素凤译，上海，上海三联书店，2009。

（宋玖青撰稿）

第八章　温迪·华森斯坦《海蒂编年史》导读

作家作品简介

温迪·华森斯坦①(1950—2006)是美国当代著名女性剧作家，一生获得普利策奖、托尼奖和纽约戏剧评论奖等多种奖项，是继丽莲·海尔曼(1905—1984)之后近30年里唯一一位闯入百老汇的知名女性戏剧家。

华森斯坦1950年出生在纽约布鲁克林一个富有的传统犹太家庭，从小就受到了很好的教育。1967年进入纽约培养女性精英人才的曼荷莲学院，攻读历史专业，这为她日后成为关注社会、关注历史的剧作家提供了优良的专业训练。1972年，她进入耶鲁大学学习戏剧。华森斯坦一生共创作了《非凡女人和其他》《这不浪漫吗?》《罗森施魏格姐妹》《美国女儿》《老钱》等11部剧作，并出版有散文集《希克萨女神》等。

20世纪70年代华森斯坦在戏剧创作上崭露头角的时候正值美国女性主义戏剧和各种实验剧欣欣向荣之时，生活剧场、开放剧场、荒诞派戏剧不断受到戏剧评论家的热捧，但她对这些新的戏剧形式都没有兴趣。易卜生对社会的洞见、对生活的观察，布莱希特充满哲理的喜剧和引人思考的陌生化效果，契诃夫优雅的幽默和绵亘的忧郁都深深地打动她、影响她。她的剧作秉承易卜生的社会观察、布莱希特的哲理思考和现代戏剧的喜剧精神记录了从20世纪中叶到21世纪初美国的社会、性别、阶级和种族问题。她关注这段时期的重大事件，发现了各种事件背后的力量；从不同侧面揭示社会公平公正的理想与不平等的现实的差异，写出了生活在男性世界的女性的困境，揭示了美国主流文化与犹太传统文化的冲突，流行文化与传统价值观的博弈。她最有影响的是那些关注美国女性知识阶层生活处境和身份问题的戏剧。这些剧作书写女性经验和女性历史，表现塑造女性身份的历史的、社会的和性属的力量，反映女性话语与美国社会占主导地位的男

① 温迪·华森斯坦也被译为温迪·瓦瑟斯坦、温迪·华瑟斯廷等。

性话语体系的冲突和博弈。

华森斯坦继承了布莱希特用喜剧形式写思想剧的传统，用机智和幽默消融了不同意识形态和不同观点的敌对冲突。

《海蒂编年史》获普利策奖后有评论家撰文批评华森斯坦，认为该剧中的笑声削减了对待女性主题的严肃性。实际上，华森斯坦用喜剧来审视中产阶级的生活，面对现代生活的挑战，对付压抑的环境。

华森斯坦的剧作是引人发笑的喜剧，也是引人思考、令人沉思的喜剧，机智是华森斯坦喜剧的精华。剧中由机智引发的笑，既是一种自我批评，也是一种自我肯定，可以表达说话者的不满、消除恐惧、挑战权威。剧中的笑也使观众与当前情景产生一种批判的距离，剧作家在由笑产生的间离效果中寻找机会抓住观众，让大家看到笑背后的真相，引发思考。

华森斯坦的代表作《海蒂编年史》，1989 年在百老汇上演，被看作女性戏剧进入主流剧场的标志。该剧为华森斯坦带来了包括普利策戏剧奖和托尼最佳戏剧奖在内的美国戏剧界几乎所有奖项，取得了巨大的商业成功，至今已经演出了 700 多场，还被改编成了电视剧，深受观众喜爱。

《海蒂编年史》共 2 幕 11 场，情节开始于 1965 年，结束于 1989 年，跨时二十余年，讲述了艺术史女教授海蒂在女权运动第二次浪潮期间的生命历程和身份寻求。海蒂是一位浪漫、知性的未婚女教授。整部戏由三条线索交织而成：海蒂与她的女友们在女权运动中的成长和变化；海蒂与恋人斯库普的分分合合；海蒂的知心男闺蜜彼得的同性恋运动。情节按妇女运动的轨迹发展，海蒂个人的生活完全被镶嵌在这二十余年的妇女运动的历史画卷中，有叙述、有品评。高中阶段海蒂和苏珊等好友共同追求女权主义的理想。她们抗议美军轰炸越南的校园，声援芝加哥妇女大会，纪念被刺的肯尼迪总统、马丁·路德·金博士，参加女权主义者组织的抗议游行活动，参加“妇女意识觉醒小组”活动。20 世纪 80 年代风行的物质主义和里根时代的保守主义政策使海蒂的不少女性朋友离开了女权主义理想，过上了她们过去反感的空虚和无意义的生活。海蒂在 1968 年的尤金·麦卡锡集会上认识了斯库普，尽管海蒂对斯库普自大的男性至上想法很反感，但斯库普总能将自己伪装得魅力十足，海蒂最后心甘情愿地做了他的女朋友。斯库普成功获得海蒂的芳心后，总是无缘无故地不顾海蒂的尊严贬损女性的社会价值，多次要求海蒂放弃自己的追求，以他为中心。海蒂坚持自己的理想，不愿放弃喜爱的哥伦比亚大学的教职。斯库普以海蒂太有思想、太独立为由离开海蒂与丽莎结婚。结婚不久斯库普又陷入与另一位女人的婚外情中。海蒂难以忍受男友斯库普的男权思想，也不愿为了家庭放弃自己喜爱的哥伦比亚大学的教职，最后选择收养一个女儿过上了单身母亲的生活。

作品节选

海蒂编年史

人物

海蒂·霍兰德
苏珊·约翰逊
克里斯·博克思
彼得·帕特隆
斯库普·罗森鲍
吉尔
弗兰
贝基·格罗夫斯
黛比
克拉拉
马克
莫莉·麦克布赖德
丽莎·弗里德兰德

1989年，哥伦比亚大学讲堂。海蒂站在讲台后面，左边是大屏幕。她演讲过程中，屏幕上滑过一幅幅图片。

海蒂 索芳妮斯·贝古索拉在1559年为她的姐姐弥涅尔瓦画了这幅肖像。索芳妮斯有六位姐妹，都和她一样，是享誉全球的画家。从贝古索拉1555年的这幅《三姐妹下棋》中，可以看到她一半的家庭成员。(海蒂抬头看向屏幕)《你好，女孩》。尽管索芳妮斯被认为是十七世纪与提香齐名的肖像画家，她也有至少三分之一的作品流传于世，我们的《美术史调查》课本中却依然难以找到她，或是二十世纪以前任何一位女画家的资料。当然，在我读书的时候，这样的课本对女性更是只字不提。《从历史的黎明到今天》。你们跟得上吗？好的。

克莱拉·佩特斯，1594年左右出生，1657年逝世，这是她的自画像，作画日期不明。在我看来，她是十七世纪最伟大的女画家。我希望你们能再列举出其他十位。佩斯特的年代早于北方静物画的辉煌时代。她的早餐画作，按她自己的说法，和同时期的男画家相比不太关注细节，而更注重几何结构。你们看这个圆柱体的银罐子，这个圆盘，还有这些三角形的奶酪块。没错，这是奶酪。事实上，每天午饭后，佩特斯总会空出好长一段时间吃奶酪。

跟上我的节奏，来看这幅画。《我们终将消逝》，由美国流派画家莉莉·马丁·斯宾塞创作于1869年。这是一副虚空派画作，融合了索芳妮斯的肖像画法和佩特斯的静物画法。画中的少女衣着精致华美，身边摆放的物品都极具象征意义。凋零的花朵和一旁的钟表代表着时光的流逝；而珍贵珠宝从盒子流溢出来则暗示着世俗财富也不过只是沧海一粟。这幅画蕴含着对青春、美貌和生命易逝的沉思。

现在我们要谈谈最重要的事情了——怎么样在下周的期中考前记住这些画。索芳妮斯·贝古索拉和提香风格类似的正统肖像画常装饰以红色珠宝；克莱拉·佩特斯，弗兰德派静物画大师，偏爱几何和奶酪；还有莉莉·马丁·斯宾塞和《我们终将逝去》，说实话，这幅画总让我想起那些可怕的高中舞会——你有时候想跳舞，有时候想快点回家，有时候又不知所措，所以你四处闲逛，一袭华丽的衣裙上别着一枝即将凋谢的花，等着看舞会上会有什么事发生。

开场白结束

第一场

1965年，高中舞会上，折叠椅、横幅、摆满酒杯的桌子。两个十七岁的女孩进场了。苏珊，穿着系扣的毛衣和裙子，海蒂则穿着传统裙装。她们一边望着舞池，一边哼着歌随着音乐摇摆。《爱之歌》正在播放。

苏珊　（唱歌）“在他的眼里吗？”

海蒂　（唱歌）“噢，不，你会被欺骗的。”

苏珊　（唱歌）“在他的眼里吗？”

海蒂　（唱歌）“噢，不，他会让你相信。”

苏珊 海蒂！海蒂！看电暖气旁边那个男生！

海蒂 哪个？

苏珊 穿蓝色牛仔裤、花呢夹克衫和软皮鞋的那个。

海蒂 可所有男生都是这样穿的。

苏珊 他穿着马甲、蓝色牛仔裤、花呢夹克衫和软皮鞋。

海蒂 噢！很可爱。

苏珊 长得有点像波比·肯尼迪。

海蒂 有一点。他真可爱。

苏珊 看！他可以边跳舞边抽烟！他这样真是讨人喜欢！

（苏珊解开了她毛衣的扣子，又从手提包里拿出一条项链）

海蒂 苏珊，你在干什么？

苏珊 海蒂，男人都看重第一印象。噢，天呐，他真是太可爱了！海蒂，快走！

海蒂 怎么了？

苏珊 走就是啦！扎堆在女生中间是最糟糕的！男生会认为你只想和女生一起玩！但是也别表现得太主动，他们不会邀请太主动的女孩跳舞。噢，天呐！有个男生过来了！快走动起来！听我的！

（海蒂开始四处走动，她没注意到一个男孩，克里斯·博克瑟，正向她走来）

克里斯 嗨。

海蒂 嗨。

克里斯 嗨，我叫克里斯·博克瑟，这里的学生会主席。

海蒂 我叫海蒂·霍兰德，外校的报刊编辑。

克里斯 太好了。我想我们一定聊得来。你想跳支舞吗？

海蒂 不好意思，我不能丢下我朋友。

（海蒂往回走，回到苏珊旁边）

苏珊 怎么回事？

海蒂 这是我朋友，苏珊·约翰逊。我们是一起来跳舞的。

克里斯 噢，我还以为你是一个人来的。

苏珊 实际上，我们才刚见面。

克里斯 好吧，很高兴见到你们俩。

（克里斯准备走开）

苏珊　克里斯，你别走。

海蒂　请别走，我们可以一起跳舞。我们可以排队跳赫利加利舞，亲爱的。

克里斯　咦，校长在那边，我得过去打个招呼。你们好好玩。

（他打了个响指）

海蒂　好的。

（克里斯转身走开了，苏珊在他身后喊着）

苏珊　很高兴见到你。

（苏珊转头对海蒂低语）

我不敢相信你竟然这么做！海蒂，我们现在可是在舞会！你懂的，女生和男生相遇，然后漫步在沙滩上，最后走进爱的殿堂！明白吗？

海蒂　明白了。

话外音　下一支舞是《女孩的选择》。

苏珊　明白就好！我们得有计划！海蒂，帮我挡一下，我可不能穿着这么长的裙子邀请“边跳舞边抽烟”跳舞。我该和他说什么呢？

（苏珊开始卷起裙子）

海蒂　问问他是怎么做到一边跳舞一边抽烟的？

苏珊　作为你最好的朋友，我和你说实话，如果你不学着认真对待男生，一定会把事情搞砸的！

海蒂　苏珊，他和我们其实也没什么不同的。唯一的区别就是他能一边跳舞一边抽烟，而我们可以找借口逃出体育馆，说“我来例假了”。

苏珊　妈的！裙子还是太长了！

（苏珊开始把裙子腰往上卷）

你自己一个人回家可以吗？

海蒂　没问题，他不会知道你是和我一起来的。

苏珊　祝我好运！

海蒂　（亲了一下苏珊的脸蛋）祝你好运！

苏珊　（惊慌地往后跳了一步）海蒂！别这样！

海蒂　相信自己！（她像克里斯一样打了个响指）

苏珊　嘘！别逗我笑，不然我的裙子要掉下来了！

海蒂　我明天给你打电话。

苏珊和海蒂挥手告别后退场。海蒂坐在一把椅子上，拿出一本书摆在膝盖上。外面开始播放《玩火》，她向外看去。彼得，一个穿着圣马克校服的男孩走了过来。他盯着海蒂。海蒂微笑着低下头。

彼得 你一定很聪明吧。

海蒂 什么？

彼得 你看起来这么闷，一定很聪明。

海蒂 不好意思，你说什么？

彼得 这没什么。我就喜欢闷的。闷，沮丧，局促，我喜欢这样的女生。你朋友在和那个长得像博比·肯尼迪的绅士跳舞。我觉得一个边跳舞边抽烟的男生，实在很无趣。

海蒂 确实没必要这样一心二用。

彼得 你习惯一心二用吗？

海蒂 我可以边坐着边看书。

彼得 你在看什么？

海蒂 《死神，你莫骄傲》。

彼得 噢，果然。

海蒂 我舞会上最爱读的书之一。

彼得 刚才你那个倒霉朋友手忙脚乱卷裙子，你站在她前面，我看到你，一下就被你吸引了。

海蒂 抱歉。

彼得 拜托，别为你是我巡游中遇到的最迷人的女孩而道歉。

海蒂 巡游？

彼得 这船今晚将在朴次茅斯靠岸，然后告别玛丽皇后号，永远地停泊在加州长滩。很让人伤感，不是吗？

海蒂 确实有些。

彼得 （兴奋）我们悲惨的命运在这里交叉了。我明天要动身去苏黎世的疗养所。

（他咳嗽了一声）

海蒂 太巧了。我准备去米兰的疗养院。

（她也咳嗽了一声）

彼得 我父母很伤心。他们本以为我今年秋天会去威廉大学。

海蒂 我父母已经给我交了瓦萨尔学院的定金。

彼得 我们今晚之后就要分别了。我叫彼得，来自温尼卡。让我猜猜你的名字……

阿曼达，克拉拉，还是艾斯特尔。

海蒂 我叫……

彼得 别告诉我。我只想记住你现在的样子。来我身旁，来月光下，我们头顶就是星空。

海蒂 我们脚下就是大海。

彼得 格伦·米勒和管弦乐队。一切都这样宁静。

海蒂 是啊，这样宁静。

（《爱之歌》开始播放）

彼得 那些边跳舞边抽烟的男生都在和女伴跳舞呢。我想这是最后一首歌了。我有这个荣幸请你跳一支舞吗？

（他牵起了海蒂的手）

海蒂 当然。

彼得 啊！《爱之歌》。巴洛克风格，却又很幻灭。

海蒂 怀旧，却无调性。

彼得 你会嫁给我吗？

海蒂 我依恋单身的自由。如果不能结婚，我也希望我们成为最好的朋友。

海蒂 我会把你的酒杯留作纪念，放在我枕边。

彼得 亲爱的，我们跳赫利加利舞吗？

海蒂 其实，我……

彼得 没事的，我教你。

（他开始示范动作，拉着海蒂的手教她跳。他们一边跳一边唱着歌）

“他人怎么样？”

（他指向海蒂）

海蒂 “噢，不，他不是这样。”

（她咯咯笑起来）

彼得 “你没听懂我在说什么，如果你想知道他爱不爱你……”

（他搂着海蒂的腰，海蒂转起圈来）

“答案就在他的吻里。”

海蒂和彼得 “噢，是的！答案就在他的吻里！”

（随着灯光渐渐昏暗，他们跳着舞退场了）

—本幕终—

第二场

1968 年，一场舞会上。场地竖着“支持尤金·麦卡锡当选总统”的标语，放着贾尼斯·乔普林和大哥乐队的歌，比如《带走我心的碎片》。一个嬉皮士穿着甲壳虫《佩珀军士》专辑里穿着的那种夹克，叼着一根烟，看到海蒂走过来，伸出手想拉海蒂一把。海蒂围着印花围巾走来，拒绝了他伸来的手，站在了点心台旁边。斯库普·罗森鲍，一个穿着蓝色牛仔裤和工作衬衫的男孩正向海蒂走来，他看起来有些紧张，但颇有魅力。他从舞台边的桶里拿了一瓶啤酒。

斯库普　你在看管这些薯条吗？

海蒂　没有。

斯库普　那你应该是很不合群了。

海蒂　你慢用。

斯库普　你去哪儿？

海蒂　我想听听音乐。

斯库普　贾尼斯·乔普林和大哥乐队。“A－”的歌手，“C＋”的乐队。创新性远不如奇想乐队。你知道吗，你看起来真的有点自闭。

海蒂　是吗？

斯库普　当然，我没资格说你不合群。你相信人的尊严吗？我的意思是，你显然是个自由党，不然你也不会在这儿。

海蒂　我跟朋友来的。

斯库普　这样的风雪天，你来到新罕布什尔州，来到曼彻斯特，为了基恩·麦卡锡每家每户地按门铃拉票，就只是因为一个朋友？你干吗不去滑雪？

海蒂　我不滑雪。

（斯库普递给海蒂一根薯条）

斯库普　“B＋”的口感，“C＋”的脆度。你是不是要去那七大女子学校之一？

海蒂　你怎么知道？

斯库普　那里都是关心社会的好公民。

海蒂　我说了，我是因为朋友才过来的。

斯库普　都是胡扯。真诚点。你完完全全是为麦卡锡来的。你以为你为了麦卡锡每家每户地按门铃，这个混蛋就能当选总统，我们就会变成良好市民，不管是什么破地方的战事就都能平息，百姓就能丰衣足食，把女儿送去瓦萨尔学院读书。

就像我说的，你完完全全就是麦卡锡的支持者。

海蒂　抱歉，我先走一会儿。

（斯库普微微一笑，伸出手）

斯库普　和我说话很有趣吧。

海蒂　我很荣幸。

斯库普　你叫什么名字？

海蒂　苏珊。

斯库普　全名是？

海蒂　苏珊·约翰逊。再见了。

斯库普　嗨，苏珊·约翰逊，你不问问我叫什么吗？

海蒂　呃……

斯库普　哈，像你这样的女孩就是做不到看着一个男生的眼睛直接告诉他“我对你一点兴趣都没有，你实在太讨人厌了，而且你的长相只有‘B—’”。

海蒂　你是不是什么事都要打分？

斯库普　毕竟我曾经是个好学生。

海蒂　曾经？

斯库普　我从普林斯顿辍学了，和伍德罗·威尔逊一样学哲学，全是些胡说八道的玩意儿。

海蒂　真厉害。那你现在做什么？

斯库普　做会儿这个，做会儿那个。

海蒂　你是不是在为支持麦卡锡工作？毕竟你在麦卡锡支持者的舞会上。

斯库普　我是和朋友来的。苏珊，你难道不知道总统什么的都只是冰山一角？麦卡锡根本无关紧要。麦卡锡不过就是个“C＋”版的阿德莱·史蒂文森。这个国家将会有翻天覆地的变化。像你这样的女孩是想象不到的。

海蒂　你生活中是个激进分子？

斯库普　激进分子？你是指我是不是会在我爸妈西哈特福房子的地下室安一枚炸弹？苏珊，我怎么能算是激进分子呢？我叫斯库普，是个犹太人，还会在埃克塞特打长曲棍球。你实在不善于观察细节，也太爱把人定性了。我是个记者，来这里只是想四处看看。

海蒂　你在报社工作吗？

斯库普 难道瓦萨尔教你问各种无聊的问题来继续话题吗？

海蒂 好吧，那我去见我朋友了。

斯库普 我也得走了。我要去见保罗·纽曼。

海蒂 你要是见到他，告诉他苏珊向他问好。

斯库普 你不相信我要去见保罗·纽曼。

海蒂 我当然相信。

斯库普 我要去机场接他和麦卡锡先生去记者招待会。保罗人很好。不如你跟着一起来？我们可以聊聊天，喝喝酒。

海蒂 抱歉，我就不去了。

斯库普 为什么？

海蒂 就是不能去。

斯库普 苏珊，我有话直说了。这么冷的天，路都结冰了，你却宁愿和五个女孩开一辆大众回波基普西，一路上讨论诺曼·梅勒和计划生育，也不愿意跟我去和麦卡锡、保罗喝酒？苏珊，你真可爱。真是太可爱了。

海蒂 你也真是太讨人厌了！

斯库普 一整晚，你终于说了一句实话！你最好学会勇敢表达自己。我会把你报道成新闻的！

海蒂 普林斯顿就教你这么和人说话吗？

斯库普 我中意你，苏珊。我真的很中意你。

海蒂 你就不能别说什么"中意"，好好地说"喜欢"吗？既然我都开始有话直说了。

斯库普 我喜欢你，苏珊。你有点神经质，但我很喜欢你。

海蒂 好吧，我不确定我喜不喜欢你。

斯库普 你怎么会喜欢我呢？我又傲慢，又不合群。但我倒是很聪明。你能忍受我的，我确定。怎么了？

海蒂 什么怎么了？

斯库普 你有心事。

海蒂 实际上，我在想为什么有些事父母总会教给女儿，但从来不告诉儿子！

斯库普 你什么意思？

海蒂 我的意思是，你他妈哪来的自信？

斯库普 给苏珊打十分。

海蒂　噢？从字母打分改成数字打分了吗？

斯库普　你大有希望成为一名政客。

海蒂　我将来打算做一名美术史学家。

斯库普　千万别，太古板了。

海蒂　我喜欢品味不同的画家对人类灵魂的表达。画作的内容远比形式重要。

斯库普　但我认为现代美术的重点，却是形式渐渐变成了内容。想想亚伯斯的《正方形的礼赞》，只是三个重叠的方形，而我们却在讨论知觉、整合与孤立。三个方形就反映了社会的缺陷。所以你的论点并不严谨。

海蒂　别阐释亚伯斯。

斯库普　你确实是个不折不扣的自由派！你接下来是不是就要告诉我赫伯特·马尔库塞对你影响有多大了？是不是？

海蒂　没有。

斯库普　我完全不相信！你没读过马尔库塞？

海蒂　保罗·纽曼不是在等你吗？

斯库普　你朋友不是也在等你吗？海蒂？

斯库普跳起来。

投篮，罗森鲍。30 分。分数从 30 变成了 10。

海蒂　你怎么知道我叫海蒂？

斯库普　我告诉过你，我是个记者。你相信《解放地球报》写的东西吗？

海蒂　那是你的报纸吗!!!

斯库普　我是主编。发行量 362，并一直在增长。好吧，说实话，我知道你叫海蒂是因为这上面写着呢。

他指了指海蒂胸口。

在你胸牌上。海蒂。“H-A-I-D-I”。

海蒂　(尴尬)噢！

斯库普　噢!!!

海蒂　噢，好吧……

她试图把胸牌扯下来。

斯库普　你没必要一直盯着地板。

海蒂　我没有。

斯库普 我现在还一点也不了解你呢。为什么你这么害怕说自己的事呢？

海蒂 我并不害怕。

斯库普 海蒂，你不明白。你会成为那个很有影响力的人。那个会让生活翻天覆地的人。一定是这样。你是个非常严肃的人。实际上，你有种不幸的矛盾感——你既是个严肃的人，又是个好人。我很羡慕这一点。

海蒂 我想我得谢谢你。

斯库普 当然，你会成为一个虔诚的信徒，全然不明白信仰不过是一个词汇罢了。就像新经济政策时期的托洛茨基派分子。像堕落的基督教犹大的崇拜者。

海蒂 那你呢？

斯库普 我？我告诉你。我只是来这里到处看看。

海蒂 要是你落伍了呢？

斯库普 你的意思那些女孩都“狂热”地投身政治活动，要求平等的薪水、平等的权利和平等的性高潮？

海蒂 每个人都有权力发挥潜能。

斯库普 当然。

海蒂 我的意思是，为什么有些受过良好教育的女性要把时间浪费在给你们男人和孩子做金枪鱼三明治上？

斯库普 她们不该这样。关于这件事，我认为那些没受过教育的女人也不应该。海蒂儿，我是站在你这边的。

海蒂 别叫我“海蒂儿”，太年幼了。

斯库普 你是说“幼稚”吧，一点也不幼稚，可爱极了。

海蒂 你在故意逃避话题。

斯库普 不，我只是在委婉地邀请你和我上床……在我去接保尔之前。

停顿。

海蒂 啊。

斯库普 你有权力说不。我不能保证我们俩的性经验平等。

海蒂 谢了，我知道怎么让自己舒服。

斯库普 你已经学会说行话了。很快你的身体就会热起来了。

海蒂 或许我会变得“狂热”。

斯库普 我希望是这样，你是处女吗？

海蒂　什么?

斯库普　如果你能接受我的邀请，我会试图找到适合你的方式。

海蒂　(尴尬)好吧。

斯库普　为什么谈到性的时候，你要捂住嘴巴?

海蒂　讲卫生。

她局促地笑着。斯库普把她捂住嘴的手拿开。

斯库普　我说过，你是个严肃的好人。我很荣幸。或许当你三十五岁时，嫁给了一个著名的精神病医生。你开车接你刚放学的女儿去大提琴课的路上，会像普鲁斯特一样朦朦胧胧地浮想联翩，当你想起今天发生的一切，心里会泛起温柔的涟漪。

海蒂　不，那时我会忙着烧我的内衣。

斯库普　或许在我三十五岁时，我会有个能够容忍我脾性的妻子。望着她，我会想起今天，想起1968年新罕布什尔州曼彻斯特这个初雪的夜晚，我，一个想入非非的自由派报纸主编，爱上了海蒂·霍兰德，一个到处为总统竞选拉票的美术史学家。

海蒂　你在看管这些薯条吗?

斯库普　不，它们不用看管。

他开始热烈地吻着海蒂，此时一首类似《白兔》的歌开始播放。过了一会儿，斯库普看了一眼表，拿起大衣。他正要走出房间，又回头看了海蒂一眼。海蒂看了看表，跟了上去。

—本幕终—

第三场

1970年，在密歇根州安阿伯市一家教堂的地下室。吉尔，40岁，穿着高领毛衣和百褶裙，看起来干净清爽。弗兰，30岁，穿着军装，正在摆放饼干和咖啡，艾瑞莎·弗兰克林的《尊敬》在场地响起。弗兰独自边跳边唱:“快告诉我吧。快告诉我吧。”

吉尔　(拿着块曲奇正在品尝)弗兰，我想如果我们是在谁家里举办这个舞会，应该会更自在的。

弗兰　吉尔，我们他妈的又不是青年会。

吉尔　我只是希望每个人在这都能很舒适。

她开始挪动椅子。

或许我们应该重新布置一下，最好能划出一块聊天角。

弗兰 你和我妈一样啰嗦。她用床单布置场地。

弗兰开始摆放椅子。她们边唱歌边布置场地的时候，贝基，17 岁，穿着蓝色牛仔裤，披着件斗篷，走了进来。

嗨！这儿！

吉尔 嗨。

弗兰 我们刚进入状态呢。

她关掉音乐。

再见，艾！瑞！莎！

吉尔 有什么我能帮忙的吗？

贝基 当然。我叫贝基·格罗夫斯。我看到楼上你们贴的海报了。

吉尔和弗兰马上走到贝基身边，拥抱了她。

吉尔 贝基，我叫吉尔。很高兴见到你。

弗兰 贝基，我叫弗兰，很高兴见到你。

吉尔 贝基，来一块曲奇吗？花生酱裹格兰诺拉麦片口味的。我们轮流负责甜食。

弗兰 “甜食”？吉尔，我们他妈的又不是在吃什么布朗尼蛋糕。

贝基 我有时候把甜点和饼干也叫作“甜食”。

吉尔 谢谢你，贝基。

弗兰 贝基，你说我是不是有点太强势了？我正努力克服呢。

吉尔 我爱你，弗兰。

海蒂和苏珊进场。她们都穿着羽绒服、蓝色牛仔裤配登山鞋。

苏珊 抱歉。抱歉。我们来晚了。路上的雪堆太大了，简直和长毛象一样。

弗兰 比阿弗洛狄特的山雀还大。

弗兰和吉尔前去拥抱苏珊和海蒂。

吉尔 你好，苏珊。很高兴见到你。

弗兰 你好，苏珊。很高兴见到你。

苏珊 这是我的朋友海蒂。她这星期跟着过来看看。

吉尔 你好，海蒂，很高兴见到你。

弗兰 这是贝基，这周刚加入我们。

苏珊 (拥抱贝基)你好，贝基。很高兴见到你。

弗兰　好的！让我们尽情享受大好时光吧！

（她们坐下。海蒂稍微往后挪了挪椅子，挪到弗兰后边，挪出了大家围起来的圆圈）

吉尔　我想请大家来参加安阿伯市休伦街的聚会，我们是“提升女性意识讨论组”。海蒂，贝基，你们刚来，我得告诉你们，在这里放松就好，怎么舒服怎么来。我已经有四个女儿了，我第一次来的时候，按弗兰的话说，就他妈是个“女主人”。我身边所有人——我的丈夫比尔，我的女儿们，我的朋友们——都指望着完美的吉尔生活。但有个问题，我完全忘记了还有一个人需要照料。

贝基　是谁呢？

吉尔　就是吉尔。

贝基　我有时也有这种感觉。

苏珊　我们都会时不时这样觉得。

贝基　真的吗？

弗兰　可不是，我们他妈的看着《父亲什么都知道》长大，我们有自己的权利！……

海蒂把她的椅子又往后移了移，离这个圈子更远了。

苏珊　我爱你，弗兰。

吉尔　我也爱你，弗兰。

弗兰　（精心整理服饰）或许我该更经常好好打扮自己，为自己而战。

苏珊　我有时觉得你戒备心太强了，其实你没那么脆弱。

吉尔　海蒂，贝基，你们知道弗兰是个天才物理学家，也是个同性恋，我们都支持她的性取向。

贝基　当然。

弗兰　你支持我的性取向吗，海蒂？

海蒂　我只是过来参观的。

弗兰　我必须说，这里有个“只是来参观”的人让我很不舒服。我来这里和你们聊天，是把你们当作我的姐妹。可以吗，海蒂？

海蒂　好吧。

弗兰　别轻易评判我们。老天，我们一生被男人评判得已经够多了。好吧，让我们尽情享受大好时光吧！

苏珊　我会从这周开始参加的。这周我能跟上，但我还是害怕我之前落后了不少。

吉尔　苏姗，你当初为什么决定在《法律评论》工作？

苏珊 我接受了这个职位!

吉尔 很好。

苏珊 贝基，我很严肃地想过去做一个法律记者，只投身于女性法律事件。但我认真想了很久，还是决定在男权主导的体系内工作，再设法改变这个体系。

吉尔 苏珊，我太为你骄傲了!

苏珊 你能想到我妈因为我接受了这个职位而打算把我嫁出去吗?

弗兰 你在胡说些什么?“你是要在男权主导的地方工作的。”而且，不管你要不要刮腿毛，我都他妈的要去跟特丽西亚·尼克松约会。

苏珊 我爱你，弗兰。

弗兰 苏珊，我肯定吓得你够呛。

贝基 你为什么要冲着她吼?

苏珊 贝基，弗兰是我见过最诚实的人。她绝对是我的好姐妹。

贝基 嗯，这么说她有点像波比。

吉尔 谁是波比?

贝基 嗯，我男朋友。嗯，我们算是住在一起吧。嗯，我爸妈去年离婚了。我爸在这儿的一家电影公司做事，去年他拍了一部纪录片叫《伊普西兰蒂的花之子》，还得了好多奖什么的。

海蒂 艾德·格罗夫斯是你爸?那部纪录片太棒了。

贝基 你看过了?

海蒂 我在读研究生，所以看过好多电影。

贝基 嗯，还记得那个戴绳编手环的金发姑娘吗?就是那个想去旧金山跟多诺万上床的那个。嗯，她是我爸的另一个老婆。

弗兰 真是活见鬼。

苏珊 这是违法的。

贝基 他们没有真的结婚，只是戴了戒指而已。但是，自从他走了以后，我妈就疯疯癫癫的。她去了加利福尼亚的伊莎兰，估计这会儿正在跟树说话什么的呢。她本来说就去一周，但是现在都已经六个月了。我索性就叫波比搬来一起来住，至少等我高中毕业，但是好像不行。我不知道。

吉尔 不知道什么?

贝基 我是说，我想努力对他超级好，给他做一日三餐，也从不会违背他的意思。

但他不是发火，就是喝醉酒。有时候我想一个人静一静的话，就把自己锁在厕所里哭，尽量不发出任何声音。

停顿。

你们都鄙视我，对吗？

弗兰　可怜的人，没有人会鄙视你的。

吉尔　贝基，你愿意搬来跟我和我的家人住一段时间吗？

弗兰　我爱你，吉尔。

苏珊　我爱你，吉尔。

贝基　我觉得你们应该学着照顾吉尔。

吉尔　我们女人应该为懂得欣赏你的人付出，而不是为了想要你付出的人付出。

弗兰　那帮混蛋一直都在让我们付出。

贝基　你们真是太好了。你们是我见过最棒的女人。真高兴来到这儿。

与她们逐一拥抱。

弗兰　谢谢你，贝基。好啦！现在让我们的“客人”发表一下到此为止的感想吧。

海蒂　我认为你们可能不想被品头论足的。

弗兰　我是让你分享，不是评论。

海蒂　我认为吉尔很慷慨。而且那个戴绳编手环的姑娘跟多诺万一起会更好。

吉尔　(笑)海蒂，你在哪儿上学？

海蒂　纽黑文。

弗兰　贝基，“纽黑文”对东部平等主义者来说就相当于“耶鲁”。

海蒂　我在那儿读艺术史研究生课程。我对从文艺复兴到现在艺术中的女性形象很感兴趣。

弗兰　从女性视角解读这些作品吗？

海蒂　从人文主义视角。

弗兰　海蒂，你刮不刮腿毛？

海蒂　恐怕这是我的个人问题吧。

弗兰　那么你的问题是什么？

海蒂　我不想说。在这一方面我很小气的。

苏珊　我的朋友海蒂正被一个混蛋迷得死去活来的。

海蒂　苏珊，这是我的个人问题。

吉尔 多年来，就是这些“个人问题”造成了我们之间的隔阂。“个人问题”就是那些我明知道自己做得不对，但却因为对自己没信心，而索性继续默默错下去的事情。

贝基 海蒂我帮你按一下背吧，我妈妈不舒服时，我就这样帮她按摩。

吉尔 我们不要逼她了，也许海蒂与我们的立场不同。

海蒂 我跟你们的立场是一致的。

弗兰 你怎么会跟我们立场一致？

海蒂 我同意所有人的潜能都应该得到充分发挥。

弗兰 对，但是不包括你。

海蒂 什么？

弗兰 海蒂，在这里的所有女人都被教育说，她们丈夫、儿子和上司的需求和梦想远比自己的重要。而我们现在要想改变这一切，就必须从现在开始找到自己所想所要，让这些所想所要变得跟男人们的同等重要。然后我们就能走出去，真正有一番作为！

苏珊 能生在这样的时代，我太高兴了！

弗兰 海蒂，只有我们彼此敞开心扉，这一切才能开始改变的。

海蒂 (停顿)好吧，弗兰。我3年前在尤金·麦卡锡的派对上认识了一个男生。

弗兰 天哪，“干净整洁的尤金”。

海蒂 总之，那之后我们就经常见面。他还跟其他的人交往，呃，我大概几个星期能见他一次。他在法学院教课。

突然停了一下。

贝基，这个“法学院”指的是“耶鲁法学院”，我就是一个芝加哥东部平等主义的混蛋。

吉尔 那可真是厉害了。

海蒂 谢谢。

苏珊 重点是，海蒂为了见那个混蛋什么都不顾了，工作、约会，甚至和我见面的机会。

海蒂 他的确是个混蛋，不过是个有魅力的混蛋。

弗兰 我真他妈的讨厌这些魅力。

海蒂 我需要他时，他很冷淡，但当我变得更好，要离开他时，他却突然变得殷勤起来。

贝基　你的那位混蛋听起来挺像我的那个混蛋。

海蒂　但是，贝基，错不在他，而在我。我本来有更好的选择的。我的一个老朋友，叫彼得，是他让我认识了自己，让我意识到自己的价值。但我知道这是不对的，我可以这样对任何我的朋友说，我知道这是不对的，不管你们刮不刮腿毛。

弗兰　我喜欢你这位朋友，苏珊。她虽然还有待进步，但她也是个被压抑的聪明女性。

海蒂　贝基，我希望我们的女儿不会有我们这样的遭遇。我希望我们的女儿们都能活得更有价值。你觉得我们能做到吗，弗兰？喂，你能保证吗？能保证吗？

弗兰　我收回刚才的话。我爱你，海蒂。

弗兰抱了抱海蒂。

吉尔　我爱你，海蒂。

吉尔抱了抱海蒂。

贝基　我爱你，海蒂。

贝基跟她们每个人拥抱。

苏珊　我真的有种已经实现的感觉，我们每个人。我跟海蒂一起长大的，我们是女友，但是我想让她见见我的女性朋友们，因为你们对我都很重要。现在，贝基，你也对我很重要。

吉尔　我觉得我们太棒啦！我发誓不管是下雪还是雨夹雪都不能让我离开这里。

弗兰　(与吉尔击掌)太好了，吉尔。

贝基　(与吉尔击掌)太好了，吉尔。

海蒂和苏珊　(与吉尔击掌)太好了，吉尔。

吉尔　(与海蒂击掌)太好了，海蒂。

贝基　(与海蒂击掌)太好了，海蒂。

弗兰　太好了，海蒂。

弗兰转过身再次与吉尔击掌。

太好了，吉尔。

吉尔走开。

吉尔　咱们唱一首我和我的孩子们经常唱的露营歌，好吗？好的。咱们拉起手围成一个圈。这首歌是这样的："朋友，朋友，朋友，我们是永远的朋友。"

苏珊 我爱你，吉尔。

她们拉起了手。

全体 (唱歌)朋友，朋友，朋友，我们是永远的朋友。

开始摇动。

吉尔 不管是冰雹还是狂风之夜……

全体 (唱歌)不管是冰雹还是狂风之夜……

吉尔 塔克候露营地将我们连在一起！

全体 (唱歌)塔克候露营地将……

弗兰退出圈子。

弗兰 去他妈的！

背靠艾瑞莎。

全体 (一起唱歌跳舞)

“尊—重，
找到它对我的意义。
来吧，一点尊重……
来吧，一点尊重……
一点尊重……”

每当唱到“一点尊重”时，弗兰就带领她们击拳致意。

—本幕终—

第四场

1974年，雨天。芝加哥艺术博物馆外。一个带着伞和芝加哥艺术博物馆购物袋的男人穿过舞台。两个带着伞的女人以及“芝加哥女性艺术联盟”的游行队伍进入。海蒂正拿着扩音器说话，站在她旁边的是黛比，她穿着新潮黑色裙子，显得极其严肃，她们都举着伞。这些人站在“拿破仑时代展”的横幅前大喊“艺术需要女性！”

海蒂 这家美术馆是用我们的税款筹资兴建的。“我们”既包括男人也包括女人。每周来到这里的60％都是女性。绘画和欣赏的人中有70％是女性。但是这座“伟大的”博物馆却只展出了两位女画家的作品。现在正在展出的拿破仑时代展甚至连一位女性艺术家都没有。

转向黛比。

没人停下来呢。

黛比　（接过扩音器）有许多女性艺术家被排除在这个展览之外，其中有：伊丽莎白·勒布伦，1775—1842年，有超过660幅作品。玛丽·伯努瓦，1768—1826年……（彼得身着牛仔，带着背包进入。他同样带着雨伞。他一边挥拳一边高喊，打断了黛比的讲话）

彼得　不要男性……不要男性！不要男性！

海蒂　彼得！

黛比　（大声地）今天下午两点，我将和我的姐妹们游行到馆长办公室，向他提出我们平等展出的请求。我们希望你加入我们。

彼得鼓掌。

彼得　那太好了。太棒了。

向黛比伸出手。

你好，我是彼得·帕特隆。

黛比没有理他。

黛比　海蒂，恐怕咱们有的人走错地方了。克拉拉，咱们去看看。

彼得　好吧。有哪个混蛋胆敢带着伦勃朗或鲁宾斯的画进去，我就痛揍他一顿。（黛比和其他两个人走下）

海蒂　彼得，我们是认真的！

彼得　认真？我这事儿十万火急！那天我孤独地在我实习医师的小屋里，回忆着前一天晚上缝合的三百处刺伤，想着吃两片安眠药缓解一下嗓子痛，这时某人告诉我她不能来见我了，因为她只能在芝加哥待四个小时，我失去的爱人，我亲爱的、多才的海蒂·霍兰德小姐。

海蒂　谢谢你能来。也许。

彼得　也许？

向四周看了看。

只有我一个人来！

海蒂　（吻了吻他）你是我的好朋友。

彼得　而且是忠诚的、无私的朋友！你知道我们在这儿可能会错过什么吗？你知道今天以后，我们就不能再讨论尼克松了吗？再见了，埃里希、杜赫德。我在用非性别歧视术语向你致敬呢。

海蒂看着他收起了雨伞。

好像众神也支持“艺术需要女性”似的。他们希望出现更多的摩斯奶奶。

海蒂 也许是弗洛琳·史提海莫呢。

彼得 众神不会那么小众吧。你看起来挺不错的。

海蒂 是吗?

彼得 有点胖，皮肤也有点粗糙。但是看起来还不错。所以你要站在这儿等到再来几个女的买几幅画，或是给这个展览画几幅性别主义、沙文主义的作品才行吗?

海蒂 你也听到刚才黛比讲的了，我们是要去馆长办公室。

彼得 黛比?她叫黛比?“黛比”才不会满身都是黑色和银色呢!她应该叫“黛博拉”。海蒂，你应该改叫“海德薇斯”。这样人们就会知道你是认真的了，人们就会自然而然地在这儿聚集起来了，而不是伍德斯托克音乐节之后。

海蒂 我们没见面的这段时间，你变得好严厉啊。

彼得 不是严厉，是消化不良。我患上了严重的自恋人格障碍。

海蒂 是吗?

彼得 是的，但是别担心，亲爱的。我的朋友说我们正进入自恋的阶段，而我正在这一变化的最前线。

停顿。

说到自恋自满的人，普普希怎么样啦?

海蒂 他叫斯库普。他在华盛顿的最高法院做职员呢。

彼得 是吗!他还没去竞选总统吗?他父母的脸都让他丢尽了吧。“哈里·斯库普在家里死了。听到了吗?死了!”

海蒂 其实他跟我的朋友苏珊一起在为同一位法官做事。

彼得 所以你现在还跟他有联系，对吧?

海蒂 但是我们已经没有任何关系了，除了性关系。

彼得 真是个神气的70年代的姑娘啊!亏你能把性需求和感情依赖分得那么清楚。海蒂，如果你告诉我，你跑步时分泌脑内吗啡，我现在就去馆长办公室要求开全部艺术家的回顾展。

海蒂 别费心了。我们已经有这个计划了。你还好吧?

彼得 说实话，我感觉我们已经越来越远了。

海蒂 彼得，前一段我在写论文呢。

两人坐在了附近的长凳上。

彼得　我不是指责你，只是说一下我的想法。我已经八个月没有见你了。

海蒂　彼得，你该找个女朋友了。我得帮你找个女朋友。

彼得　求你别了。

海蒂　你一直都不喜欢我的朋友。

彼得　是女性朋友。但是我喜欢弗兰，那个安阿伯市的多毛唯物论者。

海蒂　她不可能。我答应你帮你找其他人。

彼得　(真诚地)海蒂，我不太赞同你们。

海蒂　那又怎么样？苏珊说没有哪个男人会真心赞同我们，而且没有男人会为我们的潜能惊讶。相信我，你跟大多数人都一样，没什么好担心的。

彼得　苏珊就是那个用圆柱销把裙子往上卷的那个吗？她的腰上总是长着红斑。

海蒂　她已经是一个激进的牧羊女/法律顾问了。

彼得　真好！我已经是一个自由主义的同性恋儿科医师了。

海蒂　我的意思是她在蒙大拿的一个女性健康法律团体工作。她以前跟斯库普一起在最高法院工作，但是，呃，呃……她觉得她更喜欢，呃，呃……

彼得　羊。她觉得她更喜欢羊。这就说得通了。我更喜欢斯坦利。

海蒂　谁？

彼得　我朋友，斯坦利·辛克，是约翰·霍普金斯大学的精神病医生。但是他想辞职去一起跟摩斯·康宁汉搞研究。遗憾的是，斯坦利年龄太大不能加入，而且那个摩斯小姐也没找到更年轻的。反正，我已经打算找那个我上个星期遇到的作家换掉他了，我们俩都不喜欢萝拉·尼罗。我应该早告诉你这些的，但我总觉得应该通过比电话更亲近的方式告诉你。所以我就选了这个芝加哥艺术博物馆。

海蒂　黛比应该快回来了吧。

彼得　为什么你就那么想让黛比回来？

海蒂　因为你让人觉得难以忍受。

彼得　我怎么会让人觉得难以忍受？

海蒂　你刚才就嘲笑了苏珊和她的政治抱负。

彼得　我其实是想赞美苏珊和她的政治抱负！

海蒂　(站起来)去你妈的，彼得！

彼得　(紧张地)海蒂，我是个同性恋，好吗？我的男友是斯坦利·辛克。你们要求挂上那些愚蠢的画，就是因为上面签了南希、格拉迪斯或是吉尔达的名字。而我的解放，我对幸福的追求，还有跟我一样其他同性恋的幸福，跟你们的要求一样正当。这就是我今天来见你的原因。我要求跟你平等地对话。

女性 (上台)艺术需要女性！艺术需要女性！

黛比 海蒂……

彼得 谢天谢地，你回来啦！

黛比和克拉拉走向海蒂和彼得。

黛比 是时候行动了。

接过扩音器。

女性艺术联盟就要前往馆长办公室了。请加入我们。

开始走。克拉拉、海蒂跟着一边走一边高喊。

艺术需要女性！艺术需要女性！

彼得也拿起牌子，跟着她们一起游行。

彼得 艺术需要女性！

黛比 我感觉你的语气里充满了男性的刻薄。抱歉，我不能让你参加。这是一个女性的游行。

海蒂 我们的主张不就是我们共同的文化习俗嘛。“我们”就是指所有人，所有男人和女人，当然也包括他。

黛比 海蒂，你知道这是个女性游行的。

彼得 海蒂，你去吧，我在这儿等你。

海蒂 (向黛比)抱歉，我不能丢下我的朋友。

黛比 天啊，我真是讨厌你们这些操纵别人的男人。

彼得 我也是。

黛比 海蒂，随你的便吧。

又一次拿过扩音器。

艺术需要女性！艺术需要女性！

黛比下台。

彼得 真遗憾她不让我参加。我认识那个馆长。

海蒂 是吗，他站哪一边？

彼得 猜猜看。

海蒂 哦，天哪。

彼得 海蒂，我知道你的世界观很宏大，所以你可能觉得我的世界观狭隘又主观。

海蒂 我可要打你了啊。

彼得 算了吧，我打赌你不敢。来，举起你的拳头。

拿起她的手，打了自己胳膊一下。

这一下是为了我曲解了性政治。

海蒂 对。

彼得又拿她的拳头打了自己一下。

彼得 这一下是因为你们的解放比我的高尚。

海蒂 又对了。

彼得又拿她的拳头打了自己一下。

彼得 这一下是因为我选择救治生病的孩子而不是去牧激进的羊。

打了自己一下。

这是因为我男性的刻薄。

海蒂 对。

开始自己打他。

这是因为你该死的……

彼得 自恋？自大？

海蒂 不是，嗯……

彼得 听起来不就是这样的嘛。

海蒂 哦，我放弃。

突然又打了他一下。

这一下是因为你喜欢男人胜过女人。

又打了他一下。

这一下是因为你没有无可救药地爱上我。

彼得 那可太伤感了。

海蒂 是悲痛。

彼得 (推了她一下)这一下是因为你让我内疚了。

海蒂 是吗？

彼得 是的。

深叹了一口气。又推了她一下。

这一下是因为你忘了我们相识十周年纪念。

海蒂 我们已经认识有十年了吗?

彼得 其实是九年，就别管那么多了。

揽住海蒂。

海蒂，这是我有生以来第一次这么乐观。我觉得如果每个人的人生中都能多几幅女性作品的话，大家会更幸福。清晨的朱迪·芝加哥，夜晚的朱迪·芝加哥，晚餐时的朱迪·芝加哥。希望你保持这份幽默感或是跟那个普普希结婚。

海蒂 是斯库普。

看着他停顿了一下。

彼得，我想见见斯坦利·辛克，那个医生舞者。

两人拥抱。但彼得看了看别处又推开了她。

彼得 但现在不行，我想。我忘了件事，海蒂。我请了一个服务生来一起吃午饭，深呼吸一下，他来了。

海蒂 (看了看)挺帅的嘛。

彼得 简直太可爱了。

海蒂 还不错。

马克走过来。

马克 嗨。

彼得 嗨，马克。这是海蒂。

马克 你好。

海蒂 你好。

彼得 海蒂，这是马克。怎么了?

马克 说来也挺伤心的。他出汗了什么的。就好像我要让他去当总统什么的似的。

彼得 你当然会。

马克 什么?

彼得 我。你会想要我。

彼得抱了抱马克。

这儿一切进行顺利。让人讨厌的黛比和艺术需要女性代表团，还有刚才海蒂暴揍了我一顿。

马克　真的吗？

海蒂　对，但是马克，你可以补偿我。

马克　可以吗？

海蒂　我们现在还能去馆长办公室。

彼得　那黛比呢？我以为这是个女性游行。

海蒂　马克，我希望能与你平等对话。

递给他标语。

艺术需要女性！

海蒂和马克　（边走边喊）艺术需要女性！艺术需要女性！

彼得　（追上他们）艺术需要女性！

—本幕终—

第五场

1977年，皮埃尔酒店舞厅的前厅。房间空空如也，只有几把椅子，和放着鲜花和香槟的桌子。苏珊和一个叫莫莉的三十岁的漂亮女人进入。能听到从隔壁舞厅传来的舞曲声音。

莫莉　苏珊，那些人是谁？

苏珊　啊，莫莉，海蒂是我的老朋友了，彼得是个医生，那个新娘我从来没见过，那个新郎是个混蛋。

莫莉　苏珊，我感觉我们已经不是在蒙大拿了。

彼得和海蒂进入。彼得身着西装，海蒂穿着一身漂亮的裙子。

彼得　“斯库普·罗森鲍，你愿意娶丽莎·弗里德兰德为妻吗？”“嗯，我还是挺纠结的。但是我又没什么感情，而且她家庭出身很好，又毕业于一个好学校，又不是那么讨人厌。所以，对，我愿意。况且，是到了该结婚的时候了。”“丽莎·弗里德兰德你愿意嫁给斯库普·罗森鲍吗？”

他模仿丽莎的南方口音说话。

“拉比，从小我的梦想就是获得夫人学位。我崇拜斯库普，因为他将来会变得非常富有，就跟我崇拜的爸爸一样。而且虽然我生在一个孟菲斯最优越的犹太家庭，但我有轻微受虐倾向。所以，是的，拉比，我愿意。”“在上帝和皮埃尔酒店的见证下，我宣布你们成为丈夫，获得夫人学位。”

苏珊　我都不知道神和皮埃尔还有个一揽子协议。

彼得 当然。再加上一万美元的捐款，他还会额外奉送桌花和四件套。说实话，我从来都没见过那么不浪漫的新娘。

海蒂 彼得，嘘。她挺漂亮的。

彼得 她长得像啄木鸟伍迪。

苏珊 还有那些伴娘简直是活脱脱的飞拱。

莫莉 (咯咯笑)她一定挺不错的。

彼得 对，莫莉，我也觉得她挺不错的。

苏珊 但是他居然会跟那么冷漠的一个人结婚，真是不可思议。

彼得 苏珊，你的姐妹们知道你居然会说别的女人冷漠吗！

海蒂 我们应该进去跟他们握手。

苏珊 你今天怎么了？

海蒂 我会娶她的。

莫莉 (还在咯咯笑)她瘦得皮包骨头了。

彼得 我爱你，莫莉。

海蒂 他们会幸福的。她跟斯库普是绝配。

斯库普进入，海蒂开始没有注意到他。

斯库普 你怎么知道的？

莫莉 你就是那个新郎？

斯库普 是的。

莫莉 (走上前)我听说你是个混蛋。

苏珊 (挥手)嗨，斯库普。

斯库普 (挥手)嗨，苏珊。

苏珊 斯库普，这是我在蒙大拿女性健康法律团体的朋友莫莉·麦克布赖德。

斯库普跟她握手。

斯库普 有个牧羊女姐妹挺不错的。

转向彼得。

你就是那个儿科医师？

彼得 (跟斯库普握手)恭喜。

斯库普 海蒂说过她很喜欢你。我不懂她为什么不早介绍我们认识。

彼得 海蒂，你为什么不早介绍我们认识？

海蒂瞪了他一眼。

斯库普 你们快去招待会吧。你们是最有意思的人了。

海蒂 我还以为乔纳斯·索尔克来了呢。

莫莉 我还以为毕兰·卡斯特来了呢。

彼得 我还以为大卫·卡西迪来了呢。

斯库普 他们都在这儿。我说过你们是晚会上最有意思的人。帮帮我吧。你们不去的话，我就只是一个参加皮埃尔婚礼的苏利文·克伦威尔律所的小职员。这简直无聊死了。

莫莉 真见鬼，那我去啦。我喜欢有趣的舞会。

斯库普 （搅着莫莉）在那么无聊的日子里，费利克斯·弗兰克福特没机会遇到这么好的生活方式，真算是咱们国家的一大幸事了。要知道，我曾跟苏珊共事。她本来应该挺聪明的。

海蒂 苏珊就是很聪明。

斯库普 聪明跟蒙大拿可没什么关系。

彼得 （起身）我看我们是否留在这儿就看海蒂的了。

苏珊 海蒂没说什么，我看她是想留下。

抓住莫莉。

走吧，莫莉，咱们去跳舞，让他们都开开眼界。没准咱们能让新娘甩了他，这样他就跟蒙大拿没关系了。

苏珊和莫莉离场。

海蒂 苏珊生我气了。

斯库普 她可真是够疯狂的。

海蒂 她才没有。

斯库普 她是个疯狂的狂热分子。你知道她曾被选为华盛顿十大最有魅力"新"女性之一吗？我原本以为她还挺有意思的。

彼得 苏珊知道这个吗？她可能会超过莫莉。

海蒂 苏珊跟莫莉又没关系。

斯库普 你是说她就像是我们的总统？只有在她心里才渴望着其他女性。

海蒂 苏珊很坚定的。她正准备去商学院学习，这样女性健康法律团体就能自给自足了。

斯库普 她两年就能去华尔街了，相信我。

彼得盯着斯库普，斯库普抬起头来看着他。

彼得 你恋爱了吗?

斯库普 你说什么?

彼得 我认为咱们这个年纪结婚的人，都是相爱的。

海蒂抓住彼得的胳膊。

海蒂 彼得非常浪漫呢。

斯库普 明白了，那你呢?

海蒂 不是。

彼得 (大声地)是的。

斯库普 这就说得通了，丽莎跟一个优秀的犹太律师结婚，海蒂跟一个贴心的意大利儿科医师结婚，这不都是可以互换的嘛? 我来回答你刚才的问题，“你恋爱了吗?”当然，为什么不。

斯库普点了根烟。

海蒂 (抓起彼得的手)为什么不。

丽莎，打扮漂亮，进入。她说话时有些许南方口音。

丽莎 亲爱的，我们要跳第一支舞了。

丽莎和斯库普亲吻。

斯库普 亲爱的，这位是彼得·帕特隆和他的未婚妻海蒂。彼得是贝尔维尤的儿科住院医师。

丽莎 你好啊，很高兴认识你。

斯库普 我刚刚告诉彼得我们要组建一个很大的家庭。

彼得 这在现在很普通。

丽莎 我一直梦想着做妈妈。这还挺难为情的呢。

彼得 (向海蒂)亲爱的，你觉得难为情吗?

海蒂 不，亲爱的，当然不。一点也不。

丽莎 好吧，我要留着我那份插画的工作。

斯库普 丽莎的书可畅销了呢。

彼得 等一下。你就是画《国王，生姜，狮子》插画的丽莎·弗里德兰德?

丽莎 你知道《生姜国王》?

彼得　《生姜国王去医院》可是这个国家最好的医学教科书。

斯库普　(揽着丽莎)她可棒了，对吗？

彼得　如果你停下手上的活，我的候诊室可就要乱作一团了。

斯库普　好吧，我知道了。

丽莎　亲爱的，别这样。帕特隆医生，你愿意跟我一起跳第一支舞吗？显然我丈夫决定在自己的婚礼上自己待着。

斯库普　我怎么了？

丽莎　海蒂，我们的男人只有在感到有竞争的时候才会给你回应，难道你不生气吗？但可能这也是玩弄他们的乐趣所在。

她向海蒂挤了挤眼，然后转向斯库普。

哦，亲爱的，还有一件事。有两个我不认识的女的在舞池里跳华尔兹。弗洛伦斯阿姨觉得我们没有请过她们。

抓住彼得的胳膊。

医生，我们去跳舞吧。

二人离开，舞声响起。

彼得　(转身，轻声说)待会儿见。

海蒂　她刚才是说"医生，我们去跳舞吧？"

斯库普　(坐下，嘲讽地叹了口气)天哪，我太难过了！

海蒂　她一定很聪明。

斯库普　你为什么会让我这么做？

海蒂　我！你这是什么意思，我让你这么做？这可跟我没有一点关系。

斯库普　你有。你要跟那个医生结婚吗？

海蒂　也许吧。

斯库普　他看起来是个挺不错的人。

海蒂　他非常好。他还是个同性恋。总之，我还跟别人约会，也可以说是跟别人同居。

斯库普　(带着口音)哪个人？我想见见那个人。

海蒂　我可不想让你见他。我都不想让你看他。

斯库普　他是个好货色吧？

海蒂　他是个编辑。

斯库普 编辑？

海蒂 我们在工作上认识的。我正在写一本论文集。

斯库普 学术的？

海蒂 算是吧。

斯库普 艺术史？

海蒂 算是吧。

斯库普 听起来有点像迷你剧。

海蒂 是一本艺术与女性的论文集，叫《从左侧流入的光与其他过度付出》。

斯库普 （微笑）有点马尔库塞的感觉。

海蒂，越来越紧张，撕开了一个纸巾。

海蒂 其实，这是一种幽默。嗯，是一种社会观察。我是说，这是一种观点的阐述。

斯库普拿起她的手。

斯库普 海蒂，别再撕了。

海蒂 抱歉。

斯库普 弗洛伦斯阿姨永远都不会忘记今天在皮埃尔的人。

海蒂弯下腰，开始捡撕碎的纸巾。

我不是让你打扫干净。我只是让你不要再撕了。也许你也应该去蒙大拿的那个团体待一段时间。解放自己。那么，那个编辑是谁？

海蒂 我没必要回答这个问题。

斯库普 海蒂，我是个律师，而且我准备做回记者了。所以，是的，如果你能回答这些问题的话就好办多了。

海蒂 你说要做回记者是什么意思？

斯库普 我办了一个杂志。

海蒂 什么杂志？

斯库普 我刚刚回答了你的问题，现在你要回答我的问题了。那个编辑是谁？

海蒂 克莱斯特……

斯库普 我只是想跟你友好地交谈一下。我很担心你。我很关心你。他在哪儿上学？

海蒂 三一学院。

斯库普 三一学院？哪个三一学院？剑桥的三一学院？哈特福特的三一学院？还是三一学校？

海蒂 哈特福特的三一学院。

斯库普 (吃惊地)你跟一个哈特福特的三一学院的学生同居!

海蒂 你自从《地球解放新闻》以后,的确进步了很多啊。

斯库普 我说什么了吗?我什么也没说。他在哪儿当编辑?

海蒂 《好色客》。

斯库普 他要是有《好色客》编辑一半的创造力,有八成的天赋就好了。

海蒂 你又不了解他。

斯库普 不,我了解。他在哪儿当编辑,诺普夫?

海蒂 你也这样审问丽莎吗?

斯库普 不。我知道她跟谁住在一起。是西蒙与舒斯特公司?

海蒂 不是。

斯库普 哈珀出版社?

海蒂 我不知道。

斯库普 哈珀出版社,就是哈珀出版社。就是这样,罗森鲍。

海蒂 我不喜欢这样。我真的不喜欢这样。

斯库普 不,你不会。否则你就不会来了。

海蒂 彼得想要见见你。所以我才来的。她说如果我参加你的婚礼,就能为这段时期画一个句号了。而且,苏珊因为一些很不靠谱的理由也要来。

斯库普 也许她喜欢博特·兰斯。

海蒂 不,莫莉想看看纽约。这些都不相干的。我打算在英国写本书。我还申请了富布莱特奖学金。

斯库普 (惊讶地)海德蒂,你输了一局并不意味着需要放弃整场比赛啊。

海蒂 你还是喜欢用那种糟糕的句式。

斯库普 是啊。所以我才比编辑更有意思。

海蒂 你他妈的。

斯库普 你还是那么喜欢说脏话。

海蒂 你不说吗?

斯库普 我老婆不关心这个。

海蒂 嗯,很显然她是个上等货色。

停顿。

斯库普 你真的不懂，对吗？

海蒂 我想我懂。

斯库普 不，你不懂。但我可以解释。比如说我们结婚了，然后我要求你奉献你的，比如说，今后十年的时间给我。这样我们组建一个家庭，一段稳定的生活，这样我就能安心地到外面闯荡，然后得个"A"回来。你会说"不"。你会说"为什么我们不能一起照顾孩子？为什么我们不能一起到外面闯荡，然后得个'A'回来？"然后你会非常有理有据。

海蒂 但是丽莎……

斯库普 就像你朋友问的，"她爱我吗？"她是我能找到的最好的。她跟你一样是"A+"吗？不是。但我可不想跟一个"A+"一起生活。可能"A－"会好一些，但是"A+"绝对不行。

海蒂 斯库普，我们现在不是在学校里，这是生活，你没必要什么都分个等级的。

斯库普 抱歉，海蒂，但是我不能再耽误你了。所以我今天才会结婚。所以。

海蒂 所以，所以都是我的错。

斯库普 当然是。你生命中追求的东西比我要多。

海蒂 是吗？比如呢？

斯库普 自我实现。自我决断。自我夸大。

海蒂 这正是你想要的。

斯库普 对。这样你就会跟我竞争了。

停顿。

海蒂 （轻声地）斯库普……

斯库普 什么？

海蒂 算了。

他轻轻地揽住她。

斯库普 怎么了，宝贝儿？

海蒂 我。

斯库普 二者选一。

海蒂 你说的绝对不是这样的。

斯库普 你不喜欢等级。去他妈的等级。咱们用数字吧。

海蒂 我以为你不说脏话。

斯库普　我不说，当然除非脏话有用。从一分到十分，如果你想得六分然后得到了六分，那么万事大吉。如果你都想得十分，却只得到六分，那么你就会很失望。不幸的是，这也是为什么你们这些处在“黄金时代”的女孩子们会变成一代失望的妇女。有趣、典范、甚至性感，但大多都是不幸福的，尤其是那些经常接触外界的。

海蒂　难道你会为了保险，心甘情愿地得个六分吗？

斯库普　我有更重要的事去担心。

海蒂　你的杂志？

斯库普　就是一些东西。用你买给我们的锅做的家常菜。对了，我还被它弄伤了呢。那可不是什么私人礼物。

海蒂　我送的是迷适特咖啡。

伸出手。

再见，斯库普。祝贺你。

斯库普　（握住她的手）抱歉让你失望了。

海蒂　我又没有给你评级。

斯库普　我告诉过你，在新罕布什尔你准能干一番大事。

海蒂　我还没有点燃内衣呢。

斯库普　我们现在说的是人生选择。

海蒂　我还没做什么人生选择呢。

斯库普　不，你已经做了，否则今天结婚的就是我们。

海蒂　斯库普，在皮埃尔这一切已经不能改变了。

斯库普　我没有跟丽莎结婚，因为她是个犹太人。

海蒂　不，你跟她结婚了，因为她很冷漠。

斯库普　我不想伤害你。

海蒂　（移开目光）我得走了，彼得会为了一个服务生丢下我。他可喜欢服务生了。

斯库普　是吗，但是他受过良好教育。他上的是威廉姆斯大学。

海蒂　威廉姆斯的人喜欢一回到家桌子就摆得妥妥当当的。

斯库普　（大笑）真是个小恶魔。

传来击鼓声，从隔壁房间传来司仪的声音。

画外音　女士们、先生们，下面是丽莎和斯库普点播的一首他们最喜欢的歌。

开始播放《你送我的爱》，她示意他快走。他准备离开。两人对望。

斯库普 你在守着这些薯片吗？

两人同时走向彼此，亲吻。随之慢舞。斯库普笑。

《好色客》的编辑？

二人随着音乐跳舞。

海蒂 山姆·库克。

斯库普 内容“A＋”。

海蒂 形式“A＋”。

斯库普 我爱你，海蒂。一直都爱你。

海蒂 （轻轻摇头）

哦，请……

她把头放到他肩上。他唱着歌紧紧地抱着她。

斯库普 “亲爱的，你给我的爱。

如此诚实的你。

如此诚实的你。”

在二人慢舞中灯光消失。

—本幕终—

（［美］温迪·华森斯坦著，邱郁珏、于梦雨译）

作品解析

华森斯坦被誉为20世纪50年代出生的“婴儿潮”一代知识女性的代言人。她深信身处美国20世纪60年代到80年代各种话语体系的女性知识分子自我主体的塑造过程必定与处于变革时代的美国社会、政治和历史的语境互相激荡，彼此建构。《海蒂编年史》以海蒂个人的情感和能力的发展作为主线展示海蒂的成长史和心灵史。不难看出剧中海蒂的个人生活与历史和政治等因素缠绕在一起。女权主义运动第二次浪潮所提出的政治诉求与美国主流社会坚持的男性至上的文化形成了尖锐的矛盾。

剧中海蒂和她的朋友们都有自己的经济来源，但在职场、在家庭中却常常处于从属地位。海蒂的好友苏珊一方面声称自己坚信女权主义的理想，另一方面又告诫海蒂要学得柔弱一些，男人们不喜欢太坚强的女性。海蒂的男朋友斯库普标榜自己是平权主义者，在工作和生活中却常常利用女性、贬损女性，用一套男权中心主义的逻辑阐释当时如火如荼的女权运动第二次浪潮。深谙男权中心主义文化的斯库普告诫海蒂："这个国家的改变可能会很大。但是，那些巨大的改变也不是你们这些女人能想象的。""你的生活的确发生了很大的变化，但你和别的女权运动的追随者一样，不会明白这只是一个阶段性的变化。"

华森斯坦没有简单地用经济独立的方式来解决女性的困惑和苦闷，而是通过对隐形性别歧视的揭露，对人物心灵史的展示，暴露美国当代历史文化网络中女性内心的焦灼、苦闷、压抑和抗争。不难看出，20 世纪 70 年代美国社会的双重标准无处不在，女性知识分子在职场和社会中遇到的性别歧视更加微妙。女性的困境错综复杂，仅靠经济独立，实现社会价值，并不能解决全部问题。

同时，剧作家敏锐地观察到，经过一个世纪妇女运动的洗礼，知识女性带着她们特有的视角、价值观和经历融入社会，参与历史，体现自身价值，成为自我身份的塑造者，自我意识的催生者。为了更好地彰显女性的经验，昭示女性思维方式，构建女性文化，华森斯坦还采用了"女性意识觉醒小组"的女性叙事来建构女性的话语方式。

在 20 世纪六七十年代女权主义运动第二次浪潮中，为了帮助更多的妇女提高自我评价，不少女性自发建立了"女性意识觉醒小组"。每个小组的成员自由组成，她们通常围坐在一位女性的客厅中，分享各自的故事和境遇。她们彼此回应、互相关心，但对别人的分享不做任何论断和评价。剧作家的每一部戏里都有类似于"女性意识觉醒小组"的女性之间的分享和讨论。有的是女性好友之间的分享，有的是两代妇女之间的讨论。

海蒂跟朋友一起来到"女性意识觉醒小组"，在弗兰的鼓励下在"女性意识觉醒小组"讲述了她与斯库普关系中的麻烦。在梳理讲述内容的过程中海蒂意识到自我评价的风向标建立在斯库普对待她的态度上。她同时发现斯库普并没有逼迫她，而是她不重视自己的意愿，自己降低或者放弃自己的权利。在意识觉醒小组中，海蒂和她的小组成员们共同意识到女性问题的相似性。她们发现，实际上所有女人从小所受的教育就是丈夫、孩子、老板的愿望和梦想比自己的重要。的确，女性在成长过程中不断被教育和规训，最后养成了轻易放弃自己权利的习惯。在这看似自然的习惯中慢慢丧失了女性的自主性，消解了女性的权利。

华森斯坦在剧中不断重申女人应该像男人一样重视和坚守自己的意愿和梦想。正如弗兰所言："我们这里的人要想改变自己的处境就必须重视自己的意愿，像男人一样看重自己的想法和意愿。那我们从这里走出去时就会真不一样了。"通过"意识觉醒小组”的分享，女人们看到妇女生活中的问题和困境往往被阐释为女性个人的麻烦、性格的缺陷。实际上，这些并不是单个女性的处境，更不是某位女性的性格缺陷。这是制度性的压迫在个体生活中的反映，是文化中男权至上的意识形态决定的。女主人公们通过分析自己的困境，看到现象背后的权力，认识到女人的问题不仅仅是个人的问题更是女性需要共同面对的政治问题。

不难看出，剧中的知识女性不仅能观察到身处其中的困境，也能诊断出制造困境的权力运作模式。剧作家睿智地提出女性文化提倡的同情心和责任心正是治疗美国商业主义的良药。可见，女性知识分子在塑造自我、发出女性的声音、提升女性自我价值的同时，也建构了以情感主义为中心的女性文化，改良和修正了美国社会文化中追名逐利的商业主义。

华森斯坦曾表示她的写作目的并不是要专注弘扬妇女运动的理想，她要表现女性复杂的人性，要揭示以女性个体经验为基础的社会现实，表现生活在男人世界中的女性的困境。她相信真理往往存在于个体的微观历史叙事中，隐藏在个别的经验和特殊的环境中。可见，她的戏剧一方面再现了知识女性生活的状态，揭示了女主人公们在性别身份和社会身份认同中的迷茫、困惑；另一方面也解构了主流文化，把女性从历史叙述的边缘推向中心，展示身处社会变革中的女性试图建构女性自我主体的努力。

参考书目

Jan. Balakian, “Wendy Wasserstein”, ín Philip C. Kolin and Colby H. Kullman, *Speaking on Stage*, Tuscaloosa, University of Alabama Press, 1966.

Wendy Wasserstein, “*The Heidi Chronicles*”, in *The Heidi Chronicles and Other Plays*, New York, Vintage Books, 1991.

Robert Brustein, “The Heidi Chronicles,” in *The New Republic*, 1989(17).

（谢江南撰稿）

第九章　汤姆·斯托帕《罗森克兰茨和吉尔德斯特恩已死》导读

作家作品简介

1937年汤姆·斯托帕[①]生于捷克。第二次世界大战爆发的时候，其全家迁往新加坡，之后又辗转到了印度，其间，留在新加坡的父亲不幸去世。“第二次世界大战”结束后，10岁的斯托帕便跟着母亲和继父到英国定居，随继父姓斯托帕。早在中学毕业后，斯托帕就开始从事新闻工作，成为布里斯托尔《西方每日报》的记者，主要从事戏剧、电影评论和新闻报道。1953年，法国荒诞派剧作家塞缪尔·贝克特的巨作《等待戈多》在巴黎首演，后又在伦敦、纽约演出，促使英国新戏剧发展方向出现变化，显著影响了汤姆·斯托帕后来的创作。

20世纪60年代初，斯托帕辞去记者之职，正式开始其戏剧创作生涯。1963年创作了《水上漫步》。1964年受福特基金的资助创作了《罗森克兰茨和吉尔德斯特恩遇见李尔王》，又在此基础上推出其成名作《罗森克兰茨和吉尔德斯特恩已死》[②]，该剧于1966年在爱丁堡艺术节上演，受到著名剧评家罗纳德·布赖登的关注，29岁的汤姆·斯托帕一夜成名。一年后，皇家国立剧团排演了此剧，并在美国百老汇正式演出，一举获得八项托尼奖提名并获“最佳戏剧奖”等四个奖项。此后他作品不断，如《跳跃者》(1972)、《戏谑》(1974)、《怪诞的效仿》(1975)等，备受推崇。斯托帕凭借《莎翁情史》(1997)荣获奥斯卡金像奖、金球奖、柏林电影节的最佳编剧奖。

1997年，汤姆·斯托帕在白金汉宫被授封爵士，2000年获英国功绩勋章，当仁不让地成为当代英国戏剧界地位显赫的剧作家。斯托帕剧作以喜剧为主，杂糅了哲

---

① 对于Tom Stoppard的中文译名，当今主流评论界多使用“汤姆·斯托帕德”。由于本文选段节取自杨晋先生的《戏谑：汤姆·斯托帕戏剧选》译本，所以全文称呼与《戏谑：汤姆·斯托帕戏剧选》中保持一致，即“汤姆·斯托帕”。

② *Rosencrantz And Guildenstern Are Dead* 剧译名采用杨晋先生《戏谑：汤姆·斯托帕戏剧选》中的版本，即《罗森克兰茨和吉尔德斯特恩已死》；此外，常见译法还有《罗森格兰兹和吉尔登斯敦已死》《罗森格兰兹和吉尔登斯吞之死》等。

学、荒诞派艺术、现代数学、政治等多样元素，并以深刻多元的主题、睿智精巧的戏仿、蛙跳式的语言游戏及特有的外来者视角著称于文坛，被尊奉为戏剧界大师。斯托帕曾说："在我的剧中，通常没有清晰和单一的结论，你能找到的只是一连串相互矛盾的意义链，如同无穷无尽的蛙跳。"①

斯托帕的成名作《罗森克兰茨和吉尔德斯特恩已死》取材于莎翁戏剧《哈姆雷特》，但关注点不再是哈姆雷特及其性格悲剧，而是以剧中两配角——罗森克兰茨和吉尔德斯特恩为主角，并透过两个小人物的活动及心理刻画侧面展现丹麦王朝的权力争斗。《罗森克兰茨和吉尔德斯特恩已死》共有三幕。第一幕，罗森克兰茨和吉尔德斯特恩作为王子哈姆雷特的同窗旧友，奉新国王诏令进宫。他们在路上投掷硬币，92次抛向空中，92次落地正面朝上，对概率论深信不疑的吉尔德斯特恩泄气了，罗列的理由和三段论法也无法为这一现象辩护，最终他放弃了概率论，转而相信悖论。他们途中遇到一群悲剧演员，随后面见国王，明白此行旨在刺探"疯癫"王子。第二幕，两人荒谬的语言游戏揭露了王子发疯的真相。之后，王子利用悲剧演员的演出戳穿了皇叔的杀人阴谋，皇叔恼羞成怒，乃差遣罗森克兰茨和吉尔德斯特恩陪王子到英国，密函英王将哈姆雷特处死。第三幕，在海上罗森克兰茨和吉尔德斯特恩与悲剧演员重遇，合作表演了一场"死亡戏"。王子暗地里巧施调包计，随行的罗森克兰茨和吉尔德斯特恩成了替死鬼。

作品阅读

罗森克兰茨和吉尔德斯特恩已死

第 一 幕

两个伊丽莎白时代的人在某地打发着时间，性格特征不大看得出来。两人皆是衣着光鲜，各有一个皮钱袋。吉尔德斯特恩的钱袋差不多快空了，而罗森克兰茨的却快满了。原因在于：他们在赌

① 陈红薇：《中心与边缘：当代英国戏剧家汤姆·斯托帕德》，16页，北京，北京大学出版社，2013。

掷钱币。方法如下：吉尔德斯特恩从钱袋里拿出一枚钱币，将其抛向空中，罗森克兰茨接住，看看，宣布其为“头”(朝上)(确实如此)，然后把它放进自己的钱袋里。接着还重复这过程。很显然他们这样玩有一会儿了。每次抛的钱币皆为“头"是不可能的，然而看不出罗森克兰茨有一丝的惊奇——他一点都不觉得奇怪。不过他还算不错，从他朋友那儿拿了这么多钱，他也会觉得有点不好意思。姑且把这点视作他的一个性格特征吧。吉尔德斯特恩很明白这事儿的古怪。他不担心钱，可却担心老是输钱背后的蕴意；他意识到这一点却不会为此恐慌——这是他的性格特征。吉尔德斯特恩继续抛钱币，罗森克兰茨继续仔细地看钱币。

罗森克兰茨　头。(他把钱放进钱袋里。这个过程不断重复)头。(又一次)头。(又一次)头。(又一次)头。

吉尔德斯特恩　(捻掷一枚钱币)悬念的不断增强是有技巧的。

罗森克兰茨　头。

吉尔德斯特恩　(捻掷另一枚钱币)虽然单凭运气也能做到。

罗森克兰茨　头。

吉尔德斯特恩　如果“运气”这个词能表达我的意思。

罗森克兰茨　(抬头看着吉尔德斯特恩)七十六比零。(吉尔德斯特恩站起来，但却无处可去。他往身后抛了一个钱币，看也不看。他开始注意到他周围的环境，或者说空无的环境)头。

吉尔德斯特恩　一个意志力薄弱些的人就可能会去重新审视他的信念，别的不说，至少是对概率法则的信念。(他走向后台看看，同时又往身后扔了枚钱币)

罗森克兰茨　头。

(吉尔德斯特恩检查舞台的周边，同时又往身后扔了两枚钱币，当然是一个接一个地扔。罗森克兰茨宣布两个都是“头”)

吉尔德斯特恩　(沉思)有人曾奇怪地论断，概率法则与这样的假设有关，即如果六只猴子——(突然自己觉得很奇怪)如果六只猴子被……

罗森克兰茨　玩吗?

吉尔德斯特恩　它们?

罗森克兰茨　你?

吉尔德斯特恩　(明白了)玩。(捻掷了一枚钱币)平均法则，如果我没弄错，意思是说如果六只猴子被扔到空中足够长时间的话，它们以尾巴着陆的几率相当于它们以……

罗森克兰茨　头。(捡起钱币)

吉尔德斯特恩　即便乍一看这种推论也不让人觉得特别满意，无论是哪种情况，即

使没有猴子也还是如此。我的意思是说你不会为此打赌。我是说我会，但你不会……(说话时扔了枚钱币)

罗森克兰茨 头。

吉尔德斯特恩 你会吗？(又扔了枚钱币)

罗森克兰茨 头。(重复)头。(他抬头看着吉尔德新特思——不好意思地笑)有点烦了，对吧？

吉尔德斯特恩 (冷冷地)烦？

罗森克兰茨 嗯……

吉尔德斯特恩 那么悬念呢？

罗森克兰茨 (天真地)什么悬念？

(短暂停顿。)

吉尔德斯特恩 一定是效果递减法则——我感觉老让我输的咒语要被打破了。(稍稍振奋起来。他拿出一枚钱币，高高地抛起，将它抓住，翻转过来放在另一只手的手背上，仔细看看——扔给罗森克兰茨，泄气地坐下)唉，机会本来是对等的——如果我的估算没错的话。

罗森克兰茨 连续八十五次——破纪录了！

吉尔德斯特恩 别荒唐了。

罗森克兰茨 太容易了！

吉尔德斯特恩 (生气地)就这样了？这样就好了？

罗森克兰茨 什么？

吉尔德斯特恩 一个新纪录？你就准备到此为止了？

罗森克兰茨 呃……

吉尔德斯特恩 一点疑问都没有？连停下来想一下都不会？

罗森克兰茨 你自己扔的。

吉尔德斯特恩 一点点的怀疑也没有？

罗森克兰茨 (有点委屈，理直气壮地)我赢了——难道不是吗？

吉尔德斯特恩 (朝他走去——平静了一些)要是你输了呢？要是这些钱币都和你作对，一个接一个，八十五次，就跟刚才一样？

罗森克兰茨 (呆呆地)连续八十五次？尾？

吉尔德斯特恩 没错！你会怎么想？

罗森克兰茨 (拿不定)呃……(欢快地)哎，我会先好好看看你的钱币！

吉尔德斯特恩　(松了口气)这我就放心了。至少我们还指望个人私利，这是个可预计的因素。我想这是最后的东西了。你的可信度让我在想，也许——你，一个人——(突然转向他，伸出一只手)握手。(罗森克兰茨抓住他的手。吉尔德斯特恩猛地把他拉过来。更激切地)我们一直就在扔钱币——(他同样猛地把他放开)这不是我们第一次扔钱币！

罗森克兰茨　噢，不是——我记得我们扔了很长时间了。

吉尔德斯特恩　有多长？

罗森克兰茨　我忘了。嗨——八十五次了！

吉尔德斯特恩　是吗？

罗森克兰茨　我想要超过这个纪录可不容易。

吉尔德斯特恩　你真这样想？就这样？没有恐惧？

罗森克兰茨　恐惧？

吉尔德斯特恩　(大怒——将一枚钱币甩在地上)恐惧！这声音也许会让你的脑袋开开窍！

罗森克兰茨　头……(他把钱币放进钱袋。吉尔德斯特恩沮丧地坐下。他取出一枚钱币，抛向空中，让它落在两脚之间。他看了看，捡起来，扔给罗森克兰茨，而后者则将其收入袋中。吉尔德斯特恩又取出一枚钱币，抛出去，接住它，翻转放在另一只手上，看了看，又扔给罗森克兰茨，而后者又将其收入袋中。吉尔德斯特恩取出第三枚钱币，抛出去，右手接住，翻转放到左手腕上，接着又把钱币抖向空中，用左手接住，抬起左腿，在腿下抛了一下钱币，接住了，翻转放到头上，这回不再动钱币了。罗森克兰茨走过来，看了一眼，把它放到自己的钱袋里)我担心——

吉尔德斯特恩　我也是。

罗森克兰茨　我担心今天不是你的好日子。

吉尔德斯特恩　我担心今天是。

(短暂停顿。)

罗森克兰茨　八十九次。

吉尔德斯特恩　除了财富的重新分配外，这一定还暗示着什么。(沉思)可能的解释有，一，我想要让它发生。在不露声色的表面下，我的本质是个扔着双面都是头的钱币的人，在打赌中让自己失利，暗地里为了早已遗忘的过去赎罪。(他向罗森克兰茨扔了枚钱币)

罗森克兰茨　头。

吉尔德斯特恩　二，时间已经停止，死亡了，扔一枚钱币的经过被重复了九十次……(他掂掷了一枚钱币，看了看，扔给罗森克兰茨)总体来说，这点让人怀疑。三，神灵的介入。也就是说，上天的福佑罩着他，请参照：以色列的子民；或上天的惩戒跟随着我，请参照：罗得之妻[①]。四，为一原则极佳的佐证，即每个单个的钱币在单个次数的抛转中——(他扔了一个)落下来头朝上的可能性与尾朝上的可能性是一样的，所以每个单次的抛转它都是头朝上也就不应该让人奇怪了。(确实是头朝上。他把这枚钱币扔给罗森克兰茨)

罗森克兰茨 我可从不知道这些东西！

吉尔德斯特恩 还有一个三段论：一，他从不知道这些东西。二，他从不知道写信回家该说什么。三，没什么好写信回家的……家……你最先记起的是什么？

罗森克兰茨 噢，让我想想——你是说最先进入我脑袋的？

吉尔德斯特恩 不——你最先记起的。

罗森克兰茨 啊。(停顿)不，不行，不在了。很久以前的事了。

吉尔德斯特恩 (耐心但带着怒气地)你没明白我的意思。你忘记了所有一切后最先记得的是什么？

罗森克兰茨 哦，我明白了。(停顿)我忘记你的问题是什么了。

吉尔德斯特恩 (跳了起来，开始踱步)你开心吗？

罗森克兰茨 什么？

吉尔德斯特恩 满足吗？轻松吗？

罗森克兰茨 我想是的。

吉尔德斯特恩 你现在想做什么？

罗森克兰茨 我不知道。你想做什么？

吉尔德斯特恩 我什么也不想。一点都不。(他停止踱步，僵住)有个信使——对了。我们是别人叫来的。(他忽然转向罗森克兰茨，厉声地)第二个三段论：一，概率是在自然力量里运作的因素。二，现在概率并不作为一个因素在运作。三，我们现在是在非自然、亚自然或超自然的力量里。讨论吧。(罗森克兰茨恰如其分地被震住。尖刻地)不要太过热烈。

罗森克兰茨 对不起，我——你怎么了？

吉尔德斯特恩 采取科学方法来检验现象是对纯粹恐惧情感的抵制。好好把握，趁有时

---

① 基督教圣经故事中人物，罗得带领妻女逃离即将毁灭的城市所多玛时，罗得的妻子不顾警告回头探望，即刻变成一根盐柱。——译注

间，继续。现在——和前一个三段论恰好相反：很难把握的，仔细听好，不过这也可能让人觉得安慰。如果我们假设，我们刚才也这么做了，在非自然、亚自然或超自然的力量里，存在这样的概率，即概率法则不会作为一个因素而运作，那么我们必须接受，第一部分的概率不会作为一个因素运作，在这种情况下，概率法则将会在非自然、亚自然或超自然的力量里作为一个因素而运作。当然由于它很明显一直没有这样运作，我们可以说我们终究不是在非自然、亚自然或超自然的力量里面。在所有可能情况下，是这样的。这对我个人来说则是很大的宽慰。(短暂停顿)这非常好，要不是——(他极力控制自己的歇斯底里，继续说)[不知道从何时开始我们就一直在扔钱币，在我们扔钱币的所有时间里面(如果是所有时间的话)，我想我们两人不过就是一对抛来抛去的金块而已。我希望这听起来并不让人奇怪，因为它的不足为奇正是我想把握的。像你们普通的扔钱币的人要能保持平和的心态，靠的是一个法则，或者一种趋向，或者说一个概率，或不管怎么说一个数学上能算得出来的机会，这能确保他不会因为输太多让自己难过，也不会因为总是赢而让他的对手难过。这样就能带来一种和谐，一种自信。它把或然和确然兼并到一个让人放心的联合体中，我们称之为自然。从长期来看，太阳升起的次数和落下的次数相当，一个钱币头朝上的次数和尾朝上的次数也大抵相同。那么]一个信使来了。我们是别人叫来的。别的什么事都没发生。连续扔九十二个钱币九十二次落下来都是头朝上……而且在刚刚过去的三分钟里借着无风之日里的风我听到了鼓和笛子的声音……

罗森克兰茨 (剪着指甲)另一个奇怪的科学现象是，人死后指甲还会长，胡子也一样。

吉尔德斯特恩 什么？

罗森克兰茨 (大声地)胡子！

吉尔德斯特恩 可你没死。

罗森克兰茨 (恼怒地)我又没说它们是在人死后才开始长的！(停了一下，平静了点)指甲在人出生前也在长，不过胡子不会。

吉尔德斯特恩 什么？

罗森克兰茨 (大喊)胡子！你怎么回事？(思索着)不过从另一方面①来说，脚指甲也从未长过？

---

① 罗森克兰茨和吉尔德斯特恩说的都是“on the other hand”。此处为双关语，既可以指“另一方面”，亦可按字面意思理解为“在另一只手上”。此剧中常见此类文字游戏，创造喜剧效果，也表明言语的容易被误解。——译注

吉尔德斯特恩 （困惑不解）在另一只手上的脚指甲从未长过？

罗森克兰茨 会吗？这太有趣了——我一直都剪我的指甲，而且每次我想剪的时候，它们都该剪了。就比方说现在。可是就我所知，我从未剪过我的脚指甲。它们到现在应当长得在我脚下卷起来了，可实际上并没有这样。我从未想过它们。也许我在心不在焉的时候，在想着别的事情的时候剪过它们。

吉尔德斯特恩 （被这絮叨弄得神经紧张起来）你记得今天发生的第一件事情吗？

罗森克兰茨 （马上）我想是我醒来了。（突然想起来）噢——我知道了——那个人，一个外国人，把我们叫醒了——

吉尔德斯特恩 一个信使。（他放松地坐了下来）

罗森克兰茨 对了——天亮前白蒙蒙的时候，一个人站在马鞍上敲打窗板——大叫——吵什么？走开！——可是他接着叫出了我们的名字。你记得吗——这个人把我们吵醒了。

吉尔德斯特恩 对。

罗森克兰茨 我们是别人叫来的。

吉尔德斯特恩 对。

罗森克兰茨 那就是为什么我们在这儿。（他朝四处看看，看起来有些疑惑，接着解释）奔波在外。

[**吉尔德斯特恩** 对。

罗森克兰茨 （夸张地）这事很急——万分紧急，国王的诏令，他就这么说的：官方公务，执行勿问——马棚点灯，上马，火烧火燎地马上出发，我们拼了命地赶来执行公务，连我们的向导都落在了我们后面！生怕我们来晚了！！

（短暂停顿。）

吉尔德斯特恩 什么晚了？

罗森克兰茨 我怎么知道？我们还没到那儿呢。

吉尔德斯特恩 那么我们在这儿做什么，我问自己。

罗森克兰茨 你大可这样问。

吉尔德斯特恩 我们最好继续赶路。

罗森克兰茨 你大可这样想。

吉尔德斯特恩 我们最好继续赶路。

罗森克兰茨 （积极地）对！（停顿）去哪儿？

吉尔德斯特恩 向前。

罗森克兰茨　(向前走到舞台的脚灯旁)啊。(犹豫)我们该往哪条路——(他转过来)我们从哪条路——?]

吉尔德斯特恩　实际上要从头开始。被叫醒,一个人站在马鞍上敲打着窗板,清早有人叫着我们的名字,一个消息,一个命令——扔钱币创下一个新纪录。我们被——挑选出来——不会只是被抛弃——任由我们去自己找路。我们理应有个方向可去——我早该这么想了。

罗森克兰茨　(警觉起来,听着)我说——!我说——

吉尔德斯特恩　什么?

罗森克兰茨　我能听见——我想我刚才听见了——乐声。

吉尔德斯特恩　(站起来)是吗?

罗森克兰茨　好像是个乐队。(他环顾四周,尴尬地笑,为自己找台阶下)听起来——像支乐队。有鼓声。

吉尔德斯特恩　是的。

罗森克兰茨　(放松下来)不可能是真的。

吉尔德斯特恩　"红、蓝、绿是真实的颜色。黄色则是众人皆有的神秘体验"——推翻。

罗森克兰茨　(在舞台边上)肯定是打雷。像鼓一样……

(在下面吉尔德斯特恩说完话之前,乐队的演奏已隐约可闻了。)

吉尔德斯特恩　有个人在从一个地方到另一地方的旅程中半路上来到了一个没有名字、没有特征、没有人烟也没有意义的第三地,看到了一头独角兽穿过他前面的路,消失了。这件事本身是令人奇怪的,但各种各样的神秘遭遇我们也不乏前例,或者不那么极端地来说,我们会选择说服自己,把它归结为幻觉;直到——"我的上帝,"第二个人说,"我一定是在做梦,我想我看见一头独角兽了。"在这个时候,这次遭遇的性质就加强了,变得前所未有地令人心惊。第三个目击者,你知道,并不加强事情的性质,而只是将它淡化,第四个使它更淡,目击者越多,它就越淡,就变得更符合常理,直到淡得和现实一样,普通经历我们就称之为现实……"看,快看!"人们叫着,"额头上有支箭的马!别人一定把它当作鹿了。"①

① 这就是前面所提到的"效果递减原则"。——译注

罗森克兰茨 (急切地)我早就知道是个乐队。

吉尔德斯特恩 (疲惫地)他早就知道是个乐队。

罗森克兰茨 他们来了!

吉尔德斯特恩 (在他们进来前的最后一刻——发愁地)太遗憾了，不是独角兽。要是有独角兽该多好。

…………

第 二 幕

哈姆雷特、罗森克兰茨、吉尔德斯特恩谈话，接前一幕。由于三人在走动，他们的谈话，一开始有点听不大清楚，第一句清晰的话是哈姆雷特说的。他正在结束一个简短的独白。——见莎士比亚第二幕，第二场。

哈姆雷特 哼，这里面有些不是常理可解的地方，或许哲学能把它推究出来。

(悲剧戏子们的喇叭奏花腔。)

吉尔德斯特恩 这班戏子们来了。

哈姆雷特 两位先生，欢迎来到埃尔西诺。把你们的手给我；(他握二人的手)按照通行的礼节，我应该向你们表示欢迎。让我不要对你们失礼，因为这些戏子们来了以后，我不能不敷衍他们一番，也许你们见了会发生误会，以为我招待你们还不及招待他们的殷勤。我欢迎你们。(准备离开)可是我的叔父父亲和婶母母亲可弄错啦。

吉尔德斯特恩 弄错了什么，我的好殿下?

哈姆雷特 天上刮着西北风，我才发病；风从南方吹来时，我不会把一只鹰当作一只鹭鸶。

(波罗涅斯上，吉尔德斯特恩走开。)

波罗涅斯 祝福你们，两位先生!

哈姆雷特 (对罗森克兰茨)听着，吉尔德斯特恩，(不大肯定地，对吉尔德斯特恩)你也听好；两人站在我的身边，听我说：你们看见的那个大孩子，还在襁褓之中，还没有学会走路呢……

(他把罗森克兰茨带到后台，一块说话。)

波罗涅斯 殿下，我有消息来向你报告。

哈姆雷特　(放开罗森克兰茨，模仿)殿下，我有消息向你报告。当罗歇斯在罗马演戏时……

(罗森克兰茨走回前台与吉尔德斯特恩会合。)

波罗涅斯　(随哈姆雷特下)那班戏子已经到这儿来了，殿下。

哈姆雷特　嗤，嗤！

(哈姆雷特、波罗涅斯下，罗森克兰茨和吉尔德斯特恩沉思。两人都不愿先说话。)

吉尔德斯特恩　嗯？

罗森克兰茨　啊？

吉尔德斯特恩　什么？

罗森克兰茨　我以为你……

吉尔德斯特恩　没有。

罗森克兰茨　哦。

(停顿。)

吉尔德斯特恩　我想我们能说我们有些进展了。

罗森克兰茨　你这么觉得？

吉尔德斯特恩　我觉得我们可以这么说。

罗森克兰茨　我觉得我们可以说他让我们两人看起来很荒唐可笑。

吉尔德斯特恩　我们当然一直都不露声色。

罗森克兰茨　(讥讽地)"提问，回答。老办法是最好的办法！"他把我们耍得团团转，尽给我们难堪。

吉尔德斯特恩　也许有一两次他抓住了我们的弱点，可我觉得我们也有收获。

罗森克兰茨　(直接地)他把我们谋杀了。

吉尔德斯特恩　他可能有这个胆量。

罗森克兰茨　(惹火了)二十七比三，你觉得他可能有这个胆量?！他把我们谋杀了。

吉尔德斯特恩　那我们的推脱呢？

罗森克兰茨　哦，我们推脱得很漂亮。"你们是派来的？"他问。"我的殿下，我们是派来的……"我都不知道该找个什么地方躲起来。

吉尔德斯特恩　他有六个反问……

罗森克兰茨　这确实是提问回答。他十分钟问了二十七个同题，只回答了三个。我在等你深入地问他。"他什么时候才深入地问他？"我自问。

吉尔德斯特恩 ——和两个重复。

罗森克兰茨 我们之间几乎就没有哪个问句可以让我们领先。

吉尔德斯特恩 我们知道他的症状了，不是吗？

罗森克兰茨 他说的话一半是别的意思，另一半什么意思也不是。

吉尔德斯特恩 雄心壮志受挫——郁郁不得意。那是我的诊断。

罗森克兰茨 六句反问，两句重复，剩下的十九句，我们回答了十五句。但我们又发现了什么呢？他很忧郁！……丹麦是所监狱，他宁愿住在坚果壳里。他隐隐约约地提到雄心大志的本质，却不愿细谈具体事例。最后他问了个很直接的、可能有点意思的问题，结果却很启发人地称他能辨别出鹰和鹭鸶。

（停顿。）

吉尔德斯特恩 当风从南吹来时。

[**罗森克兰茨** 而且天气晴好。

吉尔德斯特恩 天气不好他就分辨不出来了。

罗森克兰茨 他全凭自然力摆布。]（舔舔手指，举起来——面向观众）风是从南吹来的吗？

（他们瞪着观众。）

吉尔德斯特恩 看起来不像是南风，你怎么会这么想？

罗森克兰茨 我可没说我就是这么想的。据我所知这可能是北风。

吉尔德斯特恩 我可不会这么认为。

罗森克兰茨 你要这么自以为是的话，随便你。

吉尔德斯特恩 等等——根据一张看得出大概的地图，我们大概是从南方来的。

罗森克兰茨 我知道了。那么我们是从哪个方向进来的？（吉尔德斯特恩心不在焉地往四周看看）大概的方向。

吉尔德斯特恩 （清清喉咙）早上太阳从东方出来，我想我们可以假定这一点。

罗森克兰茨 假定现在是早上？

吉尔德斯特恩 如果是的话，太阳就在那儿，（面朝观众，他的右边）比如，那边——（前面）就会是北边。从另一方面说，如果不是早上，而太阳在那儿（他的左边）——那儿（心虚地）还是北边。（开始有点头绪了）换句话说，如果我们从那儿（前面）走过来，而且是在早上的话，太阳会在那边（他的左边）。而如果太阳实际上在那儿（他的右边），而且还是在早上，那么我们一定是从那儿过来（他后面）。如果那是南边（他的左边），而太阳其实是在那边（前方），那么现在就是下午。然而如果这一切都不成立的话——

罗森克兰茨　你为什么不自己过去看看？

吉尔德斯特恩　经验主义？——这就是你能提议的？[看来你并不知道我们现在站的位置！你会发现答案不会写在罗盘的碗里——我可以这么跟你说。(停顿)再说，在最北头你根本判断不出这个——那里可能是漆黑一片。]

罗森克兰茨　我只是想说，太阳的位置，如果它已经出来了，能给你大概的时间概念；反过来也是，如果时钟运转的话，也会给你大概的方位感，知道太阳在什么位置。我忘了你想说明哪一点。

吉尔德斯特恩　我想证明风的方向。

罗森克兰茨　这儿又没风。要说气流的话，倒是有。

吉尔德斯特恩　那么，我想证实它的源头。顺着它找到它的来源，这样也许就能让我们大概知道我们是从哪个方向进来的——而我们就可以大概知道南方在哪。

罗森克兰茨　气流是从地下吹上来的。(他仔细地看着地面)那儿不是南方，对吧？

吉尔德斯特恩　那不是方向。舔舔你的脚趾，摇一摇。

罗森克兰茨　(考虑着脚的距离)不，我觉得你该替我舔。

(停顿。)

吉尔德斯特恩　我不打算谈这个话题了。

[**罗森克兰茨**　或者我舔你的也行。

吉尔德斯特恩　不，谢了。

罗森克兰茨　我甚至还可以替你摇一摇。

吉尔德斯特恩　(掐着罗森克兰茨的喉咙)你到底见什么鬼了？

罗森克兰茨　只是想表示友好。]

吉尔德斯特恩　(放开)可能有人要来了。毕竟我们就指望着这一点。最终也是如此。

(长时间停顿。)

罗森克兰茨　也许慌慌张张的时候，他们互相给踩死了。朝他们喊喊，惹惹他们，逗逗他们。

吉尔德斯特恩　车轮已在滚动，它们有着自己的步伐，对此我们必须……接受。每一步都由前一步决定——这就是秩序之意义所在。如果我们开始恣意妄为，那将只会是混乱不堪；至少，让我们这样希望吧。因为如果我们碰巧，只是碰巧发现，甚至只是怀疑也好，我们的自主行动是他们秩序中的一部分，我们就会知道我们输了。(坐下)一个唐朝的中国人——以当时的标准来说是个哲学家——有一次梦见他是只蝴蝶，而且从那时起他再也确定不了他是不是一只梦见自己是个中国哲学家的蝴蝶。羡慕他吧；他可是得到了双重保护。

(长时间停顿。罗森克兰茨跳起来，朝观众大叫。)

罗森克兰茨　着火了！

吉尔德斯特恩　(跳起来)哪里？

罗森克兰茨　没事——我只是示范言论自由的滥用，证明它确实存在。(他轻蔑地看着观众的方向——和其他的方向，然后又看着前面)没有任何反应。他们真该被活活烧死。(他掏出一枚钱币，抛起来，接着，看看，换了一枚)

吉尔德斯特恩　是什么？

罗森克兰茨　什么？

吉尔德斯特恩　头还是尾？

罗森克兰茨　噢，我没看。

吉尔德斯特恩　不，你看了。

罗森克兰茨　哦，是吗？(他拿出一枚钱币，仔细看看)对的——听起来有点耳熟。

吉尔德斯特恩　你记得的最后一件事情是什么？

罗森克兰茨　我想都不愿去想它。

吉尔德斯特恩　我们来到桥头，过桥，过了桥后，把桥烧了。我们除了对烧桥时烟的味道仍有记忆，和能假定我们的眼睛曾经温润外，再没什么能让前进中的我们回味的了。

(罗森克兰茨开心地朝他走来，拇指和食指捏着一枚钱币。他用另一只手盖着钱币，然后两拳分开，向吉尔德斯特恩示意。吉尔德斯特恩想了一会儿，示意是左手，罗森克兰茨张开手：里面什么都没有。)

罗森克兰茨　不是。(重复这过程。吉尔德斯特恩示意还是左手。罗森克兰茨张开手，里面什么都没有)两次被骗！

(重复过程——吉尔德斯特恩敲敲一只手，然后很快敲敲另一只手。罗森克兰茨无意中泄露他两只手都是空的。吉尔德斯特恩朝后台走去，罗森克兰茨哈哈大笑。罗森克兰茨不笑了，看看脚周围，拍拍衣服，迷惑不解。波罗涅斯的进场打破了沉闷，他后面跟着悲剧戏子们和哈姆雷特。)

波罗涅斯　(上)来吧，先生们。

哈姆雷特　跟他走吧，朋友们。明天我们将看一场戏。(旁白对戏子中站在最后的伶人)君闻吾乎？老朋友？你能演《冈萨哥谋杀》吗？

伶人　能，殿下。

哈姆雷特　明晚我们来演这出戏。我会写一段十五六行的对白，你得加进去。好好练一下，好吗？

伶人　好，殿下。

哈姆雷特　很好。跟着那位大人。注意不要讽刺他。

（戏子跟着波罗涅斯下。伶人走过前台，注意到罗森克兰茨和吉尔德斯特恩。停。哈姆雷特也走过前台，朝他们招呼，但未停下来。）

我的好朋友们，今晚见。欢迎来到埃尔西诺。

罗森克兰茨　好的，殿下。

（哈姆雷特下。）

吉尔德斯特恩　这么说你赶上来了。

伶人　（冷冷地）还没呢，先生。

吉尔德斯特恩　当心你的舌头，不然我们会把它拔出来，再把你扔掉，就像罗马宴席上的夜莺。

罗森克兰茨　这正是我想说的。

吉尔德斯特恩　你将会无话可说。

罗森克兰茨　你将会张口结舌。

吉尔德斯特恩　像独白中的哑巴一样。

罗森克兰茨　像罗马宴席上的夜莺一样。

吉尔德斯特恩　你的咬文嚼字将不复存在。

罗森克兰茨　你的台词将荡然无存。

吉尔德斯特恩　成了哑剧。

罗森克兰茨　长久的停顿。

吉尔德斯特恩　你再也找不到你的舌头，叫你有口难言。

罗森克兰茨　不能舔嘴唇。

吉尔德斯特恩　尝泪水。

罗森克兰茨　和早餐。

吉尔德斯特恩　你分不出有什么区别。

罗森克兰茨　也不会有任何区别。

吉尔德斯特恩 我们把你想说的话从你的嘴里拿走。

罗森克兰茨 所以你听明白了。

吉尔德斯特恩 所以你赶上来了。

伶人 (大声)还没呢!(苦涩地)你离开了我们。

吉尔德斯特恩 啊!我忘了——你在路上表演了美妙的一幕。是的,我很抱歉我们没法看到。

伶人 (脱口而出)我们连好好看对方一眼都不能!(停顿,控制住自己)你不明白其中的耻辱。我们能够生存下去的唯一假设前提是有人在看,而我们被人玩弄,连这个前提都失去了。(完全投入)看看我们——一群装腔作势的疯孩子,穿着没人会穿的衣服,说着没人说过的话,戴着假发,用押韵的对句发着爱的誓言,用木剑互相击杀,空空的忠诚辩白紧跟着空洞的复仇誓言——每个手势,每个姿势,都在这稀薄的空气中消失得无影无踪。我们把我们的尊严赎给了云朵,只有无知的鸟儿倾听。(他向他们怒喊)你们还不明白吗?!我们是戏子——我们处在人们的对立面!(他们都困惑地后退着,他的声音冷却下来)想想,现在用你们的脑子想想:你所做过的从未有人知晓的最——私人的——秘密的——私密的事情。(他给他们——以及观众——很长的停顿时间。罗森克兰茨看起来有点诡诈)你们在想吗?(他的头侧过去,声音咄咄逼人)嗯,看得出来,你在想!

罗森克兰茨 (跳起来,拼命掩饰)你决看不出来!你撒谎!(一会儿后他忽然自己笑了起来,又坐下了)

伶人 我们是戏子——刚开始时,我们以为凭我们那得到行业传统担保的身份,就会有人在观看。可是后来,慢慢地,我们发觉没人在看。我们身陷困境,孤立无援。直到谋杀犯的冗长独白时,我们才能四处瞅瞅:虽然我们从旁看是一动不动的,但我们的眼睛却在搜寻着你们,刚开始很自信地,后来就有点动摇,再后来就绝望了,每块草皮、每根木头、每个方向的每个看得到的角落,都没有人。所有这段时间里,犯了谋杀罪的国王一直在对着天边诉说他令人烦闷、没完没了的负罪感。我们的头开始像蜥蜴一样谨慎地移动,躺在地上死去的清白无瑕的罗莎琳达从指缝间往外窥探,国王也动摇了。即便在那时,习惯的力量,以及相信我们的观众正在最近的灌木丛后偷看我们的固执的信念,使我们拖着我们早已毫无意义的身体磕磕碰碰地向前,直到像失去控制的马车一样,被拖到停止了。没有人走上前来,没有人朝我们大叫。无法打破的沉默压在我们的身上；它是下流的。我们摘下我们的皇冠、宝剑和金衣，沿着通往埃尔西诺的路沉默地前行。

（沉默，然后吉尔德斯特恩独自慢慢地、刻意讽刺地鼓起掌来。）

吉尔德斯特恩 精彩的再创作——要是我的眼睛会哭就好了！请注意这句话的比喻意味很重。毫无批评之意——只是品味的问题而已。所以你来了这里——更加了不得[①]。这是种修辞手法，不是吗？这么说吧，我们已经补偿你们了，你也许非常清楚，你们能在宫里表演，该感谢谁。

伶人 我们早已获许在宫里出入，一直都可以。

吉尔德斯特恩 你们以前为他表演过？

伶人 是的，先生。

吉尔德斯特恩 你们要表演什么？

伶人 《冈萨哥谋杀》。

吉尔德斯特恩 有的是优美的旋律和尸体。

伶人 从意大利人那儿弄来的。

罗森克兰茨 是关于什么的？

伶人 关于一个国王和王后……

吉尔德斯特恩 逃避现实主义！还有什么？

伶人 鲜血——

吉尔德斯特恩 爱情和修辞。

伶人 是的。（下）

吉尔德斯特恩 你去哪儿？

伶人 我想来就来，想走就走。

吉尔德斯特恩 显然你是个不会迷路的人。

伶人 我以前来过这儿。

吉尔德斯特恩 我们的脚还没找到北呢。

伶人 我应该专心不让你们昏了头。

吉尔德斯特恩 你是根据你的见识这么说的吗？

---

① 原文为“with avengence”，在此处用作双关语。词组意思为：厉害地，猛烈地；而字面意思可理解为：怀着复仇心的。——译注

伶人 根据先例。

吉尔德斯特恩 你以前来过这里。

伶人 而且知道风往哪边吹。

（伶人凝肃的表情没有变。他准备继续走。吉尔德斯特恩第二次把他打断。）

吉尔德斯特恩 事实上，我们很看重你的陪伴，因为我们没有伴。我们太久这么形影相吊了——这样子久了人会喜欢有人做伴的不确定性。

伶人 不确定性是正常情况。你又不是什么特别人物。

（他又准备走。吉尔德斯特恩按捺不住自己的情绪。）

吉尔德斯特恩 可看在上帝的分上我们该怎么办?!

伶人 放松，应对。大家都这么做的。你不能一辈子在每个转弯的时候都质问自己的处境。

吉尔德斯特恩 可我们不知道发生了什么，也不知道该怎么办。我们不知道该怎么行动。①

伶人 自然点。至少你们知道你们为什么在这儿。

吉尔德斯特恩 不。我们只知道别人给我们讲的，而那也不够。而且就我们所知那甚至都不是真实的。

伶人 就任何人所知而言，没有任何事是真实的。凡事都应以信任来对待：真实只是人认为是真实的东西。这是生活的通理。也许它的背后并无深意，但只要人们认可了这一点，就不会有什么关系。人都是依据假定来行事的。你们的假定是什么?

罗森克兰茨 无论内在还是外表，哈姆雷特都不是原来的他了。我们必须找出他的苦恼所在。

吉尔德斯特恩 他——很忧郁。

伶人 忧郁?

罗森克兰茨 疯了。

伶人 他有多疯?

罗森克兰茨 啊。(对吉尔德斯特恩)他有多疯?

吉尔德斯特恩 忧愁多于疯狂，也许。

---

① 原文为“art”，既有“行为，行动”之意，也有“表演”之意。——译注

伶人　忧郁。

吉尔德斯特恩　情绪低落。

罗森克兰茨　他有情绪。

伶人　忧愁的情绪?

吉尔德斯特恩　疯狂，而且只是迟早的事。

罗森克兰茨　确实。

吉尔德斯特恩　比如说。

罗森克兰茨　他自言自语，可能是疯了。

吉尔德斯特恩　如果他胡言乱语的话，他可能是疯了，可他说的很有逻辑。

罗森克兰茨　这就意味着完全是另外一回事。

伶人　什么?

（短暂停顿。）

吉尔德斯特恩　我想我明白了。一个跟自己说话有逻辑的人和一个跟别人说话胡言乱语的人都不是疯子。

罗森克兰茨　也可能一样是疯子。

吉尔德斯特恩　也可能一样是疯子。

罗森克兰茨　而他两种情况都有。

吉尔德斯特恩　所以你看。

罗森克兰茨　完全的神经正常的胡话。

（停顿。）

伶人　为什么?

吉尔德斯特恩　啊。（对罗森克兰茨）为什么?

罗森克兰茨　确切地说正是如此。

吉尔德斯特恩　正是什么?

罗森克兰茨　正是为什么?

吉尔德斯特恩　正是为什么什么?

罗森克兰茨　什么?

吉尔德斯特恩　为什么?

罗森克兰茨　确切地说，为什么什么?

吉尔德斯特恩　为什么他疯了?!

罗森克兰茨 我不知道！

（鼓点。）

伶人 那位老人以为他爱上了自己的女儿。

罗森克兰茨 （震惊）仁慈的上帝！我们有点不明所以了。

伶人 不，不不——他没有女儿——那位老人以为他爱上了自己的女儿。

罗森克兰茨 那位老人？

伶人 哈姆雷特，他爱上了那位老人的女儿，那位老人这么觉得的。

罗森克兰茨 哈！现在总算说得通了！单相思！

（伶人走动。）

吉尔德斯特恩 （专横地）谁也别离开这间房间！（停顿；软弱地）除非有个非常好的理由。

伶人 为什么不行？

吉尔德斯特恩 这样走来走去未免有点太任意妄为了——我很快就控制不住自己了。从现在起理智要占上风了。

伶人 我有台词要记。

吉尔德斯特恩 去吧！

（伶人从一旁侧翼下，罗森克兰茨两手做喇叭状，对另一头大叫。）

罗森克兰茨 下一位！

（但没人来。）

吉尔德斯特恩 你指望什么？

罗森克兰茨 某些事——某些人——没什么。（他们面朝前坐下）你饿了吗？

吉尔德斯特恩 没有，你呢？

罗森克兰茨 （想）没有。你记得那枚钱币吗？

吉尔德斯特恩 不记得。

罗森克兰茨 我想我丢了。

吉尔德斯特恩 什么钱币？

罗森克兰茨 我也记不太清楚了。

（停顿。）

吉尔德斯特恩 哦！那枚钱币——聪明。

罗森克兰茨 我记不清楚我是怎么做的了。

吉尔德斯特恩 也许你天生就有这本事。

罗森克兰茨　是的！那可是我吸引观众的拿手好戏啊！

吉尔德斯特恩　再做一次。

（短暂停顿。）

罗森克兰茨　我们再不能这样做了。

吉尔德斯特恩　对，人应该想想将来。

罗森克兰茨　这很正常。

吉尔德斯特恩　有将来。毕竟，人总是无时无刻地有着将来——现在——现在——现在……

罗森克兰茨　可以永远这样下去。嗯，我想，也不能永远。（停顿）你有没有想象过你自己真的死了，躺在一个箱子里，上面盖着一个盖子？

吉尔德斯特恩　没有。

罗森克兰茨　我其实也没有想过。——为了这个犯愁可是很傻的。我的意思是：人可以想象自己躺在一个箱子里活着，他总是忘了考虑自己已死的事实——这可是关键所在——不是吗？我的意思是，你永远不会知道你是在一个箱子里，不是吗？这就好比在一个箱子里睡着了一样。不过你注意了，我可不是说我喜欢在箱子里睡觉，没有空气——你看，首先你会醒来时就已死去了，那么你会在哪儿呢？在箱子里。坦率地说，我不喜欢这一点。那就是我不会去想它的原因……（吉尔德斯特恩焦躁不安地坐着，把他的斗篷披在身上）因为你会变得很无助，不是吗？那样被塞在一个箱子里，我的意思是你会永远都待在那儿。即便考虑到你已死，这也不是个让人高兴的想法。特别是如果你死了，真的……问问自己，如果我直接问你——现在我要把你塞在箱子里，你愿意活着还是死了？很自然地，你会情愿活着。在箱子里活着总比没命的好。我想，你至少还有一次机会。你可以躺在那箱子里想——呃，至少我没死！很快就会有人敲着盖子，叫我出来。（用他的拳头敲打着地板）“嘿！你，那谁呀，出来！”

吉尔德斯特恩　（狂暴地跳起来）你没必要往死里敲！

（停顿。）

罗森克兰茨　如果我是你的话，我想都不愿去想。你只会让自己沮丧。（停顿）永恒是个可怕的想法。我的意思是，这何处是个终点？（停顿，然后高兴地）两个早期的基督教徒碰巧在天堂相遇。“你还是塔塞斯的扫罗！”一人叫道，“你在这儿干嘛?!”……“塔塞斯的舒马塞斯，”另一个说道，“我现在是保罗了。”（他烦躁地站起来，挥动着胳膊)他们不在乎。我们什么都不是。我们可以在这儿安静地等着，直到脸变绿了，他们还是不会来。

吉尔德斯特恩 变青，变红①。

罗森克兰茨 [一个基督徒、一个穆斯林和一个犹太人碰巧在狭小的马车里相遇了。“斯尔维斯坦!”犹太人叫道，“你的朋友是谁?”“他就是阿卜杜拉,”穆斯林说，“不过自从他改宗后，就不是我的朋友了。”(他又跳起来，跺着脚，朝舞台两侧大叫)好了，我们知道你在那儿！出来说话！(停顿)我们控制不了，一点都控制不了。](他开始踱步)一个人第一次知道死亡的那一刻会是怎样的一个时刻?一定有这样的一个时刻，小时候，你第一次想到你不能永远活下去。这一定是令人崩溃的——深深地烙印在记忆中。可是我就想不起来有过这样的时刻，从来就没有这样想过。这该怎么解释呢?我们一定在出生时就有对死亡的直觉。在我们知道用言语来表达死亡之前，在我们知道还有言语之前，我们就出来了，满身血污，号啕大哭，知道尽管世界上有这么多指南针，其实只有一个方向，唯一的度量就是时间。(他思考着，越来越绝望，语速越来越快)一个印度教徒、一个佛教徒和一个驯兽师碰巧在印—中边境的一个马戏团相遇。(他大叫起来)他们把我们当什么了！我可不会容忍！将来肯定有人会注意这一点。(他重新转身面朝舞台一侧)不许进来，我不允许任何人进来！(没人进来。呼吸沉重)那还差不多……

(马上，在他身后一支庞大的队伍进来了，主要是克劳迪亚斯、格特鲁德、波罗涅斯和奥菲莉娅。克劳迪亚斯从罗森克兰茨身边经过时，挽着他的胳膊很快就热烈交谈起来了：背景是莎剧第三场，第一幕。克劳迪亚斯、罗森克兰茨等人走到后台，转过来时，吉尔德斯特恩还面对着前面。)

吉尔德斯特恩 死亡之后是永恒——两个世界里最糟糕的事。这确实是个可怕的想法。

(他转身到前台。正好赶上和克劳迪亚斯说话。格特鲁德和罗森克兰茨往后台走去。)

格特鲁德 他对你们好吗?

罗森克兰茨 非常像个绅士。

吉尔德斯特恩 (走回来刚好接上话)可是也很勉强的。

罗森克兰茨 (完全是谎话，他知道，也这样表现出来，也许是看到了吉尔德斯特恩对他使的眼色)他在提问方面很吝啬，但对我们的问题回答得倒是很爽快。

---

① 在英语习语中只有脸变青和变红的说法。——译注

格特鲁德　你们有无劝他找些什么消遣？

罗森克兰茨　娘娘，我们来的时候，刚巧有班戏子也要到这儿来。给我们追上了。我们把消息告诉了他，他听了好像很高兴。现在他们已经到了宫里，我想他今晚就要看他们表演的。

波罗涅斯　一点不错；他还叫我来请两位陛下同去看看他们演得如何呢。

克劳迪亚斯　那好极了；我非常高兴地听见他在这方面感兴趣。请你们两位还要更进一步鼓起他的兴味，把他的心事转移到这种娱乐上面。

罗森克兰茨　遵命，陛下。

克劳迪亚斯　(引领整班人马往外走)亲爱的格特鲁德：你也暂时离开我们；因为我们已经暗中差人去唤哈姆雷特到这儿来，让他和奥菲莉娅见见面，就像是他们偶然相遇一样……

(克劳迪亚斯和格特鲁德下。)

罗森克兰茨　(烦躁地)一刻不得安宁！进进出出，时有时无。他们从四面八方朝我们走来。

吉尔德斯特恩　你永远无法满足。

罗森克兰茨　老是弄得我们手忙脚乱的——为什么不能是我们从他们身边经过呢？

吉尔德斯特恩　有什么区别呢？

罗森克兰茨　我要走了。

(罗森克兰茨披上斗篷，吉尔德斯特恩不理会他。罗森克兰茨不自信地向后台走去。他向外看看，很快回来)他来了。

吉尔德斯特恩　他在做什么？

罗森克兰茨　什么都不做。

吉尔德斯特恩　他总得做点什么。

罗森克兰茨　走路。

吉尔德斯特恩　用手走？

罗森克兰茨　不，用脚走。

吉尔德斯特恩　一丝不挂？

罗森克兰茨　全副武装。

吉尔德斯特恩　在卖太妃苹果？

罗森克兰茨　我看到的不是这样。

吉尔德斯特恩 你不会搞错?

罗森克兰茨 我想不会。

（停顿。）

吉尔德斯特恩 我怎么也看不出来我们怎样才能谈上话。

（哈姆雷特后台上，停下。思忖着保持静默的利与弊。罗森克兰茨与吉尔德斯特恩看着他。）

罗森克兰茨 然而，我觉得我们也可以说这是个机会。我们可以——和他搭话。是的，对我来说这肯定是个机会。一种直接的、随便的说话方式——男子汉之间的说话——有什么说什么……就像“我说，这到底是怎么回事”一类的话。是的。是的。这看起来可是得用两只手去抓住的机会，我觉得这肯定是个好机会——如果问我的话。对天赐良机挑挑拣拣是没有什么意义的。（他朝哈姆雷特走去，但旋即胆怯了，走回来）我们被震慑住了，这就是我们的问题所在。每到关键时刻，我们总被他们的个性所慑服……

（奥菲莉娅上，拿着祈祷书，虔诚地行进。）

哈姆雷特 女神，在你的祈祷中，不要忘记替我忏悔我的罪孽。

（听到他的声音，她停下来等他。他赶上来。）

奥菲莉娅 我的好殿下，您这些天来贵体安好?

哈姆雷特 谢谢你——很好，很好，很好。

（如此的莎氏对白继续下去，他们一边谈话一边从侧翼下。）

罗森克兰茨 像住在公园一样!

吉尔德斯特恩 非常令人敬佩。是的，我想你的直接的随便的说话方式会断送这件事的。如果我可以提个建议——闭嘴，坐下。少神经兮兮了。

罗森克兰茨 （差不多要哭了）我再也受不了了!（一个女性身影上，外表上看是王后。罗森克兰茨在她身后跟上，用手蒙住她的眼睛，语气中带着一种歇斯底里的轻浮）猜猜我是谁?

伶人 （出现在前台一角）阿尔弗雷德!

（罗森克兰茨松手，转过身来。他抱着穿长袍、戴金色假发的阿尔弗雷德。[伶人还在前台角落。罗森克兰茨走到那个出口。伶人丝毫未动。他和罗森克兰茨站得很靠近，脚趾靠着脚趾。]）

罗森克兰茨 对不起。

（伶人抬起在前台的脚。罗森克兰茨弯腰把手放在地板上。伶人放下脚。罗森克兰茨尖叫，跳着走开。）

伶人 （严肃地）请原谅。

吉尔德斯特恩　(对罗森克兰茨)他刚刚在做什么？

伶人　我把我的脚放下了。

罗森克兰茨　可我的手在地板上！

吉尔德斯特恩　你把你的手放在他的脚下？

罗森克兰茨　我——

吉尔德斯特恩　为什么？

罗森克兰茨　我想——(抓住吉尔德斯特恩)别离开我！

(他往一个出口跑去。一个打扮成国王的悲剧戏子上。罗森克兰茨后退，朝对面的侧翼跑去。两个披着斗篷的戏子上。罗森克兰茨又试图从另一个出口离开，但另一个戏子上。罗森克兰茨退到舞台中央。伶人一本正经地鼓着掌。)

伶人　好的！我们时间不多了。

吉尔德斯特恩　你们在做什么？

伶人　彩排。现在，如果你们两个不介意，请往后退——到那儿——好的……(对戏子们)每个人都准备好了？看在上帝的分上，记住我们要做什么。(对罗森克兰茨和吉尔德斯特恩)我们几乎总是使用同样的戏服，他们经常忘记他们该穿什么衣服——别抽鼻子，阿尔弗雷德。王后们想抽鼻子时，她们通过由大脑传递给血液这一过程进行——好的。没人说话了？开始！

戏子国王　整整三十次福玻斯的马车——

伶人　(生气地跳起来)错错错！一开始是哑剧，你这该死的陛下！(对罗森克兰茨和吉尔德斯特恩)他们久未练习，有点生疏了。但在处理死亡戏的时候，他们就熟门熟路了——它总是能带出他们身上诗意的东西。

吉尔德斯特恩　多好啊！

伶人　没有什么比一次不令人信服的死亡更不令人信服的了。

吉尔德斯特恩　我相信如此。

(伶人拍着手。)

伶人　第一幕——开始。

(哑剧。戏子国王和戏子王后拥抱。后者跪地，向国王做宣誓状。他把她扶起来，头靠在她的脖子上，躺下。看到国王熟睡后，王后离去。)

吉尔德斯特恩　这哑剧是做什么用的？

伶人　哦，这是一个安排，真的——或多或少能让接下来的情节让人看得懂些；你知道的，我们被我们的语言束缚，这种语言有个特点：风格低劣时，便用晦涩来遮丑。

（哑剧继续。下毒者上。他把睡着的国王的王冠脱下，吻了吻王冠。他带来了一小瓶液体。他把毒药倒入睡者的耳朵，离去。睡者剧烈抽搐着，死去。）

罗森克兰茨 他是谁？

伶人 国王的弟弟，王子的叔叔。

吉尔德斯特恩 这不大像是兄弟啊。

伶人 后来你会看到，也不大像是叔叔。

（王后重上，见国王已死，做悲恸状。下毒者率领两位随从——披斗篷——重上。下毒者似乎在安慰王后。随从把尸体抬出。下毒者用礼物讨王后欢心，向其示爱。她开始做憎恶状，最后接受了他的爱。哑剧结束。就在这时传来一名女人痛苦的哭喊声。奥菲莉娅上，哭喊着，后面跟着歇斯底里的哈姆雷特，朝她大喊，围着她转，两个人都在舞台中央。）

哈姆雷特 去吧，我再也不敢领教了；它已经让我发狂了。（她跪地痛哭）我说，我们以后再不要结什么婚了。（戏子们也听到了他的声音，一动不动）那些已经结婚的，（他身子侧向戏子王后和下毒者，语气平静又内有锋芒）除了一个人以外，都可以让他们活下去。（他很快地朝他们笑了一笑，却并不快乐，并开始后退着下，临走的话又响起来）其他的人保持原样。（他下的时候，奥菲莉娅趔趄地走到后台，他在她耳边说了一句很快很短的话）进尼姑庵去吧。去。

（他下。奥菲莉娅跪坐在后台，啜泣声几不可闻。短暂的寂静。）

戏子国王 整整三十次福玻斯的马车……

（克劳迪亚斯与波罗涅斯上，走向奥菲莉娅，扶她起来。戏子们低头退后。）

克劳迪亚斯 爱情？他的情感不属于爱情；他说的话虽然有些颠倒，也不像是疯狂。有什么心事盘踞在他的灵魂里，我怕它也许会产生危险的后果。为了防备万一起见，我已经当机立断，决定了一个办法：他必须立刻到英国去……

（说话间他们三人，克劳迪亚斯，波罗涅斯，奥菲莉娅，下。伶人走过来，拍手引起注意。）

伶人 先生们！（他们看着他）看起来不大好。我们根本就没有掌握好。（对吉尔德斯特恩）你觉得怎样？

吉尔德斯特恩 我能觉得怎样？

伶人 （对戏子们）你们没有表达清楚！

罗森克兰茨 对我来说那不大像是爱。

吉尔德斯特恩 从头开始……

伶人 第二幕！站位！

吉尔德斯特恩 刚刚不已经剧终了吗？

伶人 你说那是剧终？——几乎每个人都还站在那儿？我的天，不是——死也不是。(他稍稍笑了一下，可很快看起来好像是一辈子没笑过一样)任何艺术都自有安排——你们肯定知道吧？事件必须自由发展，自然过渡到美学上、道德上和逻辑上的结尾。

吉尔德斯特恩 就这幕戏而言，那是什么？

伶人 永不变化——注定要死的每个人都死了，这就是我们的目标。

吉尔德斯特恩 注定要？

伶人 在“只有沙漠”和“悲剧讽刺”之间我们有很大空间可以发挥我们特有的才能。总的来说，事情发展到合乎情理的最坏的情况的时候，就已经发展到它们所能发展的极限了。(他忽然展颜笑了起来)

吉尔德斯特恩 谁决定的？

伶人 (收起了笑容)决定？书上这么写的。(他转身走开。吉尔德斯特恩抓住他，猛地把他转回来。不慌不忙)如果你能温和点，我们就不至于互不理解。我指的是口头传统。也就是这么说。(吉尔德斯特恩放开他)你看，我们是悲剧戏子。我们听从命令——这其间我们没得选择。坏人最终不开心，好人最终不走运，这就是悲剧的含义。(喊)站位！(戏子们站好位置。继续哑剧：这是场王后和下毒者/国王之间的情爱戏，充满了肉欲和激情)开始！(这对情人开始了。伶人为罗森克兰茨和吉尔德斯特恩做连串快速解说)谋杀了他的哥哥，赢得了寡妇的心——下毒者登上了王位！现在我们看到的是他和他的王后投入不羁的激情中！她一点也不知道她抱在怀里的男人——！

罗森克兰茨 哦，我说——听着——真的！你们不能这样做！

伶人 为什么不能？

罗森克兰茨 真的——我的意思是，大家想得到娱乐——而不是这些肮脏的、无耻的垃圾。

伶人 你错了——他们就是想着这些。谋杀，勾引，乱伦——你想看什么？——笑话？

罗森克兰茨 我想看一个好的故事，有头，有发展，有尾。

伶人 (对吉尔德斯特恩)你呢？

吉尔德斯特恩 我更愿艺术反映生活，如果对你来说没什么区别的话。

伶人 对我来说确实没什么区别，先生。(对正在纠缠的情侣)好了，不要太放纵自己了。(他们站起来。对吉尔德斯特恩)一会儿我也要演了。吕西安那斯，国王的侄子！(转向戏子们)下一场。[他们马上去准备下一场哑剧。这场戏里伶人自己表现得很容易陷入痛苦。(通过舞台上的步伐表现，程式化的)，然后直到和王后的激情戏(参照莎剧第三幕，第四场，“厢房”)。以及非常程式化地重现一个波罗涅斯一样的人物被人从帷幔后刺死(被谋杀的国王扮演波罗涅斯)。与此同时伶人自己继续他快速的解说，以方便罗森克兰茨和吉尔德斯特恩理解]国王的侄子，吕西安那斯——在被他的叔叔篡权，以及他母亲乱伦婚姻击垮后——失去了理智——时而深痛地忧郁，时而放任地疯狂，把整个宫廷搅得乱七八糟，鸡犬不宁——从自杀(摆了个姿势)到杀人(这儿他把“波罗涅斯”杀了)——最后面对他的母亲。在一场隐晦而有深意的戏中——(有点俄狄浦斯式的拥抱)求她忏悔，放弃——(他跳了起来，还在说)国王——(他把下毒者/国王向前推)饱受罪孽的折磨——恐惧的纠缠——决定派他的侄子去英国——并把这件差事托付给两个笑面帮凶——朋友——侍臣——给两个间谍——(他转身把下毒者/国王和两个披斗篷的戏子拉过来：后二位跪下，从国王手中接过一个纸卷)——给他们一封信要呈交英国宫廷——！所以他们出发——上了船——(两个间谍站在伶人两边，三人同时轻轻地摇晃着，模仿着船的动作；随后伶人从中走开)——接着他们到了——(一个间谍用手挡在眼睛上方，远眺地平线)——下了船——来到了英国国王面前——(他转过身来)英国国王——(交换头饰让剩下的戏子，即原先被谋杀的国王，成为英国国王)但王子在哪儿？到底在哪儿？情节变得复杂了——命运的转折和欺诈使他们手里的信成为他们的催命符！(两个间谍把信呈上，英国国王读后，下令处死他们。他们站起来，转过身，开始抛假想中的钱币。对吉尔德斯特恩)你对这出戏熟悉吗？

吉尔德斯特恩 不熟悉。

伶人 一个屠杀场——总共有八具尸体。这最能体现我们的才华了。

吉尔德斯特恩 (在整个哑剧和解说中变得越来越紧张和惊恐)你！你对死亡知道什么？

伶人 这是戏子最擅长的。他们必须利用自己所有的才能，而他们的才能就是死。他们可以英雄般地死，喜剧地死，讽刺地死，缓慢地死，突然地死，恶心地死，迷人地死，或从一个极高点死。我自己的才能更综合一些。我能从一个闹剧中找出其中的意义，一个其实不存在的意义；但有时候，从这件事情中，会跑出来一束细细的光芒，若从正确的角度看的话，它是会击碎死亡之壳的光。

吉尔德斯特恩 (害怕，蔑视)戏子！廉价闹剧的机件！那不是死亡！(更镇定点)你尖叫，你哽咽，你跪下，但这些并不能让人们明白死亡——并没有趁他们不备时突然攥住他们，在他们的头盖骨里轻声说，“有一天你会死”。(他直起身来)你死了这么多次；你怎能使他们相信你的死呢？

伶人　恰恰相反，他们只相信这种。他们习惯了这个。我曾有位戏子，因为偷了头羊[或是只羊羔，我忘了]，被判绞死——所以我得到批准，在一幕戏中将他绞死。——得改动一下情节，但我想这会更有效，你知道的——你不会相信的，别人就是不相信这是真的！想让别人由不相信转为相信是不可能的——他什么都没做，一直在哭——本性使然——只是站在那儿哭——再也不能这么做了。（心情好的他回到哑剧中：两位间谍等待由伶人处决。他从皮带中拔出匕首）观众知道该期待什么，这就是他们准备好去相信的。（对间谍）死！

（两个间谍过了一会儿死了，演得很好。灯光已开始变弱了。他们死的时候，以及吉尔德斯特恩说话的时候，灯变暗淡。）

吉尔德斯特恩　不，不不——你们全搞错了——你们不能表演死亡。死亡的事实和看着它发生是毫不相关的——不是喘息，鲜血，倒下——死亡并不是这回事。死亡就是一个人不能重新出现了，就这么回事——现在你看见他，过会儿你看不见他了，只有这一点才是真实的：这一分钟在这儿，下一分钟不在了，再也回不来了——一次出场，毫不招摇，没有预告，一种消失，逐渐有了分量，直到最后，因死亡而沉重。

（两个间谍躺着不动，几乎看不到他们。伶人走过来，把他们的斗篷盖在他们的尸体上。罗森克兰茨开始慢慢鼓掌。）

（灯熄）

（选自[英]汤姆·斯托帕：《戏谑：汤姆·斯托帕戏剧选》，
杨晋等译，海口，南海出版公司，2005年）

作品解析

《罗森克兰茨和吉尔德斯特恩已死》虽取材于《哈姆雷特》，但主题却更为多元。剧中，斯托帕探讨了存在的意义，以及机遇、抉择、自由、记忆、个性、死亡等一系列的人生哲理。[①]罗森克兰茨和吉尔德斯特恩对"死亡"这一话题谈及12次之多，如吉尔德斯特恩引用苏格拉底的哲学观点来为自己开脱："既然我们不知道死亡是什么，惧怕它就是不合逻辑的。它可能是件——大好事。毫无疑问，它是对生命负担的解脱，对敬奉上帝

① 王佐良、周珏良：《英国二十世纪文学史》，上海，外语教学与研究出版社，1994。

的人来说，是个憩息之处和回报。”面对死亡的宿命，自由选择的意志显得尤为重要。当两人在海上，吉尔德斯特恩感叹道“人在船上是自由的。自由的行走，说话，想干什么”。

死亡虽是宿命，但人生关口的每个机遇与抉择往往会扭转事态走向，造就颠覆性结局。剧本开头，罗森克兰茨和吉尔德斯特恩浑浑噩噩地服从命令进宫，而后面对悲剧演员的“死亡预演”并未警醒，最后偶得密函内容——哈姆雷特实是赴死，然而二人虽罔顾同窗情谊，但也未采取任何行动。由此可见，罗森克兰茨与吉尔德斯特恩虽然具备一定的判断力和分析力，但缺乏果断有效的行动力，其死亡结局引人唏嘘。

罗森克兰茨与吉尔德斯特恩的身上处处可见现代人的影子，后现代语境下的“中心与边缘”逐渐模糊，“泛边缘化”凸显。随着第二次世界大战的结束，当传统意义上的“中心—边缘”的稳定结构坍塌，后现代意义上的“泛边缘化”成为群体性、常态化的生存状态，边缘小人物的境遇更加符合战后特殊社会时期英国人的普遍生存状态。罗森克兰茨和吉尔德斯特恩就是这样的两个小人物，两人的边缘化特征显著：身份和存在依赖于他者存在，目的性和行动力欠缺。历史的发展需要英雄，无足轻重的小人物只能被“杀死”。但难能可贵的是，两人面对死亡这张大网并没有完全屈服，而是不断思考、挣扎，心中始终怀有对生活、对自由的渴望。

《罗森克兰茨和吉尔德斯特恩已死》主要运用了荒诞派的戏仿与反讽、后现代主义的“解构—重构”和元戏剧的“戏中戏”等艺术手法。首先，该剧脉络取材于莎士比亚的《哈姆雷特》，其是斯托帕架在后现代派戏剧与传统戏剧之间的桥梁。其次，该剧借鉴了贝克特的《等待戈多》中“等待”的主题，如两人等待国王召见，等待王子出现，等待死亡宿命的到来。另外，剧中对现代科学的讽刺十分辛辣。概率论和悖论、确定性和不确定性、自然和非自然、科学和哲学恰似本剧硬币的两面，这些都证明科学并不能解决一切问题，机械性思考导致的是消亡和毁灭，“有创意地活着”是最好的生存方式。同时，该剧还质疑了死亡的真实性。剧中吉尔德斯特恩用利刃刺向伶人，所谓的利刃只是“道具刀”，伶人“死而复活”。这里作家借演员之手，导演了一场本剧最精彩的死亡荒诞戏。

评论家认为，斯托帕倾向于在经典里找到可解构的突破口，然后用后现代的手法对传统的人物角色进行逆向建构。斯托帕通过“解构—重构”的双重视角打造了罗森克兰茨和吉尔德斯特恩这两个人物。首先，通过语言游戏，两人实现迈向自我的第一步。人物的死亡是身份上的死亡，是自我身份认证失败、他者认同缺失。名字是身份的重要标记，剧中两人名字经常被混淆、遗忘，表明他们缺乏独立的身份和完整的自我。通过语言游戏，他们弄清了自己的名字和身份，自我开始彰显。① 其次，语言游戏推动了情节发展。两人看似荒谬的问答，实则揭露了国王克劳狄斯的险恶用心、哈姆雷特的艰难处境以及周边人物的行动推进，并隐约暗示着故事的结局。最后，语言游戏重构了剧中人物的角色。以哈姆雷特为例，该剧中的哈姆雷特形象被作者赋予了现代人的特质，无疑颠覆了文艺复兴时期怀有"高尚的道德、崇高的理想、光明的目标"的绅士形象。

当代戏剧理论家莱昂内尔·阿贝尔认为，元戏剧是表现已经戏剧化了的生活，主要有三种表现形式：在戏剧中出现另外一场戏的画面；在戏剧中呈现这部戏的排演过程；戏剧中进一步呈现"戏中戏"构思或表演的故事，同时这个故事又是整部戏的一部分，呈现层层相套的结构。② 这三种表现形式在该剧中都有体现。该剧许多情节与莎剧穿插交融，罗森克兰茨和吉尔德斯特恩观看的宫廷演出是一出"戏中戏"，上演的正是他们在莎剧中的死亡结局；伶人们的提前预演给读者完整展现了整出戏的排练过程，给人似真似假的幻觉，既入戏又出戏。罗森克兰茨和吉尔德斯特恩被告知是"演员"，但却常有剧作家意识，"戏剧化的想象和哲理性的思考"处处可见，角色的自我意识时时彰显。这些成就了《罗森克兰茨和吉尔德斯特恩已死》的不同凡响。

参考书目

Tom Stoppard, *Rosencranz And Guildenstern Are Dead*, London, Faber & Faber, 1967.

Tom Stoppard, *Tom Stoppard in Conversation*, Michigan, The University of Michigan Press, 1994.

[英]汤姆·斯托帕：《戏谑：汤姆·斯托帕戏剧选》，杨晋等译，海口，南海出版公司，2005。

陈红薇、王岚：《中心与边缘：当代英国戏剧家汤姆·斯托帕德》，北京，北京大学出版社，2013。

邱佳岭：《论汤姆·斯托帕德文人剧》，上海，上海书店出版社，2011。

（张哲撰稿）

---

① 金李俪：《生存还是死亡？——解读斯托帕特〈罗森克兰茨和吉尔登斯特恩都已死去〉》，载《戏剧杂志》，2001(3)。

② Lionel Abel. *Metatheatre: A New View of Dramatic Form*. New York: Hill and Wang 1963. p. 60.

第十章　迈克·弗雷恩《哥本哈根》导读

作家作品简介

迈克·弗雷恩(1933—　)英国当代著名剧作家、小说家、翻译家，纪录片及电视剧编剧，生于伦敦郊区的一个推销员家庭，童年在战乱中度过。第二次世界大战刚结束，母亲就因心脏病过早离世，继母罹患精神疾病，让这个不幸的家庭雪上加霜。幸好其父托马斯·弗雷恩聪慧乐观，在父亲的影响下，弗雷恩虽历经贫穷和种种不幸，却在灵魂之中蕴藏着坚定、幽默和勇于探索的精神。

弗雷恩早年在金士顿文理中学求学，应召入伍后，在联合服务语言学校中学习了俄语，担任俄语翻译。服役期满后他进入剑桥大学伊曼纽尔学院学习哲学。1957—1968年，他担任《卫报》和《观察家报》记者、专栏作家，发表了许多针砭时弊之作，许多文章在20世纪80年代被马丁·贾维斯改编为英国广播公司广播四台的广播剧。20世纪60年代，弗雷恩开始进行小说创作。处女作《锡匠》(又译为《罐头人》，1965)是一部成功的闹剧，获得了毛姆奖。《俄文翻译》(1966)描写了一个陷入三角恋的年轻翻译，获得霍桑登奖。《清晨将逝》(1967)以幽默的笔法描绘单调乏味的记者生活，确立了弗雷恩讽刺幽默作家的地位。在发表《甜美的梦》(1973)之后，弗雷恩转向了戏剧创作，直到1991年以描写英国首相哈罗德·威尔逊政治谜案的《登陆太阳》重返小说界。此后，长篇小说《一往无前》(1991)获得了当年布克奖提名。《间谍》(2002)获得惠特布雷德文学奖大奖、英联邦作家奖，入选英伦少年必读图书和英国高中文学教材，讲述了第二次世界大战中两个顽皮男孩的恶作剧导致一场悲剧的故事，反映了第二次世界大战中的英国社会，细致地刻画了战争中平民百姓的种种心态和遭遇。

弗雷恩的戏剧创作生涯始于20世纪70年代。第一部作品《我俩》(又译为《我们中的两个》，1970)反响平平。随后的《字母顺序》(1975)获得了英国戏剧重要奖项——标准晚报戏剧奖。喜剧《傻瓜年代》(1976)获得英国戏剧界最高奖——劳伦斯·奥利佛奖，讲述了六个学生毕业25年后重聚的故事。1982年，喜剧《噪音远去》再次获得该奖。该剧源于《我俩》的最后一幕，被称赞为英国战后最佳喜剧。《施主》(1984)源于作者的成长经历，表现了战后20世纪50年代英国举国上下的乐观情绪。弗雷恩公认的代表作是《哥本哈根》(1998)，该剧斩获了托尼奖、普利策奖等重要戏剧奖项，名列美国大学生必读剧目，在全球范围掀起了一股“哥本哈根”热潮。五年后，弗雷恩又凭借《民主》(2003)获得托尼奖提名。

除了创作小说和戏剧之外，弗雷恩还翻译了契诃夫的剧作《海鸥》《万尼亚舅舅》《三姐妹》和《樱桃园》，以及列夫·托尔斯泰的《教育的果实》。此外，他还创作了传记剧《来生》(2008)和电影剧本《最早与最终》(1990)，后者获得了国际艾美奖。

《哥本哈根》重现了近代科学史上一件“悬案”，即“哥本哈根会见之谜”。剧中共有三个角色，即三个业已辞世人物的“灵魂”——德国物理学家沃纳·海森伯，他的恩师丹麦物理学家尼耳斯·玻尔以及玻尔的夫人玛格丽特。

第二次世界大战期间，德国政府残害犹太人，许多在德国的犹太物理学家被迫逃往他国。其时，海森伯和玻尔正遭受德国警察的密切监视。玻尔和海森伯情同父子，曾共同进行量子力学的研究，创立“测不准原理”，揭示了微观世界混沌的本性。然而，德国侵占了丹麦后，复杂的国际局势离间了二人亲密无间的关系，他们一夜之间“既是朋友，也是敌人”。当时美、德两国都在研制原子弹，海森伯和玻尔实际上也在代表两方研制原子弹。在这样的背景下，海森伯陷入了深深的矛盾。出人意料的是，在德国警察的严密监听和跟踪下，冒着失去生命的危险，海森伯前去拜访了玻尔。不过，这次宝贵的会面仅仅十几分钟后就匆匆结束。但因为各自迥然不同的立场和当时复杂危险的国际环境，他们并未深谈。事实上，两位曾经的挚友之间罅隙已深，谈话中不断地互相猜忌和质疑。之后，海森伯返回德国，继续原子弹的研制，但终究没有研制成功。玻尔则去了美国，帮助美国成功研制出了核武器，在日本广岛进行了投放，不仅残害了数十万无辜生灵，而且决定了第二次世界大战中东方战场的走势，为德国投降和第二次世界大战结束埋下了伏笔。

本剧开始，三位主人公早已离世。然而他们的灵魂却在台上展开了对往事的追忆。在他们的叙述和回忆中，科学史上著名的“哥本哈根会见之谜”被层层展开。他们不断地重谈1941年的傍晚海森伯的来访，不断回忆和猜测，每一次都推演出一种新的可能性，但到剧终都没能得到一个确切的答案。整个故事就围绕着这个不断重复的求证推演的过程进行。核心问题只有一个，即1941年海森伯为何前来哥本哈根？此外，三个人物也探讨了以下问题：第二次世界大战中原子弹的制造者是邪恶的战争发起者还是促进了和平？谁为那些无辜殒命的生灵服罪？谁该为这些战争后果负责？随着这几种演绎的次次推翻重塑，故事开始进入一种虚无和不确定性之中。

作品节选

哥本哈根

第一幕(节选)

海森伯 我们几乎成功了！我们的中子量神速增长！达到了670%的增长率。

玻尔 你们在那个山洞里与世隔绝！

海森伯 再一个星期。再两个星期。这就是我们需要的一切！

玻尔 盟军的到来才救了你们！

海森伯 我们几乎到达了临界质量。再稍大一点点，连锁反应就能无限地自我保持了。我们只需再增加一点儿铀。我和魏茨泽克出发去找迪布纳：又一次恐怖的横跨德国之行。一波接一波的空袭——没有火车——用自行车——我们最终失败了！在中部某地的一家小酒店里歇脚时，我们听着四周炸弹落地的呼啸声，而收音机里有人在演奏贝多芬的G大调小提琴奏鸣曲……

玻尔 但一切仍然在你的控制下？

海森伯 在我的控制下——是的！这就是关键！在我的控制之下！

玻尔 到时，谁都无法控制了！

海森伯 是的，到最后，我们已无任何约束！越接近终点，我们的工作效率就越高！

玻尔 你已不再驾驭着这个项目，海森伯，这个项目驾驭着你。

海森伯 再有两个星期，再加两块儿铀，德国物理界就创造了世界第一个核自动连锁反应堆。

玻尔 只是费米两年前就在芝加哥完成了。

海森伯 我们不知道。

玻尔 在那个洞里，你们什么都不知道，你们像洞中的鼹鼠一样完全瞎了。佩林说洞里没有任何防辐射装置。

海森伯　我们没时间去考虑那个。

玻尔　当时如果它一旦达到临界……

玛格丽特　你们已全都死于辐射病。

玻尔　我亲爱的海森伯！我亲爱的孩子！

海森伯　是的，但那样的话，反应堆就真的运行了。

玻尔　我应该在那儿提醒你的。

海森伯　启动反应堆，启动反应堆，那是我们当时唯一的愿望。

玻尔　你总是需要我在旁边替你减速。我是你的一块儿镉。

海森伯　如果我在当时死去，我会错过什么？三十年的竭力解释，三十年的非难与敌视。连你们都背弃了我。

玛格丽特　你又来到了哥本哈根，又来到了蒂斯菲尔德。

海森伯　它再也不一样了。

玻尔　是的，再也不一样了。

海森伯　我有时感到在海格洛赫的最后几个星期是我一生中最后的快乐时光。那段时间出奇地宁静，远离了柏林的政治，远离了空袭轰炸。战争快结束了。反应堆成了我们唯一的寄托。我们并未疯狂，我们也有闲暇的时候。在我们石洞上方的崖顶，有一座寺院，我常常独自躲到教堂的风琴台上弹奏巴赫的赋格曲。

玛格丽特　你看他，他迷失了，像个迷路的孩子，整天在树林里，这边儿跑，那边儿跑，不时地表现自己，时而勇敢，时而怯懦，做过错事，做过好事。现在天黑了，他只想回家，可他迷路了。

海森伯　沉默。

玻尔　沉默。

玛格丽特　沉默。

海森伯　舵柄又一次“砰”地猛然回撞，克里斯汀落入水中。

玻尔　他又一次挣扎着扑向救生圈。

玛格丽特　我又一次放下活儿抬头看去，尼尔斯站在门口，沉默地注视着我……

玻尔　那么，海森伯，你为什么在1941年来哥本哈根？不错，你要告诉我们你心中的恐惧。但关于美国人是否在研制原子弹，你并不认为我会告诉你真情。

海森伯　是的。

玻尔 你也并不真的期待我制止他们。

海森伯 是的。

玻尔 不管我说什么，你将回德国继续你的反应堆研究。

海森伯 是的。

玻尔 那么，海森伯，你为什么还要来？

海森伯 我为什么还要来？

玻尔 再给我们说一次，再写一稿。这次要把事情弄清楚，使我们能理解。

玛格丽特 或许，你对自己更理解。

玻尔 毕竟，原子的运动是难于解释的。我们解释了多次，一次比一次令人费解，但最终我们成功了。所以——再写一稿，再写一稿。

海森伯 我为什么来？再重温1941年的那个傍晚，我踏着熟悉的砾石路，拉响了熟悉的门铃。满脑子是什么？恐惧，传递噩耗的人的那种荒诞而可怕的自豪感。但……是的……还有别的感觉。哦，它又来了，我几乎能看到它的脸。它那么美好，那么明亮、热切，充满希望。

玻尔 我打开门……

海森伯 他出来了，一看到我，眼光发亮。

玻尔 他微笑着，那副小心翼翼学生气的笑容。

海森伯 那是我充满安慰的一刻。

玻尔 那无限喜悦的瞬间。

海森伯 就像长久离家后的归来。

玻尔 就像走失了很久的孩子出现在门前。

海森伯 突然，我脱离了水中那漆黑窒息的漩流。

玻尔 克里斯汀活着，哈罗德还未出生。

海森伯 世界又安宁了。

玛格丽特 你看他们，在这一时刻，还是父亲和儿子，尽管我们如今都已死去。

玻尔 这一时刻，是的，又到了二十年代。

海森伯 我们又像过去那样地倾心交谈，相互理解。

玛格丽特 在这两个头脑中，未来在显现。哪些城市将毁灭，哪些城市将留存。谁将死去，谁将活着。哪个世界将绝迹，哪个世界将凯旋。

玻尔 我亲爱的海森伯！

海森伯　我亲爱的玻尔！

玻尔　进来，进来……

第　二　幕

海森伯　那是1924年的早春三月，我第一次来到哥本哈根，北欧天气，寒风凛冽，但太阳不时地照耀着，阳光晒在皮肤上，带给人们早春美妙的暖意，最初的万物复苏的气息。

玻尔　你那时二十二岁，那我该是……

海森伯　三十八岁。

玻尔　差不多就是你1941年来哥本哈根的年纪。

海森伯　那我们做什么呢？

玻尔　套上靴子背上登山包……

海森伯　搭上电车直到终点……

玻尔　然后开始步行！

海森伯　向北到埃尔西诺。

玻尔　一边走一边谈。

海森伯　向西到齐斯维勒。

玻尔　从希勒勒返回。

海森伯　谈笑间走完了一百英里。

玻尔　从那时起，不管谈多谈少，我们风雨无阻地持续了三年。

海森伯　在学院你的公寓里，我们共用晚餐，分享一瓶葡萄酒。

玻尔　然后我们来到你的房间……

海森伯　那可怜的小房间在勤务部的阁楼上。

玻尔　我们继续交谈，直到凌晨。

海森伯　可怎么交谈呢？

玻尔　怎么交谈？

海森伯　我们如何交谈？用丹麦语？

玻尔　当然是德语。

海森伯　我用丹麦语讲课。在我来丹麦十个星期后，我就作了首次学术报告。

玻尔 我想起来了，你的丹麦语已经很漂亮了。

海森伯 不，你将了我一军，报告开始前半小时，你漫不经心地说："哦，我想，今天，我们用英语讲。"

玻尔 但当你解释……

海森伯 向教皇解释？我哪儿敢呢。你所听到的漂亮的丹麦语是我对英语的最初尝试。

玻尔 我亲爱的海森伯！不过，还有我们自己的语言，对吗？亲爱的，你记得吗？

玛格丽特 我不在场，我怎么知道你们用什么语言？你以为我有窃听器吗？

玻尔 不，不——耐心，亲爱的，耐心！

玛格丽特 耐心？

玻尔 你口气冲了些。

玛格丽特 一点儿也没有哇。

玻尔 我们得顺着思绪回溯到迷津的起点。

玛格丽特 我留神着脚下的每一步。

玻尔 我想，你不介意吧？

玛格丽特 介意？

玻尔 把你留在家里？

玛格丽特 而你们去徒步旅行？当然不。我干吗要介意呢？你应该出去走走。两个儿子接连降临，对男人来说都是够呛的。

玻尔 两个新生儿子？

玛格丽特 海森伯。

玻尔 是的，是的。

玛格丽特 还有我们自己的儿子。

玻尔 阿埃基？

玛格丽特 恩斯特！

玻尔 1924年——没错——恩斯特。

玛格丽特 第五个孩子，对吗？

玻尔 是的，是的，是的。如果是三月份，你说得对——他还不到……

玛格丽特 一星期。

玻尔 一星期？是一星期，是的。你真的不介意？

玛格丽特　真的。我挺高兴你有机会出去走走。你一直带你的新助手徒步旅行的。克拉末 1916 年来时，你也带他出去过。

玻尔　是的，那时克里斯汀出生才……

玛格丽特　一星期。

玻尔　是的……是的……你知道，我几乎杀了克拉末。

海森伯　不是用玩具手枪？

玻尔　用水雷，在我们散步谈话时。

海森伯　哦，水雷。对，我们散步时你说过。不仅是克拉末——你几乎杀了你自己！

玻尔　一个被波浪冲到浅滩的水雷……

海森伯　于是他们立刻比赛向它扔石头。你当时在想什么？

玻尔　我不知道。

海森伯　或许那是一种埃尔西诺举动。

玻尔　埃尔西诺？

海森伯　人们灵魂深处的暗角。

玻尔　你也有过类似愚蠢的举动。

海森伯　我有过吗？

玻尔　你和狄拉克在日本，你们登上一座塔。

海森伯　哦，那座塔。

玻尔　据狄拉克说，你在塔的尖顶上，在大风中做单腿独立平衡动作，我庆幸自己不在现场。

海森伯　也是埃尔西诺，我承认。

玻尔　当然是埃尔西诺。

海森伯　我一直嫉妒克拉末，你知道的。

玻尔　嫉妒他的显赫，你不是这样说他的吗？

海森伯　因为这就是他……你的爱子，直到我的出现。

玛格丽特　他是个出色的大提琴手。

玻尔　他是个出色的全才。

海森伯　岂止出色。

玛格丽特　我喜欢他。

海森伯　我被他吓倒了。我刚来学院时，你请来的这帮神童们，个个灵气逼人，才华横溢，全把我镇住了。但克拉末显然是你的继承人。我们都只能使用综合厅，而克拉末在你的隔壁有他的专用工作室，就像在中心轨道上紧绕着核子运转的电子。他对我的物理观念不以为然，他坚持认为你能用传统力学解释原子的一切。

玻尔　但他错了。

玛格丽特　而且，不久那间专用办公室便空出了。

玻尔　而另一颗电子进入了中心轨道。

海森伯　是啊，整整三年我们生活在原子之中。

玻尔　同时，在整个欧洲，其余的电子也在外围轨道环绕着我们运转。

海森伯　马克斯·玻恩和帕斯舍尔·约尔丹在哥廷根。

玻尔　是的，而薛定谔在苏黎世，费米在罗马。

海森伯　查德威克和狄拉克在英国。

玻尔　约里奥和德布罗意在巴黎。

海森伯　伽莫夫和兰道在俄国。

玻尔　大家进进出出于相互的机构，彼此来往。

海森伯　而每一列国际邮车上都装载着我们的论文和论文原稿。

玻尔　你还记得古兹密特和乌伦贝克的旋转说吗？

海森伯　这是无人能解释的原子的量子状态的最后一个变项。最后一道障碍……

玻尔　这两个疯狂的荷兰人退回到一个荒唐的观点，电子能够以不同的方式旋转。

海森伯　当然，大家想要知道的第一件事就是哥本哈根的看法是什么？

玻尔　我正巧在去莱顿的路上。

海森伯　于是就成了教皇出巡！专列在途中停靠汉堡……

玻尔　泡利和斯特恩等在站台上问我对旋转说的看法。

海森伯　你告诉他们它是错的。

玻尔　不，我说它非常……

海森伯　有趣。

玻尔　我想我正是用了这个词。

海森伯　然后车子又到了莱顿。

玻尔　在出口处见到了爱因斯坦和埃伦费斯特。我改变了主意，因为爱因斯坦——爱因斯坦，你明白吗？——我是教皇——他是上帝——因为爱因斯坦创立了相对论分析，解决了我的所有疑点。

海森伯　那时，我正在哥廷根顶替马克斯·玻恩，所以你在返回的途中绕道哥廷根。

玻尔　你和约尔丹在车站接我。

海森伯　还是这个问题，你如何看待旋转说?

玻尔　当车子到达柏林，泡利站在月台上。

海森伯　沃尔夫冈·泡利，只要有一丝可能，他绝不会离开他那张床……

玻尔　我在来程中已和他在汉堡见过一次了……

海森伯　他专程从汉堡赶到柏林就是为见你第二次面……

玻尔　想知道在途中我对旋转说有了什么新的想法。

海森伯　啊，那几个年头！那令人惊讶的几年！那短短的三年！

玻尔　从 1924 年到 1927 年。

海森伯　从我到哥本哈根跟你工作开始……

玻尔　直到你接受莱比锡的教席，离开哥本哈根为止。

海森伯　那有着寒峭、激越的北方春天的三年。

玻尔　最后，我们有了量子力学，有了测不准原理……

海森伯　我们有了互补性……

玻尔　我们有了完整的哥本哈根阐释。

海森伯　欧洲恢复了它的光荣。在一个新的启蒙运动中，德国回到了它的中心主导地位。谁是领路人呢?

玛格丽特　你和尼耳斯。

海森伯　是的，是我们。

玻尔　是我们。

玛格丽特　这就是你为何在 1941 年又回来?

海森伯　为了那三年中我们所做的一切……所说的，所想的一切……就在我们谈话的此刻一切好像又在我眼前！我们那时的工作方式，我们所完成一切研究的方式……

玻尔　我们一起。

海森伯　我们一起。是的，我们一起。

玛格丽特　不。

玻尔　不?你说不，什么意思?

玛格丽特　你们不是一起做的。这一切中，你们没有一件是一起做的。

玻尔 不对，我们一起做的，我们当然是一起做的。

玛格丽特 不，你们没有，每一项研究都是在你们分开时完成的。你首先在黑尔戈兰岛搞出了量子力学。

海森伯 是的，完成时已是夏天，我得了花粉热。

玛格丽特 在黑尔戈兰岛，你独自一人，住在北海中部一个满地礁石的荒岛上，你说那儿没有任何纷扰……

海森伯 我的思路开始清晰，我对原子物理的本质产生了轮廓鲜明的图像。我突然醒悟到我们必须把它限制在我们能实施的计量与观测中。我们无法看到原子中的电子……

玛格丽特 比之更甚，尼耳斯无法看到你的想法，你也无法看到他的想法。

海森伯 我们所看到的一切，是电子产生的效果，它们反射的光……

玻尔 但你要解决的难题，是我们在公寓晚餐时，在齐斯维勒的海滩边一起探讨的。

海森伯 当然是的。但我记得，那个夜晚数学计算才开始与原理一致起来。

玛格丽特 在黑尔戈兰岛。

海森伯 在黑尔戈兰岛。

玛格丽特 你自己。

海森伯 艰难极了——当时我不懂矩阵微积分……兴奋至极，老出计算错误。但凌晨三点时，我算了出来。我似乎通过原子表象看到了一个奇异美妙的内在世界。一个纯数学结构的世界。我激动得无法入睡，一个人跑到岛的南端。那儿有一块我一直想登攀的突入大海的巨大礁石，在黎明的曦光中我登上崖顶，躺下来，俯瞰着大海。

玛格丽特 你自己。

海森伯 我自己。是的——快乐极了。

玛格丽特 比你冬天回到哥本哈根和我们大家一起时要快乐些。

海森伯 什么，就是听薛定谔的那套胡说八道？

玻尔 胡说八道？慢着，慢着，薛定谔的波方程式？

玛格丽特 是的，忽然间所有人都不理睬你那新奇的矩阵力学。

海森伯 无人能理解它。

玛格丽特 但他们能理解薛定谔的波力学。

海森伯 因为他们在学校里学过！我们又倒退回传统物理学！而当我对接受它表示

些许谨慎时……

玻尔 些许谨慎？不是指责，但是……

玛格丽特 ……你说它是令人厌恶的！

海森伯 我说过它的物理含义令人厌恶，薛定谔也说我的数学令人厌恶。

玻尔 我似乎记得你用的词是……好了，我不必在别人面前再说这些了。

海森伯 我私下地说，那时人们都发狂了。

玛格丽特 他们认为你纯粹是嫉妒。

海森伯 有人甚至称其为怪里怪气的知识势利。你极度愤慨。

玻尔 我站在你这边。

海森伯 你把薛定谔请来……

玻尔 平心静气地讨论分歧。

海森伯 你同他疯狂地争吵。你到车站接他——那是自然——他还没把旅行包拿下车，你就开始向他猛烈进攻。然后你同他从清早争吵到深夜。

玻尔 我争吵？他争吵！

海森伯 因为你不愿做一丝一毫的让步。

玻尔 他也不愿！

海森伯 你把他吵到生病！他只好躲在床上不见你。

玻尔 他有点儿感冒发烧。

海森伯 玛格丽特只好照看他！

玛格丽特 我用茶和蛋糕来增强他的体力。

海森伯 是的。而你甚至追到病房里，坐在床边，继续向他不停出击！

玻尔 绝对温文尔雅地。

海森伯 你集教皇、教廷和宗教裁判所于一身！而后，接着，在薛定谔逃回苏黎世后——这是我永世难忘的，玻尔，我也永远不会让你忘掉——你开始站到他那边！你向我出手了！

玻尔 因为那时你已怒火中烧！你变得如此偏激！拒绝让波动说在量子力学里占一席之地。

海森伯 你完全倒戈了！

玻尔 我提出波动力学与矩阵力学仅仅是不同的方法。

海森伯 就像你一直指责我的，“只要它奏效就行”，不管它的意义如何。

玻尔 我当然在乎它的意义。

海森伯 语言上的意义。

玻尔 纯语言上的，是的。

海森伯 在这儿的意义是指它的数学意义。

玻尔 你以为只要数学上成立，意义无所谓。

海森伯 数学便是意义，那是意义的本质！

玻尔 但最终，最终，我们必须能够向玛格丽特完全解释清楚。

玛格丽特 向我解释？你们甚至无法相互解释！你们每晚争到凌晨！两人争得青筋暴跳！

玻尔 我们争得精疲力竭。

玛格丽特 是云室结束了你们的争论。

玻尔 是的，因为你将一颗电子从原子中分离，把它放入云室，你能看到它的轨迹。

海森伯 那是胡扯。根本不可能有轨迹！

玛格丽特 根据你的量子力学。

海森伯 没有轨迹！没有轨线！没有轨迹或轨线！只有外在效应！

玛格丽特 确有轨迹，我亲眼见到，清清楚楚就像行船的尾波。

玻尔 一个神奇的悖论。

海森伯 你实际上就爱悖论，那是你有问题。你陶醉在这种自相矛盾中。

玻尔 是的，而你却永远无法理解悖论及自相矛盾的启示。那是你的问题。你生活与呼吸在悖论与自相矛盾之中，但你就是看不到它们的美，就像鱼看不到水的美一样。

海森伯 我时常觉得自己被困在一个封闭的地狱中，你意识不到自己有多拼命，在漆黑的空间里爬上爬下，如同想吞食什么人——而且我能猜出会是谁。

玻尔 然而，这就是我们研究物理的方式。

玛格丽特 不，不！最后还是你自己完成的！你也一样，你去了挪威滑雪。

玻尔 我不得不彻底摆脱一下！

玛格丽特 你独自在挪威完成了互补性。

海森伯 以他的滑雪速度，他必须做点什么来保持血液循环。不做研究就会被冻坏。

玻尔 是啊，而你在哥本哈根……

海森伯 终于开始思考。

玛格丽特　你们两个分开后，好多了。

海森伯　他的离去给我的自由解放感就像我在黑尔戈兰岛摆脱了花粉热。

玛格丽特　如果我是你们的老师，我绝不让你俩坐一起。

海森伯　就在那段时间，我完成了测不准原理。在二月一个寒风凛冽的夜晚，我独自在费莱德公园漫步。夜深了，当我转进公园时，浓浓的夜色里我孑然一人。我开始设想，如果此时你在挪威的山巅架起一座射电望远镜来观测我，你会看到什么。你会看到我走在布莱格丹姆斯维基的街灯下，然后我消失在黑暗中，而当我走到室外乐池前的街灯下时，你又瞥见了我。这就是我们在云室中看到的。不是连贯的轨迹，而是一串闪现——穿行的电子与各种水蒸气分子的一连串碰撞……就像你，在你伟大的1925年莱顿出巡中。玛格丽特在哥本哈根的家中看到了什么？来自汉堡的一张明信片，或许还有一张来自莱顿，一张来自哥廷根，一张来自柏林。因为我们在云室中看到的甚至还不是碰撞自身，只是环绕着它们凝聚的水滴，其范围之大，如同环绕着旅行者的城市——不，甚至还要大得多，相对而言——整个国家——德国……荷兰……再德国。没有行程路线，没有确切地址，只是笼统的一系列走访的国家。我不清楚我们为什么原先没想到，只是太忙于争吵而无暇去想罢了。

玻尔　你似乎已放弃了所有形式的讨论。当我回到挪威时，你已完成了测不准原理的文稿，而且已付诸发表。

玛格丽特　一场更激烈的战斗开始了。

玻尔　我亲爱的好海森伯，在我们未曾一起讨论之前，就匆匆地发表初稿，可不是坦荡的举动！不符合我们合作的惯例！

海森伯　不，我们合作的惯例就是你从清早到深夜不停地烦扰我！我们合作的方式就是你逼得我发狂！

玻尔　是的，因为论文中存在着一个基本的错误。

玛格丽特　又争起来了。

海森伯　不，我只是显示给他关于宇宙的最奇怪的真实，这是自相对论以来，人们一直困惑不解的——即你永远无法知道关于粒子的确切方位，或其他一切，也包括正以他那令人发狂的方式在房间里踱来踱去的玻尔。因为我们无法观察它，除非在现场引入某一新元素，比如，一粒与其相撞的水蒸气分子，或一束光——那种有自身能量的物质，这样，在相撞时，才会产生效果。毫无疑问，是微小的，就玻尔这个例子说来……

玻尔 是的，当我们讨论粒子时，如果你能以我们所说的精准来确认我的方位，你依然能测出我的速度……

海森伯 相当于每秒钟十亿分之一的十亿分之一公里。然而，理论焦点依然存在，即在宇宙中你并无绝对准确的方位，此一说法同其余某些观点一样，撼动着科学体系的整个基础——因果关系。因为你如果不了解事物的今天，你必定无法知晓它们的明天。我将你置身的客观世界打得粉碎——而你只能说表述中有一差错！

玻尔 是有差错！

玛格丽特 你们谁要茶？蛋糕？

海森伯 听着，在我的论文中，我们要测定的不是一颗在云室中沿轨道运行的自由电子，而是一颗在原子中以自然状态运行的电子……

玻尔 而测不准原理依然不能成立，正如你的陈述，当它被侵入的光子相撞而进入不规定反弹时……

海森伯 简单语言，简单语言！

玻尔 这是简单语言。

海森伯 听着……

玻尔 标准的数学语言。

海森伯 听着！哥本哈根是一个原子，玛格丽特是它的核。差不多吧，比例呢？一万比一？

玻尔 是的，是的。

海森伯 现在，玻尔是一颗电子，他环绕着城市漫步。由于他在暗中，无人知晓他在何处。他在这儿，他在那儿，他哪儿都在，又哪儿都不在。北到费莱德公园，南至卡尔斯贝格，走过市政厅，向外到港口。我是光子，一束光子，被发射入黑暗中以寻找玻尔。我成功了，因为我设法与他相撞……但是，结果呢？看——他被迟滞了，转向了！他不再像我撞上他前那般玩命地转悠了！

玻尔 但是，海森伯，海森伯！你也偏向了！如果人们能够从他们的光束中观察到你的变化，他们就能解决我的变化！困难就在发现你的变化！因为要理解人们如何观测你，我们就必须把你不仅看作是一颗粒子，而且也看作是一个波。我不仅得用你的粒子力学，还得用薛定谔的波动力学。

海森伯　我知道——我把它写在我的论文附言中了。

玻尔　大家只记住论文——没人记住附言。但问题却十分重要，粒子是物质，在本体完成，波是来自于异体的干扰。

海森伯　我知道。互补性。在附言中论述了。

玻尔　它们非此即彼，无法共存。我们只能选择一种或另一种观测方式。而一旦这样做，我们就无法了解它们的整体。

海森伯　于是他又转入轨道，巧合地再一次例证了互补性概念的应用。在你的漫步中，你的确切方位当然完全取决于由你的基因以及各种自然力对你的作用。但也同样完全取决于那时时刻刻在发生、你自己也无法知晓的念头。我们无法完全理解你的行为，除非以两种方式观测你，而这又是不可能的。就是说，你的不寻常的旅程并非是宇宙客观的整体呈现，它们只是在我或玛格丽特努力下，在我们的思绪无休止地在两种方式间来回中才得以局部呈现。

玻尔　你从未绝对地、毫无保留地接受互补性，对吗？

海森伯　不，我是绝对地、毫无保留地接受它！我在 1927 年的科莫会议上捍卫过它，从那时起，我以宗教式的热情追随着它！你令我信服，我恭敬地接受了你的批评。

玻尔　在那之前，你说过一些伤透人心的话。

海森伯　上帝啊，那时候，你真的逼得我流泪！

玻尔　饶恕我吧，但我把它们视作是失望与愤怒的泪水。

海森伯　我在发脾气吗？

玻尔　我带大过孩子。

海森伯　那玛格丽特呢？她在发脾气吗？克莱因告诉过我，在我走后，你让玛格丽特一稿又一稿没完没了地打印你那篇互补性论文，逼得她流泪。

玻尔　我不记得了。

玛格丽特　我记得。

海森伯　我们只好再去汉堡把泡利从床上拖起，拖到哥本哈根，进行和谈。

玻尔　他成功了，我们签了条约，不确定性和互补性成为哥本哈根量子力学阐述的中心内容。

海森伯　当然是一个政治妥协，条约大都如此。

玻尔　你看到吗？在内心深处，你仍然暗暗抵触它。

海森伯 完全没有——它奏效了，那是紧要的。它奏效了，它奏效了，它奏效了！

玻尔 它奏效了，是的。但更重要的是你看到了我们这三年的成果，对吗，海森伯？不夸张地说，我们把世界翻了个个儿！是的，你听着，这就是说，这就是说……我们又将人置于宇宙的中心。有史以来，我们不断地发现自身被放逐。我们将自己流放至万物的边缘。首先我们将自己变成上帝不可知旨意的附属，渺小的众生跌倒在创世纪的大教堂前。而当我们刚从文艺复兴中找回自我，当人刚刚成为倡导者们所宣称的万物之衡，我们又一次被自己竖起的理性产物推至一旁！又侏儒般地仰望着物理学家们筑起的巍峨高耸的新大教堂——传统力学法则，它不管我们存在与否，先我们之前，开永恒之起始，后我们之后，至永恒之终结。直到进入二十世纪初叶，我们突然被迫又一次站立起来。

海森伯 从爱因斯坦开始。

玻尔 从爱因斯坦开始。他指出，测量——整个科学存在所依赖的测量——并非是不偏不倚、非人格化的举动，它是一项人类行为，受特定的时空观念，及观测者个人视角的影响。因而，在二十世纪中期的这三年中，我们在哥本哈根发现了宇宙中并无绝对准确的客观世界。世间万物只是一系列的近似存在，仅仅由我们同它相对关系的限度来决定，仅仅由人类的思维与理解来决定。

玛格丽特 那你说的将人又置于宇宙的中心——是你？还是海森伯？

玻尔 别急，别急，亲爱的。

玛格丽特 不急，但它至关紧要。

玻尔 我或他。我们两人。你自己。我们大家。

玛格丽特 如果是海森伯在宇宙中心，那他在宇宙中的盲点就是海森伯。

海森伯 那就……

玛格丽特 那就不该问他为何在 1941 年来哥本哈根。他不知道！

海森伯 我想了片刻，忽然瞥到它一眼。

玛格丽特 于是你回头去看。

海森伯 它不见了。

玛格丽特 又是互补性，对吗？

玻尔 是的，是的。

玛格丽特 我都打了多少遍了。如果你在做某事就必须专注于它，别再思考它；如果你思考了，实际上，你就没能做它。是吗？

海森伯　转左，转右，或思考它并死去。

玻尔　但在你做了之后……

玛格丽特　你回顾并做一猜测，就像其他人一样。只是猜得差一些，因为你看不到你做那事，而我们看到了。请原谅，但你甚至不知道你最初为何研究测不准原理。

玻尔　当然如果你是那位于宇宙中心的人……

玛格丽特　那我可以告诉你，是因为你要向薛定谔投一颗炸弹。

海森伯　我当然要指出他错了。

玛格丽特　是薛定谔赢了战争。那年秋天当莱比锡的教授席位第一次有空缺时，他立刻成为候选人而你却不是。你需要一件神奇的新武器。

玻尔　玛格丽特，并非指责，但你对事总喜欢涉及个人。

玛格丽特　因为事情总涉及个人！你只会给我们说教！你知道海森伯多需要一个教授席位，你知道他有多大的家庭压力。真对不住，但你总把事情历史地抽象化与逻辑化。当你叙述往事时，是啊，一切都到位，一切都有开始、中间和结尾。但当时我在场，回忆起来，还像在眼前一样，环顾四周，我看到的不是一个故事！它是失落、愤怒、嫉恨和泪水，没人知道这些事情意味着什么或他们该怎么做。

海森伯　还是一样，它奏效了，它奏效了。

玛格丽特　是的，它神奇地奏效了。在你的测不准原理的论文发表不到三个月，你就被聘为莱比锡的教授。

海森伯　我不是指这个。

玛格丽特　就不提还有这儿的大学，那儿的大学了。

玻尔　哈雷、慕尼黑和苏黎世。

海森伯　还有美国各大名校。

玻尔　但我不是指这个。

玛格丽特　当你担任莱比锡教授时，你多大年龄？

海森伯　二十六岁。

玻尔　德国最年轻的正教授。

海森伯　我是指哥本哈根阐述。哥本哈根阐述奏效了。不管怎样我们终究抵达了，不管它是否综合了高理论低运算，最困苦艰难的思考和最痛切幼稚的泪水，它奏效了，它奏效着。

玛格丽特 是的，为什么最终你俩都接受了阐释？真是因为你们要重建人文主义吗？

玻尔 当然不是。因为它是唯一能解释实验者的观测结果的方式。

玛格丽特 或是因为现在你是一位教授，教学上你需要一个扎实、严谨的体系？因为你需要你的新观念能获得哥本哈根教主的公开支持？还是尼耳斯答应以支持你的观念来换取你接受他的学说，从而确认他的教主地位。如果你想知道你为何在1941年来哥本哈根，我可以告诉你，你是对的——并无秘密可言。你来向我们炫耀的。

玻尔 玛格丽特！

玛格丽特 没错！1924年他刚来时，一位来自战败国的卑微的小助教，感激不尽地获得了一份差使。现在你来了，胜利而归——一个征服了欧洲大部的泱泱大国的科学界领袖。你来向我们炫耀你是如何功成名就的。

玻尔 这完全不像你！

玛格丽特 冒昧了，但难道他不是为这而来吗？他渴望着让我们知道他正负责某项生死攸关的秘密研究。尽管那样，他依然保持着高傲的道德独立，这种执着是如此著名以致盖世太保时刻监视着他。这种执着是如此成功以致今日还拥有一个重大之极的道德困境来面对。

玻尔 是的，你现在不过把自己激怒而已。

玛格丽特 一个连锁反应。你述说了一个痛苦的真实，它引出了另外两个。而正如你坦诚的，不管尼耳斯如何回应，你将回到德国不折不扣地继续你的研究。

海森伯 是的。

玛格丽特 因为你不可能放弃这么好的研究机会。

海森伯 我也阻止不了它。

玛格丽特 你也希望向纳粹显示理论物理是何等重要。你要捍卫德国科学的荣誉。你留在德国是想待战争一结束便重建它的科学的光荣。

海森伯 都一样，我没告诉斯佩尔关于反应堆……

玛格丽特 ……能够生产钚，不是的，因为你害怕如果纳粹动用了大量资源，而你又无法造出核弹的后果。请别告诉我们你是抵抗运动的英雄。

海森伯 我从未声称自己是个英雄。

玛格丽特 你的才华就在于滑雪之飞速以致别人看不到你的方位。每次总有不止一个的位置，就像你的粒子。

海森伯 我只能说它奏效了。虽不像抵抗英雄们所做的大部分壮举，它奏效了！我知道你们在想什么。你们觉得我应该参与策划推翻希特勒，然后同其他人一样被绞死。

玻尔 当然不是。

海森伯 你没说罢了，因为有些事情是不能说的。但你这样想。

玻尔 不。

海森伯 又能达到什么呢？在克里斯汀落水后，如果你也跳下去，除了淹死之外还能得到什么呢？但这事又是不能说的。

玻尔 只能想。

海森伯 是的，我很抱歉。

玻尔 想了又想，日复一日。

海森伯 当时，你不得不被拉住，我知道。

玛格丽特 而你也拉住你自己。

海森伯 还是待在船上，绕着走。还是保存自己，扔出救生圈。只能如此！

玻尔 或许是。或许不是。

海森伯 至少好些，好些。

玛格丽特 真是荒唐。你俩都以这般惊人的细密与精确解析了这微小的原子世界。现在是一切都由我们肩上的这些大物件来决定。而这都是由于……

海森伯 埃尔西诺。

玛格丽特 埃尔西诺，是的。

海森伯 而且你可能是对的。我的确害怕失败的后果，我的确意识到要占上风……对我做过的一切有那么多解释！餐桌上围坐着那么多人！坐在席首的才是我来哥本哈根真正要见的人。我又探身看……这一刻，我几乎看到了他的脸。而当我再看时，席首的座位完全是空的。毫无理由。我没告诉施佩尔，仅仅是我就没想过这么做。我来哥本哈根仅仅是我想过这么做。每天，有成百万件事我们做了或没做，成百万个决定是它们自生的。你为什么不杀了我？

玻尔 我为什么不……

海森伯 杀了，谋杀我，那个 1941 年的夜晚。现在我们正往回走，你已得出结论，我将为希特勒提供核武器，你绝对应该采取任何可行的手段来制止它的发生。

玻尔 杀了你?

海森伯 我们在战争中，我是敌人，消灭敌人既不奇怪也毫无不道德之嫌。

玻尔 我应该拔出我的玩具手枪?

海森伯 你不需要玩具手枪，你甚至不需要水雷。你可以干得悄无声息，没有血迹，没有惨状。就像轰炸机的瞄准手在距地面三千米的高空按钮释弹般的干净利落。你只要等我离去后，悄悄地坐在你喜爱的这张沙发里，当着那隐形的听众，对玛格丽特重复我说过的话。我会死得像卡西米那么快，要比伽莫夫快得多。

玻尔 亲爱的海森伯，这建议当然是……

海森伯 最有趣的。有趣到你从未想到过。互补性，又来了。我是你的敌人又是你的朋友。我是人类的危险又是你的客人。我是粒子又是波。对普世众生，我们有应尽的道义，而永远无法调和的是，对同胞、邻居、朋友、家庭、孩子，我们还有应尽的责任。我们不得不同时运行于不止两条，而是二十二条切口。我们所能做的就是事后看，看其结果。

玛格丽特 我要说的是你创立测不准原理的另一原因是，你天生就认同它。

海森伯 那么，当我 1947 年再来时，我该以感恩戴德的被惩戒者的姿态又一次匍匐在地。我的祖国又在废墟之中。

玛格丽特 并非如此，你又一次展示了你个人的春风得意。

海森伯 乞讨一包包的食品?

玛格丽特 在英国人的保护下，你在哥廷根东山再起，领导着战后的德国科学。

海森伯 在哥廷根的第一年，我是睡在干草上的。

玛格丽特 伊丽莎白说不久你就有了一栋最气派的房子。

海森伯 是英国人给我的。

玛格丽特 你新的养父母，他们从别人那儿没收来的。

玻尔 够了，亲爱的，够了。

玛格丽特 不，这些年来我一直忍着。但看着这个聪敏的儿子在我们眼前不停地舞来舞去，令我发狂。不停地征求着我们的认可，不停地奋斗着让我们震惊，不停地乞求着给他自由的底线，好让他去逾越！我很抱歉，但真的是……匍匐在地? 那是我亲爱的、善良的、仁慈的丈夫匍匐在地上。真的，为了免遭杀害，1943 年，他像个贼一样在夜里爬过海滩逃离了自己的祖国。你所吹嘘的德国大使馆的保护没能维持几天。我们将被押往帝国。

海森伯　我在1941年警告过你们，你们不听。好在玻尔逃到了瑞典。

玛格丽特　就在渔船载着他越过松德海峡，两艘准备将丹麦的所有犹太人运往东部的货轮驶入了港口。人类灵魂中的黑暗大潮泛滥喷涌吞噬了我们所有的人。

海森伯　我曾经警告过你们。

玛格丽特　是的，可你在哪儿？像个野人般栖居在山洞里，在地下洞穴里为制造这邪恶的武器卖命。二十年代的那些个阳光明媚的春天到头来竟产生了更高效率的杀害人民的机器。

玻尔　每每想起这我就心碎。

海森伯　它令所有的人心碎。

玛格丽特　而这种神奇的机器可能会杀尽世上所有的男人、女人和孩子。如果我们真是宇宙的中心，如果真的是我们全体要维持这种武器的存在，留给世界的将会是什么？

玻尔　黑暗，绝对的和终极的黑暗。

玛格丽特　困扰着我们的这些问题将最终不复存在，连鬼魂也将死去。

海森伯　我只能说我没有做，我没有制造原子弹。

玛格丽特　你是没有，为什么呢？我也要告诉你。原因极简单，因为你没有这个能力。你不懂物理。

海森伯　那是古兹密特的话。

玛格丽特　因为古兹密特知道。他是你们核研究圈的同人之一，他和多兰贝克创立了旋转说。

海森伯　都一样，他全然不知我对原子弹构造知晓或不知晓之处。

玛格丽特　他为同盟国情报部门在全欧追踪你。你被俘后，他讯问过你。

海森伯　他自然怪罪我。他父母死在奥斯威辛，他认为我该设法营救他们。我没有办法。黑暗中，那么多只手伸向救生索，但没有救生索能——够到他们……

玛格丽特　他说你不懂反应堆与原子弹的关键区别。

海森伯　我知道得清清楚楚，只是没有告诉别人。

玛格丽特　噢。

海森伯　不过我是知道的。

玛格丽特　只是不公开。

海森伯　你可以核实如果你不相信我的话。

玛格丽特 有据可查吗？

海森伯 当时的谈话全有最精心的录音。

玛格丽特 还有证人吗？

海森伯 绝对可靠的证人。

玛格丽特 谁笔录下来的？

海森伯 是录音者笔录下来的。

玛格丽特 尽管如此，你没告诉任何人？

海森伯 我告诉过一个人，我告诉过奥托·哈恩。在农庄馆听到消息后的那个可怕的夜晚，大约凌晨时候，最后大家都去睡了，只留下我们俩，我比较详尽地向他解说了炸弹制作原理。

玛格丽特 在事件发生后。

海森伯 在事件发生后。是的，当它已不再紧要。我说了所有古兹密特说我不懂的东西。235 中的快中子，钚的选用，减少中心漏泄的反射外壳，甚至引爆的方式。

玻尔 临界质量，这是最重要的。引起连锁反应所需元素的量。你有没有告诉他临界质量？

海森伯 我给了他一个数字，是的，你可以查到！因为这是家庭晚会的另一个秘密。在我们刚到时，迪布纳问我是否会有窃听器，我笑了，我告诉他英国人还过于守旧，不会用盖世太保的手段。我低估了他们。他们在所有地方都安装了窃听器——全部录音。查一下！我们在那个可怕的夜晚的所有谈话，我在凌晨告诉哈恩的所有一切。

玻尔 临界质量，你给了他一个数，是个什么数？

海森伯 我忘了。

玻尔 海森伯……

海森伯 全部记录在案，你自己去看。

玻尔 广岛炸弹的数量为……

海森伯 五十公斤。

玻尔 这就是你给汉的数量？五十公斤？

海森伯 我说大约是一吨。

玻尔 大约一吨？一千公斤？海森伯，我相信最终我开始明白了。

海森伯　这是我唯一的差错。

玻尔　你高估了二十倍。

海森伯　唯一的错处。

玻尔　但是，海森伯，你的数学，你的数学！它们怎么会差那么多？

海森伯　差得不多，就在我计算了扩散率后，我得出的答案就差不多了。

玻尔　在你计算后？

海森伯　一星期后，我给大家做了个学术报告。记录中有！查一下！

玻尔　你是说……你以前没计算过？你没做过扩散率公式？

海森伯　没必要。

玻尔　没必要？

海森伯　计算已经做过了。

玻尔　谁做的？

海森伯　1939 年佩林和弗吕格做的。

玻尔　佩林和弗吕格？但是，亲爱的海森伯，那个计算是天然的铀。惠勒和我发现只有 235 才产生裂变。

海森伯　你们的伟大的论文，我们一切研究的基础。

玻尔　你需要计算纯 235 的量。

海森伯　显然是的。

玻尔　你没有做。

海森伯　我没有。

玻尔　这就是你为何如此确信，没有钚你无法成功。因为在整个战争期间你一直以为临界量不是几公斤 235，而是一吨，或更多。而产生一吨 235 在任何可能的时间内……

海森伯　大概需要二亿个分离器，那是无法想象的。

玻尔　如果你意识到你只需要生产几公斤……

海森伯　就是生产一公斤的话也需要二十万个分离器。

玻尔　但二亿是一回事，二十万是另一回事。二十万的话，你或许就会考虑去做。

海森伯　完全可能。

玻尔　美国人想到了。

海森伯　因为奥托·弗里施和鲁道夫·佩尔斯做了实际的计算。他们解出了扩散率方程式。

玻尔 弗里施是我以前的助手。

海森伯 佩尔斯是我过去的学生。

玻尔 一个奥地利人，一个德国人。

海森伯 他们本该在柏林的威廉皇家研究所为我们做计算，相反，他们在英国的伯明翰大学做了这个计算。

玛格丽特 因为他们是犹太人。

海森伯 就数学角度而言，它是一流的。

玻尔 他们也是从佩林和弗吕格的计算开始的。

海森伯 他们也认为需要几吨，也觉得是无法想象的。

玻尔 直到有一天……

海森伯 他们做了计算。

玻尔 他们发现了连锁反应所能达到的高速度。

海森伯 那样的话，只需多么少的量啊。

玻尔 他们说稍高于半公斤。

海森伯 差不多一个网球的大小。

玻尔 当然，他们是错的。

海森伯 他们估低了一百倍。

玻尔 这样就把它的实际可行性扩大了一百倍。

海森伯 而我则把它的可行性缩小了二十倍。

玻尔 这么一来，你在哥本哈根为钚的苦痛辛劳都是不必要的，你本无须研制反应器，直接用235就行。

海森伯 可以说肯定不会。

玻尔 但完全可能的。

海森伯 完全可能。

玻尔 在你来哥本哈根之前，本该早就解决了这个问题，仅仅是忽略了扩散率方程式。

海森伯 这样一个细小的疏忽。

玻尔 但其后果蔓延了许多年，成倍成倍扩大。

海森伯 直到它们大到足以能拯救一个城市。哪个城市？任何我们未曾投放原子弹的城市。

玻尔　伦敦，应该是的，假如你及时研制的话。如果美国已加入了战争，同盟国开始解放欧洲，那么……

海森伯　谁知道呢？也许会是巴黎、阿姆斯特丹，或许是哥本哈根。

玻尔　那么，海森伯，告诉我们这个简单的答案，你为什么没做这个计算？

海森伯　问题是为什么弗里施和佩尔斯已做了它。纯属浪费时间，毫无疑问，不管计算出 235 的量是多少，要生产它都是无法想象的。

玻尔　除非结果不是！

海森伯　除非结果不是。

玻尔　那为什么？

海森伯　我不知道！我不知道我为什么没做！因为我从未想过它！它从未在我脑中出现过！我一直认定它不值得做！

玻尔　认定？认定？你从不认定事情！你之所以创立测不准原理，是因为你拒绝我们的认定！你计算，海森伯！你计算所有的一切！你解决问题的第一件事就是数学！

海森伯　你当时该在场劝阻我的。

玻尔　是的，当时有我监督，你不可能滑过去。

海森伯　而事实上，你和我的认定完全一致！正是由于完全相同的原因，你觉得没有任何危险！你为什么没计算它？

玻尔　我为什么没计算它？

海森伯　告诉我们你为什么没做，这样我们将知道我没做的原因。

玻尔　我没做的原因是显而易见的！

海森伯　说下去。

玛格丽特　因为他没想要造原子弹！

海森伯　对啊，谢谢你。因为他没想要造原子弹。我想我也一样，因为我没想要造原子弹。谢谢你。

玻尔　那你就像我打扑克时，用一个不存在的顺子唬住你自己。如果那样……

海森伯　我为什么来哥本哈根？是啊，我为什么来？

玻尔　再来一次，是吗？最后一次！

海森伯　我又一次踏着熟悉的砾石路来到玻尔家的门前，拉了熟悉的门铃。我为什么要来？我非常清楚，太清楚了而不必问自己。直到那沉重的大门又一次打开。

玻尔 他站在门阶上，屋内的灯光照得他直眨眼。直到此刻他的思绪还是哪儿都在又哪儿都不在，就像观测不到的粒子在衍射光栅中同时穿过所有的切口。现在，它们不得不被观测与规范了。

海森伯 但在我脑中清晰的目标突然间遁形了。在灯光下，它们消逝了。

玻尔 亲爱的海森伯！

海森伯 亲爱的玻尔！

玻尔 进来，进来……

海森伯 多难看清啊，甚至就是眼前的东西。我们所拥有的就是现在，而现在正无尽地融入过去。在我转向玛格丽特时，玻尔已不见了。

玛格丽特 尼耳斯没说错，你老了点儿。

玻尔 我知道你有些个人的麻烦。

海森伯 当我转向玻尔时，玛格丽特隐入了历史。而要瞥一眼人们眼睛背后的东西那就更难了。现在我站在宇宙的中心，而能看到的只是两个不属于我的微笑。

玛格丽特 伊丽莎白好吗？孩子们呢？

海森伯 很好。他们也问你们好，当然……我能感觉到房间里的第三个微笑，靠我很近。会是那个我突然在镜子发现的微笑吗？那个微笑着的尴尬的陌生人与我感觉到有人在场有关系吗？这个完全隐秘的、无法观察的在场者？

玛格丽特 我注视着屋内的两张笑脸，一张笑脸尴尬、讨好，另一张则由热情洋溢变得客套，还有第三张笑脸，我知道，始终彬彬有礼，我希望如此，而始终心怀戒意。

海森伯 你还抽空去滑雪吗？

玻尔 我扫了玛格丽特一眼，此刻我看到了她能看到而我却看不到的——我自己，当可怜的海森伯犯蠢时，笑容从我脸上消失了。

海森伯 我看到他俩注视着我，这时，我还清楚地看到了室内的第三个人，先愚蠢发问后故作体贴的纠缠不清的客人。

玻尔 我看见他急切地、恳求地注视着我，让我想起了当年的时光，我也看到了他所看到的。是的——现在清楚了，现在清楚了——房间里还漏了一个人。他看到了我，他看到了玛格丽特，他看不到他自己。

海森伯 在世上的二十亿人中，那个不得不决定他们命运的人，却是那唯一永远躲避着我的人。

玻尔 你提议去散步。

海森伯 你记得埃尔西诺吗？人类灵魂深处的暗角……

玻尔 我们走了出去，走在秋天的林荫下，走在没有灯火的街道上。

海森伯 现在，整个世界，只有玻尔和另一位隐形者了。那个躲在暗处完全隐秘的在场者是谁？

玛格丽特 飞悬的粒子，在黑暗中漫游，无人知道它在何处。它在这儿，它在那儿，它哪儿都在又哪儿都不在。

玻尔 似乎随意，实则小心翼翼，他开始提出那斟酌已久的问题。

海森伯 作为一个物理学家，他是否有道德权利从事将原子能应用于爆炸的研究？

玛格丽特 大裂变。

玻尔 我停下来，他也停下来……

玛格丽特 这就是他们的工作方式。

海森伯 他盯着我，惊呆了。

玛格丽特 现在他终于明白他身在何处并做着何事。

海森伯 他转过身去。

玛格丽特 裂变的时刻刚开始便结束了。

玻尔 我们已匆匆地往回走了。

玛格丽特 他们又一次各自分开，向黑暗中飞去。

海森伯 我们的谈话结束了。

玻尔 我们伟大的合作。

海森伯 我们的深情厚谊。

玛格丽特 他们一切又像过去一样无法确定。

玻尔 除非……是的……做一个想象试验……让我们假设，那晚我未曾离开，相反我记起了我应该担任的父亲角色，会是什么结果。如果我停下来，压住怒火，转过身去问他为什么……

海森伯 为什么？

玻尔 你为什么肯定用235造原子弹会如此之难呢？是因为你做过计算？

海森伯 计算？

玻尔 235的扩散率。不，因为你还没计算过，你还没考虑过计算它，你还没清醒地意识到这是一个必做的计算。

海森伯 当然，现在我已经意识到了。实际上，它并非那么难。让我们看看……扩散横切面为 6×10－24，这样自由轨的平均值为……等一下……

玻尔 突然间，一个决然不同的、极为可怖的新的世界开始成形……

玛格丽特 在海森伯与你的友情中，那是最后也是至关重要的一次请求，在他无法理解自己时，希望得到你的理解。这也是你俩友情中，你对海森伯的最后也是最至关紧要的回应，置他于误解之中。

海森伯 是的，或许我应该感谢你。

玻尔 或许，你应该。

玛格丽特 不管如何，这是故事的尾声。

玻尔 可是，有些事情或许我也该谢谢你。1943 年的那个夏夜，当我躲在漂游松德海峡的渔船上出逃时，几艘来自德国的货船驶入了……

玛格丽特 同海森伯有什么关系呢？

玻尔 货船是星期三到的，而丹麦的八千个犹太人将被逮捕监禁。到了第二天，犹太人新年的前夕，当党卫队开始搜捕时，几乎所有的犹太人都不见了。

玛格丽特 他们全躲进了教堂、医院、人们的家中和乡间村舍里。

玻尔 这是为什么呢？——因为我们从德国领事馆官员处得到了情报。

海森伯 格奥尔格·杜克维茨，海运专员。

玻尔 你们的人？

海森伯 其中一个。

玻尔 他是个杰出的情报员。他在货船到达的前一天通知我们——就在希特勒下命令的当天。他还告诉了我们秘密警察行动的确切时间。

玛格丽特 是抵抗组织把他们从藏身处转移到那几艘货船上，然后从松德海峡上偷渡出去。

玻尔 我们在渔船上的一小拨人想躲过德国巡逻艇已经够呛，而载着八千多人的一个船队要躲过他们，那比红海分流还难。

玛格丽特 我想那天晚上没有德国巡逻艇吧？

玻尔 没有——整个巡逻艇队突然接到不宜出海的命令。

海森伯 我无法想象他们是如何运作的。

玻尔 又是杜克维茨？

海森伯 他还去了斯德哥尔摩，请求瑞典政府收留所有的人。

玻尔 所以，或许我应该感谢你。

海森伯 为什么？

玻尔 我的生命，我们大家的生命。

海森伯 到那时，已与我毫无关系了。很遗憾，但这是实话。

玻尔 不过，在我走后，你又回到了哥本哈根。

海森伯 我要确信我们的人没有趁你不在时接管学院。

玻尔 我还从未为这事谢你呢。

海森伯 他们要把你的分离器给我，你知道吗？

玻尔 你能够用它分离出微量的235。

海森伯 当时，你正从瑞典去洛斯阿拉莫斯。

玻尔 去担任酿成十万人死亡的惨剧中那不起眼但缺不了的角色。

玛格丽特 尼耳斯，你没有错！

玻尔 没有错吗？

海森伯 当然没有，你是个好人，自始至终，无人能说什么。而我……

玻尔 而你，亲爱的海森伯，你一生中从未沾手哪怕是一个人的死。

玛格丽特 哦，是的。

海森伯 是吗？

玛格丽特 有一个，就是你告诉我们的，在慕尼黑，你还是个孩子时，整夜看守着那个可怜的人，他清早就要被处决。

玻尔 那就是，一个。与别人相比，你只有一个令你良心不安的灵魂。

玛格丽特 但那一个灵魂也是宇宙之灵，和我们每个人一样，直到天亮后。

海森伯 没有，天亮后，在我的劝说下，他们释放了他。

玻尔 海森伯，我只好说——如果人们按严格的可辨量来测衡自身……

海森伯 那我们则需一种新奇的量子伦理。天堂里应有我一席之地，也有当年我返家途中在海格尔洛赫遇到的那位秘密警察一份。那是战争结束时，同盟军正在合围，我们已无能为力。伊丽莎白和孩子们逃到了巴伐利亚的一个小村子里，我趁被捕之前去看他们。那时交通已全部中断，我只好骑自行车——只能夜里走，白天睡在树丛中。因为密密麻麻的盟军飞机从早到晚在空中呼啸着，他们向路上任何移动目标俯冲攻击。一个骑自行车的人会成为他们在德国境内的最大目标。我走了三天三夜，出符腾堡，穿过施瓦本侏罗山和阿尔卑斯山口的丘陵地，横贯了已被摧毁的祖国，这就是我的选择吗？那满目的废墟瓦砾？那蔽天的滚滚浓烟？那数不清的饥饿的脸？这就是我的事业？所有绝望的人们都在逃命。最绝望的是秘密警察，他们像一群红了眼的恶狗，垂死挣扎地四处追杀着溃散的逃兵，把他们吊死在路边的树上。第二天夜里，突然间——那可怕而又熟悉的黑制服，在夜色里猛地出现在我面前。从他的嘴型，我读到了那恐怖而又熟悉的词，“逃兵”，他说，和我一样的精疲力竭。我递给他我自己签发的通行证，可夜色太暗，他又极累。他径直打开枪套，准备枪决我，那更省事。在那瞬间，我的思路转得极快极清晰——就像在滑雪，或像在黑尔戈兰岛的那个夜晚，或是费莱德公园的那个夜里。这次出现在我脑中的是口袋里的那包美国香烟，它已在我手中，我递过去，最绝望的一招了。我等着，他看着香烟，犹豫着，思量着，左手拿着我那张无用的通行证，右手按着枪套。烟盒上印着两个大字：好运。他扣上枪套，接过香烟……它奏效了……它奏效了！像所有其他问题的答案。为了这二十支烟，他放了我。我继续上路。三天三夜，途中有哭泣的孩子们，有迷了路、饥饿不堪的孩子们，他们被征入伍又被指挥官抛下。还有徒步返乡的奴工队伍，饥肠辘辘地赶往法国、波兰、爱沙尼亚。经过加默廷根、比伯拉赫和梅明根、明德尔海姆、考夫博伊伦和雄高。横越我那亲爱的祖国，我那已毁灭的、耻辱的而又亲爱的祖国。

玻尔 亲爱的海森伯！亲爱的朋友！

玛格丽特 沉默，我们总是回归于最终的沉默。

海森伯 当然，我知道他们在想什么。

玛格丽特 所有迷失在路上的孩子们。

玻尔 海森伯在世间游荡，犹如一个失落的孩子。

玛格丽特 我们自己失落的孩子们。

海森伯 舵柄又一次回撞。

玻尔 那么近，那么近！差那么一点儿！

玛格丽特 他站在门口，注视着我，然后转过头去……

海森伯 他又一次离去，消逝在黑暗的波涛中。

玻尔 我们尚在寻觅之中，我们的生命便结束了。

海森伯 我们还未能看清我们是谁，我们是什么，我们便去了，躺入了尘土。

玻尔 湮没在我们扬起的尘土之中。

玛格丽特 那时会迟早到来，当我们所有的孩子化为尘土，我们所有孩子的孩子。

玻尔 那时，不再需要抉择，无论大小。也不再有测不准原理，因为那时已不再有知识。

玛格丽特 当所有的眼睛都合上，甚至所有的鬼魂都离去，我们亲爱的世界还会剩下什么？我们那已毁灭的、耻辱的而又亲爱的世界？

海森伯 但就在那时，就在最为珍贵的那时，它还在。费莱德公园的树林，加默廷根，比伯拉赫和明德尔海姆。我们的孩子，我们孩子的孩子。一切得以幸免，非常可能，正是由于哥本哈根那短暂的片刻，那永远无法定位及定义的事件，那万物本质上不确定性的终极内核。

剧终。

（选自[英]迈克·弗雷恩著，《迈克·弗雷恩戏剧集》，
胡开奇译，北京：新星出版社，2007）

作品解析

《哥本哈根》上演之初，美国科学界批评声不断。《美国科学家》杂志甚至刊文批评该剧“刻意忽视和误读历史，塑造不实形象”。即便如此，《哥本哈根》在艺术圈仍好评如潮，被视为艺术和科学的完美结合。该剧取材于真实的历史事件，人物间的对话充满隐喻和悖论，使事实真相难以还原，只留下悬而未决的哲学思考和宏大精深的深刻主旨，令观众不断思索。

该剧语言逻辑严密，体现了浓厚的科学思辨精神，巧妙地将物理概念与历史、现实的瞬息万变结合在一起。剧中涉及很多量子物理基本原理，又充满了后现代艺术拼贴式的意象。例如，巧妙借用滑雪这项运动阐释了测不准原理。“你知道你的落点，你不知道你的落速。而即便你知道你的落速，你又不知道你的落点”，里面处处隐含着人生和命运中的不确定感。一些物理知识语言也折射出人物关系。“裂变的时候刚开始便结束了”，“他们各自分开，向黑暗中驶去”；“我是你的敌人又是你的朋友。我是人类的危险又是你的客人。我是粒子又是波”。从物理学的字面语言，延伸到对哲学的思考，又从哲学的思考提升到对生活真理的认识。结论不重要，重要的是讨论和思考，这正是此剧后现代性和思辨色彩结合的精妙之处。

弗雷恩借用真实的历史事件，揭示现代人的情感的不确定性。在三个主人公不

断的推倒重来的过程中，事情的真相反而不重要了。哥本哈根会谈的内容，玻尔大儿子的意外，还包括他们深藏心底的秘密，成了横亘在海森伯和玻尔之间永远的隔阂，谁也不知道那些事到底是指什么事。现代人情感的多重性、人性的多面性、人生的不确定性在这部戏剧中得到了淋漓尽致的体现，引起了观众和读者的深深共鸣。

《哥本哈根》还表现了科学家的社会责任感，彰显了深广的人文关怀，启发人们思考科学研究的道德底线、知识分子的良知等问题。海森伯在战后饱受谴责，玻尔后半生在自责和痛苦中度过。剧作从某种角度向人们阐述了一个道理，科学家个人的决定和选择，能够改写整个人类的前途和命运。事实上，科学家的道德伦理底线可能是阻止人类走向科学浩劫的最后一道防线，科学家的个人价值取向决定了人类整体命运，他们身上承载的道义远远重于他们承载的事业。在科学力量渐渐主宰整个世界的今天，人类的道德良知或许是平衡科学世界唯一的支点。这也是此部戏剧关怀人类整体精神和命运的最好体现。

参考书目

1. Michael Frayn, *My Father's Fortune*: *A Life*, London, Faber & Faber, 2011.

2. David C. Cassidy, *Uncertainty* : *The Fife and Science of Werner Heisenberg*, New York, W. H. Freeman and Company, 1993.

3. Michael Frayn, *Copenhagen*, New York, Anchor Books, 2000.

4. David Rush, *A Student Guide to Play Analysis*, Carbondale, Southern Illinois University, 2005.

（何星莹撰稿）

第十一章　卡莉尔·丘琪尔《远方》导读

作家作品简介

卡莉尔·丘琪尔①于1938年9月出生于伦敦，1960年毕业于牛津大学玛格丽特夫人学堂，获英语文学学士学位。迄今为止，她共创作了近60部戏剧，包括舞台剧、电视剧、广播剧等，所涉主题囊括了性别、权力、生态、政治等当今世界急切关注的焦点问题。专栏作家及戏剧评论家马克·劳森在题为《简即美：卡莉尔·丘琪尔如何征服了英国剧坛》的评论文章中不失幽默地评论道："做出这番大手笔的剧作家，按照常规，要么起码80岁了，要么早已不在人世，要么已拿到诺贝尔文学奖了。"丘琪尔搭设的舞台令人惊异，她抨击真实世界引人深思，戏剧界颁予其无数奖项，并将她同莎士比亚、契诃夫、易卜生、布莱希特、贝克特放置在一起，归类为"改变了剧场语言的人"。英国戏剧界将她和汤姆·斯托帕并称为"当今尚且在世的英国当代最伟大的剧作家"，伦敦大学皇家霍洛威学院将2013年年初建成并投入使用的剧院以卡莉尔·丘琪尔的名字命名。1958年，丘琪尔出版处女作《楼下》，同年，查尔斯王子获封威尔士王子，女性首次进入英国上议院获得席位，伦敦雾霾致使1.2万人蒙难；2016年，她的最新剧作《猪与狗》问世，同年，75人死于六月的恐怖袭击，科学家被授权变更人类胚胎并于7天后销毁，英国以51.9%对48.1%的公投结果申请脱离欧盟。我们可以说，丘琪尔的戏剧创作始终与时俱进。

早在20世纪60年代，丘琪尔就开始关注生态问题，最典型的例子莫过于《氧气远远远远不够》(1971)，这部戏剧可视作丘琪尔戏剧创作生态意识的萌芽。20世纪80年代以后，丘琪尔的创作重心转向对后现代生态主题的关注。从伦敦东部一片低洼的沼泽农业区、充满暴力和鬼魅的幻想，到资本主义物质至上理念控制下的社会、环境畸化的未来世界。在这一时期与生态相关的剧作包括《沼泽地》(1983)、《满嘴都

---

① 关于 Caryl Churchill 的中文译名，采用胡开奇的翻译，统一译为"卡莉尔·丘琪尔"。

是鸟》(1986)、《地底精灵》(1994)、《远方》(2000)等。

《远方》于2000年11月4日由伦敦皇家剧院搬上舞台。这一版的舞台设计师伊恩·麦克尼尔(Ian Macneil)以独特的视角设计了幕启时的场景：溪流、远山、白云、农舍，音响设计师保罗·阿迪蒂(Paul Arditti)则采集了野外的鸟鸣、流水，试图营造某种田园牧歌式的乡村风景①；然而在接下来的室内场景布置中，人类生活的家庭环境却以极其灰暗的色彩加以表现。《远方》暗淡、逼仄的舞台内景设置以及紧随其后的角色之间的隐晦关系，让观众被巨大的隐形暴力所包围，产生某种置身于极权统治中的恐慌感。该剧共分为三场。第一场是琼和姑妈哈珀在深夜的对话，哈珀在深夜听到后院的声音，是她姑父在后院野蛮屠杀陌生人群，但姑妈却百般掩盖。在知道无法隐瞒真相之后，琼承诺保守秘密并承诺第二天一大早帮助姑妈清洗血迹。第二场是已经结为夫妇的琼和托德在制帽工厂制作专为死刑犯人穿戴的帽子，在七天的时间里，帽子变得越来越华丽。最终，一个个生命伴随着帽子的诞生而永远消逝。第三场中，地球的生态受到了毁灭性的打击，世间万物失去了彼此和睦相处的伦理基础，人类和动物互相残杀，整个世界处于"去乌托邦"的血腥之中。

作品阅读

远　方②

人物

琼　女孩

哈珀　她的姑妈

托德　小伙子

游行队伍(第2场第5景)五人太少，十人不如二十人。一百人呢？

---

① 伊莱恩·阿斯顿在《卡莉尔·丘琪尔》(*Caryl Churchill*)(2001)一书中指出，这一设计其实是在暗示着一切的人工性而非自然属性，与下一幕的灰暗气氛既形成对比又完成铺垫。详见：Elaine Aston, *Caryl Churchill*, Horndon, Northcote House, 2001, p. 117.

② 中文译本原载《枕头人：英国当代名剧集》，北京，新星出版社，2010。

第一场

哈珀的家。深夜。

琼　我睡不着。

哈珀　不习惯那张床？

琼　不，我喜欢不同的地方。

哈珀　你觉得冷？

琼　不。

哈珀　喝点儿什么？

琼　我觉着是有点儿冷。

哈珀　那容易。衣柜里有毛毯。

琼　很晚了吗？

哈珀　两点。

琼　你要睡了吗？

哈珀　来杯热饮？

琼　不，谢谢你。

哈珀　那我去睡了。

琼　好。

哈珀　新到一处总觉得怪，一星期后你再回想今晚就会觉得完全不一样。

琼　我去过许多地方，都住朋友的家中。我不是你想的那样离不开父母。

哈珀　你想你的小狗？

琼　我觉得我想我的猫。

哈珀　它睡在你床上？

琼　不，我赶走它的。但如果门关得不紧，它会溜进来。你以为你关了，但没关上，它会半夜挤进门来。

哈珀　你过来一下。你在发抖。你发烧了？

琼　没有，我没事。

哈珀　你累过头了。去睡吧。我也去睡了。

琼　我出去过。

哈珀　什么时候？刚才？

琼 刚才。

哈珀 怪不得你着凉了。这里白天热可晚上冷。

琼 这儿的星星比家乡的亮。

哈珀 因为这里没有街灯。

琼 外面看不太清。

哈珀 我知道。你怎么出去的？没听到你开门。

琼 我爬窗出去的。

哈珀 我觉得那样不好。

琼 没事，很安全，窗外就是屋顶和一棵树。

哈珀 上床睡后就该待在床上。你在家里也爬窗出去？

琼 在家里不行，因为——我不会那样。

哈珀 我要对你负责的。

琼 是的，对不起。

哈珀 今晚够冒险的，现在你该睡了，去睡吧。看你，站着都快睡着了。

琼 ……是有原因的。

哈珀 所以你出去了？

琼 我听到叫声。

哈珀 猫头鹰？

琼 一声尖叫。

哈珀 那是猫头鹰。这里有各种各样的鸟，没准你会见到一只金黄鹂。人们特地来这儿看鸟，我们有时准备茶水和咖啡或者卖瓶装水，因为这里没有小吃店，游客没带水会口渴。早上你会看到这儿有多美。

琼 更像人在尖叫。

哈珀 猫头鹰的声音听起来也像人在尖叫。

琼 是有个人在尖叫。

哈珀 可怜的小姑娘，你想象自己听到有人在尖叫，一定吓死了。你应该下楼来告诉我。

琼 我想去看看。

哈珀 天那么黑。

琼 是的，但我看到了。

哈珀　你想象自己在黑夜中看到了什么？

琼　我看到我姑父。

哈珀　是啊，我想是的。他像一阵风。我想他没有尖叫？

琼　没有。

哈珀　那就没事。你跟他说话了？我想，他会问你这么晚不睡在外边做什么。而你很害怕。

琼　我躲在树上。

哈珀　他没看到你？

琼　没有。

哈珀　他要是知道你躲在树上，他会大吃一惊，他会哈哈大笑。他会发怒但不会在意。他知道这是个玩笑，他小时候常干的事。去睡吧，我也要上来了。

琼　他把那人推倒在地，把那人捆起来推搡到棚子里。

哈珀　他一定是把一个大口袋塞进棚子。他常常干到深夜。

琼　我不清楚那是不是个女人。也许是个小伙子。

哈珀　我要告诉你，等你像我这样婚后经过多年，你会觉得这种事情很正常，不是什么坏事，是他的那帮朋友，你姑父有个聚会。

琼　有个聚会？

哈珀　小聚会。

琼　对，那儿不止一个人。

哈珀　是的，还有几个朋友。

琼　有一辆货车。

哈珀　对，是一辆货车。

琼　我把耳朵贴在货车车厢上，听到了里面的哭声。

哈珀　你在树上怎会听到？

琼　我下了树，朝棚子的窗户里看，然后看到货车。

哈珀　你在别人家做客，这些事情也许跟你没关系。

琼　是啊，我宁愿没看到。对不起。

哈珀　没人看到你？

琼　他们正忙着呢。

哈珀　我想幸好没人看到你。

琼 如果是聚会，怎么流了那么多鲜血？

哈珀 没有流血。

琼 有。

哈珀 在哪儿？

琼 地上。

哈珀 在夜里？在夜里你怎会看到？

琼 我差点滑倒在血泊里。

（她抬起她赤裸的脚）。

我把脚上沾的血几乎都擦了。

哈珀 那是一只狗被轧死在那儿。

琼 那早该干了。

哈珀 地上泥泞就干不了。

琼 什么样的狗？

哈珀 一头大狗，一头大杂种狗。

琼 那真惨，你一定难过极了，这狗你养了很久？

哈珀 没有，这狗岁数不大，它窜了出去，它总是不听话，一辆货车正好倒车。

琼 它叫什么？

哈珀 亮子。

琼 什么颜色？

哈珀 黑里带点白。

琼 为什么棚子里有孩子？

哈珀 什么孩子？

琼 你不知道什么孩子？

哈珀 你怎么会看到孩子？

琼 棚子里亮着一盏灯。所以我看到了棚子里流的血，看到了那些脸和脸上的血。

哈珀 你已经发现了这秘密的事。你知道了，是吗？

琼 是的。

哈珀 这事你不该知道。

琼 是的，我很抱歉。

哈珀 这事你永远不能说出。因为一旦你说了，你将害了这些人的性命。

琼 为什么？谁要加害他们？我的姑父？

哈珀 当然不是你的姑父。

琼 是你吗？

哈珀 你疯了？当然不是我。这事我来告诉你，你姑父在帮助这些人，他在帮他们逃走，他把他们藏起来。有些人还在货车里，所以他们在车上哭泣。你姑父要把他们全藏到棚子里，那样他们就安全了。

琼 他们脸上都是血。

哈珀 那是之前弄的。他们被人追杀，你姑父从追杀者手中救了他们。

琼 地上有血。

哈珀 其中一个人伤得很重，但你姑父为他包扎了。

琼 他在救助他们？

哈珀 是啊。

琼 没有狗，也没有聚会？

哈珀 没有，现在我把真相告诉了你。你永远不能说出去，不然你会害了你姑父的性命，还有我，甚至还有你自己。你甚至不能对你父母漏半点儿口风。

琼 既然你们有这样的秘密，你干吗要留我住下？

哈珀 卡车应该昨天来的。你在的这几天，不会再有这种事了。

琼 既然我知道了，你们没必要为我而停下来。我可以在棚子里帮助姑父照看他们。

哈珀 不，这事他得自己做。谢谢你的好意。现在，你兴奋过了，是不是该去睡了？

琼 姑父为什么要殴打他们？

哈珀 打谁？

琼 他用根棍子殴打一个男人，我想那棍子是铁的，他还殴打其中的一个孩子。

哈珀 车上有一个人是个叛徒。他不是真正的受害者，他是伪装的，他会出卖他们，他们识破了他并告诉了你姑父。于是那人袭击你姑父，袭击其他的人，你姑父必须与他搏斗。

琼 所以地上那么多血？

哈珀 是的，为了救助大家只能这样。

琼 他还殴打一个孩子。

哈珀 那孩子应该也是个叛徒。有时候有些坏孩子甚至出卖他们的父母。

琼 下一步怎样呢？

哈珀 明天一大早他们将乘货车离开。

琼 去哪儿?

哈珀 他们要逃亡的地方，你不用打听更多的秘密了。

琼 他只殴打叛徒?

哈珀 当然，我不奇怪你无法入睡，这是多么令人不安的事情。现在你明白了，这不是坏事。你也参加了这个正义行动。你应该感到自豪。你可以仰望星空，想到在我们这个小小的世界上，你站在人民和正义者一边，你的灵魂将翱翔在天空。

琼 我能够帮助你们吗?

哈珀 明天一早你可以帮我清洗打扫。你愿意吗?

琼 愿意。

哈珀 那你得去睡一会儿了。

第二场

几年后。一家制帽作坊。

1. 琼和托德正坐在工作台前。两人各自缝制着手中的帽子。

托德 蓝色够多了。

琼 我想我要用黑色了。

托德 颜色最要紧。

琼 我要用各种色彩，我要用黑色打底。

托德 上周我做了一顶抽象图案的街景的帽子：蓝色的公车、黄色的楼宅、红色的树叶、灰色的天空。除了我，没人能看懂。真让人扫兴。

琼 你不觉得快乐吗?

托德 你是新手，对吗?

琼 这是我做的第一顶帽子。我的第一顶专业帽子。

托德 你在大学里做过帽子吗?

琼 我获得学位的帽子是一顶两米高的长颈鹿。

托德 这个礼拜你没时间做那种东西。

琼 我知道。

托德 过去在游行之前我们有两个星期，后来他们缩短到一周，现在，他们在说还要减一天。

琼 那我们将多休一天？

托德 可我们会少一天的薪水，也影响我们帽子的质量。

琼 他们会这样干吗？

托德 你反对这种做法，对吗？

琼 我只是个新手。

托德 你会发现这个地方问题一大堆。

琼 我以为这是最好的一份工作。

托德 是份好工作。你知道去哪儿用午餐吗？

琼 这里有一个餐厅，对吗？

托德 是的，但我们不去那儿。我会告诉你去哪儿。

2. 次日。琼和托德在制帽，两人手中的帽子已近完工，十分华丽。

琼 轮到你了。

托德 我开工之前，先下河游个泳。

琼 那不危险吗？

托德 该你了。

琼 我有飞行执照。

托德 我夜里看法庭审案，看到凌晨四点。

琼 我在一个地铁站里找了个房间。

托德 我有我自己的地方。

琼 你有吗？

托德 你想看看我这帽子？没问题。

琼 我看不懂你这帽子，但我喜欢这羽毛。

托德 我没认真做。我在这儿待得太久了。

琼 你要走？

托德 轮到我了。我们在合同签订上有问题。

琼 但我们需要合同。

托德 但我们拿不到呢？如果我们做的帽子并不是最好的呢？

琼 那会怎样？

托德 我要说的是某人的小舅子。你知道他在哪儿做工？

琼 在哪儿？

托德 我不在这儿说。说点儿别的吧。

琼 我不喜欢晚上熬夜，看法庭审案。

托德 我回来之后在夜里看庭审。

琼 从哪儿回来？

托德 你喜欢哪儿？

3. 次日。他们在制帽，帽子变得大而奢华。

托德 我自己也不喜欢做兽形帽。

琼 我是个学生。

托德 抽象式帽子又回潮了。

琼 我一直喜欢抽象式帽子。

托德 你一定记得大家曾一致痛恨过抽象式帽子。

琼 那应该在我记事之前。

（沉默。两人继续做帽。）

琼 你好像总是要做什么事，但我不知你为何从来不做。

托德 这是你的第三天。

琼 管理阶层腐败不堪——你对我说过。我们的工资太低——你对我说过。

（沉默。两人继续做帽。）

托德 太绿了。

琼 就是要太绿些。

（沉默。两人继续做帽。）

托德 我发现你在注视那个可爱男孩的帽子。我希望你告诉他，那帽子是仿制的。

（沉默。两人继续做帽。）

托德 我是这里唯一持有原则的人，别告诉我我该做什么，我在生活中思考我该做什么。

琼 那你应该得出一个结论了。

（沉默。两人继续做帽。）

4. 次日。他们在制帽。现在帽子变得巨大而怪诞。

托德　太美了。

琼　你喜欢它?

托德　我喜欢。

琼　我也喜欢你的帽子。

托德　你不必说的。这不是我最好的。

琼　它应该是的——我不知道，这是一顶很大胆的帽子。

托德　我已经做了六年的游行用帽。所以我是个难得的熟手。如果我去对某人开口，他会关注的。

琼　你要对他开口?

托德　完工之后我有的。

琼　你会丢了你的工作。

托德　也许。

琼　我佩服。

托德　那是信念。

琼　你会提起那小舅子?

托德　首先我要谈的是钱，然后我会提起那小舅子。我有一个做记者的朋友。

琼　你会提起那记者吗?

托德　也许我会旁敲侧击不说出那记者。那样也许更好，别让他从记者身上查到我。

琼　他还是会怀疑。

托德　随他怀疑好了，如果我丢了工作，就是放不下一件事。

琼　什么事?

托德　我会想念你。

琼　真的?

5. 次日。一列上着镣铐锁链、衣衫褴褛、遍体伤痕的囚犯正被押往刑场，每个囚犯都戴着一顶帽子。这些完工的帽子比帽店做的帽子更巨大更怪诞。

6. 新的一周。琼和托德在开始做新的帽子。

琼 我还是不相信。

托德 之前，新手们在第一周中从未有人赢过。

琼 现在，一切要走下坡路了。

托德 你不能每周都赢。

琼 我正是这个意思。

托德 但你来之后干得非常漂亮。

琼 有时我真遗憾不能多保留些帽子。

托德 那会有太多的帽子，他们如何处理？

琼 他们可以重新使用这些帽子。

托德 确实如此，可我们将失业。

琼 把它们同尸体一起烧掉，伤心呀。

托德 不，我认为那正是快乐所在。帽子是短暂的。它隐喻这事或那事。

琼 那么，它隐喻生命。

托德 它隐喻生命，你说对了。我在这里做了近三百顶帽子，只有三顶帽子获胜而放入博物馆。但这从未令我不快。你创造美，然后它消失了，我喜欢那样。

琼 你也那样。

托德 什么？

琼 你改变了我的思路。就像我从未思考过这里是如何运作的，而现在我明白它是何等重要。

托德 我想这的确令某人深感我是在道德高地上言说。

琼 那你确切地重复一下他最后的话。

托德 “这些情况必须考虑。”

琼 我觉得这令人鼓舞。

托德 此话也可定义为他将考虑如何将我赶走。

琼 那是一个美妙态势的开端。

托德 它对于我是崭新的。我受到了你的鼓舞。

琼 记者还在。只要他稍加注意，我们可将整个腐败的制帽业运行的经济危机暴露无遗，并不仅仅是在这里，我敢说整个制造业都已是摇摇欲坠。

托德　你这样想?

琼　我觉得我们应该弄清楚。

托德　你改变了我的生活，你知道吗?

琼　如果你失去这工作我将会辞职。

托德　我们可能再也找不到制帽业的工作。

琼　还有其他的游行。

托德　但我觉得你是个制帽天才。

琼　除非所有游行都腐败了。

托德　我喜欢这些珠子，使用这些珠子。

琼　不，它们是你的。

托德　不，是你的。

第三场

几年后。哈珀家中。白天。

哈珀　你毒死黄蜂是对的。

托德　是的。我认为所有黄蜂都必须灭掉。

哈珀　我昨天在树林边时一团黑影飞了过来，原来是一大片蝴蝶，它们就在我头顶落了下来，树木草丛上顿时盖满了红色的蝴蝶。两只蝴蝶趴在我的手臂上，我吓坏了，一只钻进了我的头发，我总算拍死了它们。

托德　我倒还不曾有过蝴蝶的麻烦。

哈珀　它们会盖住你的脸。罗马人曾经用金叶自杀，只需将金叶轻轻弹入咽喉，让它盖住气管，这金叶让我想起了蝴蝶。

托德　我经过一片果园，果树下三三两两地立着马群，突然从葡萄园中冲出一窝黄蜂向马群袭击。马儿们尖啸着狂奔，马首上盖满了黄蜂。我希望她会醒来。

哈珀　我们不知道她离开了多久。

托德　她就要来了。

哈珀　在战争进行当口你不能走开。

托德　如果你要逃离的话——

哈珀　我们不知道她是不是逃离。

托德　她要找一个安全去处来重聚力量。

哈珀 这里是安全之地吗？

托德 相对而言，这里当然是。大家都觉得这是一间屋子。

哈珀 猫也投入了战争，在法国人一边。

托德 我从不喜欢猫，它们发臭，它们抓人，它们喜欢你只是因为你喂它们，它们咬人：我曾经养过一只猫，它会突然用嘴咬你。

哈珀 你知道它们一直咬死婴儿吗？

托德 在哪儿？

哈珀 在中国。在没人照看时，它们跳进摇篮。

托德 但有的猫还不坏。

哈珀 我不相信。

托德 我熟悉路北头那只猫。

哈珀 不可能，你还得小心。

托德 但我们也不真正是法国人的对头。不像摩洛哥人和蚂蚁。

哈珀 不像加拿大人、委内瑞拉人和蚊子。

托德 不像工程师、厨师、五岁以下的孩子和音乐家。

哈珀 汽车销售员。

托德 葡萄牙籍汽车销售员。

哈珀 俄国游泳选手。

托德 泰国屠夫。

哈珀 拉脱维亚牙医。

托德 不，拉脱维亚牙医在古巴做得很好。他们在哈瓦那城外都有一所房子。

哈珀 但是拉脱维亚一直把猪送往瑞典。牙医们同属国际牙医行会，他们效忠于他们的行会，达累斯萨拉姆的牙医也一样。

托德 对达累斯萨拉姆我们不争论。

哈珀 你企图为达累斯萨拉姆的大屠杀正名？她来这儿是因为你请假，而一旦有人发现我得承担责任。

托德 也就是到明天为止。我会叫醒她。我会多给她几分钟。

哈珀 你看过关于鳄鱼的表演吗？

托德 我只看过鳄鱼的表演，看过它们照看小鳄鱼的方式，它们用自己的嘴把小鳄鱼衔入水中。

哈珀　你不认为所有动物都能帮助它们自己的孩子吗?

托德　我只是说如果鳄鱼加入我们盟友中的一边我不会遗憾。嘿，它们勇不可当。

哈珀　鳄鱼是邪恶的，反对鳄鱼总是符合道义的。它们的皮肤、它们的牙齿、它们嘴中腐肉的臭气。鳄鱼总等斑马过河时用它们的颚咬住病弱的斑马，将它们拖入水中。鳄鱼夜晚闯入村庄，将孩子从床上掠走。一条鳄鱼会温柔地衔着十二个人头回到河中，就像衔着它的小鳄鱼，然后把人头放入水中，人头像战利品般在水中漂浮，直到它们腐烂。

托德　我只是说我们可以利用它们。

哈珀　还有可爱的毛茸茸的小水鸟，落在鸟群后面最小的一只尖叫着："等等我，等等我。"而它们妈妈会不惜自己的生命来救护它们。

托德　我们把绿头鸭也归入此类?

哈珀　绿头鸭不是好的水鸟。它们强奸，它们在大象和朝鲜人的一边。但是鳄鱼总是站在邪恶一方。

托德　你觉得我该叫醒她呢还是让她继续睡? 我们都没有时间了。

哈珀　你同意我对鳄鱼的看法?

托德　这重要吗? 你不知道我站在哪一边?

哈珀　我不知道你的想法。

托德　我的想法就是我们大家的想法。

哈珀　就说驯鹿吧。

托德　你指迪斯尼乐园中那可爱的小鹿?

哈珀　你是在冷嘲?

托德　我是在讥讽。

哈珀　因为它们冲出公园，潮水般涌下山来，将一家家大卖场变为恐怖世界。如果你向它们射击，它们就逃窜，将人们撞到，用它们小小的闪亮的脚蹄凶狠地践踏倒地者。幼鹿们窜在顾客们的脚下，让人们摔倒在电动扶梯上，小鹿们则向玻璃窗墙面猛冲猛撞……

托德　我知道我恨驯鹿。

哈珀　还有那些老鹿，当它们狂奔在大街上，头角顶挂着少年男女时，你知道它们的鹿角是多么沉重，角尖是何等锋利。

托德　是的，我知道那样。

（他撩起衬衫，显出腰部的一块疤痕。）

哈珀 是驯鹿顶的？

托德 实际上是一头熊。我不喜欢被人置疑。

哈珀 我一直信任大象，直到大象们投靠荷兰人。

托德 我在埃塞俄比亚射杀牲畜和孩子。我向西班牙人、电脑程序设计人和狗群组成的混合部队施放毒气。我用我赤裸的双手将椋鸟撕开。我喜欢用赤裸的双手干这事。所以别以为我靠不住。

哈珀 我没说你不会杀戮。

托德 而且我知道这并非只是为了刺激。我也干过些乏味的活儿。在专门杀戮滚壮的肉猪和音乐家的屠宰场里做工，每天完工时，你会腰酸背痛，一闭上眼睛，只见一个个头朝下脚朝上吊挂着的人。

哈珀 那你认为驯鹿是邪恶的？

托德 我们已经说过。

哈珀 如果一只饥饿的驯鹿走入后院你不会喂它？

托德 当然不会。

哈珀 我不明白，因为驯鹿就在我们这里。它们来这儿已经三个星期了。

托德 我不知道。你自己说的。

哈珀 它们善良的本性不会泯灭。你能从它们浅棕色的温顺的双眼中看到它们的天性。

托德 那是个好消息。

哈珀 你仇恨驯鹿。你赞美鳄鱼。

托德 我不再同它们来往，因为我累了。

哈珀 你必须离去。

托德 我同你是一家人。

哈珀 你以为我在睡觉？

（琼走了进来，她投入托德的怀里。）

哈珀 你不能待在这儿，他们会追杀你。你回去后怎么说？你逃离就是为了跟丈夫团聚一天？每个人都想见自己所爱的人，见爱人总好过躺在山洞里等着蚂蚁咬。还是你根本不想回去了，要是那样你现在最好把我枪杀了。有人见到你离开吗？你走哪条路过来的？你被人跟踪了吗？这儿有一群鹗，它们一定看到了你过来。

你在拿你的生命冒险，因为你不知道他说情况不对了。你不在乎吗？也许你自己不知轻重好歹，我怎知道两年之后的你，我希望我乐意见到你，但我怎么能够呢？

琼　鸟儿们肯定看到了我，所有人都看到我走过但没人知道原因，我可以是执行任务，所有人都在来往但没人知道原因，实际上我杀了两只猫和一个不到五岁的孩子，所以这同执行任务没有什么不同，我不觉得我为何不能休息一天后返回，在此之后，我已义无反顾。对鸟儿们我并未害怕，我害怕的是天气，这儿的天气站在日本人这边。雷雨肆虐着整座山脉，我走过了我从未到过的城镇。只见所有老鼠的嘴巴和耳朵在往外流血，这是好事，路边的女孩也是。真让人无法忍受，因为一切都被征用了，成堆成堆的尸体，如果停下，你会发现他们有的死于咖啡，有的死于酒精，有的死于海洛因、汽油、链锯、发胶、漂白剂、毛地黄和我们焚烧野草的浓烟。玻利维亚人在拼命劳作，那是秘密，别让恐慌蔓延。但是我们噪声愈来愈响，马达加斯加出现了成千上万条死光。谁来调动黑暗与死寂？那是我在夜里的困惑。第三天到来时我几乎走不动了，但我来到了河边。河的上游驻扎着智利军队的一个兵营，但他们没有发现我以及在下游饮水的十四头黑白奶牛，于是我明白我必须走直道蹚过河去。可我不清楚这河是否站在敌对的那一方，也许它助我过河，也许它淹死我。在河心，旋流滚滚，水色棕红。我不明白这意味着什么。我在河边伫立良久。但我清楚这是我来这里的唯一道路，所以最后，我将一只脚伸入河中。河水透骨地冰冷，但仅此而已。当你刚刚踏入水中你无法知道后果。最终，水淹没了你的双脚。

剧终

（[英]卡莉尔·丘琪尔著，胡开奇编译，
见《枕头人：英国当代名剧集》，北京，新星出版社，2010）

作品解析

《远方》最值得学界探讨的是它的暴力主题，而事实上，第三场的生态主题本身，也是对于总体性暴力的另一种阐释。丘琪尔在其剧本创作中所表达的对于人类与自然关系的再思考与美国著名后现代主义思想家、生态女权主义理论家查伦·斯普瑞特奈克(Charlene Spretnak，1946—　)提出并建构的生态后现代主义这一新理论遥相呼应。《远方》里的万物生灵都拥有了自己的阵营，时刻准备进入一场你死我活的战争，人类与自然万物相互残杀。在第三场中，丘琪尔用大量笔触描写了一个极度荒谬的生态损坏后的世界，“猫也投入了战争，在法国人一边”，“鳄鱼总等斑马过河时用它们的颚咬住病弱的斑马，将它们拖入水中。鳄鱼夜晚闯入村庄，将孩子从床上掠走。一条鳄鱼会温柔地衔着十二个人头回到河中，就像衔着它的小鳄鱼，然后把人头放入水中，人头像战利品般在水中漂浮，直到它们腐烂”，“我在埃塞俄比亚射杀牲畜和孩子。我向西班牙人、电脑程序设计员和狗群组成的混合部队施放毒气。我用我赤裸的双手将椋鸟撕开”，“只见所有老鼠的嘴巴和耳朵在往外流血，这是好事，路边的女孩也是。真让人无法忍受，因为一切都被征用了，成堆成堆的尸体，如果停下，你会发现他们有的死于咖啡，有的死于酒精，有的死于海洛因、汽油、链锯、发胶、漂白剂、毛地黄和我们焚烧野草的浓烟……”

丘琪尔以启示录的悲剧口吻预告了这个世界未来可能的走向，人类正是因为顽固地坚守父权主义、工具主义，无法走出二元论的樊笼，才从环境的“关怀者”沦为了“破坏狂”①。过去的若干年中，我们的现代生活由一系列所谓标准价值体系所塑造，“救世”的世界观将科技进步和经济拓展置于至高无上、最核心的地位，扩张和兼并被视为关键词，而人文与关怀却被置于关键词之外，成为可有可无的附属之物。现代机械论以静止、物理、数据的方式计算现实，当一切柔软的关怀被量化为衡量经济指标的数值时，女性仅被当作廉价的生育工具，身体被看作一台具有生物机能的动力机器，土地和其他自然资源被视作取之不尽、用之不竭的劳动资料，从前的土地观和地方观念被弱化为有待开化的潜在财富。丘琪尔在《远方》的第三场别出心裁地安排了哈珀和托德间关于黄蜂和蝴蝶的对话：

哈珀：你毒死黄蜂是对的。

托德：是的，我认为所有黄蜂都必须灭掉。

哈珀：我昨天在树林边时一团黑影飞了过来，原来是一大群蝴蝶，它们就在我头顶落了下来，树木草丛上顿时盖满了红色的蝴蝶。两只蝴蝶趴在我的手

---

① 阿尔杜·里奥波德(Aldo Leopold)在多年前就提出，我们不但不是“征服者”，而且我们仅仅是土地上的“成员与市民”。马克·萨戈夫(Mark Sagoff)认为，我们不应当把自己看作仅仅购买和售卖自然的消费者，而应当充当保护自然的荣誉市民这一角色。——以上资料转引自 Sarah Wilks, *Seeking Environmental Justice*, New York, Simon & Schuster, 2008, p. 180.

臂上，我吓坏了，一只钻进了我的头发。我总算拍死了它们。

希拉·拉比拉德(Sheila Rabillard)发表的题为《论卡莉尔·丘琪尔的生态戏剧》一文的副标题即“我们有权毒死黄蜂吗”。[①] 是的，如果说几千年前的中国人就深谙“天人合一”的哲学生态观；几百年前坚守传统的美国印第安人就把一花一叶想象成拥有生命的植物人、把东升的旭日认作朝气蓬勃的青年人、把丑陋的蜘蛛称作“蜘蛛祖母”；一百多年前瓦尔登湖畔的梭罗将自然万物当作美好的邻居，约翰·缪尔(John Muir)用数十年的光阴走遍美国西部山区，将灵肉与山川的自然融合写入诸如《加利福尼亚的山脉》(*The Mountains of California*)(1894)，那么，现代人到底有没有权力毒死黄蜂和蝴蝶，这是丘琪尔对剧场内外观众发出的终极提问。丘琪尔最终为我们展示了一个伦理空白、总体性肆虐的未来世界。艾琳·岱尔蒙德(Elin Diamond)最终指出：“在《远方》所勾描的霍布斯式[②]的世界中，我们穿越了曾经一度尚且能够反映虽衰败但可识的社会结构的窥镜，进入了一场人人为敌的战争，没有任何抵抗的迹象，也没有伦理选择的记忆。”[③]通过“展望”远方，丘琪尔所要表达的既是对于未来可以预见的生态灾难的痛苦素描，也是对于伦理复兴的温情期待。

参考书目

Elaine Aston, *Caryl Churchil*, Horndon, Northcote House, 2001.

Sarah Wilks, *Seeking Environmental Justice*, New York, Simon & Schuster, 2008.

Elaine Aston and Elin Diamond, *The Cambridge Companion to Caryl Churchill*, Cambridge, Cambridge University Press, 2009.

(莫詹坤撰稿)

---

① Sheila Rabillard, “On Caryl Churchill's Ecological Drama: Right to Poison the Wasps?”, in Elaine Aston and Elin Diamond, *The Cambridge Companion to Caryl Churchill*, Cambridge, Cambridge University Press, 2009, pp. 88-104.

② 托马斯·霍布斯(Thomas Hobbes)，英国政治家、哲学家。霍布斯的“自然状态”是一种人人为敌的战争状态。每个人都按照自己的意愿尽可能保全自己，当怀疑有人有伤害自身的企图时，便先发制人，立刻进行反击。

③ Elin Diamond, “On Churchill and Terror”, in Elaine Aston and Elin Diamond, *The Cambridge Companion to Caryl Churchill*, Cambridge, Cambridge University Press, 2009, p. 139.

第十二章　鲁兹·胡伯纳《公司感谢你》导读

作家作品简介

鲁兹·胡伯纳(1964—　)，德国当代剧作家，演员。他生于海尔布隆，在温斯堡长大，1983—1984年在明斯特学习德文、哲学和社会学，1986—1989年在萨尔布吕肯市的萨尔兰音乐与戏剧学院学习表演。之后，胡伯纳在萨尔布吕肯的萨尔兰国家剧院和卡尔斯鲁厄的巴登国家剧院做职业演员。1990—1993年他在伊诺思市做演员，1993—1996年在马格德堡市的剧院担任演员和导演，1996年至今，做自由撰稿人和导演。胡伯纳是个高产的剧作家，自20世纪90年代至今创作了40多部作品，著名的有《拳击手的心脏》(1996)、《银行业务》(2004)、《幽灵司机》(2008)、《米勒太太必须离开》(2010)、《公司感谢你》(2011)、《波鸿》(2013)、《天堂》(2017)等。他的作品多反映德国当下的社会议题，以精准语言打造人物，剧情紧凑，充满黑色幽默。胡伯纳的剧作在德国当代剧作中上演频率较高，其作品多次受邀参加慕海姆戏剧节。

《公司感谢你》是胡伯纳的一部现实主义的力作，2011年首演于德国德雷斯登国家剧院。剧中人物是三男二女，男主角是亚当·克鲁胜斯腾——公司旧团队中唯一一位留任的主管，以忠诚、严谨、富有奉献精神著称。其他角色有二十岁出头的大学毕业生桑夺尔·麦亚，公司新团队的领导；年轻漂亮、毫无主见的新领导团队助理真由美·谢罗；对同事不怀好意，对上司巴结逢迎的人力资源部主管约翰·韩森；还有人力资源顾问艾拉·郭德曼，一个心机颇深、见风使舵的职场“老油条”。

全剧共分为10场，剧情发生在傍晚时分，公司招待所的大厅里。公司重组了，新的领导团队也在重新组合中，原先公司的各部门主管都被解雇了，资深主管克鲁胜斯腾对自己的去留一无所知。正在这时候，他被邀请到公司在乡间的豪华招待所欢度周末。在这里，表面一派轻松的氛围，大家直呼姓名，各种头衔和称谓都免了，吃东西、聊天、泡桑拿，貌似公司根本没有被收购，谁都故作轻松不谈论公司的前途和个人的去留等话题。可是对于在公司工作了近20年，把青春和智慧都奉献给公司的克鲁胜斯腾来说，这一切简直太不像话了。克鲁胜斯腾与真由美就公司员工称呼，上班时间打私人电话等公司风气发生了争论。接着他又受到约翰和艾拉的各种“进攻”，人力资源部这两个人的谈话总是云遮雾绕、偏离正题，克鲁胜斯腾则直来直去想解决自己去留的问题，公司前途的问题，但是总是不得要领。这时候，出现了吊儿郎当的大学毕业生桑夺尔，克鲁胜斯腾再也无法容忍，就以资深主管的身份教育批评了这个“新人”。紧接着，他又和艾拉、约翰两个人抱怨说：“‘新’不代表‘好’。年轻不代表一切。就拿桑夺尔来说吧，他是个傲慢、自以为是、狂妄自大又毫无经验的大少爷……”可是，克鲁胜斯腾没有意识到约翰和艾拉各怀心机对桑夺尔百般取悦，还在一直追问谁会决定自己的未来。直到克鲁胜斯腾听到桑夺尔开始播放录音笔里被桑夺尔录下的抱怨言语，他才开始明白，未来公司的前途以及自己的前途就在这个刚毕业的毛头小子手里。他不但用录音笔偷录员工谈话，还有“黑色记录簿”，即所谓的弱点卷宗，用于记录员工的不检点行为，而这些恶劣的手段只是为了开除员工做准备。公司的人力资源管理模式完全就是“黑色幽默”！这还不算关键，当克鲁胜斯腾20年来为公司倾尽心力，一丝不苟、努力工作的时候，桑夺尔在学习适应社会变化的知识，而且一举登上了这个行业的顶峰。克鲁胜斯腾以为自己的忠心耿耿，自己的严谨认真，自己的所谓经验值很高的时候，桑夺尔告诉他那都不重要，因为公司有了新的运作模式。桑夺尔主导公司的一切重组计划，克鲁胜斯腾的部门被砍掉。克鲁胜斯腾被桑夺尔留下的原因不是他20年来对公司的贡献，不是他的职业生涯，而是“他是最糟糕的例子”，是公司的旧员工的反面教材，是“打击思想惰性和陈规陋习的最佳利器！”

作品阅读

公司感谢你

人物

亚当·克鲁胜斯腾　四十五岁左右，研发部主管

真由美·谢罗　二十五岁左右，新领导团队助理

桑夺尔·麦亚　二十岁出头，大学毕业生

约翰·韩森　三十五岁左右，人力资源部主管

艾拉·郭德曼　四十出头，人力资源顾问

场景

贵族庄园改建的企业招待所，一楼大厅。两扇通往阳台的落地门，几扇双开门和一座回旋式楼梯。有Club的气氛。两三张黑色真皮扶手椅，一座宽大甚至有点过长的沙发，低矮的沙发桌和一盏立灯。

时间

当代。傍晚时分。

Now I am a was——如今我已是过去式。

莫里西[①]

第1场

（克鲁胜斯腾坐在沙发上点头打瞌睡。真由美进来，打量他一会儿后朝他走去，轻轻推了他一下。克鲁胜斯腾整个人惊醒，一时之间搞不清自己身在何方。真由美向后倒退一步，微笑）

真由美　我不是来吓您的。

克鲁胜斯腾　没想到我居然睡着了，希望没有错过什么才好！

真由美　没有没有。您尽管安心回房去，好好休息一下吧。

克鲁胜斯腾　我们什么时候开始啊？

（克鲁胜斯腾站起了看了看手表）

其他人什么时候到？

真由美　你在说……谁？

克鲁胜斯腾　我其他的同事啊？

真由美　您是唯一一位。

克鲁胜斯腾　您确定？那好吧，反正到时候再说。对了，请问您是？……

① 史蒂芬·派崔克·莫里西（Steven Patrick Morrissey）：英国创作歌手，摇滚乐团史密斯（The Smithes）合唱团主唱。*Now I am a was* 是他1999年专辑 *Lost: Rare Tracks* 中的单曲。

真由美　真由美。我是约翰的助理。约翰，就是那个新来的人力资源部主管。

克鲁胜斯腾　是啊，我知道他。您找我有什么事？或者应该说：能被您叫醒真教我受宠若惊。

真由美　不是啦，我只是想说，这里对您来说，可能不够舒服。

克鲁胜斯腾　舒服不舒服哪里重要，更别说在工作场合。

（真由美笑）

真由美　那可不见得，在这里啊是在度假，本周末要非常“放轻松”。

克鲁胜斯腾　拜托一下，我无法想象公司请我到这里来，是要我度假的。

真由美　这个地方很漂亮呢。您到花园去看过没有？

克鲁胜斯腾　以前开会的时候就来过了。

真由美　当然。

（停顿）

克鲁胜斯腾　这您怎么知道？

（沉默）

我看您是搞错了吧。这里不可能只有我这一百零一个主管。

真由美　我觉得是。

克鲁胜斯腾　您在奉承我的虚荣心。我没那么重要，我的部门也没那么重要。看来是他们给您的资讯不充分。

真由美　别一直说什么您啊您的，我很不习惯。

克鲁胜斯腾　那我也有我的习惯啊。好，那么是他们告诉您说的，新的领导团队要我过来这里，是来度个小假的？

（真由美笑）

真由美　有什么不可以呢？反正我的职责，就是尽其所能地让您感觉舒适愉快。您肚子饿了没？玻璃屋那儿，有各式各样的零食。要不要我去帮您拿一点过来？

克鲁胜斯腾　这我自己来就行了，谢谢。我们先来确认彼此了解是否正确，因为我有点糊涂了。我以为，自己是要过来跟所有留任主管一起开会的，虽然说留任主管也没剩下多少位。可是现在却要我过来这里度假，跟……新领导团队之中，有哪些人已经到了这里呀？

真由美　约翰和人力资源顾问艾拉。

克鲁胜斯腾　这些人，每个都是有名没有姓吗？

（真由美笑）

真由美 我只知道他们的名字，sorry。

克鲁胜斯腾 没关系，我也就不再逼问，且走且看吧。我们就轻松一下，逗逗大伙儿开心，别再讲什么“您”，一律只说“你”。你叫真由美，对不对？这么叫你没错吧？

（真由美点点头）

克鲁胜斯腾 更何况美景当前，又有年轻的美女与我为伴，对我更是呵护备至，我啊算是当之无愧了吧。总之，啥也别问，只管享受就对了——你说是不是？

真由美 是好多了。

克鲁胜斯腾 享受，等待，保持警觉，还要记得放松。

真由美 完全正确。借我一下您的手机好不好？我把我的电话号码给您，这样您要找我的时候才找得到。

（克鲁胜斯腾才掏出手机，就被她拿去）

克鲁胜斯腾 等一下。

真由美 这样不是比较快吗！

（真由美紧邻着克鲁胜斯腾坐下来，盯着手机荧幕）

真由美 这是您的家人呀？

克鲁胜斯腾 是的。

真由美 好可爱唷。小女孩的眼睛跟您一模一样。

（真由美仔细打量克鲁胜斯腾一阵，再盯住荧幕）

果然，一模一样。

（她把自己的号码输入他的手机，克鲁胜斯腾整个人则往旁边挪动）

我该输入什么名字比较好呢？可别让您太太误会呢。

克鲁胜斯腾 这一点您没必要操心。

（真由美用手肘轻轻顶他一下，笑）

真由美 Just kidding。我输入了“神灯精灵”。很不错吧？您只要呼唤一下神灯精灵，就可以实现三个愿望。

（她摆出神灯精灵架势，笑）

来杯茶？

克鲁胜斯腾 我很乐意。

真由美　伯爵茶。

克鲁胜斯腾　您怎么知道?

真由美　服务至上呀!

（真由美离开。克鲁胜斯腾站起来，抚平自己身上的西装，顺一顺头发，再搓一搓脸颊。真由美再度走进来，她一只手端着玻璃茶杯，另一只手拿着牛奶罐和糖包。她的耳边夹着手机，进门后随脚一踢，门啪嗒关上。真由美走向克鲁胜斯腾，把手上东西一一放下的同时，继续讲着电话）

真由美　我当初也没想到会这样，那本来就是个狂欢夜呀……我不知道是谁了……别问我，你别问我啦……是啊，是他想要拍照的，你想想看……可是我说过不要了，我早就知道“只给我自己一个人看”，到后来会变成“po到网上给大家看”，像卡拉就碰过这种事啊……那是卡拉吗……反正不晓得啦……管他的……反正我说过不要了……可是你怎么会这样想啊……不是啦，是他后来没再闹了，不然我早就走了……不是，不是这样的啦……可是后来他把声音录下来了，你一定不相信，那玩意儿听起来超诡异的，如果不知道状况的话……真的，我本来以为……管他的，反正也没人知道，顶多就是一些我很熟的人，真的真的很熟的人啦……不是哦，我不认为。

（真由美讲电话讲到一半，发现自己忘了拿小调羹过来。她往回走，让门敞开，拿小调羹来以后，她把它交给克鲁胜斯腾，送他一个热情的微笑，接着在沙发边缘坐下，继续讲她的电话）

在这家公司的工作哦……我不是跟你讲过了吗……我晚点再打给你，好不好?好啦，我会找你的……不会啦，那我不干了……不是，这次真的不干了。掰掰。

（真由美挂电话后，把手机收起来）

Sorry。

（沉默）

克鲁胜斯腾　您听好……

真由美　叫我真由美，OK?

克鲁胜斯腾　有件事我先声明：我认为像刚才那种电话，您应该走到外面去讲。我实在很不喜欢听。

真由美　您说“那种电话”是什么意思啊?

克鲁胜斯腾　也就是私人电话，就是那种不宜让公众听见的话题。

真由美　那您真的误会了，我又没讲什么，只不过是在……

克鲁胜斯腾　我不必知道内容，好吗?

真由美　您该不会以为我……

克鲁胜斯腾　我只是不想去思索别人讲的电话内容，虽然说这违反人类好奇本性。我们不必再讨论下去了，你同意吗？

真由美　OK。Sorry。

克鲁胜斯腾　谢谢你，真由美。

（沉默）

克鲁胜斯腾　到底这里有没有什么时间规划？

真由美　您不放心的话，我就去问问看还要等多久。

克鲁胜斯腾　他们是在开会吗？

真由美　他们在谈话。

克鲁胜斯腾　也就是说，这里还有别人在？

真由美　当然咯，我现在赶紧来打电话。

（真由美掏出手机，开始拨号）

克鲁胜斯腾　不，你没必要这样。

真由美　没问题的。

（真由美一走出去便随手把门关上。克鲁胜斯腾站起来，本想跟着她往外走，犹豫片刻后又重新坐下。真由美回来了，看来很沮丧）

克鲁胜斯腾　怎么了？

真由美　OK了，他们马上过来。

克鲁胜斯腾　或许是我之前表达得不够清楚，可是像刚才这种话题，你根本没有必要到外面去讲。

真由美　我很尊重这一点，真的。

（沉默）

克鲁胜斯腾　我们一定会找到适应彼此的方法。

真由美　要是您有任何不满意的地方，一定要告诉我。我会试着把一切做好。

克鲁胜斯腾　你已经做得很好了。

真由美　谢谢。

（约翰和艾拉两个人簇拥着桑夺尔走进来，他们说话的声量虽低，说服桑夺尔的模样却相当激昂。桑夺尔则一副神游太虚的表情。克鲁胜斯腾站起来，约翰朝他挥了挥手，却没有中断谈话）

克鲁胜斯腾　我可以到外面去，等您谈完再进来。

约翰 我马上就好，克鲁胜斯腾先生，再等我一下下。

克鲁胜斯腾 当然。

（克鲁胜斯腾站在那里，有点无所适从，只好坐了下来）

桑夺尔 不会，这样就很 OK。我肚子超饿的，东西都在哪里啊？

真由美 我带你去看。

（经过克鲁胜斯腾身边时，桑夺尔向他微笑）

桑夺尔 克鲁胜斯腾，是吧？我是桑夺尔。

（桑夺尔和真由美一起离开。约翰让自己降落在扶手椅上，把脚翘高，艾拉则走到克鲁胜斯腾身边坐下。艾拉和约翰快速地交换眼神，微笑）

约翰 OK。我们之前见过了，克鲁胜斯腾先生，这位是艾拉·郭德曼。

艾拉 幸会。

克鲁胜斯腾 幸会。

（约翰朝门口望了一眼，接着弯身往克鲁胜斯腾的方向靠近）

约翰 怎么样，有趣吧？

克鲁胜斯腾 呃，是啊，我是觉得有点不太寻常。

（约翰笑了，艾拉附和）

约翰 我就是喜欢这样。年轻人就该不寻常。我们以前不也是这样？

艾拉 我们？约翰，你比我们年轻十岁呢。

约翰 但我当年可没那么非比寻常。

顶多是有点乏味而已。The boring generation.

那么你呢？克鲁胜斯腾先生。

克鲁胜斯腾 我从来没有考虑过这种问题。

艾拉 OK 了啦，约翰。

约翰 您说这个人是不是很赞？她其实是想跟我说：别再瞎扯了。可是她却说“OK了啦”。于是我马上结束长篇大论，还觉得自己很“OK”。

艾拉 需要我再重复一次吗？

约翰 不必了，讯息已经收到。

克鲁胜斯腾 如果我了解得没错……您是人力资源顾问，对不对？

约翰 我刚才忘了提到这一点，反正这也没那么重要，至少此时此刻不重要。反正我们坐在这里，也只不过是在聊聊天。

艾拉 这里一切都还合您的意吗？

克鲁胜斯腾 是的，谢谢。

约翰 克鲁胜斯腾先生，您目前状况如何啊？

克鲁胜斯腾 您想要知道什么？我们谈什么好呢？如果要谈过去十九年来我对公司的贡献，想必您已了若指掌了，但我当然也很乐意在此向您简报一遍。新领导团队的规划，我是还不太清楚，可是我已能洞悉本部门未来应该继续努力的方向，至于哪些案子目前正在推动……

约翰 “OK了啦”。克鲁胜斯腾先生。您明白吗？“OK了啦”。

克鲁胜斯腾 是啊，我明白。但您在问问题的时候，是不是也该问得更精准一点。

约翰 这不是您的错。我想，真由美大概跟您brief过了，但想必她又搞砸了。哎，真是遗憾啊，不过影响不大。

克鲁胜斯腾 她尽力了。

约翰 没错，而且也很有魅力。

克鲁胜斯腾 她告诉我说，这算是某种形式的假期，周末fun轻松～

约翰 没错！那我们还谈案子干什么？

克鲁胜斯腾 是您刚才问我，我状况如何的。

艾拉 约翰，拜托，你至少也给克鲁胜斯腾先生一点方向嘛。

约翰 您在为什么事情烦心吗？

艾拉 约翰，拜托。

约翰 我只是认为没必要把话讲得那么清楚。克鲁胜斯腾先生，您在公司的表现，不仅是专业能力，还包括领导部门的统御能力，我们通通都一清二楚。我们没有碰过半个人，谈到您时不表示高度赞赏的。十九年来，您甚至连一个敌人也没有树立。到其他部门打听，一谈到研发部，每个人都认为无懈可击。就连桑夺尔一听到您的名字，也马上说：克鲁胜斯腾，嗯，赞。您一定要找个机会向我透漏这个秘密，究竟您是如何办到这一切的。每个人都赞赏您的称职、您的领导品质和您卓越的团队合作能力。

(笑)看来您唯一的罪名是太好面子，否则您刚刚才不会逼我一项一项拿出来讲。

克鲁胜斯腾 我真的不是有意这么做。

(约翰哥们儿似的捶他肩膀一下)

约翰 我知道啦，克鲁胜斯腾。Just kidding。

（桑夺尔端了一盘手指点心走进来，一边咀嚼，一边坐下加入这个小团体。真由美则站在后方）

约翰 我了解这样的裁员风暴令人难受，离职潮总是残酷的，您要相信我，就连我也为此失眠了好几天。但这就是我的工作，总得有人出面当刽子手吧。不过新团队也因此才能组成，新局也将因而展开。往好处看，这个职位可以创造像这么一个周末，然后对人们说：欢迎光临，让我们一起度过美好时光吧。OK？

克鲁胜斯腾 我同意。

艾拉 您有没有什么疑问要提出？

克鲁胜斯腾 所谓“周末 fun 轻松”，令我有些意外。

艾拉 当然我们也会聊到公司啊。没有理由限制人的思想吧，是不是？

克鲁胜斯腾 随时候教。

艾拉 我个人比较想知道的是您对公司近况的看法。

克鲁胜斯腾 那其他部门的主管呢？……

约翰 他们在不在并不重要。

艾拉 我希望这不会耽误到您的家庭生活，毕竟我们占据了您与孩子相处的宝贵周末。

您还跟家人一起生活吧？

克鲁胜斯腾 是的。但为什么他们在不在并不重要？

约翰 重要？我说了这句话吗？可能喔，我有可能会这么说，是不是？

艾拉 我不知道。

约翰 无所谓。

艾拉 我们可以天南地北地聊天，当然，前提是您要有意愿。

克鲁胜斯腾 我有意愿。

约翰 好了，我现在要去打一下小白球了。您打高尔夫吗？

克鲁胜斯腾 不，很可惜。

艾拉 我准备再工作一下。

约翰 那您有什么计划？

克鲁胜斯腾 看看啰。

约翰 可别工作唷。答应我？说话算话？

克鲁胜斯腾 好好好……我答应。

（约翰和他握手）

艾拉 那么，晚点见咯。

（约翰和艾拉离开）

真由美 您有没有什么需要？一切都好吗？

（真由美离开。克鲁胜斯腾整个人往后靠，舒了一口气，桑夺尔则在一旁打量他）

桑夺尔 一切听起来都蛮好的。

克鲁胜斯腾 什么？

桑夺尔 可是谁鸟这些废话？忠犬、老牛、劳动英雄。谁会不清楚自己的价值啊，是不是？

克鲁胜斯腾 我不记得自己问过你的意见。你提这些干什么？

桑夺尔 我只是觉得很有意思。

克鲁胜斯腾 什么叫作很有意思？你以为今天是“工作与职场体验日”吗？我有什么义务向你报告？为什么我要偏偏跟你这个人讨论啊？

桑夺尔 因为我在这里。

克鲁胜斯腾 你为什么会在这里？

桑夺尔 这个您去问我爸妈。

克鲁胜斯腾 你刚进来的时候，明知道我们正在讨论重要话题，为什么还要不停地吃东西？

桑夺尔 刚才那个叫作重点话题啊，您真的这么认为？我的印象倒比较偏向约翰自鸣得意。

（克鲁胜斯腾望着对他微笑的桑夺尔）

克鲁胜斯腾 你应该很想在这家公司展开你的职业生涯吧？

桑夺尔 这一点我还不知道。

克鲁胜斯腾 你有工作经验吗？

桑夺尔 没有。

克鲁胜斯腾 我不觉得奇怪。

桑夺尔 为什么？

克鲁胜斯腾 因为你连最简单的原则都不懂。要是在我部门工作，你根本就混不下去。你想知道为什么吗？想要良心的建议吗？想不想要专业人士传授秘技给你？

桑夺尔 Why not?

克鲁胜斯腾 好。第一点，没有人会因为肚子饿而结束工作会谈。跟主管谈话，肚子不会饿，口不会渴，疼痛忘光光，厕所不必上。第二点，别人谈话的时候，不可任意闯入，更不可拿串烧来吃。尊重方为上策，而且行为要有教养。然后，然后从这个时候开始，我们才来谈所谓的专业能力，如果你真的要这种能力的话。

桑夺尔　您要不要也来一串？

（沉默）

克鲁胜斯腾　像你这种应征者，居然可以在这里待下来，我简直不敢相信。我几乎要开始佩服你了呢。

桑夺尔　我倒是觉得您很有意思，克鲁胜斯腾先生。

（真由美进来）

真由美　一起好吗？

桑夺尔　人家在讲话的时候，你不可以随便闯入唷。

真由美　我打扰到你们了？

桑夺尔　别人在讲话时，不可以随便闯入，讲电话也要到外面讲，你说对不对，克鲁胜斯腾先生？

真由美　我们一起去散步吧？

克鲁胜斯腾　不了，谢谢。

真由美　那你们还需要我吗？我想要去三温暖烤箱。

桑夺尔　我跟你一起去。

真由美　您要不要一起去？克鲁胜斯腾先生？

克鲁胜斯腾　不了，谢谢。

桑夺尔　别生气嘛。

克鲁胜斯腾　我说了不要。

（真由美和桑夺尔离开，克鲁胜斯腾坐下。舞台灯暗，一片漆黑）

第2场

（克鲁胜斯腾坐在沙发上，似乎睡着了。约翰和艾拉此时进来，克鲁胜斯腾注意到他们）

约翰　唷，克鲁胜斯腾，还在打瞌睡啊？您好像真的累毙了。

克鲁胜斯腾　我只是遵从您的建议，好好休息而已。

约翰　对您来说，这叫作休息的方式？

克鲁胜斯腾 有什么不对吗？

约翰 我有说不对吗？

艾拉 我们家的欢乐青年跑到哪里去了？

克鲁胜斯腾 去三温暖。

约翰 您怎么没有一起去？是他们不希望你去吗？

克鲁胜斯腾 是我不要。

艾拉 您怎么不善用这个机会啊？

克鲁胜斯腾 什么机会？

约翰 像是……潇洒惬意地聊聊天哪。

艾拉 怎么可以有分别心呢？是什么事情让您心烦？

克鲁胜斯腾 我没有啊……我都搞糊涂了……我到底怎么做才对呀？

约翰 这个不应该由我们来告诉您。

克鲁胜斯腾 我只是自己坐在这里，稍微休息了一下。

艾拉 我刚才一直待在玻璃屋。

克鲁胜斯腾 您不是说想要工作？

艾拉 我本来是想跟您一起喝杯咖啡的。

克鲁胜斯腾 这一点我倒没有觉察到。

约翰 没关系。

克鲁胜斯腾 我真的不知道……

约翰 我说过没有关系，讨论过就好了嘛。

克鲁胜斯腾 这种印象我倒是没有。

约翰 我就没办法像您这样，呆呆地坐在那里打瞌睡。像我放松的方式，就是降低我的高尔夫球杆数，至少我会这么做准备。

克鲁胜斯腾 准备什么？

约翰 您这个问题是认真的吗？

克鲁胜斯腾 我也需要做什么准备吗？

约翰 准备迎接团队。新团队明天抵达。

艾拉 这一点您还不知道。

克鲁胜斯腾 不知道。

约翰 之前我们谈话的时候，不是已经提过新团队了吗？

克鲁胜斯腾　是提到过，可是，我以为我们现在是在度假。

约翰　那是当然。可是这里毕竟是公司的招待所，想也知道，在这里不可能只是度假或发呆玩耍的。

艾拉　那您怎么不主动询问一下呢？

克鲁胜斯腾　这个我早就料到了。

艾拉　要是您刚才过来玻璃屋找我的话……

约翰　好了，现在知道了就好。

（沉默）

克鲁胜斯腾　也好，有个计划也好，我也宁愿这样。本来还害怕自己在这里没事干呢。

（克鲁胜斯腾哈哈笑，约翰和艾拉诧异地看着他）

约翰　克鲁胜斯腾，您知道我们是很看重您的。但尽管如此，我还是感到有点诧异。您那被动的态度，说得婉转一点，实在很叫人意外。诚所谓兵来将挡，您不该杵在那里，任人宰割。

克鲁胜斯腾　我在这里什么也做不了啊！

约翰　就看您怎么做咯。

艾拉　还是说您跟谁有过节？

克鲁胜斯腾　您到底想要我怎么样？

艾拉　没理由激动啊。又没有发生什么事。

约翰　我看您就跟桑夺尔一起做点什么吧。您自由决定。真由美会打点一切。您就好好运用这个机会吧。

艾拉　真的没有发生什么事。

约翰　我还是现在开口比较好，免得为时太晚。

（约翰离开）

克鲁胜斯腾　我希望知道更明确的讯息。大家到底希望我怎么做？我是可以工作的……

艾拉　这一点我们清楚。

克鲁胜斯腾　但也总得有人告诉我，这究竟是怎么样一回事。

艾拉　您先冷静一下，我们会澄清的。

（艾拉把约翰走出去的那扇门关上，接着在克鲁胜斯腾身旁坐了下来）

艾拉　我能理解，您感觉到我们对您的要求过高。

克鲁胜斯腾　那我也得先被要求，才知道会不会过高。

（克鲁胜斯腾站了起来）

你们每一个人都这样靠近，我很不喜欢这样。

艾拉　您不需要这么紧绷嘛，这里又没人看您不顺眼。

克鲁胜斯腾　我需要明确方针，这里的一切太模糊了。

艾拉　您就体谅一下约翰。这是他有史以来承办的最大的案子，他心里很紧张的。如果这次办得不好，他也就完蛋了。他有潜力，真的，其实他比您想象的，还要敏感很多。为了这份工作他赴汤蹈火，心里老惦记着自己选中的人才。至于是否适才适所，或团队组合是否优秀，这一点谁也难以预料。所以，您也就超然一点，偶尔让他一下吧，别老把他说的话，一句一句摆在秤上衡量。

克鲁胜斯腾　我所有的同事，几乎都被他们开除了。关于我的未来，他们也只是跟我谈过一次，没有明确结果。直到今天，我都还不知道自己是去还是留。我可以把自己过去在公司的贡献列举出来，让他们以此评估我，我愿意为一切负责，也可以说明自己接下来的计划。要是长官不同意，或公司不需要我，我通通愿意接受，我只是需要一个对话窗口。对我来说，褒奖没必要，责难也没必要。我需要明确的指示和对应方式，好让我有所适从啊。

（艾拉一边听，一边记录笔记）

艾拉　我早就料到您需要明确的指示。

克鲁胜斯腾　这很糟糕吗？

艾拉　我了解，也认同您的看法。

克鲁胜斯腾　那您就认同吧。

艾拉　您就不能试着让自己的心态开放一点？

克鲁胜斯腾　我刚才不是已经在掏心掏肺了？!

艾拉　您刚才不是说，让一切保持原来的样子？

克鲁胜斯腾　为什么我需要调整？

艾拉　因为新局已经展开，团队成员明显地年轻化。

克鲁胜斯腾　“新”不代表“好”。

（艾拉笑）

您能认同我所说的话，是不是？年轻不代表一切。就拿桑夺尔来说吧，他是个傲慢、自以为是、狂妄自大又毫无经验的大少爷。我没说错吧？您就认同这一点嘛。身为一位成熟女性。您绝不可能佩服他吧？

艾拉　您说的话很有道理，只不过，我个人意见并不重要。

克鲁胜斯腾　谁说的，我觉得重要。至少您的意见，可以帮助我确认自己看待事情的观点，不是没有依据。

艾拉　真有道理。

（艾拉继续书写）

克鲁胜斯腾　我是不是犯了什么错？或刚刚丢掉了饭碗？

您该不会把这一切解释成我的弱点吧？

艾拉　又不是由我来决定您的未来。

克鲁胜斯腾　那么是由谁决定？新的团队？还是约翰？

艾拉　都不是……

克鲁胜斯腾　到底由谁决定？难道说，要让一群躲在幕后的猴子掷骰子来决定我的未来不成？谁才是我的对手？

（艾拉继续书写）

艾拉　您真的用这种模式思考？

克鲁胜斯腾　请您删除我刚刚所说的话。我没说"对手"。请您把我在这几分钟之内所说的话统统删掉。

艾拉　这些笔记不重要。

克鲁胜斯腾　还是删掉吧，我刚才在钻牛角尖。现在我们重新开始。

艾拉　要干什么？

克鲁胜斯腾　从头开始谈话。

（艾拉望着克鲁胜斯腾。沉默）

艾拉　您先冷静一下，我并没有不赞成您的观点。跟您谈话其实还蛮愉快的。我了解您的心情，真的。

克鲁胜斯腾　是吗？

艾拉　那当然。

克鲁胜斯腾　那不管什么指示都好，让我知道自己来这里是来干什么的。

艾拉　身为一名主管，您怎么连一点直觉力也没有发展出来呢？

（桑夺尔和真由美走进来，两人身上穿着雪白浴袍，他们一面嬉笑，一面用三温暖的浴巾互相打闹。接着桑夺尔往扶手椅上一坐。)

桑夺尔 不行了啦。

真由美 我去拿喝的东西过来。

(真由美离开，艾拉对桑夺尔热情微笑)

艾拉 怎么样，你好不好？一切都还满意吗？

桑夺尔 都好都好。

艾拉 真开心。那我就不打扰你们了。

(艾拉往门的方向走去，她先抛给克鲁胜斯腾一个难以解释的眼神后，随即离开。真由美拎了两瓶气泡式矿泉水回来，丢给桑夺尔一瓶，她把水瓶打开，水喷得到处都是，真由美狂笑，方式几近粗野，她整个人重重地降落在克鲁胜斯腾坐着的沙发上。克鲁胜斯腾站起来，朝通往阳台的落地门走去。)

真由美 Sorry，您也想喝点什么吗？

桑夺尔 Oops。

克鲁胜斯腾 不用了，谢谢。

真由美 我们穿着浴袍坐在这里，会不会打扰到您啊？

克鲁胜斯腾 不会，我无所谓。我自己拿水就行了。其实我没那么保守，跟年轻裸体女郎并肩坐在三温暖烤箱里，我很 OK，我只是不想这么做而已。这个不叫老古板，这叫尊重隐私。

(桑夺尔笑)

像你这种讨人厌的笑容可以省了啦。本人谢绝各式评论，言语也好，笑容也好，通通不需要。这里由我做主的话，你早就被轰出去了。清楚了没？现在可不可以让我跟真由美两人独处一下？我们有工作要做。

桑夺尔 我可不可以帮忙？

克鲁胜斯腾 不必，谢谢。

(桑夺尔离开，克鲁胜斯腾垂头丧气，真由美打量着他)

克鲁胜斯腾 你那是什么眼神啊？同情吗？我是不是又表现得很蠢？

真由美 怎么会，您什么时候表现得很蠢过？

克鲁胜斯腾 那我该用什么词汇来形容我的举止呢？

真由美 Sorry，这个我就不知道了。我只是一名小助理。

克鲁胜斯腾 随便选一个词，都比你这个可笑的 sorry 好。清楚了没？

所以你在这里是当助理啰？

真由美　是的。

克鲁胜斯腾　没别的了？

真由美　没有。

克鲁胜斯腾　桑夺尔是怎么知道我不爱听别人讲电话的？约翰又为何说我“又在”打瞌睡？是因为新领导团队的直觉超强，还是有人在他们耳朵旁边打小报告？难道说这里有窃听器？我是不是那个实验的白老鼠呀？

真由美　您是怎么了啊？

克鲁胜斯腾　为什么我会不知道新团队明天要来？为什么对我不公平？为什么你要跟我说，我来这里，是来度假的？

真由美　我只是试着把一切做好。

克鲁胜斯腾　什么叫“做好”？泡茶？三温暖？没水准的电话聊天？

真由美　我到底做错了什么？

克鲁胜斯腾　现在该我提问。为什么要让我跟桑夺尔这种人同时出现在这里？

（门打开，约翰挥手叫真由美过去，他看都不看克鲁胜斯腾一眼，就把门关上。接着传来他对真由美的咆哮声，详细内容不详。克鲁胜斯腾往门边走，想要偷听，可是当他听到隔壁的门砰地关上，便立刻走回沙发上坐好。真由美再次进来，一边哭一边走过来，整个人蜷缩在沙发上哭泣。克鲁胜斯腾走到她身边，不知如何是好。）

克鲁胜斯腾　你想一个人静一静吗？

（真由美摇了摇头，克鲁胜斯腾把手放在她的肩膀上，想要安慰她。她握住他的手，把脸埋入他的手心。克鲁胜斯腾整个人傻掉了。真由美吻他的手，然后放开。）

真由美　Sorry。

克鲁胜斯腾　是我害你的吗？

（真由美摇了摇头）

真由美　谢谢，您是个好人。

克鲁胜斯腾　别把他的话当真，他是压力大，拿你出气。之前他也是这么对我。我没有生你的气。是他把我搞得晕头转向，而你，什么都做得很好。

真由美　真的吗？

克鲁胜斯腾　这人不知道自己要什么，因为他缺乏经验，做事也没有系统。你就别把这件事放在心上，好吗？

真由美 我可以拥抱您一下吗？

（真由美抱他，他难为情地把她推开）

克鲁胜斯腾 我们必须以另一种方式思考，是我错估了整体情况。这样行不通，必须做出决策才行。现在由我来主导，可以把你一起算进来吗？

真由美 当然。

克鲁胜斯腾 那么我们来开个会。你去张罗纸、笔、矿泉水等物品来，好吗？

真由美 当然。

克鲁胜斯腾 我先来排几张椅子，然后把桌子挪过来。你呢，把东西张罗好以后，就去通知大家，说十分钟后，要在这里召开紧急会议。你也让桑夺尔一起来参加吧，让他见识一下所谓的专业。

真由美 您到底看他哪里不顺眼啊？

克鲁胜斯腾 没有啊，我才没把他当作一回事。

真由美 我觉得他喜欢您。

克鲁胜斯腾 喜欢?！你这样说话还真可爱。

真由美 我只是想要让您知道。

克鲁胜斯腾 我现在什么也不愿多想，只想把最根本的事情弄清楚。

（真由美往门口走去）

克鲁胜斯腾 对了，如果这些大头们无法接受我的提议，那我就干脆回家。告诉他们就对了。

真由美 您不可以回家，真的不要。原本的规划就包括您必须在场！

克鲁胜斯腾 谢谢。

真由美 我认为大家都在等您采取行动。

克鲁胜斯腾 所以我们就更应该赶紧着手。

（真由美离开。克鲁胜斯腾把几张椅子搬过来排好，再把桌子摆在中间。真由美带来纸、笔、矿泉水和杯子等回来）

克鲁胜斯腾 现在去把他们找来吧。

（真由美再度离开。克鲁胜斯腾把一切放置妥当，坐下来，在纸上写了一些要点。真由美再度走进来）

克鲁胜斯腾 等一下你可不可以做会议记录？把重点记下来就好。

天花板的灯也请您打开来。在这种暗摸摸的酒店灯光底下，我实在没办法工作。

（真由美把灯打开，接着在克鲁胜斯腾旁边坐下，拿起纸笔）

真由美 您真的很厉害耶。

克鲁胜斯腾 这是我的工作。

（艾拉和约翰此时进来）

谢谢两位特地拨冗过来参加。咦，桑夺尔呢？

真由美 他会晚点到。

克鲁胜斯腾 那我们就开始吧。

（艾拉拿出笔记本，开始做笔记）

克鲁胜斯腾 这没必要，真由美会负责做会议记录。

（艾拉继续做笔记）

我想借着这个机会指出，真由美的工作表现良好。我不知道她哪里没把你们交代的任务做好，我个人很满意。这一点不必写入会议记录。

我先简短地做个说明，让各位清楚，是什么让我想要召开这个会议。我们这里很明显地有资讯流不顺畅的状况，也因此导致了——至少我个人这么认为——目标模糊、难以辨认的现象。至于为何如此，我们暂且不谈。我只是衷心期盼误会能够消除，与各位能够共创愿景，在未来几天内能够合作愉快，各自都能清楚各自的工作分配——除非，已经有了什么计划，是我还不清楚……

（沉默，艾拉书写，真由美记录重点，约翰看着克鲁胜斯腾）

所以……没有。好，那我就以我现有的资讯为出发！有人跟我说，明天新团队要来。由于我被邀请与新团队会面，所以我判断自己也被视为新团队一员，即便到目前为止还没有人如此明确地跟我说。艾拉，您一直都在旁边做笔记，搞得我很困惑……

（沉默，克鲁胜斯腾开始轻度焦虑。艾拉一面专注地看着他，听他说话，一面振笔疾书）

好，那我们继续。有人要求我主动一点，可是却不告诉我，在什么方面需要主动。各位，如果你们手上有任何相关讯息，不妨利用这个机会告诉我。

（沉默）

那么，我就当作各位期待我提出建议，关于迎接新团队的莅临。或许有谁可以跟我谈一下我们的新团队？这将对于我的工作，提供极大的便利。

（桑夺尔进来）

显然有人不理会我的提议。

约翰 坐嘛。

（桑夺尔在沙发上坐下）

克鲁胜斯腾 如果你想参与我们的会议，就请过来坐好。

桑夺尔 这边很舒服耶。

（约翰站起来，走到桑夺尔旁边坐下）

约翰 还真的呢。

克鲁胜斯腾 可是我们正在工作。

约翰 可是我们不愿意工作。您忘记啰？是您答应过我的呀——一言既出，驷马难追！

（艾拉也在扶手椅上坐了下来）

克鲁胜斯腾 我不认为，这能帮助我们谈出有用的结果。

桑夺尔 我错过什么了吗？

约翰 克鲁胜斯腾有一个提议。

克鲁胜斯腾 麻烦您，是克鲁胜斯腾先生。

桑夺尔 这么好听的名字，不该被“先生”两个字破坏掉，你们说是不是？克鲁胜斯腾，这名字是有旋律的。

艾拉 的确。您的名字真好听。

克鲁胜斯腾 （对真由美说）这种废话别放入会议记录。

约翰 您是说，我们在说废话？

克鲁胜斯腾 我习惯的风格不一样，我习惯去营造一个专注的工作氛围，所以大家才要一齐坐在椅上发想创意。请你们回到桌边坐好，我提出问题的时候，请不要转移话题。

约翰 您叫我们过来，就只为了跟我们说这些？

克鲁胜斯腾 不，我是要提出建议，我要做一点有意义的事。

艾拉 又没有人阻止您。

约翰 您现在赶快提出建议。

克鲁胜斯腾 我们可以一起去郊游或者分组活动，一起吃饭，一起座谈。或者我们来办一个 party。

（沉默）

真由美 我该不该把这个写下来？

克鲁胜斯腾 显然没人提的起劲来做点什么，或者本来就对我没有这个期待。

约翰 就这样吗？

桑夺尔 Bingo，我你来办 party！你们觉得如何？

艾拉 很好。

约翰 太赞了。克鲁胜斯腾，您看，事情就是这么地简单。

克鲁胜斯腾 这是我的提议耶。

约翰 是克鲁胜斯腾说要办 party 的吗？

克鲁胜斯腾 真由美，是我先提到 party 的，对不对？

真由美 我没有记录下来，因为您说……

约翰 您现在为什么一定要争？这样让人感觉不舒服耶。桑夺尔是这么有决断力的一个人，这一点您至少应该感到高兴才对呀。

桑夺尔 可是克鲁胜斯腾说得对，这是他的主意。

艾拉 办这种活动一定会让你觉得好玩的，对不对，桑夺尔？

约翰 你不必来办，让克鲁胜斯腾做，他似乎有一种想要证明自己有用的需求。

桑夺尔 真由美，我们一起来办个 party 吧？

真由美 好啊好啊。

艾拉 那克鲁胜斯腾怎么办？

桑夺尔 那我们替克鲁胜斯腾办一个惊喜派对好了，作为明天 Welcome Day 的暖身。

约翰 精彩。

艾拉 您觉得如何，克鲁胜斯腾？这个结局很美好吧。

约翰 总算是有点动静了。谢谢你，桑夺尔。

克鲁胜斯腾 你们希望我离开这里吗？

桑夺尔 不，您留步，我们在外面会合。

（桑夺尔站起来，往外面走去。约翰跟在他的背后，艾拉也跟着离开。真由美留下来，走向克鲁胜斯腾）

真由美 您刚才做得很棒，真的。您不要怀疑自己，一定要坚强喔。

克鲁胜斯腾先生？您怎么了？您不需要难过呀。

克鲁胜斯腾 谢谢，你是这里唯一的正常人，我很高兴有你在这里，等这个周末过去，一切成为转眼云烟时，我很想请你喝一杯酒。

真由美 好啊，那谢谢啰，克鲁胜斯腾先生。可是……我们先讲清楚，我不会跟你上床的，OK？我只是……希望您能明白这一点。

克鲁胜斯腾 这一点我连做梦都没想过。我真的只是想请你喝一杯酒而已。

真由美 我知道。

克鲁胜斯腾 你是不是觉得我……在骚扰你？

真由美 没有啦。

克鲁胜斯腾 如果我的行为让你觉得……

真由美 我不是这个意思。我只是先把话讲清楚——不上床，OK？

（克鲁胜斯腾点点头，真由美离开）

第3场

（克鲁胜斯腾坐在沙发上闭目养神。桑夺尔坐在舞台后方的扶手椅上，他戴着一副黑色雷朋太阳眼镜，手上把玩着录音笔。克鲁胜斯腾张开眼睛。桑朵尔开始播放录音，此时传来克鲁胜斯腾的谈话片段）

录音内容 不寻常……不寻常……不寻常……傲慢、自以为是、狂妄自大又毫无经验的大少爷……一群躲在幕后的猴子……我的对手在哪？……我又没说对手……我刚才不是已经在掏心掏肺了?!……谁是我的对手？……我又没说对手……

（桑夺尔按掉录音，对克鲁胜斯腾微笑）

桑夺尔 一个游戏。纪念安迪沃荷的录音。

我把机器丢到一个空房间，让它自己运转，之后再来听捕捉到的声音。这件事他们都不知道……如果您现在准备问我的话。我从不评价自己听到的东西。什么都很美好，美好的事物最有趣。而这些以外的礼物……像掷骰子的猴子啦，掏心掏肺啦……这些话，您是永远不可能当面对我说的——但是，为什么不可能呢？用那些官腔官调——像是资讯、愿景、目标这一套自动防卫系统，您是想要证明些什么，对不对？这些话听起来，当然是很令人佩服。只不过，每当我听到这些话，就会立刻把耳朵关掉——因为我很清楚，接下来又会出现那些老套。

如果您刚才是坐在沙发上，或坐在三温暖烤箱里，坐在真由美面前，您还会讲出这些话吗？对了，她全身可是除毛除得光溜溜的哟。说不定不习惯这种画面，所以会讲出不一样的话来呢。这个 information，应该没有冒犯您吧？

克鲁胜斯腾　大家一起坐在会议桌前讨论议题，记录笔记，然后得到结论。在这种条件底下，我可以工作，这是高效率工作的不二法则。希望我把工作做好，就要提供我这种条件。

桑夺尔　那些猴子是依据什么规则掷骰子啊？

克鲁胜斯腾　这我不知道，我是跟人一起工作。我可以等，现在由他们出招。

（桑夺尔走向克鲁胜斯腾，按下录音笔）

约翰的声音　今晚一定要做决定……不管这样或那样……

艾拉的声音　……还得把用途讲清楚……

（声音越离越远。桑夺尔关掉录音笔）

克鲁胜斯腾　我就知道。

桑夺尔　您怎么那么确定一切是跟您有关？说不定是跟我有关，也说不定是跟工作有关？说不定，今天晚上是我们两人开除他们，又或者是您开除我们大家。

克鲁胜斯腾　这些不是由我决定，也不是由你决定。

桑夺尔　您怎么知道？说不定是我正在考虑您的去留呢？

克鲁胜斯腾　你的问题就是把自己看得太重要。你这个以为世界是大型文具店的毛头蠢小子，是挺能讨那些人欢心的，可是，你这种态度根本行不通。

桑夺尔　（快速地）第一阶段，巴特勒对冲基金悄悄买进30%普通股。第二阶段，巴特勒贿赂福委会成员，得知××生产线因原料出问题，考虑产品召回的消息。接着将消息透漏给记者，记者爆料，导致股价下跌。第三阶段，以高额bonus利诱董事卖出股份，并宣称如果不卖，就把事情闹大。接下来，巴特勒总持有股份高达51.2%，产品召回风波被控恶意谣传。第四阶段，恶意并购，收购成本由企业承担，部分生产线被迫卖出，企业瘦身，仅存核心业务，企业品牌重新定位。对了，这个品牌值二十个Unit，你知道吗？所以才会需要新的领导团队，重整旗鼓。有守旧和造反迹象的人，通通得走。

克鲁胜斯腾　你是从哪里知道这些的？

桑夺尔　我在伦敦Lytton & Inglewood公司待过半年，他们为这个举措再融资。一切如此高效率、邪恶、无趣。就像您的自动防卫系统一样，完全不出预料。就连眼前即将发生的一切也不例外，异军才能突起。我不在意您是不是好员工，我在意的是其他部分。

克鲁胜斯腾　例如？

桑夺尔 给您看个东西。

（桑夺尔拿出笔记型电脑，输入几个字后递给克鲁胜斯腾看。他开始阅读）

克鲁胜斯腾 你怎么有办法进入系统？

（克鲁胜斯腾继续读）

克鲁胜斯腾 这是我的人事资料档案吗？

桑夺尔 不，这不是“黄金嘉奖簿”，这是“黑色记点簿”，所谓的弱点卷宗，也就是损害评估。只要是中层主管以上，都会有这样的资料。

克鲁胜斯腾 根据这里面的资料，我应该是第一个被开除的人才对。

桑夺尔 我没读过，因为我想不带成见地认识你。更何况其他人的状况也好不到哪里去。谁没犯过错。不过这一切我都不在乎。

克鲁胜斯腾 其他人读过这些资料了吗？

桑夺尔 当然。

（克鲁胜斯腾合上笔记型电脑）

有什么差别吗？

克鲁胜斯腾 这是“沦落人”的写照。

桑夺尔 只不过是黑色记点簿。也许等公司改造完毕，订出新规则后，它就会转变成金色嘉奖簿呀。我也可以把内容这么读，然后说：这个是克鲁胜斯腾，就是他，可以陪我改造全世界。

（桑夺尔架起摄影机，对准克鲁胜斯腾）

我们来试个镜吧？您只需要看一下镜头。

克鲁胜斯腾 不要。

桑夺尔 为什么不要？

克鲁胜斯腾 因为没有理由这么做。

桑夺尔 我对您很感兴趣，包括您的生活和您的工作。

克鲁胜斯腾 那你就去打听一下，过去二十年我做了什么。有足够的表格，身家调查表和资产负债表，大家可以依此评估我和我的工作表现。我才不玩这些讨人厌的心理游戏，只因为你目前占上风。的确是有明确的规范可以遵循的，重点在于经济效益——这种东西，你听说过吗？

桑夺尔 我其实并不愿意说，可是您的经验一点也不重要：克鲁胜斯腾，这些资料大部分都已经过时了，而且随时可以从资料库里调出来看。没错，您是一流的产品开发专家，只不过现在用不着改良产品了，因为无论怎么提高产品品质，客户也觉察不到。

大部分客户使用的，也只是产品的一小部分功能。他们购买的是一种可能性，一种他们永远难以了解、也使用不到的可能性。最高价商品和最低价商品加起来，高达整个商品的80%。

在产品制造流程完善的状况下，董事会的领导力变得无关紧要，如今，跨国公司里只剩下少部分的董事成员，可以针对生产流程，说一些还算聪明的话。专业能力与经验都变得很多余，就算找企鹅来担任新的领导人，公司也照样可以运作。而半数以上的股市交易，也都有电脑自动进行。总有一天，宰割货币和公司行号的，将是那些听似和平、嗡嗡作响的电脑。电脑已经能胜任一切，他们只需要由人设定而已。如今，谁也不必有什么创意了。这一点您自然已经注意到了。

（桑夺尔摘下太阳眼镜）

这是我父亲在我十八岁生日时买给我的，还附了一张安迪·沃荷基金会的认证书。后来我在跳蚤市场买了两副一模一样的太阳眼镜，拷贝认证书后，我把原厂证书扔了。现在我有三副原厂眼镜，价值连翻三倍。这就是我有兴趣的经济学。“购买”这个动作最关键，“产品”则无关痛痒。

克鲁胜斯腾　这是骗人的把戏。

桑夺尔　这会是未来经营公司的方式。谁还需要什么产品？这些废物根本不知道要往哪里摆，而且每一种东西都至少有两个到三个。我们销售的是“购买东西的动作”，产品一律数位化，三周后自动删除。一旦进入公司这个品牌大家庭，自然会产生一种归属感。安迪·沃荷工厂授权，这个听起来如何呀？

克鲁胜斯腾　完全没有道理，胡说八道。

桑夺尔　没错，就是胡说八道，bullshit。现在换你来一个 bullshit，你的建议是？

克鲁胜斯腾　我知道自己能做什么。

桑夺尔　哦，对哦，我都忘了呢。

（桑夺尔把太阳眼镜丢给克鲁胜斯腾）

桑夺尔　送你的礼物。它要么值三块美金，要么值五千块美金。怎么样，有点帮助吗？

克鲁胜斯腾　没有。我才不蹚这种浑水。新领导团队哪里会那么笨，听你这种江湖骗子讲话，花不了三分钟。你这套在圣诞晚会要一要是很吃香，一旦到了实战领域，根本派不上用场。

桑夺尔 （模仿安迪·沃荷）Yes，it's complete bullshit. I'm sorry to bother you with that stuff. It means nothing at all. You're right. Forget about that.

（桑夺尔关掉摄影机）

——Thanks，I love it，it's great，you're wonderful，really.

克鲁胜斯腾 你天马行空够了没？我现在要回成人世界去了。

（此时播放地下丝绒乐团的歌曲 *waiting for the man*，约翰走进来，头上戴着白色假发，身穿西装，模仿年纪稍长的安迪·沃荷。真由美模仿伊迪·赛奇维克，艾拉模仿妮可。许多红色气球、银色铝箔袋、一个迪斯科球灯，桑夺尔一面换衣服，一面大声唱，他穿上条纹线衫、牛仔靴、皮夹克，灯光秀加上安迪·沃荷与地下丝绒乐团的多媒体表演 *The Plastic Inevitable Show*。乐声越来越大，灯暗）

第 4 场

（克鲁胜斯腾坐在沙发上，艾拉身穿妮可的服装，明亮的隔壁房间隐约传来音乐声和人的交谈声）

克鲁胜斯腾 其他人呢？

艾拉 桑夺尔同意了，他正在签工作合约。

克鲁胜斯腾 恕我无法和你们一样兴奋。

（艾拉脱下假发，坐下）

艾拉 我得休息一下，还真累。

克鲁胜斯腾 他要担任什么职位？

艾拉 他负责发展公司新策略。他就是公司。一切由他做主。明天他的团队即将到位，一切将从零出发。

克鲁胜斯腾 那我还保得住我的部门吗？

艾拉 你的部门已经没了。他们不要个别部门，人尽其才，谁都可以贡献想法，最好的想法才会拿来实现。

克鲁胜斯腾 那我保得住我的办公室吗？

艾拉 只剩一个公共空间，里面有很多张的大工作桌、沙发，还有一个大家可以坐在那里讨论事情的会议桌。没有义务，工作合约也都没有期限，想下班随时可

以下班。(沉默)

克鲁胜斯腾　这里的一切，其实与我无关。

艾拉　他准备在这个周末做出决策。约翰是新领导团队的代表，我是团队的人资训练顾问，真由美是他在面谈的时候认识的，然后还有你。

克鲁胜斯腾　为何有我？

艾拉　旧团队中总得有人留任，他看了员工名单后，就说："让克鲁胜斯腾加入。"

克鲁胜斯腾　他知道我过去二十年为公司做了什么吗？

艾拉　他是不读报表的。

克鲁胜斯腾　是我的名字。就算我在员工餐厅倒了二十年垃圾，今天可能同样会获邀到这里来。

艾拉　有可能。

克鲁胜斯腾　所有跟我职业生涯相关的一切，对他来说根本无关紧要。

艾拉　恐怕是这样。

克鲁胜斯腾　为什么没有人事先告诉我？

艾拉　因为我们也不知道他准备怎么做。他随时会有新想法。

克鲁胜斯腾　是啊，我自己也亲身体验过。明天新团队抵达，他有什么打算？

艾拉　举办安迪·沃荷工厂派对。视镜。跳舞和放音乐——如果他没再想到什么别的事的话。

克鲁胜斯腾　本公司未来命运，就这么被决定了，而且大家都跟着配合。百年企业就这么葬送在这个疯子手上。

艾拉　以优异成绩从知名高校毕业，德国人民基金会奖学金获得主，赴哈佛大学研究企业战略互动预算，就读伦敦政经学院，每每获得最优异的成绩。他大学读到第三学期，麦肯锡公司就想延揽他。他手上有五个工作选择，每家都是Global Player，本来想争取他过来工作是毫无机会的，但我们提供他百分之百的自由度和决策权。单单因为我们跟他合作，股价就冲上高点。明天要来的人通通是目前业界最优秀的精英，他们之所以愿意过来上班，完全是冲着他"可能"愿意来我们这里。

(沉默)

他已经登上高峰，即使他尚未真正开始。我们这群人三辈子都到不了的地方，他却已经达到了。

克鲁胜斯腾 而我之所以会在这里，完全是因为我那动听的名字。就是因为如此而已。

艾拉 约翰本来是把您放在裁员名单的最前端。毕竟想要建立新的企业文化，是绝对不能留任旧团队的领头羊的。

克鲁胜斯腾 那他呢？他对我有什么评价？

艾拉 我不知道。他现在才要决定。

（沉默）

艾拉 有一天，公司会重新征求您这种人——称职踏实的员工，又忠心耿耿……

克鲁胜斯腾 您不必安慰我。我没有被打倒。

我只是累了，我好累。

（沉默）

克鲁胜斯腾 他是个江湖骗子。他是吹笛人。

艾拉 有可能。

克鲁胜斯腾 他是个被宠坏的孩子。他走进玩具店，手指头一指到什么，就可以得到什么。笑眯眯的他，一下就把我手心里那颗花了我二十年才存到的弹珠给打掉了。他不是故意的，而且谁也不可以对他凶，因为他年纪还那么小。老天爷啊，滚到水沟里的，也不过是一颗弹珠啊！何必因为这么一点鸡毛蒜皮的小事，就在那边激动挣扎呢？弹珠是可以再存的嘛，最多再花个二十年。

（门打开，约翰朝艾拉走来，在她耳边耳语）

约翰 ……他觉得无聊……无法带给他灵感……

（艾拉点点头，约翰再度向外走，艾拉盯着克鲁胜斯腾）

克鲁胜斯腾 您不用讲我也知道。我出局了。

（传来一股嗡鸣，声音越来越大）

克鲁胜斯腾 您知道我小时候想过什么问题吗？只要我把眼睛闭上，世界是不是就会变黑？当我再也看不见您的时候，人类是不是就会消失，一切也跟着消失？

（克鲁胜斯腾闭上眼睛，灯光瞬间变暗，嗡鸣的声音越来越大）

第 5 场

（金黄色的灯光，一阵风徐徐吹来。克鲁胜斯腾坐在沙发上，艾拉站在后面，约翰和真由美两个人一齐走进来，他们身上老安迪・沃荷和塞奇维克的造型不变。真由美捧了一束花，提着一个公事箱。约翰看起来则有点着急的模样。两人在门边停下脚步。隔壁房间不时传来微弱的音乐声）

约翰 快告诉我姓名。

真由美 亚当·克鲁胜斯腾。

约翰 任职年限？

真由美 十九年又四个月。

约翰 那就是将近二十年啰，也就是说，他有资格得到一个礼物。

（真由美从公事箱里拿出一个包了塑胶模的金表）

约翰 还要准备什么吗？一段感言？还是一份奖状？

真由美 这是人事资料档案。

约翰 我来瞧一瞧。去问一下桑夺尔，他还要多久。

（约翰瞄了档案一眼，非常生气）

约翰 艾拉你可以过来一下吗？

（艾拉走向约翰，真由美往回走）

约翰 这是他的弱点卷宗，不是人事资料档案。欢送人时，需要的是好成绩。这点有那么困难吗？

真由美 Sorry。

约翰 Sorry，sorry……艾拉，你还知道什么比较明确的资料？

艾拉 你之前说得就很明确了。

约翰 我哪记得一整天下来我说过了什么，哎呀，无所谓。桑夺尔还需要多久？

真由美 五分钟。

约翰 那我们自觉先开始好了。就这么决定。

（约翰走向克鲁胜斯腾）

约翰 呃，克鲁胜斯腾先生。现在可以开始了。您熟悉流程吗？

克鲁胜斯腾 不熟，这是我第一次离职。

约翰 很简单的。真由美，请把信封交给我！

（真由美从公事包里拿出三个信封）

我们先来讨论一下条件，仪式等等再郑重开始……（笑）好，我们都清楚在这个时间点裁员，法律上是站不住脚的。您会去控告我们，依据“再雇用请求权”再回到公司。但在这个中间，有人已经坐在您的位子上了。想必您也是固执无比的死硬派，明知自己在工作上已无决定权，却宁愿与继任者分享办公室，在那里干坐一整天。所以我们也只有聘雇私家侦探在您上班期间，强制搜集各种足以构成立即开除、偷工减料之类的过错，像是休息时间太长、在公司写私人 email、偷拿荧光笔等。总之，所有在工作期间发生的正常状况，都会被我们搜集起来当作开除的证据。接着发生二次开除、二次打官司，最后我们将在庭外和解，也就是说，“私下”谈妥这一笔赔偿金。

（约翰亮出一张支票给克鲁胜斯腾看）

第二种选项，你自己辞职。除了可以得到遣散费外，还有一笔“暂时无法领取失业给付”的津贴……

（约翰高举第三个信封）

……为感谢您的配合，我们另外准备了一笔没有收据的现金。您决定如何？

（克鲁胜斯腾没有反应）

那就是第二种选项，非常明智。现在我们来进行欢送仪式。

您要不要站起来一下？这样看起来比较超然。

（克鲁胜斯腾站了起来）

拍张照片吧，艾拉。真由美，请你站过来这边好吗？

（真由美用手挽住克鲁胜斯腾的手臂，一脸甜美的微笑。艾拉拍照）

本照片将提供给公司内部 newsletter 使用，谢谢。

克鲁胜斯腾 我现在该怎么做？

约翰 您什么也不必做，就像您承诺我的一样。现在这一切属于我的工作范围。

克鲁胜斯腾先生，很遗憾我们必须让您这位劳苦功高的同人离开。然而启程之人，不便挽留。既然您已经决定离开本公司，势必是经过深思熟虑，一如您往常做出的各项决定。我们尊重您，也同样尊重您这个决定。现在我要跳过几个句子，因为我们有一点时间压力。

（约翰瞄了弱点卷宗一眼）

近二十年来，您为公司无怨无悔地付出，永远是公事排第一，几乎牺牲掉您的婚姻。您跟太太和小孩曾分开一年多，后来您竟可以挽回这人间悲剧，这一点让公司同事跌破眼镜。

这段时间，也是您逐渐开始滥用“利他能”这种药物的时期，这药物造成您肝脏长期损害，但这个状况却没有影响您在本公司就职期间的工作绩效——即使在这么黑暗的日子里，您无薪加班的时数依然居高不下，您手上处理的案子数量，甚至还可以微幅增加。

唯有跟公司女同事发展的那段不太顺利的恋情，才让人稍稍觉察您当时心理不稳定的状况。您用公司 email 账号与自救会通信，便是您努力回归生活常轨的最佳证明。另外，我们也未曾怀疑过您对公司的忠诚度，这一点您也很成功。

您曾跟瑞士的 headhunter 聊过半小时，后来没有继续。我推测，是因为您女儿当时要上小学了，对不对？

（克鲁胜斯腾点点头）

真由美 好贴心喔。

约翰 只可惜有同人指出，您最近出现秩序狂的偏执行为和与人激辩原则的倾向，再加上缺乏耐性，这些表现对您的团队能力造成影响。要是以前的话，大家会说这种情况叫作“年纪大了”，可不是吗？（笑）也因为公司在面临重组时，才倾向不继续延聘您。

（约翰合上弱点卷宗）

这是一位正常员工的基本资料，我们当然不喜欢失去这种人。好了，可以了吗？

（艾拉和真由美走向克鲁胜斯腾）

约翰 请您站在桌子上，这会很精彩的。

克鲁胜斯腾 为什么？

真由美 麻烦您。

（克鲁胜斯腾爬上桌子，艾拉和真由美分站他的两侧，各自亲吻她的脸颊一下。约翰送给他一束鲜花，克鲁胜斯腾把手上花束举高，另一只手接下弱点卷宗和金表后，再一起高举——仿效环法自行车赛的颁奖场景）

约翰 一切顺利，万事如意。

（真由美和艾拉从桌子上面下来。克鲁胜斯腾垂下高举的手臂，若有所失地站在那里）

约翰 真由美，你现在可以删除档案了。

（真由美走向电脑，把档案删除。艾拉则打开他的笔记本）

艾拉 您表现得很大器。我这里还有一些制式问题要问。

您有没有想要复仇的感觉？手上有没有什么公司内部资料，准备提供给媒体？

（克鲁胜斯腾摇了摇头）

约翰 您还有没有什么问题想提出？

克鲁胜斯腾 为什么？

约翰 您很无趣，引言结束。但您无须担心，最迟再过两年，这些事情也会发生在我身上。艾拉，我看你会比我更早遇到。

艾拉 在我这个年龄投入自由业？还有一年吧，顶多。

（他们大笑，约翰看了看手表）

约翰 那我们就结束啰，克鲁胜斯腾先生，请容我们告退。

艾拉 您已经体悟到，某些事情的必要性远胜于个人吗？您了解这种痛苦的过程是在所难免吗？克鲁胜斯腾先生？

（克鲁胜斯腾点点头）

约翰 一共只花了五分钟呢，太完美了。您不必急着离开。我看您就留在这里，享受一下宁静，回归一下自我。吃完晚饭后，我们再帮您叫计程车。

克鲁胜斯腾 你刚才在电话中，究竟在聊什么，真由美？

真由美 什么时候？

克鲁胜斯腾 就是你端茶过来给我的时候。

（真由美显得很犹豫）

约翰 跟他讲又没关系，不是吗？

真由美 上次开会时，我们大家一起玩桌上足球台。被进球的人得脱衣服。

（约翰开始播放录音：有人喘息，有人呻吟、喊叫，同时传来闷闷地打击声、笑声、咒骂声，可能有人在受虐，也可能是性爱，或者因为其他原因产生了极度快感，又或者只是单纯地在玩桌上足球。约翰大笑，真由美和艾拉则显得有些尴尬。）

约翰 好了，我们必须结束了。您慢慢从桌子上下来吧，克鲁胜斯腾先生，这就是所谓的欢送仪式。

（约翰和真由美离开，克鲁胜斯腾从桌上下来，坐下，艾拉坐在他身旁，握住他的手，同时替他顺了顺头发）

艾拉 您总算是撑过来了。感觉真的很糟吗？

（克鲁胜斯腾摇了摇头）

克鲁胜斯腾 一切结束了。

（艾拉离开，灯暗，隔壁传来签约庆祝酒会的声音，笑声、掌声不断。过了一会儿，桑夺尔进来了，他站在门边，克鲁胜斯腾则闭着眼睛）

（[德]鲁兹·胡伯纳著，唐薇译，

见《个人之梦：当代德国剧作选》，台北，书林出版有限公司，2012）